Christa Canetta

Schottische Stürme

Christa Canetta studierte Psychologie und Sozialpädagogik und begann ihre journalistische Laufbahn beim SWR in Baden-Baden. Nach einem längeren Aufenthalt in der Schweiz und in Italien lebt sie nun seit vielen Jahren in Hamburg. Sie schrieb zahlreiche erfolgreiche Romane, die im Buchhandel erhältlich sind.

Christa Canetta

Schottische Stürme

Roman

edition Tosca

www.langen-mueller-verlag.de

edition Tosca ist ein Imprint von Langen*Müller* in der
F. A. Herbig Verlagsbuchhandlung GmbH, München

Umschlaggestaltung: Wolfgang Heinzel
Umschlagbild: Franco Accornero via Agentur Schlück GmbH
Herstellung und Satz: Ina Hesse
Gesetzt aus GaramondBQ-Regular 10,8/13,8 pt.
Druck und Binden: CPI Moravia Books GmbH
Printed in the EU
ISBN 978-3-7844-3223-6

1

Das Aprilwetter ließ keine Frühlingsgefühle aufkommen. Hagelschauer, Regengüsse, leichtes Schneetreiben und zwischendurch verlockende Sonnenstrahlen vermittelten den Eindruck, die Natur wisse nicht, was sie wolle. Dabei hatten Schneeglöckchen und Märzenbecher, Krokusse und Minihyazinthen die Vorgärten der alten Patrizierhäuser von Harvestehude längst mit einem bunten Blütenteppich übersät.

Anne schaute durch das regennasse Fenster nach draußen und träumte einen Augenblick lang von Sonne und Sommer, von bunten Kleidern und luftigen Sandalen. Dabei trug sie noch die schwarze Kleidung der Trauer und sie fror, denn sie hatte die Heizung bereits abgedreht und den elektrischen Wärmestrahler längst verpackt. In der Wohnung sah es so trostlos aus, wie es bei einem Auszug eben typisch war.

Als es klingelte, ging sie nur langsam zur Tür. Wer sollte jetzt noch kommen? Sie hatte sich abgemeldet, sie wollte auch niemanden mehr sehen.

Als sie schließlich zögernd öffnete, stand Daniel vor der Tür, der Freund, den sie seit der gemeinsamen Schulzeit kannte und auch mochte.

»Daniel, was treibt dich bei diesem Wetter auf die Straßen?«

Der gut aussehende Mann war alles andere als vergnügt, denn das Regenwasser tropfte ihm aus den Haaren in den Kragen, und die Brille war beschlagen.

»Himmel«, stöhnte er, »was für ein Wetter und kein Parkplatz in der Nähe. Und meinen Schirm habe ich natürlich auch vergessen.«

»Komm herein, Wärme kann ich dir nicht anbieten, aber wenigstens ist es hier drinnen trocken.«

Er zog den nassen Trenchcoat aus und hängte ihn über eine

Stuhllehne. »Sag mal«, begann er vorwurfsvoll, »warum höre ich von Joachim, dass du Hamburg verlässt? Ich dachte, wir sind Freunde, Vertraute, und dann verheimlichst du mir das?«

»Du warst nicht da, und ich will kein Aufsehen erregen und noch bin ich ja nicht weg. Ich gebe nur die Wohnung auf.«

Anne verschnürte das letzte Paket. Daniel sah ihr kopfschüttelnd zu. »Du machst also wirklich Ernst?«

»Mir bleibt nichts anderes übrig. Morgen kommt der Umzugswagen, dann verlasse ich die Wohnung für immer.«

»Aber warum? Ich begreife das nicht. Es ist doch die Wohnung, in der du groß geworden bist. So etwas gibt man doch nicht einfach auf.«

»Daniel, ich möchte endlich frei sein, alles abschütteln, was ich in den letzten Jahren hier mitgemacht habe.«

»Aber ich dachte immer, es sei dir eine Herzensangelegenheit gewesen, deine Mutter zu pflegen und ihr das geliebte Zuhause zu erhalten.«

»Es war mir wirklich eine Herzensangelegenheit, und ich habe meine Mutter mit aller Liebe gepflegt, Daniel, aber jetzt ist sie tot und für mich allein ist diese Wohnung zu groß und zu teuer und zu aufwendig und mit zu vielen Erinnerungen belastet.«

»Und wo willst du in Zukunft wohnen, ich meine, wenn du nach Hamburg zurückkommst?«

»Ich suche mir eine kleine Zweizimmerwohnung, wo, das wird sich zeigen, wenn ich wieder hier bin.«

»Und ich habe immer gedacht, wir beide würden eines Tages zusammenziehen, zusammenleben, Anne, denkst du denn nie an diese Möglichkeit?«

»Daniel, du bist im Begriff, als Architekt nach Dubai zu gehen, was willst du mit einer Bindung an Hamburg, wenn dir die Welt offensteht.«

»Na, hör mal, ich will keine Bindung an Hamburg, ich will eine Bindung mit dir. Aber du hattest ja nie Zeit für gewisse Zweisamkeiten.«

»Ich hatte eine Mutter, die mich brauchte, hast du das vergessen?«

»Nein, natürlich nicht. Aber du hattest immer Zeit für Kurse in der Altenpflege und in der Krankenpflege. Du hast sogar ein Diplom in diesen Jahren gemacht, nur für mich war dann keine Zeit mehr da.«

»Ach Daniel, du weißt, wie schwer mir das alles gefallen ist. Erst habe ich auf mein Medizinstudium verzichtet, um meiner Mutter zu helfen, und letzten Endes auch auf einen großen Teil meiner Jugend. Ich hätte auch gern vergnügliche, wenn auch anstrengende Studienjahre erlebt, aber für mich war es selbstverständlich, nachdem Wolfgang mit seiner Frau nach Freiburg gezogen ist, hierzubleiben und mich um meine kranke Mutter zu kümmern.«

»Aber jetzt bist du frei und kannst machen, was du willst. Warum kommst du nicht mit nach Dubai? Wir könnten so ein schönes Leben haben.«

»Du weißt, dass ich mich für ›Ärzte ohne Grenzen‹ entschieden habe und mit der Organisation nach Afrika gehen werde.«

»Das heißt, deine Pflegepflichten sind dir wichtiger als ich.«

»Das heißt, im Moment bin ich nur müde und ausgelaugt und lustlos. Die Beerdigung, die Auflösung aller Verpflichtungen, die Mutter und ich so hatten, Wolfgang, der sich um nichts kümmern konnte und gerade mal nur für einen Tag nach Hamburg kam, und nun die Wohnungsauflösung, ich bin eigentlich fix und fertig.«

»Und warum gönnst du dir nicht wenigstens ein paar Tage Ferien? Machst irgendwo Urlaub, und wenn du willst, sogar in Dubai?«

»In einem Land, in dem du dir erst einmal ein Zuhause suchen und einrichten musst? In dem du erst einmal einen eigenen Anfang finden musst? Nein, Daniel, es ist nett, dass du mich mitnehmen willst, aber ich brauche jetzt erst einmal Luft zum Atmen. Ich habe ein kleines Hotelzimmer am Mittelweg gemietet und werde jeden Morgen einmal um die Außen-Alster joggen, und wenn ich dann wieder Luft zum Atmen habe, geht's ab nach Afrika. Ich warte nur noch auf den endgültigen Bescheid.«

»Na ja, irgendwo hast du ja auch recht.« Daniel sah die verschnürten und etikettierten Pakete an. »Müssen die zur Post?«

»Ja, ich bringe sie gleich zum Postamt in die City Nord.«

»Ich kann dich fahren, ich habe den Wagen hinten auf der Straße stehen.«

»Das wäre wunderbar. Ich hätte mir ein Taxi rufen müssen.«

»Wohin gehen die Pakete?«

»Nach Freiburg. Wolfgang hat sich nach Mutters Beerdigung ein paar Sachen von den Eltern herausgesucht, die er gern haben wollte. Bücher, Fotoalben - ein paar Erinnerungen eben, und ich habe versprochen, sie ihm zu schicken. Nun hat es wirklich bis zum letzten Augenblick gedauert.«

»Und du, hast du schon gepackt?«

»Ja, natürlich, meine Sachen sind im Hotel.«

»Und was wird mit der ganzen Einrichtung?«

»Meine eigenen Sachen kommen in ein Lager, bis ich sie eines Tages brauche, und der Rest kommt in ein Möbeldepot, wo ab und zu Versteigerungen stattfinden. Mit dem Erlös wird dann alles Restliche bezahlt.«

»Du hast ja wirklich an alles gedacht.«

Anne lächelte. »Das habe ich in den vergangenen Jahren gelernt – neben der Alten- und Krankenpflege.«

Daniel sah sich um. »Einen heißen Tee oder Kaffee hast du wohl nicht für mich?«

Anne schüttelte den Kopf. »Tut mir leid, aber ich habe nicht mehr mit einem Besuch gerechnet, und es ist alles verpackt beziehungsweise verschenkt. Lebensmittel und solche Sachen hat die Reinemachfrau mitgenommen, als sie heute morgen hier die letzten Ecken geputzt hat.«

»Kann ich dich denn wenigstens zu einem Kaffe irgendwo einladen? Sehr warm ist es hier drin auch nicht gerade.«

»Die Heizung ist abgestellt, ich wollte die Wohnung ja gerade verlassen, als du geklingelt hast.«

»Na, dann habe ich tatsächlich Glück gehabt, dich noch zu erwischen.« Er schüttelte den Kopf. Warum war diese Frau so konsequent, so wenig ansprechbar, so unnahbar geworden? Wir hatten doch früher so viel Spaß, wir haben uns doch immer gut verstanden. Wahrscheinlich hat die Pflege der demenzkranken Mutter sie verändert, dachte er und zog seinen Mantel wieder an. Dann half er Anne in ihren Mantel und brachte die drei Pakete ins Treppenhaus. Anne verschloss die Wohnungstür, warf den Schlüssel in den Briefkasten des Hausmeisters und folgte Daniel nach draußen. Mit ihrem kleinen Taschenschirm versuchte sie dem Wetter zu trotzen und sich und den Freund zu schützen, aber bereits an der ersten Ecke knickte der Schirm vom Wind ein, und Anne steckte ihn in den nächsten Abfalleimer. Nachdem die Pakete auf der Post abgeliefert waren, bat Daniel: »Und nun? Ein letzter Kaffee, Anne, oder ein heißer Tee?«

Anne zögerte einen Augenblick. Eigentlich wäre sie am liebsten ins Hotel gefahren und hätte sich in ihrem Bett verkrochen. Sie wollte nichts mehr sehen und hören und reden wollte sie schon gar nicht. Sie wusste aber auch, dass sie den Freund nicht so vor den Kopf stoßen konnte. Er hat ja recht, mir Vorwürfe zu machen, dachte sie müde, denn ich habe mich in der letzten Zeit in keiner Weise um meine Beziehungen gekümmert, und eigentlich hat er eine solche Haltung nicht verdient. Er war immer liebevoll und auch ein richtig guter Freund – bis wir mehr oder weniger getrennte Wege gingen. Er machte seine Ausbildung und lernte andere Frauen kennen, und ich hatte keine Lust mehr auf irgendwelche Beziehungen, ich hatte einfach keine Zeit und keine Kraft dafür. Sie sah ihn an und nickte. »Ja, ein heißer Kaffee wäre genau richtig.«

»Dann fahren wir zum Hafen. Der Überseeclub ist genau der richtige Ort, um von Hamburg Abschied zu nehmen.«

»Aber noch bin ich ja nicht weg«, entgegnete Anne.

»Aber ich. Meine Maschine geht morgen früh, ich sagte ja schon, ich habe dich sozusagen im letzten Augenblick erwischt.«

»Den letzten Augenblick habe ich auf mich bezogen.«

»Was deinen Auszug aus der Wohnung betrifft, ja, aber was die Abreise aus Hamburg angeht, betrifft er mich.«

Sie fuhren quer durch die Stadt von der City-Nord zur HafenCity im Süden. Per Handy bestellte Daniel einen Tisch im Club. Die Rushhour war vorbei, die Straßen wurden leerer, und sie kamen schnell ans Ziel.

Wie immer verzauberten Hunderte von Lichtern den Hafen in eine bunte Märchenwelt. Von Kränen und Werften und Arbeitern war jetzt nichts mehr zu sehen, dafür spiegelten sich Scheinwerfer und Laternen, Laserstrahler und Reklamelichter in den buntesten Farben im Wasser. Es war ein atemberaubender Blick vom Überseeclub aus, und Anne genoss die Farbenpracht in vollen Zügen, denn noch immer schlug der Regen gegen die Fensterscheiben, und die Tropfen verwandelten die Lichter in funkelnde Diamanten.

Der Oberkellner führte sie zu einem Tisch am Fenster. Es war früh am Abend, und die Gäste kamen erst später zum Essen. Daniel sah Anne fragend an. »Einen Tee, einen Kaffee oder lieber gleich einen Drink und dann ein letztes Hamburger Hafenmenue?«

Anne lächelte den Kellner entschuldigend an. »Ich hätte gern einen heißen Tee mit Rum, wenn das möglich ist.«

»Aber selbstverständlich. Und der Herr?«

»Ich schließe mich an und dann hätten wir gern die Speisekarten.« Er sah Anne fragend an. »Du hast doch nichts gegen ein Abschiedsessen?«

»Wenn du das so siehst, dann nicht.«

»Wer weiß, wann wir wieder einmal hier zusammensitzen können. Uns trennen demnächst Welten, um das ganz klar auszudrücken.«

»Welten, die wir uns selbst ausgewählt haben, nicht wahr?« Anne streichelte die Hand des Mannes, der etwas traurig neben ihr saß. »Wir werden in Verbindung bleiben, Daniel, wir schreiben uns, und Telefone gibt es auch.«

»Versprichst du mir, wirklich ab und zu an mich zu denken?«

»Aber natürlich, und denk daran, für ein Flugzeug ist die Welt recht klein geworden.«

Daniel seufzte, dann sah er hinüber zum Zeitungsstand, an dem täglich die neuesten Zeitungen hingen. »Warte mal, ich glaube, in der Überseezeitung vom Wochenende ist ein Bericht über Dubai, sie haben mich neulich um ein Interview gebeten und Fotos von den Brückenplanungen hatten sie auch schon.«

Er stand auf und holte die Zeitung, und während der Kellner den Tee servierte, blätterte er aufgeregt die Seiten um. »Hier, siehst du«, er hielt Anne das Blatt hin, »das wird mein Arbeitsfeld.«

Auf den bunten Fotos waren aufgeworfene Sandberge, ein paar Kräne und viel Meer zu sehen. »Da entstehen ganze Stadtteile mitten im Wasser, und ich baue die Brücken dafür«, erklärte er stolz, denn er sah, wie beeindruckt die Freundin war.

»Ich gratuliere. Und wie bist du zu dem Auftrag gekommen?«

»Hier, in dieser Zeitung habe ich einen Aufruf zu einem Architektenwettbewerb gefunden. Das ist jetzt ungefähr ein Jahr her. Na, und weil ich mich schon lange für die modernen arabischen Zukunftsvisionen interessierte, habe ich mitgemacht.«

»Und gewonnen. Bravo.«

»Na ja, nicht allein, wir waren vier Architekten, die in die engere Wahl gekommen sind. Zu zweit haben wir dann die Verträge bekommen.«

»Ich gratuliere, Daniel, und ich freue mich für dich. Es muss wunderbar sein, einen so interessanten Beruf zu haben, der zugleich auch noch ein Hobby ist. Ich erinnere mich, du hattest schon immer einen Hang zu Experimenten. Wenn ich allein an deinen Metallbaukasten denke und was du mit dem konstruiert hast, dann musstest du eines Tages ganz einfach ein Brückenbauer werden.«

Daniel lachte. »Dass du dich daran noch erinnerst, wir waren in der neunten Klasse, als ich ihn bekam.«

Der Oberkellner brachte die Speisekarten, und Daniel sah die Freundin fragend an. »Ein typisches Hamburger Abschiedsessen?«

»Und was verstehst du darunter?«

Daniel sah in die Karte. »Da wäre die Hamburger Aalsuppe für den Anfang. Was hältst du von einer Wildschweinkeule aus dem Sachsenwald als Hauptgericht?«

»Hört sich wunderbar an. Je mehr du vorschlägst, umso hungriger werde ich.«

»Hast du heute überhaupt schon etwas gegessen?«

»Nein, eigentlich nicht, die Zeit hat nicht gereicht, und der Strom für den Herd war auch schon abgestellt.«

»Hab ich mir fast gedacht. Wie wäre es mit roter Grütze und Vanillesoße zum Abschluss?«

»Das wäre großartig.«

Daniel bestellte das Essen und stand auf, um die Zeitung wieder an den Ständer zu hängen. Dabei fiel sein Blick auf die Rückseite, und er stutzte. Dann kam er zum Tisch zurück. »Du, Anne, sieh mal.«

»Ja?«

»Hier ist eine Anzeige wie für dich gemacht?«

»Eine Anzeige für mich? Du träumst.«

»Nein, wirklich, hier sucht die Horneberger Reederei Andrew W. Möller Mitarbeiterinnen und Mitarbeiter für das neue Kreuzfahrtschiff ›S. M. Victoria‹ in Bremerhaven. Und da«, er zeigte mit dem Finger auf eine Zeile, »und da sucht man eine Alten- und Krankenpflegerin für die nächste Reise in die Karibik am 1. Mai.«

Anne sah unschlüssig auf die Zeitung.

»Na, was sagst du dazu? Eine Urlaubsreise mit Gehalt, wäre das nichts für dich? Du kannst dich erholen und dann kannst du immer noch nach Afrika reisen.«

»Ich weiß nicht.«

»Aber Anne, das wäre für dich eine tolle Chance, und du kommst erholt bei deinen Ärzten an und kannst voll zupacken.«

Anne sah den Freund unsicher an. »Was steht denn da über die Bedingungen?«

Daniel setzte sich wieder und studierte die Anzeige. »Na also, da heißt es, junge, gesunde Frau mit intensiver Berufserfahrung bevorzugt.«

Anne lachte. »Nein, das ganz bestimmt nicht. Und du meinst …«

»Na klar meine ich.«

»Und wie soll das praktisch aussehen?«

»Ich bitte den Restaurantchef um eine Kopie der Seite, und morgen schreibst du die Bewerbung.«

»Deinen Optimismus möchte ich haben.«

»Ich gebe dir eine große Portion davon ab.« Daniel lachte. »Anne, mir hat die Zeitung Glück gebracht, dir wird es genauso gehen.«

Und dann kam der Kellner und servierte die Aalsuppe.

2

Zwei Wochen nach Daniels Abreise bekam Anne Post aus Bremerhaven. Die Horneberger Reederei Andrew W. Möller schrieb:

»Sehr geehrte Frau Wedel,
Ihren Brief vom 18. März mit der Bewerbung um den Posten einer Alten- und Krankenpflegerin auf der ›S.M. Victoria‹ haben wir erhalten. Sie sind aufgrund Ihrer langjährigen Erfahrungen in der o.g. Angelegenheit in die engere Wahl genommen worden. Wir möchten Sie kennenlernen und bitten Sie, zu einem persönlichen Gespräch am 3. April um elf Uhr in das Büro der Reederei in Bremerhaven zu kommen. Die Reisekosten werden Ihnen erstattet.«

Es folgten die genaue Anschrift und freundliche Grüße.

Du meine Güte, das ist ja schon morgen, dachte Anne und schaute in den Spiegel der Hotelrezeption. Was ziehe ich an? Wann fahren die Züge? Wie ist das Wetter morgen?

Sie bat die Mitarbeiterin an der Rezeption: »Bitte, ich brauche meinen Zimmerschlüssel zurück. Die junge Frau, die Anne den Brief ausgehändigt und beobachtet hatte, wie sie ihn las, lächelte. »Gute oder schlechte Nachrichten?«

»Keine Ahnung. Aber morgen muss ich mit Volldampf nach Bremen. Haben Sie die Möglichkeit, im Internet die Zugverbindung herauszusuchen?«

»Selbstverständlich, und ich suche Ihnen gern einen passenden Zug heraus.«

»Das wäre sehr nett. Ich muss nach Bremerhaven und um elf Uhr dort sein.«

»Dann suche ich Ihnen eine Verbindung, mit der Sie früh genug dort ankommen, denn auch Bremerhaven ist nicht gerade eine kleine Stadt. Brauchen Sie sonst noch Hilfe?«

»Ach, ich bitte den Wettergott um Sonnenschein, damit ich nicht in Gummistiefeln reisen muss, und um einen windstillen Tag, damit meine Frisur ihre Form behält.«

Die beiden lachten. »So weit reichen meine Verbindungen leider nicht, aber in den Abendnachrichten gibt es ja immer ziemlich präzise Angaben über das Wetter.«

Anne nickte, bedankte sich für die Hilfe und ging zurück in ihr Zimmer. Dort las sie den kurzen Brief noch einmal. Meine Güte, überlegte sie aufgeregt, wenn das wirklich klappt, dann bin ich in den nächsten Wochen auf hoher See, unter wildfremden Menschen, mit einem Berg von Aufgaben, die ich vielleicht gar nicht bewältigen kann, und mit jeder Menge Verantwortung, mit der ich hoffentlich fertig werde. Himmel, ich habe nicht einmal eine Ahnung, ob ich seekrank werde. Bloß das nicht, dachte sie und schaute in den Spiegel. Eine seekranke Pflegerin ist das Letzte, was die auf einem Schiff brauchen können.

In den Kleiderschrank brauchte sie nicht zu schauen, darin gab es nicht viel Auswahl, die Pflege der Mutter hatte keine großartige Garderobe verlangt – und was sie in Afrika brauchte, würde sie klären, wenn die Bestätigung der Organisation käme –, aber das dunkelblaue Kostüm mit der weißen Bluse hing immer im Schrank. Sie kontrollierte die schwarzen Pumps, den Inhalt der dazu passenden Handtasche und holte sich aus dem kleinen Safe in der Zimmerecke ihre Papiere, die Dokumente ihrer beiden Diplome und das Geld für die Reise. Duschen und die Haare waschen werde ich morgen früh, überlegte sie, in einer halben Stunde sind die Haare trocken geföhnt.

Dann setzte sich Anne ans Fenster und sah nach draußen. Der Regen der letzten Tage hatte etwas nachgelassen, aber die Leute hasteten noch immer mit aufgespannten Schirmen über die Straße. Sie dachte an Daniel, der sie schon zweimal angerufen und ihr von dem Sonnenschein und dem herrlichen Wetter in Dubai vorgeschwärmt hatte. Auch bei Wolfgang im Breisgau war der Frühling längst ausgebrochen. Der Bruder hatte von Tulpenbäumen, Forsythien und japanischen Kirschbäumen berichtet, die kurz vor der Blüte standen.

Und wenn ich die Stelle nicht bekomme? Dann muss ich auf die Nachricht der Organisation warten. Soviel ich gehört habe, stellten die ›Ärzte ohne Grenzen‹ immer im Frühjahr die neuen Einsatzgebiete zusammen. Und wenn das auch nichts wird, dann muss ich mir hier in Hamburg Arbeit suchen, dachte sie leicht enttäuscht. Aber ich würde schon gern mal die Tapete wechseln. In den letzten vier Jahren habe ich kaum einen Blick in die Umgebung werfen können, nicht einmal bis Harburg bin ich gekommen, und wenn ich einen der Kurse besuchen wollte, brauchte ich eine Vertretung, die bei Mutter blieb. Ihre Demenzerkrankung und später dann die Magenprobleme, als sie kaum noch die Nahrung bei sich behalten konnte, forderten eine ständige Betreuung. Aber ich habe es gern gemacht. Mutter war ein Leben lang für Wolfgang und mich da – na ja, überlegte sie, bis zu dem Unglück mit Vater, als sie selbst krank wurde – da ist es doch selbstverständlich gewesen, dass ich ihr etwas von ihrer Fürsorge zurückgeben konnte.

Anne wischte eine Träne von der Wange. Die Erinnerung an den Tod der Mutter schmerzte noch immer, und die Einsamkeit, in die sie hineingezogen worden war, auch. Sie hatte Freundinnen verloren, weil sie nie Zeit für sie hatte, sie musste sich von dem Bruder trennen, als er zu seiner Frau nach Freiburg umsiedelte, und sie hatte einen Vater verloren, den sie kaum kannte und dessen Nähe sie sich oft so sehr gewünscht hätte. Als Diplomat war er viel unterwegs, hatte aber darauf bestanden, dass die Familie in Hamburg wohnte, um den Kindern eine Heimat zu geben. Und dann war sein Flugzeug kurz vor Kanada ins Meer gestürzt, als er im Auftrag der Regierung auf dem Weg nach Montreal war. Sie konnten ihn nicht einmal in Hamburg beerdigen, weil die Maschine nicht zu orten war. Das war jetzt zehn Jahre her, und mit dem Tod des Vaters fing die Krankheit der Mutter an. Ich konnte gerade noch mein Abi machen, dachte Anne, aber an ein Medizinstudium war nicht mehr zu denken. Mutter brauchte mich. Sie wischte noch eine Träne fort.

Draußen war es dunkel geworden. Anne ging noch einmal zur Rezeption, ließ sich die Abfahrtszeiten und die Verbindungen geben und bedankte sich mit einer kleinen Schachtel Pralinen. Die Dame an der Rezeption, die jetzt den Abenddienst übernommen hatte, freute sich. »Ich werde die Pralinen mit Marga teilen, wenn sie mich morgen früh ablöst. Und Sie wollen morgen verreisen?«

»Na ja, eine Reise ist es eigentlich nicht, nur ein Tagesausflug.«

»Etwas Berufliches?«

Anne hob die Schultern. »Ich weiß es noch nicht. Es wird sich morgen entscheiden.«

»Dann verlassen Sie uns?«

»Wenn es klappt, ja.«

»Und? Soll ich die Daumen drücken, damit es klappt?«

Anne lachte. »Ich weiß nicht, ich muss mir das alles anhören, und dann hängt es auch ein bisschen von mir ab, ob ich will oder nicht.«

»Darf man fragen ...?«

»Nein, lieber nicht, es ist mir noch alles viel zu ungewiss.«

»Na schön, die Daumen drücke ich Ihnen auf jeden Fall.«

Andere Gäste betraten die Rezeption, und Anne verabschiedete sich schnell. Freundlichkeit war ja sehr schön, aber Neugier war ein bisschen zu viel!

Sie ging früh zu Bett, stellte den Wecker auf sechs Uhr und bat um den Weckdienst des Hotels. Sicher ist sicher, dachte sie und lag dann doch noch lange wach. Zu viele Gedanken schwirrten ihr durch den Kopf. Wie würde so ein Dienst auf dem Schiff aussehen? Welche Arbeiten würden von ihr verlangt. Konnte sie unterwegs kündigen, wenn ihr die Arbeit nicht gefiel, oder würde man sie unterwegs entlassen, wenn sie den Aufgaben nicht gerecht wurde? Worauf musste sie bei einem Vertrag achten? Hatte sie auch irgendwelche Rechte der Reederei gegenüber?

Als der Wecker schließlich klingelte, hatte Anne kaum vier Stunden geschlafen. Na, großartig, dachte sie, ich werde trotzdem fabelhaft aussehen!

Sie stellte sich unter die Dusche, wusch und föhnte sich die Haare und war pünktlich um acht Uhr in der Hotelhalle, wo man ein Taxi für sie rief.

3

Anne kam fünf Minuten vor elf Uhr vor dem Bürohaus der Horneberger Reederei in Bremerhaven an. Der Hamburger Nieselregen hatte zwischen Bremen und Bemerhaven aufgehört, und sie konnte den Regenschirm in der Handtasche lassen.

Das Haus, vor dem das Taxi hielt, war ein typisches rotes Backsteinhaus mit einem von Säulen flankierten Portal, wie sie diese Gebäude von dem Hamburger Kontorhausviertel kannte.

Die große Eingangshalle bekam ihr Licht durch eine riesige Glaskuppel hoch oben in der fünften Etage. Anne ging zum Empfangstisch, hinter dem fünf Damen arbeiteten. »Bitte, ich möchte zur Geschäftsleitung der Horneberger Reederei.«

»Um was geht es?« Sehr höflich waren die Damen nicht.

»Ich habe mich um eine Stellung beworben und wurde zu einem persönlichen Gespräch hergebeten.«

»Ach so, ja, dann müssen Sie in die Personalabteilung gehen. Mit dem Lift bitte in die zweite Etage fahren und dann ist der Weg ausgeschildert. Aber ich muss Sie vorher anmelden, wie ist Ihr Name?«

»Anne-Sophie Wedel, ich komme aus Hamburg.«

»Einen Augenblick bitte.« Die junge Frau telefonierte, dann füllte sie einen Passierschein aus und reichte ihn Anne. »Bitte, Sie werden erwartet.«

Anne bedankte sich, fuhr mit dem Lift in die zweite Etage und ging den Schildern nach bis zur Tür mit dem Hinweis: Personalbüro/Anmeldung.

Auch hier endete ihr Weg vor einem Empfangstisch mit fünf Mitarbeiterinnen, die an Computern, Telefonen und Faxgeräten arbeiteten. Das muss ja ein riesiger Betrieb sein, dachte Anne, wenn schon in den Vorzimmern derartig viele Menschen arbeiten. Sie gab ihren Schein ab. Hier wurde sie freundlicher empfangen, man wusste, dass sie kam, und eine der Damen stand auf und bat: »Bitte kommen Sie mit, Sie werden erwartet.«

Anne wurde in ein großes, elegantes Büro begleitet, in dem zwei Herren saßen, die aufstanden, als sie hereinkam, und ihr die Hand reichten. »Guten Tag, Frau Wedel. Nett, dass Sie gekommen sind. Möchten Sie einen Kaffee oder einen Tee oder lieber ein Glas Mineralwasser?«

»Vielen Dank, nein.«

Die beiden Männer nickten ihrer Begleitung zu, und die junge Frau verließ das Büro. »Ich bin Doktor Jungius«, stellte sich der Ältere vor, »und ich bin Doktor Martin«. Die drei setzten sich, und Anne genoss für einen Augenblick die Ruhe, die dieses Büro mit seinen alten Möbeln, mit der großen Landkarte an einer Wand und den vielen Büchern an einer anderen Wand ausstrahlte.

»Sie kommen also aus Hamburg. Haben Sie Erfahrungen mit der Schifffahrt gemacht, oder ist es ihre erste Seereise, die Sie mitmachen möchten?«, fragte Doktor Jungius.

»Es wäre meine erste berufsbedingte Seereise, aber als Kind war ich oft mit meinen Eltern auf See unterwegs. Mein Vater war Diplomat, und meine Mutter hatte Flugangst, so sind wir häufig mit dem Schiff gereist.«

»Dann leiden Sie nicht unter Seekrankheiten?«

Anne lächelte. »Nein, die plagen mich nicht.«

»Wir haben Ihre Bewerbungsunterlagen geprüft. Danach scheinen Sie uns geeignet für die Arbeit, die wir vermitteln wollen. Wir halten es aber für richtig, Sie auf Einzelheiten hinzuweisen, die Ihre Arbeit betreffen und die in der Annonce nicht im Detail erwähnt wurden«, erklärte Doktor Martin.

»Dann bitte ich um die genauen Angaben«, nickte Anne, nahm

aus ihrer Tasche einen Notizblock und fragte: »Sie haben nichts dagegen, wenn ich mir die Einzelheiten notiere?«

»Nein, natürlich nicht, aber in den Unterlagen, die Sie bekommen, sollten Sie die Arbeit übernehmen, sind alle Einzelheiten aufgeführt.«

»Danke, dann kann ich mir die Notizen ersparen.« Sie sah die beiden Männer an, die ihr gegenübersaßen und eine größere Anzahl von Papieren in den Händen hielten.

»Wir haben Sie in die engere Wahl genommen, weil sie eine jahrelange Erfahrung in der Alten- und Krankenpflege haben und weil sie vier Sprachen fließend sprechen«, begann der Doktor Jungius. »Und wir sind der Meinung, dass Sie in einem Alter sind, in dem Sie den Aufgaben gewachsen sind.«

Anne nickte verständnisvoll, unterbrach die Herren aber nicht. »Wir suchen eine junge, dynamische Frau mit einer gründlichen Berufserfahrung, mit Einfallsreichtum, mit psychologischem Einfühlungsvermögen und mit viel Verständnis.«

»Wir brauchen keine Betreuerin, die die älteren Gäste im Rollstuhl hin- und herfährt, sondern eine Frau, die unsere Senioren mit spontanen Ideen unterhält und unsere Kranken von ihren Problemen ablenkt«, fuhr der Doktor Martin fort.

Jetzt unterbrach Anne die Wunschliste der beiden aber doch. »Was verstehen Sie unter Einfallsreichtum und spontanen Ideen? Soll ich als Unterhalterin arbeiten oder als Pflegerin?«

»Eins darf das andere nicht ausschließen. Wenn unsere älteren Passagiere – und die meisten Reisenden sind Senioren – sich verstanden und gut betreut wissen, fühlen sie sich wohl, das beeinflusst ihr Befinden zum Positiven, und darum geht es doch bei einer Pflege. Und wenn sie dann noch gut unterhalten und verständnisvoll umsorgt werden, sind sie glücklich, dankbar, zufrieden und werden die nächste Reise wieder bei uns buchen«, lächelte Doktor Jungius.

Darum geht es den Herren also, dachte Anne. Das Geschäft muss florieren, und die Gäste müssen wiederkommen. Sie wusste aber auch, dass dieses Denken im Geschäftsleben selbstverständlich ist, und wenn es zum Vorteil für die Kunden war, dann war es auch berechtigt. Sie nickte. »Ich verstehe. Ich schließe mich Ihren Überlegungen an.«

Die Herren sahen sich an und nickten zufrieden. Dann fuhr der Ältere fort: »Zu Ihren Aufgaben gehört noch eine weitere Tätigkeit. Sie müssten die pflegebedürftigen Passagiere bei den Tagesausflügen begleiten und betreuen. Die Herrschaften wollen ja nicht nur auf dem Schiff sein, sie wollen auch etwas von der Welt sehen.«

»Was müsste ich bei diesen Ausflügen machen?«

»Zuerst einmal müssten Sie die Herrschaften begleiten, damit sie sich betreut fühlen. Sie müssten mit ihnen in die entsprechenden Restaurants an Land gehen und für die richtigen Speisen sorgen, ich denke da besonders an Diabetiker, Sie müssten die Ausflüge dem Alter der Reisenden entsprechend organisieren, indem Sie für Taxifahrten oder Bootsausflüge sorgen und Sie müssten die Herrschaften betreuen, wenn es zu Unfällen kommt. In allen Dingen haben Sie aber die Unterstützung durch die Schiffsbesatzung, die Sie jederzeit über ein Handy anrufen, um Hilfe und um Ratschläge bitten können«, versicherte Doktor Martin.

»Das Schiff ist immer der Mittelpunkt, der Anker für Sie, Sie sind niemals allein, das müssen Sie wissen«, versicherte Doktor Jungius.

Anne schwirrte der Kopf. »Das ist sehr viel, was Sie da unter einer Alten- und Krankenbetreuung auf einem Passagierschiff verstehen, meine Herren.«

»Das wissen wir«, nickten die beiden. »Diese Aufgabe ist eine verantwortungsvolle Arbeit und keine erholsame Schiffsreise, und wir sind der Meinung, Sie sollten das vorher wissen. Wir sind aber auch der Meinung, dass Sie einer solchen Aufgabe gewachsen wären. Deshalb ist unsere Wahl auf Sie gefallen.«

Anne seufzte heimlich, dann fragte sie beherzt: »Ich kenne nun meine Pflichten, wie sieht es denn mit meinen Rechten aus?«

»Was meinen Sie?«, fragten die beiden im gleichen Augenblick.

»Muss ich eine Schwesterntracht anziehen?«

»Nein, wir wollen die Pflegebedürftigkeit einzelner Passagiere nicht in den Vordergrund stellen, eine dezente private Kleidung genügt.«

Aha, dachte Anne, die Betonung liegt natürlich auf »dezent«, als wohlhabende Reisende darf ich nicht auftreten. Na, macht nichts, ich habe sowieso nur eine schlichte Garderobe. Sie fuhr fort: »Wenn ich mich nach ein paar Tagen den Aufgaben nicht gewachsen fühle, kann ich dann kündigen, und wer bezahlt meine Rückreise? Wie sieht es mit einer Versicherung für mich aus, und was passiert, wenn ich selbst krank werde? Über mein Gehalt haben wir noch nicht gesprochen, auch über meine Freizeit nicht.«

Verblüfft sahen sich die Herren an. Die Dame hat Wünsche, dachten sie, und Grundsätze. Statt die Vorzüge einer Kreuzfahrt zu genießen, denkt sie an Geld, Versicherungen und freie Zeiten. Weiß sie denn nicht, was wir ihr bieten? Für unsere Luxusreisen zahlen die Passagiere ein Vermögen.

Verlegen sahen sie ihr Gegenüber an. »Frau Wedel, sind Ihnen unsere Kreuzfahrten bekannt? Wissen Sie, was wir bieten? Sie reisen auf einem der schönsten Schiffe der Welt, Sie haben eine eigene Kabine und ein vorzügliches Essen, Sie können an allen Veranstaltungen teilnehmen und die interessantesten Ausflüge mitmachen.«

Anne schüttelte den Kopf. »Ihre Kreuzfahrten sind mir nicht bekannt, aber ich denke, sie unterscheiden sich nicht im Wesentlichen von anderen Luxusreisen. Wo befindet sich meine Kabine, im untersten Deck im Mittelschiff und in der Nähe der Motoren? Kann ich in einem der Restaurants speisen oder esse ich in der Kantine für die Angestellten? Sitze ich bei den Veranstaltungen dabei oder achte ich auf meine Patienten, dass sie diesen nächtlichen Vergnügungen gewachsen sind? Und kann ich die Ausflüge genießen oder bin ich damit beschäftigt, auch da die älteren Passagiere nicht aus den Augen zu lassen? Meine Herren, ich arbeite, und wenn ich das richtig sehe, arbeite ich mehr oder weniger Tag und Nacht. Wann kann ich mich ausruhen und an Deck die herrliche Reise genießen, und wie oft braucht der Schiffsarzt meine Hilfe als Krankenpflegerin? Darüber haben wir noch gar nicht gesprochen.«

Die beiden Männer raschelten in ihren Papieren. Dann erklärte Doktor Jungius: »Selbstverständlich sind Sie versichert.«

Und Doktor Martin fuhr fort: »Wir werden dafür sorgen, dass Sie einen freien Tag in der Woche bekommen.«

Anne nickte. »Dann sollten wir jetzt noch über mein Gehalt sprechen.«

»Aber Sie haben ein kostenloses Leben auf dem Schiff.«

»Genau wie der Kapitän. Arbeitet der auch für sein kostenloses Leben auf dem Schiff?«

Sprachlos sahen sich die Männer an. »Aber wir bitten Sie, es ist der Kapitän!«

»Und ich bin sowohl Pflegerin als auch Betreuerin und zusätzlich Unterhalterin, ich bin für die Menschen eine Vertrauensperson und trage eine große Verantwortung, das sollte nicht unterschätzt werden, meine Herren.«

Allmählich machte es Anne Spaß, die beiden in Verwirrung zu bringen. Sie wusste, mit ihren Forderungen und ihrem selbstsicheren Auftreten hatte sie sich die Stellung schon verscherzt, aber gerade deshalb machte es ihr nun Spaß, die beiden Herren in Verlegenheit zu bringen. »Außerdem«, fuhr sie fort, ist eine Versicherung notwendig, wenn den betreuten Personen während der Ausflüge, die ich als besondere Risiken betrachte, etwas zustößt. Ich bin bereit, mich für sie einzusetzen, aber ich kann nicht die ganze Verantwortung übernehmen. Schließlich sind die Herrschaften selbstständige Persönlichkeiten und müssen sich nicht immer meinen Anordnungen unterordnen.« Sie zögerte einen Augenblick, dann sagte sie entschieden: »Ich nehme an, meine Herren, dass Sie nicht mit Forderungen dieser Art gerechnet haben, und ich kann verstehen, dass Sie meine Einstellung nun nicht mehr in Betracht ziehen. Ich danke Ihnen für Ihr Vertrauen, aber ich akzeptiere Ihre Ablehnung. Vielen Dank.« Damit stand Anne auf und wollte gehen. Aber ein erschrockenes »Nein« hielt sie auf.

»Nein, bitte warten Sie, wir können doch über Ihre Forderungen verhandeln. Wie würden Ihre Gehaltsvorstellungen denn aussehen?«

»Meine Herren, es gibt Tarife. Und es gibt feste Vereinbarungen mit Versicherungen. Sie sind doch zuständig für die Einstellung des Personals, da bin ich doch nicht die Erste, die sich bewirbt.«

»Nein, natürlich nicht, aber wir hatten es meist mit Mitarbeitern zu tun, die sich um die Arbeit auf einem Kreuzfahrtschiff zu allen Bedingungen bemüht haben. So eine Arbeit ist eben etwas ganz Besonderes.«

»Nun, zu den Mitarbeitern gehöre ich nicht«, versicherte Anne, die aber jetzt doch noch eine Chance sah, die Stelle einer Alten- und Krankenpflegerin trotz ihrer Forderungen zu bekommen, »Arbeit ist Arbeit, mit allen Vorzügen und Nachteilen.«

Jetzt standen die beiden Mitarbeiter ebenfalls auf. »Sie werden verstehen, dass wir die Entscheidung Ihrer Anstellung mit dem zuständigen Personaldirektor besprechen müssen. Wir können Ihnen aber jetzt schon sagen, dass wir Sie für geeignet halten, auch und besonders wegen Ihrer konsequenten Art zu verhandeln. Die zeigt nämlich auch, dass Sie mit Patienten umzugehen verstehen«, versicherte ihr Doktor Jungius.

Anne reichte den Herren die Hand. »Wie verbleiben wir?«

»Sie hören in den nächsten Tagen von uns. Das Schiff, für das wir nach einer Alten- und Krankenpflegerin suchen, sticht in vierzehn Tagen von Rotterdam aus in See. Die Route führt über Liverpool nach New York, von dort die Ostküste der USA entlang nach Süden mit diversen Stationen, um Key West herum und durch den Golf von Mexiko nach New Orleans. Dort ist die Reise beendet, die Passagiere verlassen das Schiff und fliegen nach Hause, neue Passagiere kommen an Bord, und die Reise beginnt in umgekehrter Reihenfolge. Sie müssten sich auf jeden Fall für eine Reise verpflichten, das ist Voraussetzung.«

»Und wenn ich aus irgendeinem Grunde die Reise nicht bis zum Ende mitmachen kann?«

»Dann könnte es, wenn kein wirklich gravierender Grund vorliegt, zu einer Konventionalstrafe kommen.«

»Angenommen, ich werde krank?«

»Das wäre ein gravierender Grund. Aber deshalb wollen wir vorher ein Gesundheitszeugnis einsehen, das ein von uns benannter Arzt ausstellt.«

»Sie sind wirklich gründlich.«

»Das müssen wir sein, Sie glauben gar nicht, wie einfallsreich Arbeitssuchende sind, wenn es um eine so schöne Reise geht.«

»Doch, das kann ich mir vorstellen. Dann erwarte ich also Ihren Bescheid und die notwenigen Einzelheiten, für den Fall, dass es zu meiner Einstellung kommt. Vielen Dank.«

»Wir danken für dieses Gespräch.« Die Herren gaben Anne die Hand, und sie war entlassen.

Anne bat unten an der Rezeption, ihr ein Taxi zu bestellen, und trat vor das Haus. Eigentlich bin ich jetzt so klug wie vorher, dachte sie. Aber sollte ich ohne Einsprüche und eigene Forderungen alle Bedingungen annehmen, nur um den Posten zu bekommen? Es kann schon stimmen, dass manche Leute die Arbeit annehmen, nur um eine Kreuzfahrt mitzumachen. Aber ich sehe da eine gewaltige Arbeit und Verantwortung auf mich zukommen, da muss ich schon auch meine Bedingungen stellen dürfen. Na ja, einen Versuch ist diese Angelegenheit wert, wenn es nichts wird, habe ich eben Pech gehabt. Obwohl, die Reise interessiert mich schon: New York, Washington – das wird man bestimmt besichtigen –, dann die ganze Küste an den Südstaaten entlang, Charleston, Savannah, Cape Canaveral, Miami und Key West mit dem Haus und der Stammkneipe von Hemingway und dann auch noch New Orleans – eine tolle Strecke, und wahrscheinlich wünsche ich mir, dass die von mir betreuten Personen jeden einzelnen Ausflug mitmachen möchten, damit ich das alles auch besichtigen kann.

Das Taxi fuhr vor, und Anne stieg ein. »Zum Hauptbahnhof bitte.« Und dann beschloss sie, gleich eine entsprechende Karte von Amerika zu kaufen, damit sie auf dem Rückweg bereits die Strecke studieren könnte. Und wenn nichts daraus wird, überlegte sie und kaufte trotzdem eine Karte und einen Reiseführer gleich mit dazu.

4

Nach zwei Tagen wurde Anne per Telefon die Anschrift eines Hamburger Vertrauensarztes der Reederei mitgeteilt, der einen Gesundheitscheck durchführen sollte, und nachdem sie den Arzt aufgesucht hatte, bekam sie eine Woche später die Zusage aus Bremen. Sie war als Alten- und Krankenpflegerin auf der ›S.M. Victoria‹ eingestellt. Die Reederei Horneberger erwartete sie am 28. April in Rotterdam, zwei Tage bevor das Schiff am 1. Mai in See stach.

Anne war glücklich und auch überrascht, dass sie, trotz ihrer Einwände und Forderungen, die Arbeit bekommen hatte. In den Papieren wurden ihr ein freier Tag pro Woche und eine freie Stunde pro Tag zugestanden. Sie bekam einen tariflich festgelegten Lohn, die geforderten sozialen Leistungen sowie die gewünschte Versicherung für den Fall irgendwelcher Schadensansprüche betreuter Personen. Sie bestätigte telefonisch den Erhalt der Papiere und ihr pünktliches Eintreffen in Rotterdam. Dann schaute sie auf ihren Kalender und stellte fest, dass sie noch genau vier Tage Zeit hatte, um sich auf die Reise vorzubereiten, das Hotelzimmer zu kündigen, das restliche Geld von der Bank zu holen, um ein paar notwendige Einkäufe zu finanzieren, Daueraufträge zu stornieren und um das Konto aufzulösen.

Ein Blick in den Schrank genügte, um zu wissen, dass sie dringend neue Kleidung und neue Schuhe brauchte. Jahrelang hatte sie auf diese Anschaffungen verzichtet, denn zur Hausarbeit und zur Pflege der Mutter genügten die Kleider, die sie seit Jahren besaß, für eine Schiffsreise aber waren die nicht mehr zu gebrauchen. »Dezent und angemessen« soll ich mich kleiden, hatte dieser Doktor Martin gesagt, also werde ich Röcke in verschiedenen Braun- und Blautönen kaufen und dazu die passenden Blusen,

Westen und Jacken. Vor allem aber brauche ich Schuhe, mit denen ich auf den blankpolierten Deckplanken nicht ausrutsche und gleichzeitig kilometerlange Strecken unter Deck auf den Fluren zurücklegen kann. Bequem müssen sie sein, bestens sitzen, nur kleine Absätze sind möglich und vor allem müssen sie rutschfeste Sohlen haben, überlegte sie. Also, am Geld für die Schuhe kann ich nicht sparen, sie sind lebensnotwendig.

Am nächsten Tag fuhr Anne in die Innenstadt, erledigte ihre Bankgeschäfte am Gänsemarkt und beschloss, die Einkäufe am Jungfernstieg zu tätigen. Sie vermied die teuren Boutiquen und ging in das Modegeschäft, in dem sie, und früher auch die Mutter, schon oft und vorteilhaft eingekauft hatten. Mit dem Schuhkauf war es dann schon schwieriger, da musste sie auf beste Qualität achten und die hatte ihren Preis. Beladen mit Tüten und Kartons gönnte sich Anne dann aber ein Taxi für den Rückweg.

Am Abend rief sie Daniel in Dubai an, um ihm von der geglückten Einstellung bei der Reederei zu berichten.

»Und dann bist du auf Kreuzfahrt und nicht mehr zu erreichen? Aber Anne, das geht doch nicht. Ich muss doch wissen, wo du bist und wie es dir geht.«

»Ach Daniel, jahrelang haben wir beinahe nebeneinander gewohnt und uns kaum gesehen, warum auf einmal diese Sorgen?«

»Na, hör mal, wir sind doch Freunde, da muss man wissen, was der andere so treibt.«

»Und wer ist hier fortgegangen? Einfach so nach Vorderasien?«

»Ich habe dich gebeten mitzukommen.«

»Du hast mir die Anzeige der Reederei gezeigt.«

»Klar doch, weil ich dir helfen wollte, nachdem du mein Angebot abgelehnt hast.«

»Ich bin dir auf jeden Fall sehr dankbar, wenn ich auch noch nicht weiß, ob mir die Arbeit wirklich gefällt.«

»Die ist bestimmt interessant. Allein die fremden Länder und Kulturen, die du kennenlernst.«

»Ich bin eher auf die Menschen gespannt, die ich treffe. Die

Kranken werden kaum Wünsche äußern, aber vor den älteren Passagieren, wenn sie Betreuung brauchen, habe ich Angst.«

»Warum denn das?«

»Sie könnten sehr anspruchsvoll und gleichzeitig sehr eigenwillig sein.«

»Aber wenn sie betreut werden müssen, können sie doch dankbar sein. Du hast ein gutes Händchen für andere Menschen. Du warst schon in der Schule immer der Friedensengel.«

»Jetzt spinnst du aber.«

»Und wer hat die Streitereien geregelt, wenn es um die besten Plätze in der Klasse ging?«

»Ach du meine Güte. Hinten zu sitzen war immer besser als vorne, man musste die vorderen Plätze nur entsprechend loben, dann rissen sich die Kinder darum.«

»Na also, und das mit dem Loben konntest du am besten.«

Anne lachte, »Ja, und deshalb hatten wir immer die hinteren Plätze für uns. Aber jetzt mal im Ernst, wie geht es dir da in Dubai?«

»Du fehlst mir.«

»Ach Unsinn.«

»Ich habe viel zu tun und wenn ich endlich Feierabend habe, bin ich verdammt einsam.«

»Das wird sich geben. Du lernst bestimmt nach und nach nette Leute kennen, dann bist du nicht mehr allein.«

»Ich habe nicht vom Alleinsein gesprochen, sondern von Einsamkeit. Das ist etwas ganz anderes.«

»Ach Daniel, willst du mir jetzt ein schlechtes Gewissen einreden?«

»Würde ich am liebsten tun. Aber ich will dir die Freude auf die neue Arbeit nicht nehmen. Ist schon gut so, wie es ist. Bist du denn telefonisch oder sonst irgendwie zu erreichen? Wie ist das mit dem Handy?«

»Das weiß ich alles noch nicht. Irgendetwas wird schon möglich sein.«

»Meldest du dich dann auch mal?«

»Ja, versprochen.«

»Höre ich vor deiner Abreise noch einmal von dir?«

»Nein, Daniel. Ich habe nur noch drei Tage für Hamburg und die brauche ich für die Laufereien zur Post und zum Einwohnermeldeamt – na, du weißt doch, was da so alles nötig ist, wenn man ins Ausland geht.«

»Da hast du recht. Ich drück dir die Daumen, dass alles klappt und keiner dir irgendwelche Schwierigkeiten macht. Kommst du finanziell zurecht?«

»Ich bekomme mein monatliches Gehalt auf dem Schiff ausgezahlt. Hier ist alles beendet und abgemeldet. Ich habe auch sonst keine Verpflichtungen mehr.«

»Das ist beruhigend. Also, meine Liebe, alles, alles Gute und lass von dir hören, sobald du kannst.«

»Versprochen und toi-toi-toi auch für dich. Bis bald.«

Anne legte auf. Warum wird Daniel plötzlich so sentimental, überlegte sie. Hat er Heimweh oder ist er tatsächlich einsam? Das hätte er sich auch früher überlegen können. Dabei war es doch schon immer sein Traum, Brücken in fernen Ländern zu bauen, warum hadert er nun mit den Konsequenzen? Na ja, er wird es überleben. Und wenn er nun plötzlich eine Bindung sucht, dann ist er jetzt bei mir zu spät dran.

Zwei Tage später kam Anne in Rotterdam an und ließ sich mit einem Taxi zum Cruise Pier bringen. Stolz, groß und schneeweiß überragte die ›Victoria‹ die Hafenanlagen. Ein schönes Schiff, dachte Anne und bat den Chauffeur, vor der Gangway zu halten. Sie bezahlte ihn großzügig, und er brachte ihr den Koffer bis nach oben zum Eingang.

Ein Steward kam ihr entgegen. »Verzeihung, gnädige Frau, die Passagiere kommen erst morgen an Bord.«

Anne lächelte ihn fröhlich an. »Ich bin kein Passagier, ich werde hier arbeiten. Können Sie mir zeigen, wo ich den Schiffsarzt finde?«

»Ja, natürlich, aber darf ich zunächst Ihre Papiere sehen?« Und nach der Einsicht in Annes Papiere: »Alles okay, kommen Sie bitte mit.« Er nahm ihren Koffer und führte sie über Flure, Treppen und Gänge, durch Hallen, Passagen und Foyers bis vor die Tür der Krankenstation.

»Bitte, hier ist die Krankenstation.« Dann klopfte er, und als die Tür geöffnet wurde, erklärte er höflich. »Herr Doktor Freiberg, die Dame wollte zu Ihnen.«

»Danke. Bitte kommen Sie herein«, bat der Arzt und öffnete die Türe weit genug, damit der Stewart mit dem Koffer hinter Anne die Station betreten konnte.

Anne sah sich kurz um, dann reichte sie dem Arzt die Hand. »Ich bin Anne-Sophie Wedel aus Hamburg. Die Reederei hat mich als Alten- und Krankenpflegerin eingestellt.«

Doktor Freiberg lächelte. »Ich weiß, man hat mich informiert. Dann auf eine gute Zusammenarbeit.«

Er reichte ihr die Hand. »Vielleicht ist es Ihnen am liebsten, wenn ich Ihnen Ihre Kabine zeige, dann können Sie in Ruhe auspacken und sich frisch machen. Die Station werde ich Ihnen dann später zeigen.«

»Danke, das wäre nett, ich habe die halbe Nacht im Zug verbracht.« Sie bedankte sich bei dem Stewart, der ihren Koffer getragen hatte, und folgte dem Arzt den Flur entlang.

»Unsere Kabinen liegen sich gegenüber. Hier, das ist Ihr zukünftiges Zuhause.« Der Arzt hielt ihr die Tür auf.

»Danke.« Anne nahm ihren Koffer und betrat den kleinen Raum. Wie erwartet war es eine Innenkabine ohne Fenster, mit einem Ventilator an der Decke und einem Bild an der Wand. Es zeigte wogende Wellen und sollte anscheinend den Blick aus einem Fenster ersetzen. Sie nickte dem Arzt zu. »Zum Schlafen reicht es, danke, dass Sie mich hergebracht haben. Ich packe meine Sachen aus und ziehe mich um. Ist es Ihnen recht, wenn ich in einer Stunde in der Station bin?«

»Natürlich, lassen Sie sich Zeit, noch haben wir keine Kranken an Bord.«

»Danke.«

Anne kontrollierte kurz den Raum. Das Bett war lang und breit genug. Ein kleiner Tisch mit zwei Stühlen, ein Schrank und ein Nachttisch vervollständigten die Einrichtung. Alle Möbel waren am Boden festgeschraubt. Neben der Kabine gab es einen kleinen Raum mit Dusche, WC und Waschbecken. Alles war sauber und roch nach Reinigungsmitteln.

Sie packte rasch ihren Koffer aus. Wie gut, dass ich knitterfreie Sachen gekauft habe, dachte sie und füllte den kleinen Schrank, stellte das Bild der Mutter auf den Nachttisch und brachte den Kulturbeutel ins Bad. Dann zog sie sich aus und stellte sich unter die Dusche.

Als sie eine Stunde später die Krankenstation betrat, fühlte sie sich ausgeruht und erfrischt.

»Schön, dass Sie da sind. Ist es Ihnen recht, wenn ich Schwester Anne zu Ihnen sage?«

»Gern, wenn Sie wollen?«

»Ja, es vereinfacht die Arbeit, wenn wir welche haben sollten.«

»Zweifeln Sie daran, Doktor Freiberg?«

»Nun, die Menschen kommen an Bord, um sich zu amüsieren und um sich zu erholen. Sie wollen nicht krank sein, das ist schon mal sehr wichtig. Sollte es doch einmal vorkommen, dass wir hier Patienten versorgen müssen, dann sind es meist nur kleinere Wehwehchen. Trotzdem würde ich Sie bitten, dann einen weißen Kittel anzuziehen.«

»Selbstverständlich, obwohl man mir zu einer normalen Kleidung geraten hat. Die Passagiere wollen nicht zeigen, dass sie gepflegt oder betreut werden.«

»Das stimmt, der weiße Kittel wäre auch nur innerhalb der Station notwendig, schon aus hygienischen Gründen.«

»Natürlich.«

»Könnten Sie zur Not bei einer Operation helfen?«

Anne sah ihn etwas erstaunt an. »Ich habe keine OP-Ausbildung, aber ich kann helfen, und wenn ich Blut sehe, wird mir nicht schlecht.«

Der Arzt lächelte und reichte ihr die Hand: »Das ist gut zu wissen, dann auf gute Zusammenarbeit, und ohne Patienten in der Nähe bin ich einfach der Franz.«

Anne schlug ein. »Nett, das zu wissen. Ich bin einfach die Anne.«

»Wollen wir hinaufgehen und einen Begrüßungscocktail nehmen? Der steht allen Neuzugängen zu, und ich könnte Ihnen bei der Gelegenheit die wichtigsten Wege auf dem Schiff zeigen.«

»Gerne.«

»Und anschließend stelle ich Sie dem Kapitän und den Offizieren vor.«

»Sollten wir das nicht lieber vor dem Cocktail machen?«

Franz Freiberg sah sie lachend an. »Da haben Sie wahrscheinlich recht. Also ist die Reihenfolge umgekehrt. Erst die Brücke, dann die Bar.«

5

Auf dem Weg zur Brücke zeigte Franz Freiberg ihr einige der Gesellschaftsräume und Salons, die Restaurants und ein paar Bars, die Festhalle und zwei Theatersäle. Anne war sehr beeindruckt. So groß hatte sie sich das Schiffsinnere nicht vorgestellt. Wie soll ich mich da jemals zurechtfinden, überlegte sie. Das Schiff hat mindestens sechs Etagen, die nur von Passagieren bewohnt werden. Und dazu dann die Decks mit den Freizeiteinrichtungen, den Sonnenplätzen, Sportanlagen und Fitnessräumen. »Gibt es eigentlich einen Plan von diesem Schiff?«, fragte sie etwas atemlos, denn sie stiegen die letzten Stufen zur Brücke hinauf.

»Selbstverständlich, ich werde Ihnen den Plan besorgen, wenn wir wieder unten sind.«

»So groß habe ich mir das alles nicht vorgestellt. Da brauche ich ja Tage, um all die Einrichtungen kennenzulernen.«

»Na ja«, schmunzelte der Doktor, »wir erwarten eintausendfünfhundert Passagiere, die wollen untergebracht, verpflegt und unterhalten werden.«

»Hat da irgendjemand überhaupt noch einen Überblick?«

»Aber selbstverständlich, ohne Überblick wäre die Reise unmöglich. Wir haben fast so viele Angestellte wie Passagiere, das ist bei diesen Luxusreisen Vorschrift.«

»Ich bin beeindruckt«, keuchte Anne. Sie waren oben angekommen. »Bitte warten Sie einen Augenblick, ich muss erst etwas Luft bekommen.«

Der Arzt nickte verständnisvoll. »Ich weiß, die vielen Treppen haben es in sich. Wer steigt heute noch Treppen hoch, wenn es Lifte gibt. Aber wenn es Sie beruhigt, auch hier auf dem Schiff gibt es zahlreiche Lifte, doch die wollte ich nicht benutzen, dann hätten Sie vom Schiff nichts gesehen außer verglaste Aufzüge.«

»Sie haben recht«, stimmte Anne ihm zu, »und jetzt geht es auch schon wieder.«

Der Arzt öffnete die Tür, und sie betraten die breite, mit Hunderten von Instrumenten ausgestattete Kommandozentrale des Schiffes, in der sich niemand befand. Doktor Freiberg meinte: »Das ist die Seele vom Schiff, das Herz ist tief unter uns im Motorraum.« Er ging weiter und betrat einen kleinen Raum, in dem der Kapitän mit einigen Offizieren und Ingenieuren an einem Tisch saß. Die Herren standen auf, als der Arzt und Anne das Büro betraten.

»Herr Kapitän, meine Herren, darf ich Ihnen Frau Anne-Sophie Wedel vorstellen? Sie wurde von der Reederei als Alten- und Krankenpflegerin für die ›Victoria‹ eingestellt.«

Die Herren nickten, und Kapitän Schulte reichte Anne die Hand. »Herzlich willkommen an Bord. Wir haben morgen früh um acht Uhr, bevor die Passagiere eintreffen, ein Meeting aller für die Betreuung der Passagiere zuständigen Mitarbeiter. Ich werde Sie dann vorstellen.«

Er nickte Anne noch einmal zu und setzte sich wieder. Die Begrüßung war beendet, kurz, höflich und unverbindlich. Anne war leicht enttäuscht, aber was hatte sie auch erwartet? Sie war beinahe ein Niemand in dieser Menschenmasse und letzten Endes war sie sogar froh darüber, sie wollte nicht auffallen, sie wollte wirklich nur ein kleines Rad in diesem Getriebe sein.

Als sie die Brücke verlassen hatten, erklärte Franz Freiberg vergnügt: »Und jetzt zum Begrüßungsdrink. Danach besorge ich Ihnen einen Schiffsplan, und Sie können selbst auf Entdeckungstour gehen.«

Während Doktor Freiberg für sich einen Cognac bestellte, bat Anne um einen frisch gepressten Orangensaft. Er nickte ihr verständnisvoll zu: »Sehr richtig, bei den vielen Treppen und Kilometern, die Sie noch vor sich haben. Übrigens, heute Nachmittag kommen noch zwei Assistenzärzte und zwei Krankenpflegerinnen an Bord.«

Verständnislos sah Anne den Arzt an. »Und warum dann die Frage, ob ich bei einer OP helfen könnte?«

»Ich wollte nur Ihre Reaktion beobachten. Sie haben fabelhaft reagiert.«

»Danke. Aber so viel Personal für die Krankenstation?«

»Bei eintausendfünfhundert Passagieren und fast tausend Mitarbeitern ist das nötig. Übrigens, wir nennen die Station Hospital. Ich werde, wenn meine anderen Mitarbeiter eingetroffen sind, heute Abend eine Führung durch das Hospital anbieten. Vielleicht möchten Sie auch kommen?«

»Auf jeden Fall, und danke, dass Sie mich aufgeklärt haben.«

»Es war mir ein Vergnügen.« Sie verließen die Bar, der Arzt ließ sich an der oberen Empfangshalle einen Plan des Schiffes geben, wünschte Anne »eine erfolgreiche Orientierungsreise«, zog mit einem Kugelschreiber um die Stelle, an der sich ihre Kabine befand, einen Kringel, nickte ihr noch einmal zu und ließ sie allein. Aber das machte ihr nichts aus. Sie war lieber allein unterwegs und sie wusste außerdem, dass es von Mitarbeitern auf dem Schiff nur so wimmelte, da konnte sie sich jederzeit erkundigen, wenn sie nicht mehr weiterkam. Gegen Mittag wurde sie von einer Stewardess angesprochen, die sie schon eine ganze Weile beobachtet hatte. »Sie sind neu hier?«

»Ja, heute früh angekommen.«

»Kann ich Ihnen helfen?«

»Na ja«, lachte Anne, »leicht ist es nicht, sich zurechtzufinden. Aber mit dem Plan geht es einigermaßen.«

»Es ist Mittag, wollen Sie nicht mitkommen, wir essen in einer der Mannschaftskantinen, ich zeige Ihnen den Weg.«

»Das ist nett«, bedankte sich Anne, »mein Butterbrot gestern Abend war das Letzte, was ich gegessen habe.«

»Dann aber schnell, sonst sind Sie der erste Patient hier.« Lachend liefen die beiden Frauen einen langen Gang entlang. »Ich bin Ruth«, rief ihr die junge Frau zu. »Ab morgen bin ich für die obere Lobby zuständig. Und was machen Sie?«

»Ich bin die Anne und soll mich um betagte Passagiere kümmern, die eine Betreuung wünschen.«

»Haben Sie das schon mal gemacht?«

»Betreuung ja, auf dem Schiff noch nicht.«

»Na, da wünsche ich Ihnen viel Glück, die Herrschaften können sehr seltsam sein.«

Anne lachte. »Damit muss ich rechnen.«

Sie hatten den Speisesaal für die Angestellten erreicht. »Da drüben gibt es ein Selbstbedienungsbüfett, es ist sehr zu empfehlen. Wann Sie an den jeweiligen Tagen dran sind, müssen Sie Ihrem Dienstplan entnehmen, die Zeiten sind vorgeschrieben, damit es nicht zum Stau am Büfett kommt.«

»Und den Dienstplan, wo bekomme ich den?«

»Morgen früh beim Meeting.«

»Danke.« Ruth und Anne stellten sich in die Schlange, die vor dem Büfett wartete, und als sie an die Reihe kam, war Anne erstaunt von der Vielfalt der Gerichte, die da angeboten wurden. So gute Sachen habe ich seit Jahren nicht gegessen, dachte sie, und es fiel ihr schwer, sich zwischen kalten und warmen Speisen zu entscheiden. Während des Essens sah Anne sich in dem riesigen Saal um. »Wissen Sie, so groß habe ich mir das alles nicht vorgestellt.«

»Sie meinen diese Kantine?«

»Nein, ich meine das ganze Schiff mit allem Drum und Dran.«

»Sie müssen es als eine Kleinstadt betrachten, mit Geschäften und Friseursalons, mit Wohnungen und Swimmingpools, mit Fitnessräumen und Büchereien, mit Küchen und Kühlräumen und Kinderspielplätzen, mit einem Hospital und einem Casino, mit einem Varieté, einem Theater und einem großen Kino. Mit allem eben, was es in einer Stadt auch gibt.«

»Und da soll sich ein einzelner Mensch zurechtfinden?«

»Ach, so schlimm ist das gar nicht. Irgendwie hat hier jeder seinen festen Platz. Ich denke mal, Sie werden bei den Passagieren der ersten Klasse arbeiten, solche Betreuung ist nämlich nicht ganz billig.«

»Dann werde ich mich heute Nachmittag dort umsehen.«

»Ich zeige Ihnen den Weg, wenn Sie sich das erst einmal alles angesehen haben, wird es für Sie ganz leicht sein, sich dort zurechtzufinden.«

Anne breitete den Schiffsplan auf dem Tisch aus. »Und könnten Sie mir auch noch zeigen, wie ich in meine Kabine komme?«

Ruth besah sich den Plan. »Ja, ich rate Ihnen, über das Promenadendeck, dann am Grillraum vorbei bis zum Swimmingpool zu gehen und dann mit einem der Lifte hinunter zum C-Deck zu fahren. Dann sind Sie im richtigen Gang und finden sich leicht zurecht.«

»Danke.« Anne seufzte. »Bloß gut, dass ich mir bequeme Schuhe gekauft habe.«

»Ja«, lachte Ruth, »die können Sie hier gebrauchen.« Sie stand auf. »Ich muss zurück zum Empfang. Kommen Sie mit?«

»Ja, und bitte, zeigen Sie mir noch den Weg zum First-Class-Deck.«

»Selbstverständlich.«

Das Meeting am nächsten Morgen verlief ruhig. Die einzelnen Abteilungsleiter – Anne nannte sie heimlich so, weil sie den richtigen Begriff nicht kannte – betreuten ihre Mitarbeiterinnen und Mitarbeiter, und Doktor Freiberg betreute Anne, denn seine Ärzte und Schwestern waren ein längst eingespieltes Team.

»Ich habe Ihnen den Dienstplan zusammengestellt«, erklärte er. »Sie kommen immer morgens zuerst zu mir, denn bei uns im Hospital werden die Wünsche der Passagiere gemeldet. Ich sage Ihnen dann, wer wann welche Art von Betreuung wünscht.«

Etwas skeptisch sah Anne den Arzt an. »Wenn ich mir die Größe des Schiffes und die Menge der Passagiere vorstelle, dann frage ich mich, wie eine Altenbetreuerin das alles schaffen soll.«

»Sie werden nicht oft benötigt, Anne.« Er lachte. »Die meisten Passagiere, auch die älteren, wollen als jung und dynamisch angesehen werden. Niemand will bedauert werden, und die, die an den Rollstuhl gebunden sind, werden fast immer von Angehörigen begleitet.«

Anne zuckte mit den Schultern. »Ich weiß nicht, so richtig vorstellen kann ich mir meine Arbeit noch nicht.«

»Warten Sie es ab, Anne. Die meiste Arbeit werden Sie als Begleiterin bei den Ausflügen haben. Da gibt es den einen oder anderen, der sich einen Ausflug dann doch nicht allein zutraut.«

Sie hatten den Vorraum des Hospitals, der als Wartezimmer diente, erreicht, in dem eine der Mitarbeiterinnen bereits hinter einem Schreibpult Platz genommen hatte.

»Sie rechnen jetzt schon mit Patienten?«

»Sie glauben gar nicht, wie oft sich jemand bei der Anreise verletzt oder unwohl fühlt. Die Reise, die Aufregung, die Angst, das Schiff zu verpassen, da kommt es sehr schnell zu Kreislaufproblemen. Aber meist sind sie harmlos, und wir können schnell helfen. Wichtig ist nur, dass wir da sind.«

Doktor Freiberg nickte Anne zu. »Schauen Sie sich jetzt einfach etwas um, gehen Sie an die Gangway, in die Lobby und in die Empfangshalle. Die Passagiere treffen jetzt ein. Sie haben alle ihre Kabinennummern und die Karten, die als Schlüssel dienen, zu Hause erhalten. Sie müssen nur noch in die richtigen Richtungen geführt werden. Ich gebe Ihnen einen Pager mit, den müssen Sie immer bei sich tragen, damit Sie erreichbar sind.«

»Was ist das?«

»Nun, das ist ein Signalgerät, das meldet sich, wenn Sie irgendwo gebraucht werden. Ärzte in Krankenhäusern sind zum Beispiel damit ausgerüstet.«

»Ich kann dann da hineinsprechen?«

»Ja, es gibt Rede und Antwort, wichtig ist nur, dass das Gerät auch immer angeschaltet ist.«

»Ja, natürlich.« Anne bedankte sich und verließ das Wartezimmer. Sie war neugierig und wollte dabei sein, wenn die Passagiere eintrafen.

Anne fuhr mit dem Lift hinauf in die Empfangshalle, in der die ersten Reisenden begrüßt wurden. Hier traf sie Ruth wieder, die ihr lachend zuwinkte. Alte, betuchte Herrschaften, junge Leute mit Kindern, einige Passagiere sogar in Rollstühlen wurden von Stewardessen und Stewards in Empfang genommen und zu ihren Kabinen gebracht.

»Aber die Leute haben ja gar kein Gepäck«, fragte Anne erstaunt.

»Das Gepäck wird auf dem Pier gesammelt und dann direkt in die Kabinen gebracht. Wenn die Gäste dort eintreffen, sind die Koffer bereits da.«

»Das ist ja wunderbar organisiert«, staunte Anne.

»Eine gute Organisation ist das Wichtigste auf dem Schiff, und die erste Sicherheitsübung.«

»Die erste Sicherheitsübung?«

»Ja, eine Seenotrettungsübung. Die Passagiere lernen sofort alles über Schwimmwesten, Rettungsboote und wo sie sich im Notfall einzufinden haben.«

»Das ist ja schrecklich, wenn ein Urlaub so beginnt.«

»Ja«, lachte Ruth, sehr angenehm ist das nicht, aber lebensnotwendig, und die Leute werden, wenn sie so eine Reise buchen, als Erstes darauf hingewiesen.«

»Na ja, verstehen kann man es schon.«

»Habt ihr von der Krankenstation so eine Übung schon hinter euch?«

»Nein.«

»Na, dann kommt ihr heute Abend dran.«

Pünktlich am nächsten Mittag legte die ›S.M. Victoria‹ vom Cruise Terminal ab, begleitet von zurückbleibenden, winkenden Angehörigen, einer kleinen Kapelle mit flotter Marschmusik und kreischenden Möwenschwärmen. Anne bekam davon nichts mit. Sie half im Hospital, wo sich ein Passagier mit Magenkrämpfen quälte und eine gehbehinderte Dame Hilfe anforderte, weil sie ihre Brille verlegt hatte.

In Southampton stiegen noch einige Passagiere zu und in Liverpool und Dublin ebenfalls. Dann begann die Reise quer über den Atlantik. Das Wetter war nicht sehr freundlich und machte dem April alle Ehre. Schwere Windböen vertrieben die Passagiere von den offenen Decks, und der Seegang mit meterhohen Wellen machte den Gästen das Laufen schwer. Anne hatte alle Hände voll zu tun. Sie musste stützen und trösten, halten und helfen und kam kaum zum Essen, weil der Pager sie ständig nach irgendwohin beorderte. An eine freie Stunde am Tag war überhaupt nicht zu denken. Aber es machte ihr nichts aus, sie war froh, helfen zu können, und wenn einmal ein Augenblick der Ruhe herrschte, dann tröstete sie sich mit dem Gedanken an die sonnige, hoffentlich ruhige Karibik, in der sie ja irgendwann landen mussten.

Hin und wieder traf sie auf dem wettergeschützten, inneren Promenadendeck eine alte Dame, die in Liverpool zugestiegen war und anscheinend ganz allein reiste. Sie war groß, hager, etwas altmodisch gekleidet und ziemlich reserviert. Im Speisessaal hatte sie einen Platz an einem Zweipersonentisch, bei dem die zweite Person jedoch nie in Erscheinung trat. Die Dame wirkte müde und deprimiert, und sie tat Anne leid, weil sie nie mit einem der anderen Passagiere sprach und sich auch nicht an irgendwelchen unterhaltsamen Events beteiligte. Eines Tages fragte Anne die befreundete Stewardess: »Sag mal, da gibt es eine Dame, die ganz allein reist, die mit keinem Passagier Kontakt hat und die irgendwie total einsam wirkt. Ob ich sie einmal anspreche?«

Ruth schüttelte den Kopf. »Würde ich nicht tun, sie will allein sein, das muss man respektieren.«

»Zu dumm, dass ihr Tischnachbar auch nie auftaucht. Es muss doch langweilig sein, immer allein zu essen und sich nie unterhalten zu können.«

»Es gibt Passagiere, die wollen einfach allein sein. Sie buchen eine Doppelkabine und leben allein darin, und genau so ist es mit dem Tisch. Sie hat bestimmt den Tisch für zwei Personen gebucht, um allein essen zu können.«

»Ich dachte immer, man sitzt auf einem Kreuzfahrtschiff mit mehreren am Tisch.«

»Nein, das ist lange vorbei. Vor allem viele Paare wollen allein am Tisch sitzen, und so versucht die Reederei jeden Wunsch zu erfüllen, die Leute sollen sich schließlich auf dem Schiff erholen und nicht zu Konversationen gezwungen werden. Manche mögen die Unterhaltung beim Essen, andere nicht. Aber wenn es dich beruhigt, ich komme heute Abend mal beim Essen vorbei, dann zeigst du mir die Dame. Welches Dinner nimmt sie ein?«

»Das erste.«

»Na gut, wir treffen uns um sechs am Eingang neben der Lido Bar. Ich bringe eine Reservierungsliste mit.«

»Fein, dann weiß ich, mit wem ich es zu tun habe.«

»Aber du hast doch gar nichts mit ihr zu tun.«

»Könnte aber sein, dass es mal dazu kommt. Ich mache mir ein bisschen Sorgen um sie, sie wirkt so deprimiert. Und mit Depressionen fing bei meiner Mutter alles an.«

»Bei deiner Mutter?«

»Ja, und schließlich ist sie gestorben.«

»Wie schrecklich.«

»Hm, und ich frage mich noch heute, ob ich etwas versäumt oder falsch gemacht habe, ob ich nicht genug aufgepasst habe.«

»Kann man denn an Depressionen sterben?«

»Irgendwann macht der Körper nicht mehr mit, man gibt sich auf.«

»Wie traurig. Und du meinst, bei der alten Lady …«

»Nein, nein, die kenne ich doch gar nicht. Ich möchte nur helfen, wenn es nötig sein sollte.«

Und die Hilfe wurde schneller benötigt, als Anne an diesem Abend mitten auf dem Atlantik ahnen konnte.

6

Lady MacAdleston war außerordentlich verärgert. Wie immer hatte sie versucht, Frieden in der Familie zu stiften und wie immer hatte sie versagt. Es war einfach nicht möglich, die drei Söhne zur Zusammenarbeit zu bewegen.

James, der Älteste, der die Geschäfte führen sollte, war vernarrt in seine Frau und seine Kinder und tat nur, was diese Lucy ihm riet, ganz gleich, ob die Besitzungen dadurch zugrunde gingen und die Familie auseinanderfiel oder nicht. Und Connor, dieser Starrkopf und Zuchtmeister, lebte mit seiner Megan in ständigem Streit, und darunter litten die Kinder so sehr, dass sie sich weigerten, in den Internatsferien nach Hause zu kommen. Na, und Dylan, dieser Narr hatte alles andere im Kopf als die Rinderzucht, von der sie alle lebten. Statt als Jurist die Interessen des Gutes zu koordinieren, verspielte er mit seinen Ideen alle Möglichkeiten einer Einigung unter den Brüdern.

Lady MacAdleston saß auf ihrem Balkon vor der Suite, starrte auf das Meer und schüttelte den Kopf. Jahrelang hatten sie und ihr Georg darum gekämpft, der größte und berühmteste Zuchtbetrieb Schottlands für die Galloway-Rinder zu werden – und zwar nicht in New Galloway, sondern in ihren Hills, in den Lammermuir-Hills im Osten des Landes. Und dann hatten sie es geschafft, die Zucht wurde anerkannt und weltberühmt, und dann war Georg gestorben, von einem Augenblick zum anderen, und sie stand mit drei halbwüchsigen Söhnen, einem riesigen Anwesen, unzähligen Angestellten und Hunderten von Rindern allein da.

Lady MacAdleston stand auf und klingelte nach dem Steward. »Bitte bringen Sie mir meinen Tee und ein Sandwich in die Kabine und vergessen Sie meinen Whisky nicht, den schottischen, wenn ich bitten darf.«

»Selbstverständlich, Lady MacAdelston.« Mit einer leichten Verbeugung schloss der Steward die Kabinentür. Schlechte Laune heute, dachte er, wie immer. Aber die Lady ist großzügig, die soll ihren Whisky und ihren Tee haben. Er wusste, dass sie immer eine Pfundnote für ihn übrig hatte. Geizig ist die nicht, da kann man von den Schotten sagen, was man will, auf die Lady trifft das nicht zu. Und so beeilte er sich, brachte den Tee und den Whisky und das Sandwich zur Kabine und servierte alles auf dem kleinen Tisch auf der Terrasse. Sogar eine Rose hatte er ihr mitgebracht. Dass er die unterwegs aus einer Blumenschale der Lobby entführt hatte, brauchte sie ja nicht zu wissen.

Nur, die Lady war nicht da. Komisch, dachte er, sie hatte sich doch noch gar nicht umgezogen, wohin ist sie denn gegangen? Dann hörte er aus dem Bad den leisen Ruf. »Hallo, ich brauche Hilfe.«

Vorsichtig öffnete er die Tür, dann sah er sie. Die Lady saß auf dem Frisierhocker, hielt mit der rechten Hand den linken Arm fest und bat: »Könnten Sie bitte einen Arzt rufen? Ich bin gestürzt und habe mich verletzt.«

»Selbstverständlich, Lady MacAdleston.« Er nahm seinen Pager, ging in die Kabine zurück und funkte Doktor Freiberg an. »Doktor, ich bin hier bei Lady MacAdleston auf dem First-Class-Deck. Die Dame braucht Hilfe, ich glaube, sie ist gefallen.«

»Wir kommen sofort.« Franz Freiberg funkte Anne-Sophie Wedel an. »Anne, ich brauche Sie. Kommen Sie zum First-Class-Deck zu Lady MacAdelston, sie ist gestürzt.«

Anne antworte: »Bin schon unterwegs«, und traf gleichzeitig mit dem Arzt und einer Krankenschwester in der Luxuskabine der schottischen Lady ein.

Der Steward hatte der Lady geholfen, sich in einen Sessel zu setzen, aber der Arzt sah ihr an, dass sie starke Schmerzen hatte und mit den Tränen kämpfte.

Er beugte sich zu ihr hinunter und fragte: »Was ist passiert, Lady MacAdleston?«

»Ich bin im Bad ausgerutscht. Ich glaube, ich habe meinen Ellenbogen verstaucht.«

Der Arzt bedankte sich bei dem Steward und bat ihn, einen Rollstuhl zu besorgen. Dann wandte er sich zu Anne: »Bitte helfen Sie mir, den Ärmel abzustreifen.« Da das aber mit Schmerzen verbunden war, bat die Lady: »Schneiden Sie den Ärmel einfach ab«, und Anne tat, was sie wünschte. Der Arzt untersuchte den Arm, die Schulter und erklärte: »Ich fürchte, Lady MacAdleston, Sie haben recht. Wir müssen den Arm im Hospital röntgen.«

Die Lady versuchte aufzustehen, fiel aber gleich in den Sessel zurück. »Ich glaube, meine Beine streiken«, erklärte sie leise.

»Machen Sie sich keine Gedanken, wir holen einen Rollstuhl und bringen Sie ins Hospital.«

»Einen Rollstuhl – aber wie sieht das denn aus«, protestierte sie. »Bitte, ich möchte kein Risiko eingehen, der Sturz hat Sie geschwächt, und zur Zeit ist kein Mensch hier an Deck, der Sie sehen könnte«, versicherte der Arzt. »Wir nehmen den Lift und landen direkt vor dem Wartezimmer.«

Der Steward kam mit dem Rollstuhl zurück und zusammen mit Anne half Doktor Freiberg der Patientin in den Stuhl. Zehn Minuten später hatten sie das kleine Hospital erreicht. Etwas befremdet hatte der Arzt dann festgestellt, dass die Dame während der ganzen Fahrt die Hand von Anne-Sophie Wedel fest umklammert hielt.

Bei der Röntgenuntersuchung stellte Doktor Freiberg fest, dass die Gelenkkapsel des Oberarms im Ellenbogengelenk gebrochen und der Röhrenknochen über dem Gelenk zersplittert war. Das war ein komplizierter Bruch und der Arzt versuchte, diese Komplikation der Patientin so schonend wie möglich zu erklären. Aber Lady MacAdleston winkte ab. »Sagen Sie die Wahrheit, ich kann damit umgehen.«

»Nun ja, es ist ein komplizierter Bruch, der seine Zeit braucht, um wieder zusammenzuwachsen. Im Augenblick ist das Gelenk stark geschwollen, da kann ich nur bandagieren. Wenn die Schwellung nachlässt, ich hoffe, das ist morgen der Fall, dann muss ich den Arm eingipsen, und zwar von der Schulter bis zum Handgelenk.«

»Ach, wie scheußlich. Können Sie etwas gegen die Schmerzen tun?«

»Selbstverständlich, ich müsste aber wissen, welche Medikamente Sie nehmen, damit wir eine Unverträglichkeit verhindern.«

»Ich nehme keine Medikamente. Hin und wieder einen Whisky gegen den Ärger, das ist alles.«

»Ärger?«

»Wer hat den nicht.«

»Ich möchte Sie heute Nacht hier behalten. Sie werden sehr schlecht schlafen, weil Sie sich nicht bewegen dürfen.«

»Nein, ich will in meine Kabine. Hier, die nette junge Dame, könnte sie nicht auf mich aufpassen?«, und ganz schnell griff sie mit der rechten Hand nach Annes Arm und hielt ihn ganz fest. »Bitte, Doktor, ich habe Platz genug.«

Der Arzt sah Anne fragend an. Und Anne nickte. »Natürlich würde ich das machen. Ich bin Pflegerin, und es ist meine Aufgabe, mich um Patienten zu kümmern.«

»Dann bringen Sie mich zurück«, bat die Lady und sah Anne dankbar an.

Doktor Freiberg verband den Arm, legte eine ganz leichte Metallschiene an, »nur damit der Arm ein wenig geschützt ist«, gab der Lady eine Spritze gegen die Schmerzen und winkte den Steward mit dem Rollstuhl wieder in das Behandlungszimmer. »Ich komme später vorbei, schau mir den Arm noch einmal an und gebe Ihnen ein Schlafmittel, damit Sie eine ruhige Nacht haben.«

»Danke, Doktor.«

Der Steward und Anne brachten die Lady zurück in ihre Kabine, und Anne war überrascht von dem Luxus, dem sie sich plötzlich gegenübersah. Die Kabine, die man eigentlich als Suite bezeichnen musste, bestand aus drei Räumen und dem Badezimmer und war üppig eingerichtet. Schwere Mahagonimöbel, venezianische Spiegel, Einbauschränke, ein dicker Teppichboden und Seidenvorhänge, Messingleuchter und -türklinken und überall Sesselgruppen, Tischchen mit Obstschalen und Blumensträußen und im Schlafraum ein riesiges Kingsizebett mit einem Gazevorhang gegen Insekten in den tropischen Gewässern.

Anne war fassungslos, nahm sich aber schnell zusammen und bat den Steward: »Bitte, helfen Sie mir, die Dame auf das Bett zu setzen, dann werde ich allein fertig.«

Lady MacAdleston seufzte tief, sie unterdrückte ihren Schmerz und sah Anne dankbar an. »Ich bin sehr froh, dass Sie sich um mich kümmern. Fremde Menschen lehne ich ab, aber zu Ihnen habe ich Vertrauen, Miss ...«

»Ich bin Anne-Sophie Wedel, Sie können gern Anne zu mir sagen.«

»Danke, Anne. Ich habe Sie öfter auf dem Schiff gesehen, Sie sahen immer freundlich aus und hatten für jeden ein Lächeln, selbst wenn der Mensch ein Knurrhahn war.«

»Danke, Lady MacAdleston, ich bin ein Optimist und versuche auch in einem Knurrhahn etwas Positives zu sehen. Ein Erbgut meines Vaters.«

»Dafür können Sie dankbar sein. Bitte lassen Sie das MacAdleston sein, ich bin für Sie Lady Caroline.«

»Danke, gern. Aber jetzt muss ich mit aller Freundlichkeit energisch werden und Sie bitten, sich hinzulegen. Das hat der Arzt verordnet.«

»Dann helfen Sie mir bitte aus der Kleidung. Das Kleid schneiden wir einfach auf, ihm fehlt ja sowieso schon ein Ärmel.«

Ja, dachte Anne, um den grauen Sack ist es auch nicht schade. Warum trägt sie nur jeden Tag diese scheußlichen grauen Kleider? Sie nahm eine Schere und schnitt kurzerhand den Rücken entlang das ganze lange Kleid in zwei Teile und entfernte es. Aber auch die Unterwäsche war äußerst schlicht. Baumwolle und Leinen, und Anne bedauerte es nicht, als die Lady riet: »Damit machen wir's genau so.«

Dann half sie der alten Dame in ein einfaches Nachthemd. Na ja, dachte Anne, über Geschmack lässt sich streiten. Aber die Lady wirkte zufrieden und fast vergnügt, als sie sich endlich in ihrem breiten Bett ausstrecken konnte. Anne legte ihr ein paar Kissen unter den verletzten Arm und die Schulter und deckte die Lady vorsichtig zu.

»Würden Sie noch ein bisschen bei mir bleiben«, bat sie.

»Aber gern. Der Doktor weiß ja, wo er mich findet, wenn er mich braucht.«

»Sind Sie schon lange auf dem Schiff tätig?«

»Nein, es ist meine erste Arbeit auf einem Kreuzfahrtschiff.«

»Für mich ist es auch die erste Reise auf so einem Luxusliner. Da machen wir ja so ziemlich die gleichen Erfahrungen.«

Anne lächelte. »Nun, von Reiseerfahrungen kann ich nicht gerade sprechen, aber ich hätte mir das nie so groß vorgestellt.«

»Ich auch nicht. Mich stören die vielen Menschen am meisten und dass man ihnen nicht ausweichen kann.«

»Sie sind viel allein, Lady Caroline.«

»Ich will meine Ruhe haben.«

»Das dürfte schwer sein, bei Hunderten von Mitreisenden.«

»Ach, hier in der Kabine geht das, aber sobald man vor die Tür tritt, ist man umzingelt.«

»Es gibt aber auch sehr nette Leute an Bord.«

»Ich verzichte auf alle Versuche, Bekanntschaften zu machen.«

»Haben Sie schlechte Erfahrungen gemacht?«

»Nein, das nicht, aber ich will meine Ruhe haben, deshalb bin ich unterwegs.«

»Und zu Hause haben Sie die nicht?«

»Nein, zu Hause herrscht nur das Chaos, da musste ich mal raus, und weil ich nicht wusste, wohin, habe ich mich zu dieser

Reise entschlossen. Über das Internet, wenn Sie wissen, was ich meine. Plötzlich hatte ich die Unterlagen, den Kabinenschlüssel und die Rechnung auf dem Schreibtisch und am nächsten Tag bin ich abgereist.«

»Dann sind Sie eine Lady der schnellen Entschlüsse.«

Caroline MacAdleston kicherte verhalten. »Das hab ich selbst nicht von mir gewusst. Ich denke mal, das Chaos hat mich dazu gemacht.«

»Aus welchem Teil von Schottland kommen Sie denn?«

»Aus dem Südosten, kennen Sie Schottland?«

»Vor dem Abitur habe ich eine Schülerreise mitgemacht, wir sind von Edinburgh aus durch den Norden gereist und von Glasgow aus wieder zurückgeflogen.«

»Dann haben Sie die Lammermuir-Hills nicht gesehen, ein weites, herrliches, hügeliges Land. Ich bin dort geboren und ich möchte nirgendwo sonst leben.«

»Es muss schön sein, so eine feste Heimat zu haben.«

»Ja, man weiß, wo die Wurzeln sind, ich finde, das ist sehr wichtig. Haben Sie keine feste Heimat?«

»Mein Vater war Diplomat, und wir waren in der ganzen Welt unterwegs, bis ich in die Schule kam. Da hat mein Vater gesagt, jetzt ist Schluss mit dem Herumzigeunern und hat seinen Anker in Hamburg geworfen.«

»Einen Anker geworfen?«

»Na ja, wir waren immer mit dem Schiff unterwegs, weil meine Mutter Angst vor dem Fliegen hatte. Und dann ist Hamburg meine Heimat geworden. Vater war viel unterwegs, und ich hatte ein Zuhause, eine feste Schule und konnte endlich auch einmal ein paar Freundschaften schließen.«

»Und dann?«

»Und dann ist Vater in Kanada verunglückt, ein Flugzeugabsturz, und Mutter ist krank geworden vor Kummer.«

»Krank vor Kummer?«

»Ja, wissen Sie nicht, dass man vor Kummer krank werden kann?«

»Nein, eigentlich nicht.«

Anne sah die alte Dame lange an. Sie ist so introvertiert, so allein – ist das vielleicht der Grund für ihren Sturz?, dachte Anne. Psychotherapeuten behaupten oft, dass seelische Probleme sich unbewusst auf den Körper auswirken, Mutter ist es letzten Endes auch so ergangen. Aber das werde ich nicht verraten, dazu kenne ich die Lady nicht genug.

»Und was haben Sie dann gemacht«, fragte Lady Caroline, die gern mehr über diese sympathische junge Frau wissen wollte.

Anne zuckte etwas resigniert die Schultern. »Ich habe mein Abitur gemacht, meinen Traum, Medizin zu studieren, an den Nagel gehängt, meine Mutter gepflegt und mich in Kursen zu einer Alten- und Krankenpflegerin ausbilden lassen.«

»War das sehr schwer für Sie?«

»Na ja, um ehrlich zu sein, zuerst war ich sehr enttäuscht, aber dann habe ich gelernt, damit umzugehen, und dann habe ich meine Mutter wirklich gern und mit viel Liebe gepflegt und ich habe viel gelernt – ich meine beim Umgang mit einem depressiven, demenzkranken Menschen, der nicht mehr weiß, wer er selbst ist.«

»Das muss schwer gewesen sein.«

»Ja, aber auch schön, weil meine Hilfe angenommen wurde. Das ist ein sehr befriedigendes Gefühl und erleichtert vieles.«

»Wie schön Sie das sagen.«

»Ich habe das so erlebt.« Annes Pager summte. Sie meldete sich. Nach einer kurzen Anweisung sagte sie zu Lady MacAdleston: »Man braucht mich, es tut mir leid.«

»Kommen Sie wieder? Bitte.«

»Gern, sobald ich kann.« Sie rückte der alten Dame noch einmal die Kissen zurecht und verließ die Kabine mit einem Winken.

7

Doktor Freiberg wartete bereits auf sie. »Miss Anne, wir haben da einen älteren Herrn, der möchte mit Ihnen Schach spielen.«

»Aber Doktor Freiberg, ich bin doch keine Animateurin, die man zum Spielen mieten kann. Ich betreue gern Menschen, die mich brauchen, aber doch nicht, um Schach zu spielen.«

»Machen Sie bitte eine Ausnahme, Anne, der Herr ist sehr einflussreich, und es wäre von Vorteil für uns, ihn bei guter Laune zu halten.«

»Ausnahmen sollten bei unserer Arbeit nicht gemacht werden, Doktor Freiberg.«

»Bitte Anne, ich würde Sie nicht drängen, wenn es nicht wichtig wäre.«

»Na schön, aber nur einmal. Wer ist der Herr, und wo finde ich ihn?«

»Er bewohnt die Grand-Luxe-Suite und wartet dort auf Sie.«

»Auch das noch. Lassen Sie ihm ausrichten, dass ich bereit bin, im Spielsalon mit ihm Schach zu spielen, dort, wo auch andere Passagiere spielen, aber nicht in seiner Luxussuite.«

»Er verlässt die Suite nie, weil er inkognito reisen will. Er geht höchstens einmal auf seinem kleinen Privatdeck spazieren.«

»Woher kennt er mich überhaupt, wenn er seine Suite nie verlässt?«

»Das müssten Sie ihn schon selbst fragen. Bitte, Anne, spielen Sie doch ein paar Partien mit ihm.«

Anne seufzte. Auf was habe ich mich da eigentlich eingelassen, fragte sie sich, ich will alte, kranke und hilfsbedürftige Menschen pflegen und nicht als Animateurin auftreten. Davon gibt es auf dem Schiff schließlich eine ganze Menge, auf die diese Berufsbezeichnung passt.

Sie sah Doktor Freiberg unschlüssig an. »Wissen Sie, ich habe nicht vor, hier als Freizeitbegleitung von irgendwelchen Personen zu arbeiten. Ich bin eine Pflegerin und das möchte ich auch bleiben.«

»Selbstverständlich, Anne, das weiß ich doch. Aber ist es nicht auch die Aufgabe einer Pflegerin, einem alten Menschen zu helfen, seine Einsamkeit zu überwinden?«

»Unter gewissen Umständen schon.«

»Und was wären solche Umstände?«

»Eine Einsamkeit, die aus einer Not heraus oder durch Krankheit oder aus Verzweiflung entstanden ist, aber nicht aus einer selbst gewünschten Isoliertheit heraus.«

»Da haben Sie natürlich recht, Anne, trotzdem, bitte machen Sie eine Ausnahme, Paul bringt Sie hin.« Er deutete auf einen Steward, der neben der Tür zum Warteraum stand. »Paul bleibt auch im Foyer und wartet dann auf Sie.«

»Ach, glauben Sie, dass ich Schutz brauche? Doktor Freiberg, glauben Sie mir, ich weiß mich zu wehren.«

»Bitte, Anne«, jetzt lachte der Arzt über das ganze Gesicht, »daran würde ich nie zweifeln. Nein, meine Liebe, der Steward begleitet Sie, weil dieses Deck für fremde Personen nicht zugänglich ist.«

Paul hielt ihr die Tür auf und Anne folgte ihm durch lange Gänge, fuhr mit ihm im Lift mehrere Etagen hoch und folgte ihm noch einmal über Flure, durch Säle und über Treppen. Hoch oben, wo das breite Schiff schmal und sehr elegant wurde, musste Paul sich vor einem Wachmann ausweisen und Anne vorstellen. Dann durften sie eine andere, kleine Welt betreten, eine Welt, in der der Luxus zu Hause war. Paul übergab Anne einem Pagen, der sie in einen Salon von beeindruckender Eleganz führte. Drei Seiten des Raumes bestanden aus Fenstern mit einem unbeschreiblichen Blick auf das Meer und die Decks unterhalb der Luxussuite. Die Einrichtung war ganz in Weiß gehalten, blühende Blumen in riesigen Kübeln gaben dem Ganzen Farbe. Eine breite Glastür führte auf ein Sonnendeck, dem weiße Markisen Schutz gaben.

In einer Ecke des Salons stand ein Spieltisch mit aufgestellten Schachfiguren. Anne ging hin und bewunderte die einzigartig geschnitzten Figuren. Sie nahm einen Springer in die Hand und besah ihn sich. Wenn der aus Elfenbein ist, dann kann dieser reiche Typ gleich einmal Ärger mit mir kriegen, dachte sie und fuhr erschrocken zusammen, als hinter ihr jemand sagte: »Es sind Rinderknochen, Madame, ich bin ein Freund der Elefanten und nicht ihr Jäger.«

Anne drehte sich überrascht um und lächelte den fremden Mann an. »Sie sind wunderschön geschnitzt, diese Rinderknochen.«

»Und sie sind sehr wertvoll, denn es gibt sie nur einmal und sie sind sehr alt. Guten Tag, ich bin Andrew. Nett, Sie zu sehen, Madame.«

»Guten Tag, Mister Andrew, ich bin Anne-Sophie Wedel, Sie können Anne zu mir sagen.«

»Sehr erfreut, Miss Anne. Bitte nehmen Sie Platz.«

Anne setzte sich an den Spieltisch. Sympathisch ist er ja, dachte sie, und irgendwie kenne ich ihn, aber woher? Mister Andrew nahm ihr gegenüber Platz und sah sie prüfend an. »Ich freue mich, dass Sie gekommen sind.«

Anne lächelte. »Ich hatte, um ehrlich zu sein, überhaupt keine Lust auf diesen Spielnachmittag, Mister Andrew. Es gehört nämlich nicht zu meinen Aufgaben, irgendwo mit irgendeinem Menschen zu spielen. Ich bin eine Pflegerin und keine Spielerin.«

»Ich weiß, Miss Anne.«

»Und trotzdem haben Sie mich herbestellt?«

»Ich habe Sie hergebeten, nicht bestellt.«

»Doktor Freiberg hat diese Bitte als sehr ernsthaft empfunden.«

»Doktor Freiberg war noch nie ein guter Diplomat.«

Anne sah ihr Gegenüber kritisch an. Er kannte also den Schiffsarzt. Für sein Alter, überlegte sie, sieht er noch sehr gut aus. Groß, sportlich und braun gebrannt, dazu das volle weiße Haar und die hellwachen blauen Augen, nur im Gesicht haben die Jahre ihre Falten hinterlassen und die Hände sind die eines alten Mannes.

»Kontrolle bestanden?«, lachte Mister Andrew sie an.

Anne fühlte sich ertappt und errötete. »Wollen wir nicht mit dem Spiel beginnen?«

»Warum so eilig, Miss Anne?«

»Um hierher zu kommen, musste ich eine alte Lady allein lassen, die sich vor einer Stunde den Arm gebrochen hat und nun mit ihren Schmerzen und mit vielen traurigen Gedanken allein in ihrer Kabine liegt.«

»Gehört das Trösten auch zu Ihren Aufgaben?«

»Selbstverständlich, das ist oft wichtiger als das Wechseln von Verbänden oder die Spazierfahrt mit dem Rollstuhl.«

»Da haben Sie sicher recht. Ich werde darauf zurückkommen, wenn ich Hilfe brauche.«

»Sollten wir nicht endlich mit dem Spiel anfangen, ich habe der Lady versprochen, heute noch einmal nach ihr zu sehen.«

»Der Tag ist noch lang, Miss Anne, und ich will gar nicht mit Ihnen Schach spielen.«

»Sondern?«

»Ich will Sie kennenlernen und mich mit Ihnen unterhalten.«

»Gibt es sonst niemanden hier, mit dem Sie sich unterhalten könnten? Das Schiff ist voller netter Leute, Mister Andrew.«

»Ich weiß, und der Gedanke, mit mehr als tausend Menschen dieses Schiff zu teilen, flößt mir Grauen ein.«

»Es ist ein schönes, ein sicheres Schiff und für's Grauen gibt es keinen Grund. Sind Sie öfter auf so einem Schiff unterwegs, Mister Andrew?«

»Mehrmals im Jahr.«

»Und immer von diesem Luxus umgeben?«

»Und immer verdammt einsam hier oben zwischen Himmel und Wasser.«

»Und warum? Ich meine, warum so allein oder einsam, wie Sie das nennen?«

»Wer kommt schon, wenn ich ihn um einen Besuch bitte?«

»Ich bin gekommen! Aber weshalb sollten die Leute auch zu Ihnen kommen? Wenn Sie Kontakte suchen, dann müssen Sie sich schon selbst auf den Weg machen und nicht darauf warten, dass andere kommen.«

»Ach, Sie haben ja keine Ahnung, Miss.«

»Nein, ich habe keine Ahnung, also sagen Sie es mir.«

»Ich bin Andrew Wilhelm Möller.«

»Ja, und? Im Hamburger Telefonbuch gibt es seitenweise den Namen Möller. Sind Sie einer davon?«

Jetzt brach der alte Mann in ein lautes Lachen aus. »Sie haben tatsächlich keine Ahnung, meine liebe Miss?«

»Nein, woher auch. Sind Sie so bedeutsam, dass ich Sie kennen müsste? Sie sind mir nicht unbekannt, zugegeben, irgendwo habe ich Ihr Gesicht schon einmal gesehen, aber fragen Sie mich nicht, wo.«

Andrew W. Möller stand auf, holte eine Broschüre aus einem Schrank und reichte sie Anne.

Verblüfft sah sie das Umschlagfoto an. Oben darüber stand Andrew W. Möller und unter dem Foto ›Reeder‹.

»In Wirklichkeit sehen Sie aber viel besser aus als auf dem Foto«, war das Erste, was sie sagte. Dann errötete sie und bat. »Entschuldigung.«

»Wofür? Für das netteste Kompliment, das ich in den letzten zwanzig Jahren bekommen habe?«

»Nein, dafür, dass ich nicht wusste, dass Sie der Eigner dieses Schiffes und aller anderen sind, die unter Ihrer Familienflagge fahren«, erklärte sie zurückhaltend.

»Schon gut. Ich dachte, Sie hätten mit den Papieren zum Dienstantritt auch diese Broschüre erhalten.«

»Ja, die habe ich bekommen, aber Zeit zum Hineinschauen hatte ich nicht. Das Foto allerdings hatte ich verschwommen in Erinnerung.«

»Verschwommen«, entrüstete sich der Reeder lachend, »das ist ein starkes Stück.«

Anne versuchte ihre Befangenheit abzustreifen, es gelang ihr aber nicht ganz. Was will dieser fremde Mann von mir, dieser introvertierte Millionär? Schachspielen will der ganz bestimmt nicht.«

»Darf ich Ihnen etwas anbieten? Einen Kaffee, einen Cognac, einen frisch gepressten Orangensaft?«

»Danke, ich möchte nichts. Spielen wir jetzt noch Schach oder nicht? Dann würde ich mich lieber wieder meiner Arbeit zuwenden.«

»Warum wollen Sie schon gehen?«

»Ich denke, Doktor Freiberg hat noch andere Patienten auf seiner Liste, die auf mich warten.«

»Das glaube ich nicht. Ich habe bestellen lassen, dass ich den gesamten Nachmittag und Abend mit Ihnen Schach spielen möchte.«

»Bitte, Mister Möller ...«

»Andrew bitte ...«

»Also gut, Mister Andrew, haben Sie Erbarmen mit mir, ich habe seit meiner Kindheit, als mein Vater oft mit mir gespielt hat, niemals wieder Schach gespielt, ich kann mich nur noch mit Mühe an die einzelnen Züge erinnern, und jetzt wollen Sie mit mir stundenlang ein Spiel spielen, von dem ich keine Ahnung mehr habe?«

»Schach verlernt man nicht.«

»Da bin ich anderer Ansicht.«

»Wenn Sie jetzt gehen, werden Sie nochmal wiederkommen?«

»Wenn Sie mich nett darum bitten, gern.«

»Na klar, kein Befehl, ich weiß. Aber ich habe noch eine andere Bitte, Miss Anne, kein Mensch auf diesem Schiff weiß, wer ich wirklich bin. Ausgenommen der Kapitän und meine persönlichen Mitarbeiter – und jetzt Sie, Miss Anne. Ich möchte, dass das so bleibt, bitte.«

»Warum eigentlich ich?«

»Das erzähle ich Ihnen ein andermal, falls Sie wiederkommen.«

»Ist das eine kleine Form von Erpressung, Mister Andrew?«

»Selbstverständlich. Ich bin immer und grundsätzlich auf der sicheren Seite.«

»Sie appellieren an meine Neugier?«

»Aber ja.«

»Das ist unfair.«

»Was und wer auf der Welt ist schon fair?«

»Männer wie Sie, dachte ich.«

Sein lautes Lachen begleitete sie, als Anne die Grand-Luxe-Suite verließ.

Draußen im Foyer wartete Paul auf sie. Als der Steward sie zurück zum Hospital begleiten wollte, schüttelte Anne den Kopf. »Ich muss zuerst sehen, wie es Lady MacAdleston geht. Würden Sie mich zu ihr bringen?«

»Gern, natürlich. Aber erwartet Doktor Freiberg Sie nicht?«

»Nein, und wenn er mich braucht, funkt er mich an.«

»Dann nehmen wir jetzt den Lift dort drüben, der bringt Sie direkt zum richtigen Deck.«

»Danke. Sie kennen sich ja zum Glück sehr gut aus. Fahren Sie schon lange auf der ›M. S. Victoria?‹«

»Das dritte Jahr jetzt.«

»Und, wie ist das so?«

»Wie meinen Sie das?«

»Na ja, ist es in Ordnung mit der Bezahlung, mit den Vorgesetzten, mit den Dienstplänen, so mit dem ganzen Leben hier auf dem Schiff?«

»Wir können nicht klagen.«

Anne merkte, dass er sich nicht ausfragen lassen wollte, und schwieg. Ich werde schon noch erfahren, ob der Schiffseigner großzügig ist, wenn es um die Angestellten geht, dachte sie. Auf mich wirkte er sympathisch, aber erste Eindrücke können auch gewaltig täuschen. Ich werde auf jeden Fall vorsichtig sein, nahm sie sich fest vor. Und dabei weiß ich überhaupt nicht, was dieser Mann ausgerechnet von mir will.

8

Caroline MacAdleston schlief, als Anne ihre Suite betrat. So schaute sie nur nach, ob die Lady und vor allem der gebrochene Ellenbogen gut gelagert waren, und verließ die Kabine wieder. Langsam ging sie zum Hospital zurück. Vor dem Restaurant vom B-Deck traf sie Ruth, die gerade ein paar Gästen einen Weg erklärte. Als sie Anne sah, winkte sie ihr zu. »Komm, wir gönnen uns einen Drink in der Bar, ich habe gerade einen Augenblick Zeit.«

»Wir sind übermorgen in New York, wie wird es dann mit den Landausflügen der Passagiere?«, fragte Anne die Stewardess.

»Dann wird vor allem das Schiff leer«, lachte Ruth, »eine herrliche Gelegenheit, faul zu sein.«

»Ehrlich?«

»Nein, natürlich nicht. Wenn die Passagiere an Land sind, werden Reinigungsarbeiten und Reparaturen durchgeführt, die sonst die Gäste stören würden.«

»Aber gehen denn alle an Land?«

»Nein. Es gibt immer Passagiere, die kennen diese Ausflüge schon und genießen lieber einen ruhigen Tag auf dem Schiff.«

»Hm, ich werde wahrscheinlich einige Gäste begleiten müssen.«

»Ja, damit musst du rechnen. Auf dem Schiff fühlen sich die meisten sicher und geborgen, aber an Land, da fühlen sie sich oft fremd und sind beunruhigt. Da wünschen sich viele die gleiche Betreuung, die sie vom Schiff her gewohnt sind. Kennst du New York?«

»Ja. Ich war als Kind öfter dort.«

»Dann solltest du dich schlau machen. Die Stadt verändert sich laufend. Lass dir vom Reisebüro unten im C-Deck Stadtführer, Karten und Preislisten geben, damit du einigermaßen Bescheid weißt.«

»Preislisten?«

»Ja, für Taxikosten, Restaurants, Museen und andere Sehenswürdigkeiten. Die Passagiere verlassen sich auf dich.«

»Aber ich bin doch keine Reiseführerin. Ich helfe den älteren Gästen, in Busse und Bahnen zu steigen, Treppen zu erklimmen und Aussichtspunkte zu erreichen, aber doch nicht Restaurants auszusuchen und Besichtigungstouren zu organisieren.«

»Du wirst nicht drum herumkommen, auch Gaststätten und Touren für Stadtbesichtigungen vorzuschlagen.«

»Aber das mag ich überhaupt nicht, Ruth.«

»Man wird dich nicht fragen, was du magst und was nicht.«

»Eigentlich habe ich mir meine Arbeit einfach anders vorgestellt.«

»Aber du hast auch die Chance, viel zu erleben und zu sehen. Die Ausflüge an Land beginnen ja erst in New York. Denk mal, danach kommen Washington und Virginia-Beach und Charleston. Und dann im Süden Cape Canaveral und Miami und die Florida Keys. Traumhaft schön, sag ich dir. Und das ist alles umsonst für dich.«

»Hm, ich weiß nicht, ob es das ist, was ich will.«

»Na, deine Leute zum Betreuen hast du trotzdem dabei.«

Anne lachte. »Ja, da hast du eigentlich recht. Aber vor New York habe ich trotzdem Angst.«

»Brauchst du nicht zu haben.« Jetzt lachte Ruth, sie hatte die neue Freundin tatsächlich etwas reingelegt. »Mach dir keine Sorgen«, tröstete sie, »am Pier stehen Busse, und da steigst du ein und dann fährst du los und mit dir fahren die, die du so ein bisschen betreuen sollst. Aber denk auch daran, keiner der Reisenden will vor dem anderen als schwach und hilfsbedürftig gelten. Da werden sogar Lahme zu Gentlemen und spielen sich als Helden auf, damit musst du rechnen.«

»Schäm dich, so zu reden«, meinte Anne und wandte sich dem Orangensaft zu, den der Kellner ihr reichte.

»Na, Anne, ist doch wahr. Hier wollen noch Greise als Eroberer auftreten und uralte Ladys als Showgirls. Hier auf dem Schiff ist eben alles ein bisschen anders als im normalen Leben. Anders, weil es eine Menge Geld kostet.«

»So sehe ich das aber nicht«, Anne schüttelte leicht verärgert den Kopf.

»Und wie siehst du es dann?«

»Hier gönnen sich Leute, die schwer gearbeitet haben, eine Erholung, hier wollen Menschen, die sonst kaum aus ihren vier Wänden herauskommen, ein Stückchen Welt kennenlernen, hier genießen ein paar Leute, die jahrelang dafür gespart haben, den Höhepunkt ihres Lebens.«

»Na ja, wenn du das so sehen willst, ich habe andere Erfahrungen gemacht.«

Annes Pager piepste, und Doktor Freiberg bat sie, ins Hospital zu kommen. Sie trank schnell den Orangensaft aus, winkte Ruth zu: »Bis zum nächsten Mal«, und lief hinüber zum Lift, mit dem sie das Hospital am schnellsten erreichen konnte.

»Ich dachte, Sie seien noch bei unserem Inkognito-Gast in der Luxussuite«, empfing sie Doktor Freiberg sichtlich neugierig. »Was wollte der denn von Ihnen? Nur Schach spielen?«

»Nein, wir haben nicht gespielt. Wir haben uns etwas unterhalten, und dann bin ich wieder gegangen.«

»Einfach so?«

»Einfach so! Ich habe ihm gesagt, dass ich eine Alten- und Krankenpflegerin sei und keine Unterhalterin und dass ich seit meiner Kindheit nicht mehr Schach gespielt habe.«

Doktor Freiberg brach in schallendes Lachen aus. »Einfach so? Unglaublich. Dem Mann gehören mehrere Schiffe und Sie sagen einfach so ›Nein, danke‹?«

»Der Mann ist kein Pflegefall, Doktor Freiberg, und wenn er sich amüsieren will, dann steht ihm eine ganze Reihe von Möglichkeiten auf diesem Schiff zur Verfügung.«

»Haben Sie ihm das etwa auch gesagt?«

»Nein, dazu hatte ich keinen Grund, denn mit mir hat er

sich ernsthaft unterhalten, das ist etwas anderes. Aber trotzdem, eine Unterhalterin bin ich nicht. Wenn er Probleme mit den Beinen hat, werde ich ihn gern stützen, und wenn er Probleme mit den Augen hat, werde ich ihm gern vorlesen, wenn er aber Probleme mit der Langeweile hat, dann muss er allein damit fertig werden.«

»Na, bravo. Das nenne ich eine konsequente Einstellung. Und worüber haben Sie sich ernsthaft unterhalten? Etwa über seine Milliarden?«

»Wird das ein Verhör, Doktor Freiberg?«

»Miss Anne, es gehört zu den Aufgaben eines Schiffsarztes, die Passagiere zu kennen.«

»Alle eintausendfünfhundert?«

»Nein, aber die Reisenden in den Luxuskabinen auf jeden Fall. Denn wenn denen etwas passiert, muss die Hilfe perfekt und sofort erfolgen. Und erfolgreich muss sie natürlich auch sein.«

»Höre ich da etwas von Klassenunterschieden?«

»Miss Anne, wer bezahlt Ihren Lohn, Ihre Unterkunft, Ihre Mahlzeiten auf diesem Schiff? Die jungen Leute von den Innenkabinen im untersten Deck, die auf eine möglichst günstige Weise die Welt kennenlernen möchten, oder die Passagiere in den Luxuskabinen, die ein Vermögen ausgeben, weil sie nicht wissen, wohin sie mit dem Geld sollen?«

»Tut mir leid, Doktor, aber mit Ihrer Rechenweise kann ich nicht umgehen. Mich bezahlt der Reeder für eine Arbeit, die keinen Unterschied zwischen Innenkabinen, Außenkabinen und Luxussuiten kennt.«

»Und woher hat der Reeder das Geld für die Löhne, meine liebe Miss Anne?«

Anne schüttelte den Kopf. Den Argumenten des Arztes war sie nicht gewachsen. Außerdem wurde es Zeit, dass sie sich um Lady MacAdleston kümmerte. Die alte Dame war sicherlich längst wach und wartete auf sie.

»Tut mir leid, Doktor, aber Ihren Argumenten bin ich nicht

gewachsen und jetzt muss ich zu Lady MacAdleston, die längst auf mich wartet.«

»Schon gut, Anne, aber über den Inkognito-Gast da oben reden wir noch.«

»Da gibt es nichts zu reden, Doktor.«

»Wir werden sehen.« Mit einem Kopfnicken entließ er Anne. So leicht kommt sie mir nicht davon, nahm er sich vor. Ich kenne diesen Reisenden, es wird hier immer geredet. Gesehen habe ich ihn nie, aber ich weiß, dass er oft auf diesem Schiff reist, zwei bis dreimal im Jahr bestimmt. Und immer hüllt er sich in Schweigen, kommt bei Nacht und Nebel an Bord, versteckt sich im Luxus, macht seine Reisen und verschwindet bei Nacht und Nebel wieder. Und keiner weiß, wer er ist. Aber jetzt gibt es endlich eine Person, die ihn persönlich kennt und die will mir nichts sagen? Das kommt ja gar nicht infrage. Ich werde sie schon dazu bringen, mir zu erzählen, wer da oben sein Vermögen vor allen geheim hält. Und wenn ich eine Liaison mit ihr eingehen muss.

Anne hatte das Gespräch mit dem Arzt schon vergessen, als sie die Kabine von Lady MacAdleston erreichte. Die alte Dame saß auf der Kante ihres Bettes und versuchte aufzustehen, hatte aber Angst, das Gleichgewicht zu verlieren, und ließ sich gerade wieder zurückfallen.

»Lady Caroline, nicht allein, ich bin schon da«, rief Anne ihr besorgt zu.

»Ach, Anne, man ist so unbeholfen mit einem Arm. Ich müsste einmal ins Bad, aber ich muss gestehen, ich habe Angst davor.«

»Kommen Sie, ich helfe Ihnen.« Anne half ihr in die Hausschuhe, stützte sie beim Aufstehen und beim Gehen und führte sie behutsam in das elegante Bad. »Wie kam es denn, dass Sie vorhin gefallen sind?«

»Mir ist der Deckel von einer Cremetube heruntergefallen, und als ich ihn suchte, bin ich darauf ausgerutscht und schon lag ich auf meinem rechten Arm. So ein Blödsinn aber auch.«

»Ach, Lady Caroline, das kann doch jedem passieren.«

»Na, ich weiß nicht. Man wird so steif und unbeweglich, wenn man alt ist. Ich hätte nie gedacht, dass ich einmal so unsicher und eingeschränkt sein würde.«

Anne half ihr, auf der Toilette Platz zu nehmen, und verließ das Bad. »Ich warte vor der Tür, Sie brauchen nur zu rufen.«

»Danke, Anne.«

Später fragte Anne die alte Dame: »Was möchten Sie machen, Lady Caroline? Möchten Sie sich ankleiden und im Restaurant das Abendessen einnehmen oder lieber in der Kabine bleiben? Ich könnte Ihnen auch da helfen, denn mit der linken Hand zu essen, wird zuerst schwierig sein.«

»Was raten Sie mir? Ich will mich auf keinen Fall verstecken und ich werde diesen Arm nicht zum Anlass nehmen, mich zu verkriechen.«

Anne brauchte nicht zu überlegen. »Ich rate Ihnen, heute Abend in der Kabine zu bleiben, aber wenn der Arm morgen durch einen Gips stabilisiert ist, sollten Sie ruhig wieder die Annehmlichkeiten des Schiffes genießen.«

Die Lady sah die Pflegerin prüfend an. »Genießen? Das hat sich wohl erledigt, meine liebe Anne.«

»Aber ich bitte Sie, ich werde Ihnen das ganze Schiff zeigen, zum Glück können Sie gehen, und ich verspreche Ihnen jeden Tag Ausflüge auf unserem Luxusliner, der immer Neues bietet.« Meine Güte, dachte sie, was verspreche ich denn da. Ich kenne das Schiff selbst kaum.

Aber egal, Hauptsache, die Lady zieht sich nicht in ihre Suite zurück.

Lady Caroline sah Anne dankbar an. »Ich wünschte, Sie wären immer da, wenn ich Hilfe brauche.«

»Aber Lady Caroline, jetzt bin ich ja da, und in ein paar Tagen werden Sie froh sein, ohne Begleitung zu leben. So eine ständige

Pflegerin kann auch sehr lästig sein.« Sie lächelte die alte Dame an und dachte: Wer weiß, wie sie auftritt, wenn sie wieder zu Hause und die Herrin im Schloss ist. Und Anne dachte an die schwierigen Stunden mit der Mutter, als die noch geistig gesund, aber unglücklich und verzweifelt nach dem Tod des Vaters nichts mehr mit sich anzufangen wusste.

»Manchmal habe ich den Eindruck, Sie kennen mich besser, als ich mich selbst kenne«, sagte Caroline leise vor sich hin und versuchte, einen goldenen Ring vom rechten Ringfinger abzuziehen. Anne sah ihr einen Augenblick zu. »Soll ich Ihnen helfen?«

»Hm, es ist mein Trauring, und ich trage ihn seit über fünfzig Jahren, aber jetzt ist meine Hand so geschwollen, dass er wehtut.«

»Ich werde Ihnen ein kleines Seifenbad machen, das tut der Hand gut und der Ring lässt sich leichter abstreifen.«

Nach einigen Minuten versuchte die Lady wiederum vergeblich, den Ring zu lösen. Erst als Anne die Hand massierte und den Ringfinger mit einer Creme einrieb, konnten sie den Ring abstreifen. Im Finger blieb eine dicke Kerbe zurück, und die Lady sah mit Tränen in den Augen auf das Gold in ihrer Hand.

»Seit fünfundfünfzig Jahren habe ich ihn jetzt zum ersten Mal abgenommen, aber ehrlich, Miss Anne, es tut gut, ihn los zu sein.« Sie lächelte Anne an. »Nicht wie Sie jetzt glauben, eine Last abzustreifen oder meine Erinnerungen. Nein, nein, die Erinnerungen bleiben, die guten wie die schlechten, nur meinem Finger haben wir Erleichterung verschafft, das meine ich damit.«

Anne lachte: »Ich weiß, was Sie meinen, so ein kleiner Ring kann auch zur Last werden, ich meine für den Finger, nicht für die Lady.«

Jetzt lachte die alte Dame auch, hielt sich aber gleich die andere Hand vor den Mund und meinte: »Verzeihung, ich sollte mich nicht so gehen lassen.«

Anne nickte. »Befreiung ist Befreiung, ganz egal wovon ... Und jetzt bestellen wir das Abendessen, und ich helfe Ihnen dabei, mein Funkgerät stelle ich so lange einfach ab.«

9

Als Lady Caroline und Anne das Abendessen eingenommen hatten, half Anne der alten Dame wieder ins Bett, und als Anne gehen wollte, bat die Lady lächelnd: »Bitte Anne, ich habe da so eine ganz bestimmte Gewohnheit, wenn ich den Tag beschließe.«

»Ja? Und worin besteht die Gewohnheit?«

Die Lady lächelte etwas verschmitzt. »Es gibt da in meinem kleinen Kühlschrank eine große Flasche schottischen Whisky, die kleinen Fläschchen habe ich gleich entfernen lassen, und diese Flasche enthält meinen Schlaftrunk.«

Anne überlegte einen Augenblick. Die Lady hatte eine Spritze gegen die Schmerzen bekommen. Vertrug sich dieses Mittel mit Alkohol? Da sie keinen Fehler machen wollte, stellte sie ihr Funkgerät wieder an, um den Arzt zu fragen. Aber bevor sie ein Wort sagen konnte, schalt der Arzt mit ihr. »Warum haben Sie Ihren Pager abgestellt. Ich wollte dringend mit Ihnen sprechen, und Sie waren nicht zu erreichen. Wo soll man auf so einem Schiff denn da mit der Suche nach einer Mitarbeiterin anfangen? Ich muss mich auf Sie verlassen können.«

Anne, einen Augenblick sprachlos, wusste natürlich, dass sie einen Fehler gemacht hatte, und entschuldigte sich sofort. »Es tut mit leid, Doktor Freiberg, aber ich sagte doch, dass ich Lady MacAdleston helfen wollte, und bei ihr bin ich bis jetzt gewesen.«

»Na ja, das war ja wohl eine gründliche Hilfe, leider haben wir nicht für alle Patienten diese Zeit, merken Sie sich das. Und warum sind Sie jetzt noch immer dort?«

»Die Dame hat mich gebeten, ihr den gewohnten abendlichen Whisky zu geben, und ich weiß nun nicht, ob sich der Alkohol mit dem Schmerzmittel verträgt, das Sie ihr gespritzt haben.«

»Das ist fünf Stunden her, und es war ein leichtes Mittel. Wie geht es ihr jetzt?«

»Lady MacAdleston hat gegessen und liegt jetzt wieder im Bett. Sie fühlt sich gut und möchte nicht auf ihren gewohnten Schlaftrunk verzichten.«

»Dann geben Sie ihn ihr, aber in Maßen, und dann kommen Sie so schnell wie möglich zu mir, ich muss mit Ihnen sprechen.«

»Ich bin in zehn Minuten im Hospital.«

Anne schaltete das Gerät ab und ging an den kleinen Kühlschrank. Dort standen vier große, ansehnliche Whiskyflaschen zwischen einigen kleinen Flaschen mit Mineralwasser. Alle anderen Flaschen, die eigentlich für die Passagiere bestimmt waren, lagen in einem Korb außerhalb des Schrankes. Anne dachte: Da hat aber jemand gut vorgesorgt. Dann fragte sie: »Lady Caroline, wie möchten Sie denn Ihren Whisky trinken?«

»Ach Anne, das ist eine Wissenschaft für sich. Bringen Sie mir die angebrochene Flasche, ein Glas von der großen Sorte, die Schale mit dem Eis und eine Flasche mit Wasser ans Bett, das Mischen übernehme ich selbst.«

Und Anne beobachtete, wie die Lady mit ziemlicher Großzügigkeit Whisky in das Glas gab, dann ein Stück Eis hinzufügte und noch etwas Mineralwasser vermengte. Na ja, dachte sie, man kann ihn eigentlich dann auch pur trinken. Sie sagte aber nichts, brachte die Flaschen und die Eisschale zurück und nickte der Lady zu. »Wohl bekomm's, Lady Caroline.«

»Sind Sie jetzt schockiert?«, fragte die alte Dame lächelnd, »keine Sorge, ich nehme meinen Schlafdrink seit Jahren in unveränderter Form, und er bekommt mir glänzend.«

Anne nickte. »Ich glaube Ihnen das, die alte Queen Mum hatte eine ganz ähnliche Gewohnheit, erzählt man sich, und sie ist damit uralt geworden.«

»Nein, nein«, schüttelte Lady Caroline den Kopf, »Ich glaube, die schluckte ihren Gin nach jedem Essen, ich bin da viel disziplinierter.«

Anne legte ihr lächelnd die Hand auf den gesunden Arm.

»Sie müssen sich nicht rechtfertigen. Ich freue mich, wenn es Ihnen schmeckt, denn es ist sehr wichtig, dass Sie sich wohlfühlen.«

Die Lady nahm einen Schluck. »Ich würde mich gern mit Ihnen unterhalten, Anne.«

»Doktor Freiberg hat mich ins Hospital zurückbeordert.«

»Ja, ich weiß. Dann vielleicht morgen?«

»Ganz bestimmt. Ich komme in meiner freien Stunde zu Ihnen, dann kann uns niemand stören.«

»Aber ich will Ihnen nicht das bisschen Freizeit stehlen, das Sie hier haben.«

»Ich komme gern, eine Unterhaltung mit Ihnen wäre mir ein Vergnügen.«

Die alte Dame nickte dankbar. »Das Vergnügen wird ganz auf meiner Seite sein.«

Und Anne dachte: Himmel, worauf habe ich mich da wieder eingelassen. Warum wollen alle ausgerechnet mit mir reden? Der Reeder, der Doktor und nun auch noch die Lady. Was wollen die von mir? Gesellschaft, na die gibt es doch zur Genüge auf dem Schiff. Lady Caroline kann ich ja verstehen, die hat Schmerzen und ist nicht gerade glücklich mit dem gebrochenen Ellenbogen, aber der Doktor, dem fliegen die Frauen nur so zu, und der Reeder? Der ist selbst schuld an seiner Einsamkeit. Warum versteckt er sich? Hat er Angst, die Leute könnten ihn für irgendwelche Schäden haftbar machen oder auf sein Vermögen spekulieren?

Anne hatte das Hospital erreicht. Alles war still, und die Praxisräume waren dunkel. Na, mit Arbeit wartet hier niemand auf mich, dachte sie und wollte gerade wieder zurück auf den Gang gehen, als Doktor Freiberg aus der Dunkelheit auftauchte.

»Na, da sind Sie ja endlich, Anne. Wo waren Sie nur die ganze Zeit?«

»Ich habe mich um die verletzte Lady gekümmert. Sie ist ziemlich hilflos, und man muss sie beim Essen, beim An- und Umkleiden und ins Bad begleiten. Vor allem vor dem Bad hat sie richtige Angst.«

»Hm, kann man ja verstehen, trotzdem, wenn sie morgen den Gips bekommt, wird sie sich sicherer fühlen und dann können Sie sich auch wieder um andere Passagiere kümmern.«

»Hier scheint ja alles ruhig zu sein. Keine Patienten? Keine Hilferufe von irgendwoher?« Anne sah sich lächelnd um, »dann kann ich mich ja auf einen frühen Feierabend freuen.«

Doktor Freiberg schüttelte den Kopf. »Anne, ich würde mich gern und in aller Ruhe noch etwas mit Ihnen unterhalten, denn übermorgen beginnen die Ausflüge, dann haben wir abends alle Hände voll zu tun: verstauchte Knöchel, Blasen an den Füßen, verdorbene Mägen und jede Menge Angstneurosen, was glauben Sie, was dann hier los ist.«

»Angstneurosen? Wieso denn das?«

»Angst vor dem hektischen Verkehr, Angst, sich zu verlaufen und das Schiff zu verpassen, Angst vor dem schlechten Ruf mancher Stadtteile und vor Überfällen und Taschendieben. Glauben Sie mir, ich kenne New York und ich kenne die Passagiere, es gibt nichts, was es nicht gibt. Und deshalb wollte ich Sie heute Abend zu einem Glas Wein einladen, um die Ruhe vor dem Sturm zu genießen.«

»Danke, aber es sollte nicht zu spät werden, die Lady ist eine Frühaufsteherin und kann sich allein nicht ankleiden.«

»Versprochen«, aber als der Arzt den Weg zu seiner Kabine einschlug, blieb Anne stehen.

»Doktor Freiberg, ein Glas Wein trinke ich gern mit Ihnen, aber bitte an der frischen Luft. Ich war den ganzen Tag unter Deck, ich möchte jetzt wenigstens noch ein bisschen frische Luft genießen.«

»Aber die Klimaanlage in meiner Kabine funktioniert auf das Beste.«

»Danke, aber sie kann mir nicht den Sternenhimmel und die frische Brise auf Deck ersetzen.«

Was fällt dem Doktor ein, dachte Anne leicht entrüstet. Warum sollen wir in der engen Kabine hocken, obwohl uns Hunderte von Liegestühlen auf windgeschützten Decks zur Verfügung stehen.«

»Anne, ich wollte mich mit Ihnen unterhalten und nicht zum Mittelpunkt einer neugierigen Gesellschaft werden. Sie wissen doch, wenn ich irgendwo auftauche, haben wir sofort eine Schar von Passagieren rund um uns.«

Schade, dachte Anne, dem kann ich nicht widersprechen. Da hat er recht. Aber warum diese Heimlichtuerei, was haben wir zu besprechen, was andere nicht hören dürfen? Sie gab nach. »Na schön, gehen wir in die Kabine. Aber nur für eine Stunde.«

»Einverstanden«, und schon ging Doktor Freiberg voraus, hielt ihr die Türen auf den Gängen auf und schloss schließlich die Tür zu seiner Kabine auf. Verblüfft sah Anne, dass er die Kabine in ein elegantes Kabinett verwandelt hatte. Überall standen brennende Kerzen, sein Bett war mit einer schweren Felldecke überzogen und auf einem Tisch standen Gläser, Konfekt, Gebäck und diverse Flaschen. Anne schüttelte den Kopf. »Doktor Freiberg, warum dieser Aufwand. Es ist wunderschön, aber wir hätten uns auch bei weniger Aufwand unterhalten können.«

»Ach, Anne, ich habe so selten Gelegenheit, eine Dame hierher einzuladen, gönnen Sie mir den kleinen Aufwand, Hauptsache ist doch, Sie fühlen sich hier wohl. Und noch etwas: Als wir uns kennenlernten, haben wir vereinbart, dass ich, wenn wir allein sind, der Franz für Sie bin. Warum also immer dieses ›Doktor Freiberg‹?«

»Es fällt mir schwer, die Unterschiede zwischen gemeinsamer Arbeit und gemeinsamen Gesprächen zu beachten. Ich möchte lieber beim ›Doktor‹ bleiben, wenn's recht ist.«

»Aber das ist schade, wir wären viel vertrauter, wenn wir die förmlichen Anreden wegließen. Kommen Sie und fühlen Sie sich einfach wohl bei mir.«

Na ja, dachte Anne, so ganz wohl ist mir bei diesem Aufwand nun nicht mehr. Aber höflich setzte sie sich in den Sessel, den der Arzt ihr anbot, und schaute sich in der Kabine um. »Schön haben Sie es hier, richtig gemütlich.«

»Ich bewohne diese Kabine nun schon seit zwei Jahren, weil ich immer mit diesem Schiff unterwegs bin, da muss man sich so ein kleines Zuhause schon persönlich gestalten, um sich wohlzufühlen.« Er zeigte auf eine Anzahl von Flaschen und auf einen kleinen Kühlschrank. »Was möchten Sie trinken? Der Barkeeper hat mich gut versorgt.«

»Ich würde gern einen Campari mit Orangensaft und ohne Eis trinken, wenn Sie so etwas haben.«

»Aber gern.« Der Arzt holte die Flaschen aus dem Kühlschrank und mixte den Drink für Anne. Er selbst nahm einen Whisky on the Rocks und setzte sich ihr gegenüber. »Ich finde, wir sollten endlich einmal auf Ihre erste Kreuzfahrt und die damit verbundene neue Arbeit für Sie anstoßen. Wie fühlen Sie sich, sind Sie zufrieden, gefällt Ihnen das ganz Drum und Dran?«

»Danke für die Nachfrage. Nachdem ich mich jetzt einigermaßen auf dem Schiff zurechtfinde, macht die Arbeit Spaß. Ich komme mit interessanten Leuten zusammen, ich habe genügend Zeit, mich um jeden Einzelnen zu kümmern, und selbst mit schlecht gelaunten Typen habe ich keine Probleme.«

»Das kommt, weil Sie selbst ein Mensch ohne Launen sind. Sie sind ein positiv denkender Mensch, das sieht man Ihnen an.«

»Na ja«, protestierte Anne, »Launen habe ich schon, aber ich zeige sie nicht.«

»Wie sind Sie denn mit unserem First-class-Passagier oben in der Luxussuite zurechtgekommen? War er launisch?«

»Aber nein. Der Herr ist achtzig Jahre alt, da weiß man aus Erfahrung, dass Launen das Leben nur erschweren.«

»Erstaunlich, dass der alte Herr nie einen Arzt braucht.«

»Er macht einen sehr gesunden Eindruck, er sieht aus, als ob er täglich Sport treibt, und er hat Dienstboten, die sich um ihn kümmern.«

»Trotzdem, in diesem Alter ist der Körper nicht mehr voll funktionsfähig. Da braucht man Medikamente, die den Kreislauf, die Verdauung, den Herzrhythmus und die Knochen unterstützen.«

»Doktor Freiberg, was wollen Sie eigentlich? Soll ich Diagnosen stellen und den alten Herrn ausfragen? Mir ist schon heute Nachmittag aufgefallen, dass Sie überaus interessiert an dem Befinden dieses Herrn sind.«

»Miss Anne, bitte verstehen Sie mich nicht falsch. Dieser Herr scheint unser wichtigster Passagier zu sein. Jedenfalls, was die finanzielle Seite betrifft. Ich möchte vorbereitet sein, wenn ihm etwas passiert. Ich muss vorbereitet sein! Ich habe die Verantwortung für alle Passagiere, auch für die, die vielleicht einen Schiffsarzt für nicht kompetent genug halten. Ich bitte Sie sehr, mir zu helfen, denn Sie haben anscheinend sein Vertrauen gewonnen.«

»Und genau dieses Vertrauen werde ich nicht benutzen, um den alten Herrn nach seinen Wehwehchen zu fragen. Wenn er Hilfe braucht, wird er Sie rufen, aber er wird mir ganz bestimmt nicht verraten, ob er Probleme mit seinem Magen hat oder Schlafstörungen.«

»Ich hatte mehr Kooperation erwartet, liebste Anne.« Er stand auf, um ihr Glas erneut zu füllen. Aber Anne schüttelte den Kopf. »Danke, ich möchte kein zweites Glas.« Sie sah auf ihre Armbanduhr. »Es ist fast Mitternacht, ich denke, es ist Zeit fürs Bett.«

»Aber ich bitte Sie, der Abend hat doch gerade erst angefangen. Ich habe mich so sehr auf ein paar gemütliche Stunden mit Ihnen gefreut. Endlich sind wir einmal allein, ungestört von Funkrufen und Patienten mit Bauchweh, weil sie zu viel gegessen haben. Sie dürfen jetzt noch nicht gehen.« Ohne noch einmal zu fragen, nahm er Annes Glas und füllte es ein zweites Mal. »Prost, meine Liebe, ich bin sehr froh, mit Ihnen plaudern zu dürfen, wer weiß, wann wir wieder einmal so einen ruhigen Abend haben.« Er rückte mit seinem Sessel neben Anne und streichelte ihren Arm. »Nicht böse sein, ich bin doch auch nur ein Mensch, und zwar einer, der höchst ungern immer allein ist.«

Anne wollte mit ihrem Sessel zur Seite rutschen, aber erstens war dafür kein Platz und zweitens fand sie es albern. Wenn er zudringlich würde, wusste sie sich zu wehren, aber sie war sicher, dass er seine Grenzen kannte. Doch als seine Hand ihre Schulter berührte und dabei wie aus Versehen ihre Brust streifte, nahm sie diese Hand und legte sie auf die Sessellehne zurück. »Bitte, mein lieber Doktor Freiberg, wir wollen doch eine gewisse Distanz beibehalten.« Dann stand Sie auf. »Danke für diesen spontanen Abend. Wir sehen uns dann morgen früh beim Meeting im Hospital.«

Der Arzt wollte protestieren, sah dann aber ein, dass Anne nicht zu bewegen war, länger zu bleiben. »Ich werde Sie zu Ihrer Kabine begleiten, das darf doch erlaubt sein.«

»Bitte, wenn Sie das möchten? Ich erinnere Sie aber daran, dass meine Kabine direkt gegenüber liegt und der Gang nur zwei Meter breit ist.«

»Ja, ja, natürlich.« Er stand auf, öffnete seine Tür und blieb dann in der Öffnung stehen, so dass Anne Mühe hatte, neben ihm hindurchzukommen. Und ganz versehentlich streifte seine Hand noch einmal ihre Brust, als er höflich sagte: »Bitte sehr, nach Ihnen, liebste Anne.«

10

Noch vor dem Meeting am nächsten Morgen ging Anne in die Kabine von Lady MacAdleston, um nach der alten Dame zu sehen. Die Lady war schon wach und sehr froh, dass Anne sie ins Bad begleitete und danach wieder ins Bett brachte.

»Bitte bleiben Sie liegen, Lady Caroline. Ich bin in einer halben Stunde zurück, dann helfe ich Ihnen beim Ankleiden und danach bringe ich Sie zum Arzt, damit er den Arm eingipsen kann. Dann haben Sie keine Schmerzen mehr, und der Ellenbogen kommt zur Ruhe.«

»Danke, Miss Anne, ich werde auf Sie warten.« Sie lächelte ihr zu. »Etwas anderes bleibt mir ja auch gar nicht übrig.«

Als Anne zum Meeting kam, hatte Doktor Freiberg die beiden anderen Pflegerinnen bereits eingeteilt, und Anne stellte verärgert fest, dass er die kleine Rena, die kaum praktische Erfahrungen im Umgang mit älteren Menschen hatte, für die Arbeit bei Lady MacAdleston ausgewählt hatte. Als sie protestieren wollte, erwiderte er schroff: »Sie müssen mir schon die Arbeitseinteilung überlassen, Miss Anne. Ich möchte Sie bitten, heute Vormittag den Instrumentenschrank zu säubern.«

Aha, dachte Anne wütend, das ist die Strafe für die Abfuhr von gestern Abend. Die Rache des kleinen Mannes! Na warte, ich kann auch anders. Aber bevor sie überlegen konnte, wie sie die Arbeitseinteilung des Arztes umgehen könnte, kam die junge Rena zurück. »Die Miss wollte nicht, dass ich mich um sie kümmere, erklärte sie weinend. Sie hat mich wieder weggeschickt. Ich solle mir stattdessen auf ihre Kosten ein Frühstück im Restaurant bestellen. Ich sei doch noch viel zu unerfahren für diese Tätigkeit.«

Anne konnte ein lautes Lachen gerade noch unterdrücken. Die Rena sieht aber auch wirklich wie ein Schulmädchen aus, dachte sie. Trotz der weißen Kittelschürze und dem gestärkten Häubchen in den Haaren wirkt sie wie ein Mädchen von vierzehn Jahren. Wortlos drehte Anne sich um und begann den Instrumentenschrank auszuräumen.

Der Arzt, einen Augenblick sprachlos, hatte sich schnell gefasst. »Kommen Sie mit, Rena, die Sache bringe ich persönlich in Ordnung.« Beide verließen die Praxisräume, und Anne begann den Schrank zu säubern. Dummerweise bin ich auf den Arzt angewiesen, dachte sie. Immerhin ist er hier mein Vorgesetzter, aber irgendein kleiner Racheplan wird mir schon noch einfallen.

Der Schrank war in einem sehr schlechten Zustand. Die Glasplatten, auf denen die Instrumente ausgebreitet lagen, waren genau so staubig wie die Instrumente selbst, und Anne besorgte sich als Erstes eine Schüssel mit Desinfektionslauge, in die sie alle Geräte hineinlegte. Wenige Minuten später kamen Doktor Freiberg, die kleine Rena und – Anne konnte einen empörten Ausruf kaum unterdrücken – Lady Caroline im Rollstuhl in die Praxis. Die Lady in Nachthemd und Morgenmantel, ungekämmt, ungeschminkt und mit nackten Füssen. Der Arzt persönlich schob den Rollstuhl vor sich her. Dem Assistenzarzt rief er zu: »Machen Sie den Gips fertig«, und Anne befahl er: »Richten Sie den Röntgenapparat her, ich möchte noch ein paar Aufnahmen machen.«

Als Anne die alte Dame empört ansah, zwinkerte die ihr zu und sagte laut: »Er hat mich einfach entführt. So, wie ich war.« Anne hätte am liebsten laut gelacht, sagte aber stattdessen sehr empört: »Ja, es gibt Leute, die können sich nicht in die Lage älterer Menschen hineinversetzen, vor allem nicht in die Lage wohlhabender Damen, die ein geordnetes Leben gewohnt sind. Lady MacAdleston, wenn es Ihnen recht ist, werde ich Sie erst einmal kämmen, es wird zu Ihrem Wohlbefinden beitragen, wenn Sie sich gepflegt wissen.«

Die alte Dame lächelte Anne an. »Sie sind eine gute Pflegerin, Anne, ich werde mir überlegen, ob ich Sie nicht überreden kann, mich in Zukunft zu begleiten.«

»Es wäre mir ein Vergnügen, Lady MacAdleston.« Die beiden Frauen zwinkerten sich zu, wohl wissend, dass der Arzt jedes ihrer Worte gehört hatte.

Nachdem Doktor Freiberg den Arm von Lady Caroline gerichtet, eingegipst und verbunden hatte, bekam sie noch ein leichtes Schmerzmittel, und als er dann Rena befahl, die Lady in ihre Suite zurückzufahren und ihr beim Ankleiden zu helfen, protestierte die Dame ganz energisch. »Doktor, ich wünsche von Miss Anne betreut zu werden. Sollte das nicht möglich sein, sehe ich mich gezwungen, den Kapitän von Ihrem unsensiblen Verhalten zu unterrichten. Ich habe Anspruch darauf, von einer erfahrenen Pflegerin betreut zu werden, und ich bestehe darauf.«

Doktor Freiberg, dem man die Verärgerung deutlich ansah, entgegnete: »Madame, Sie müssen es schon mir überlassen, wen ich für welche Aufgaben einteile. Heute ist Schwester Rena für die Betreuung pflegebedürftiger Passagiere an der Reihe. Ich kann keine Ausnahmen machen.«

»Dann bitte ich die junge Dame, mich zum Kapitän zu fahren, und dann wollen wir mal sehen, wie der Kapitän mit den Wünschen sehr gut zahlender Passagiere umgeht. Sonst werde ich in New York das Schiff wechseln. Ich könnte mir vorstellen, dass Ihre Reederei über so einen Wechsel, der natürlich auch in der Presse nicht unerwähnt bleiben wird, nicht sehr erfreut sein dürfte.«

Doktor Freiberg, hochrot im Gesicht, sah die Lady verblüfft an. »Aber Madame, das Ganze ist doch ein Missverständnis. Wenn Sie darauf bestehen, von Miss Anne betreut zu werden, dann werde ich das auch berücksichtigen. Nur im Augenblick, und ich bitte um Ihr Verständnis, ist es mir nicht möglich, meinen Arbeitsplan zu ändern. Bitte erlauben Sie, dass Schwester Rena Sie zurückbringt, Miss Anne kommt dann zu Ihnen, sobald es ihre Zeit erlaubt.«

»Wann wird das sein?«

»In einer Stunde etwa.«

»Gut. Damit Sie Ihr Gesicht nicht verlieren« – sie sagte das laut und deutlich –, »werde ich jetzt in meine Suite zurückkehren und gemeinsam mit Schwester Rena ein Frühstück für uns bestellen. Wir werden zusammen essen, und sobald Miss Anne bei uns eintrifft, steht Schwester Rena wieder zu Ihrer Verfügung.«

»Aber verehrte Lady MacAdleston, Schwester Rena soll nicht mit Ihnen frühstücken, sie soll Ihnen im Bad und beim Ankleiden helfen.«

»Und genau das will ich nicht. Ich habe Hunger, ich will jetzt etwas essen und dabei kann mir die Schwester behilflich sein. Oder haben Sie sich schon einmal ein Brötchen mit der linken Hand geschmiert oder ein weiches Ei einhändig aufgeschlagen und ausgelöffelt? Und wenn wir schon einmal dabei sind, dann soll Schwester Rena auch etwas von dem Frühstücksgenuss haben. Und jetzt schieben Sie mich in meine Kabine, bevor ich richtig wütend werde.«

Rena drehte den Rollstuhl um und schob ihn hinaus auf den Gang, Anne bückte sich tief hinein in den Instrumentenschrank, um ihr Lachen zu verstecken, und Doktor Freiberg verließ das Hospital mit versteinertem Gesicht.

»Meine Güte«, seufzte der Assistenzarzt, »was für resolute Passagiere es gibt.«

»Ich sag's dir, mit Geld kannste sogar die Reiseroute eines Schiffes ändern«, lachte Mona, die zweite Schwester. »Mit dem Chef ist nicht gut Kirschen essen, wenn es nicht nach seinem Willen geht. Warum hat er bloß die arme Rena für die Betreuung dieser resoluten alten Dame eingesetzt. Rena hatte doch noch nie so eine Aufgabe gehabt, sie hat doch immer hier gearbeitet.«

»Weiß ich auch nicht«, versicherte der Arzt. »Aber der Chef ist bereits den ganzen Morgen schlechter Laune, das fing schon beim Meeting an. Wer weiß, was dem über die Leber gelaufen ist.«

Das war ich, dachte Anne und lächelte vor sich hin. Dann räumte sie den Instrumentenschrank wieder ein, verschloss ihn sorgfältig, damit kein Fremder an die Geräte kam, und zog ihren weißen Kittel aus. »Ich geh dann mal«, nickte sie den beiden zu. »Mein Pager ist an, wenn etwas ist, könnt ihr mich ja rufen.«

»Na, in Ihrer Haut möchte ich heute nicht stecken«, versicherte Schwester Mona. »Die alte Lady ist ganz schön in Rage. Und wenn das Schmerzmittel nachlässt, wird es nicht besser werden.«

»Keine Sorge. Ich komme schon zurecht. Mit älteren Damen kann ich sehr gut umgehen, besser jedenfalls als mit gewissen Schiffsärzten. Einen schönen Tag noch, ihr wisst ja, wo ihr mich findet.«

Anne ging auf kürzestem Wege zur Suite von Lady MacAdleston. Dabei kam sie an der Santos Lounge vorbei und bemerkte zufällig, dass Doktor Freiberg sich bei einem doppelten Whisky erholte.

In der Suite sah sie, dass die Lady und Schwester Rena beim Frühstück saßen. »Kommen Sie, Anne, das reicht für uns drei. Hat er sich erholt, dieser Arzt? Widerspruch ist der wohl nicht gewohnt?«

»Ich denke mal, er ist heute mit dem falschen Bein aufgestanden, Lady Caroline. Aber jetzt geht es ihm schon wieder besser. Ich sah ihn gerade in der Santos Lounge, der Barkeeper dort weiß mit schlechten Launen umzugehen.« Anne setzte sich zu den beiden Frauen an den Tisch. Das Frühstück sah wirklich gut aus, und es gab noch genügend zu essen. Hungrig griff sie zu.

Später, als sie allein waren, erklärte Lady MacAdleston: »Anne, was ich da vorhin im Hospital gesagt habe, war ernst gemeint.«

Etwas verständnislos sah Anne die alte Dame an. Es war eine

ganze Menge gesagt worden, was meinte die Lady jetzt? »Es tut mit leid, Lady Caroline, aber ich weiß nicht, was Sie meinen?«

»Könnten Sie sich nicht vorstellen, mich zu begleiten, ich meine, wenn diese Reise zu Ende ist?«

Verblüfft sah Anne die Lady an. »Aber Sie kennen mich doch gar nicht.«

»Ich vertraue Ihnen, und das ist viel wichtiger als ein intensives Kennenlernen, als Papiere und Referenzen und was weiß ich noch, was man anscheinend braucht, um einen Menschen zu mögen oder abzulehnen. Anne, ich mag Sie, und nur das zählt für mich.«

11

Anne war eine extrovertierte Frau. Sie verstand es, auf Menschen zuzugehen, eine Gabe, die sie von ihrem Vater geerbt hatte. Ohne diese Fähigkeit hätte er nicht Diplomat werden können, dachte sie manchmal und war dankbar, dass sie dieses Talent auch besaß. Sie handelte fast immer unbewusst, spürte aber, dass dieses Können ihr nicht nur so manchen Weg erleichterte, sondern auch so manches Herz öffnete. Sie dachte an den Mann, der den Schneee wegräumte und dem sie im Winter immer einen heißen Tee nach draußen brachte, oder an die beiden städtischen Arbeiter, die im Sommer die Lindenstämme am Straßenrand stutzten und dankbar für ein kühles Mineralwasser waren. Es waren die kleinen Gefälligkeiten, die ihr immer und überall einfielen, ohne dass sie selbst das beachtete. Genau so war es hier auf dem Schiff. Anne hielt selbstverständlich dem Steward die Tür auf, wenn sie ihn mit Koffern oder Geschirr bepackt kommen sah. Sie half der überforderten Mutter mit dem quengelnden Kind genau so wie dem jungen Mädchen, das die Kabinenkarte vergessen hatte, oder dem Bademeister, der dringend ein Pflaster für ein aufgeschlagenes Knie brauchte.

Anne hatte Augen für so etwas und ein Gefühl für Menschen, die Unterstützung brauchten.

Aber über das, was die Lady da gesagt hatte, machte sie sich nun ihre Gedanken.

Caroline MacAdleston sucht eine Gesellschafterin, dachte Anne, aber das bin ich nicht und das will ich auch nicht sein. Was soll ich in diesen Lammermuir-Hills auf einer Rinderfarm? Ich habe ein Gefühl für Menschen, aber mit Tieren kenne ich mich gar nicht aus. Ich möchte Leuten helfen, die mich brauchen.

Natürlich, die Lady könnte mich brauchen, sie macht den Eindruck, als ob sie sich ganz allein fühlte, als ob sie schlechte Erfahrungen mit Menschen gemacht hätte. Aber vielleicht ist das auch nur eine Trotzhandlung, weil nicht alles so läuft, wie sie es möchte?

Ach was, dachte Anne, ich halte mich da raus. Ältere Damen können sehr schwierig sein oder werden, Gründe dafür gibt es genug, aber oft sind sie dann selbst daran schuld, und damit will ich nichts zu tun haben. Ich werde die Lady hier auf dem Schiff liebevoll und korrekt betreuen, aber das muss dann auch genügen.

Anne war eine gut aussehende Frau, aber eine Schönheit war sie nicht. Die kurzen dunklen Haare waren gelockt und hübsch frisiert, aber nicht kunstvoll gestylt. Die Augen, von einem intensiven Blau, wie es nur selten zu sehen war, leuchteten warm, wenn sie lächelte, aber geschminkt waren sie nicht. Und der Mund, weder voll noch schmal, konnte herzlich lachen, wenn sich die Gelegenheit bot. Auf dem Schiff war das aber selten der Fall, da war ein verständnisvolles Lächeln angebrachter, und das verschenkte Anne gern. Sie war eine charmante Frau, und das kam bei den Passagieren und auch beim Personal gut an. Kurzum, sie war beliebt, weil sie bei allem Charme bescheiden blieb.

Lady MacAdleston wusste sehr wohl Annes Vorzüge zu schätzen. Sie spürte sehr schnell, dass sie eine kluge und aufmerksame Frau war, der man nichts vormachen konnte und die bei zweifelhaften Ereignissen oder Beschreibungen so lange etwas hinterfragte, bis sie die Sicherheit hatte, alles zu wissen.

Lady MacAdleston richtete sich danach. Sie erzählte Anne keine Märchen, wenn sie von ihrem Schloss, ihrer Familie, ihrer Arbeit und den vielen Schwierigkeiten sprach, die zu Hause auf sie warteten. Sie war froh, eine geduldige Zuhörerin gefunden zu haben, und klug genug, auf Übertreibungen zu verzichten. Sie wollte Anne für sich gewinnen und ahnte, dass das nicht leicht sein würde. Aber mit einer Frau wie Anne an ihrer Seite würde sie wieder Kraft genug haben, den Stürmen in ihrem Zuhause zu trotzen, und das musste sie, wenn sie die in Jahrzehnten aufgebauten Erfolge ihrer berühmten Zucht von weißen Galloway-Rindern erhalten wollte.

Anne, die ziemlich genau spürte, was die alte Lady vorhatte, hörte ihr geduldig zu, sagte aber auch konsequent Nein, wenn sie sich um andere Passagiere kümmern musste. Und als ihr die heimlichen Bestrebungen der Dame eines Tages zu intensiv wurden, dachte sie: Ich muss das ändern. Ich muss für die Lady eine andere, interessante Beschäftigung finden, die sie voll in Anspruch nimmt und außerdem begeistert. Mit dem gebrochenen Arm wird das schwierig, aber mir wird schon etwas einfallen.

Und dieser Einfall kam ihr noch am gleichen Nachmittag.

Anne wurde wieder in die Luxussuite oben auf dem Privatdeck geführt. Zuerst wollte sie sich gegen die Aufforderung wehren, dann aber dachte sie: Das ist vielleicht die Möglichkeit. Da sind zwei einsame ältere Menschen auf einem Schiff und wissen nichts voneinander.

Wenn ich die zusammenbringen kann, ist dem Reeder, der Lady und letzten Endes auch mir geholfen. So nickte sie zustimmend, als Doktor Freiberg, der natürlich mit ihrem Widerstand rechnete, ihr den Wunsch des alten Mannes vermittelte.

Anne ging gehorsam hinter dem Steward her, den Weg kannte sie ja schon, und begrüßte schließlich den Reeder mit einem charmanten Lächeln und den Worten: »Aber Schach spielen kann ich immer noch nicht.«

Der alte Mann lächelte verständnisvoll zurück. »Macht nichts, ich habe mich an den Gedanken gewöhnt. Aber schade ist es schon, es ist ein königliches Spiel und es erfordert Geduld, Klugheit und ganz viel Einfühlungsvermögen.«

»Einfühlungsvermögen? Das verstehe ich nicht.«

»Man muss sich in sein Gegenüber hineinversetzen, man muss ahnen, was er vorhat, man muss wissen, wer er ist, man muss erraten, was er kann – ein Spiel auf engster Ebene.«

Anne war sprachlos. »So habe ich das noch nie gesehen. Das bedeutet doch ein ganz intimes Miteinander mitten im Spiel.«

»Natürlich. Und genau das ist der Reiz.«

»Zu dem Sie mich verleiten wollten.«

»Auf freiwilliger Basis, liebe Anne, nur auf freiwilliger Basis. Wäre es nicht schön, wenn wir uns auf diese Weise näher kennenlernen könnten?«

»Ich weiß nicht, Mister Andrew. Mir kommt das alles etwas seltsam vor. Warum wollen Sie mich näher kennenlernen? Es gibt Hunderte von Damen auf diesem Schiff, die mit größtem Vergnügen mit Ihnen Schach spielen würden. Warum ich, die ich keine Ahnung mehr von diesem Spiel habe?«

»Weil allein unsere Diskussion darüber sehr anregend ist.« Er lächelte sie an. »Ich will Ihnen nicht zu nahe treten, aber es macht mir Spaß, mit Ihnen zu plaudern.«

»Aber wir kennen uns doch gar nicht.«

»Genau darin liegt der Reiz. Ich möchte Sie gern besser kennenlernen, aber nicht über die Passagierliste oder das Personalbüro. Ich habe Sie unter meinem Deck auf dem Auslaufplatz für mitreisende Hunde beobachtet und gesehen, wie sie den Setter eines Hundehalters beruhigt haben, der aus Platzangst durchzudrehen drohte. Das hat mir gefallen, und ich habe gedacht, so einen Menschen möchte ich einmal verstehen können, das ist alles.«

Anne lächelte. »Und nun soll ich Sie beruhigen? Sie wollen mir doch nicht sagen, dass Sie durchzudrehen drohen?«

Der Reeder lachte schallend. »Wäre das so schlimm? Sie glauben gar nicht, wie oft ich an mir selbst zweifle, wie oft ich mich frage, warum tue ich dies und das? Oder, um noch intimer zu werden, wenn ich mich frage: Was zum Teufel ist in mich gefahren, wenn ich verdammt noch mal so ganz alleine um die Welt reise?«

»Haben Sie keine Familie? Keine Kinder, keine Enkelkinder?« Anne sah den alten Mann ernst und leicht besorgt an.

»Nein!«

Mehr sagte er nicht, und Anne wagte nicht mehr weiterzufragen. Sein Page servierte Tee und Gebäck und der Reeder bat Anne, Platz zu nehmen und zuzugreifen. Nach einer ganzen Weile fragte Anne zögernd: »Müssen Sie allein reisen oder wollen Sie das?«

»Ich habe meine Familie bei einem Lawinenunglück verloren. Alle!«

Anne flüsterte: »Das tut mir sehr leid«, und fragte nicht weiter.

Minuten später, in denen Anne inständig hoffte, ihr Funkgerät würde klingeln und sie in das Hospital rufen, richtete sich der Reeder kerzengerade auf und erklärte: »Das ist jetzt dreißig Jahre her. Ich bin allein und ich werde es bis zu meinem Tod sein, aber zwischendurch kommen immer wieder die Erinnerungen und ich fühle mich hundeelend.«

Anne wurde ganz rot und wusste nicht, was sie sagen sollte. Schließlich erklärte sie leise: »Das mit dem Hund haben Sie gesagt. Ich hätte nie gewagt, so einen Vergleich anzustellen. Jeder Mensch hat Probleme und jeder hat seine ganz besondere Art, damit umzugehen.«

Andrew W. Möller nickte. »Haben Sie auch Probleme?«

»Natürlich.«

»Darf ich fragen, was das für Probleme sind?«

Anne zuckte mit den Schultern. »Sie halten sich in Grenzen, aber im Augenblick habe ich ein Problem, von dem ich nicht weiß, wie ich damit umgehen soll.«

»Vielleicht kann ich helfen? Erzählen Sie, wenn Sie mögen.«

»Es gibt hier auf dem Schiff eine alte Dame, eine schottische Lady, die möchte mich überreden, mit zu ihr nach Schottland zu kommen. Sie steckt in familiären Schwierigkeiten und hofft, wenn ich dabei wäre, würde sie damit fertig.«

»Und Sie wollen das nicht?«

»Ich möchte mich nicht in solche Familienangelegenheiten einmischen.«

»Und die Lady versteht das nicht?«

»Nein, ich glaube nicht. Sie tut mir zwar leid, und ich würde ihr gern helfen, aber das geht zu weit.«

»Können Sie ihr das nicht erklären?«

»Ich versuche es, aber sie lässt nicht locker.«

»Na so was. Das muss doch zu schaffen sein. Bringen Sie mir die Lady mal hier herauf. Ich werde ihr schon klarmachen, dass sie nicht einfach über einen anderen Menschen verfügen kann. Noch dazu über meine Anne.«

Freudestrahlend sah Anne den alten Mann an. Am liebsten wäre sie aufgesprungen und hätte ihn umarmt. Das unterließ sie dann aber lieber. Doch dass er »meine Anne« gesagt hatte, machte sie richtig glücklich – na ja, und außerdem hatte sie das Problem mit der einsamen Lady auch noch gelöst. Und so sagte sie nur glücklich: »Das ist eine wunderbare Idee, Mister Andrew, und ich glaube, Schach spielen kann die Lady auch.«

Als Anne am Abend in die Kabine von Lady MacAdleston kam, um ihr beim Umkleiden zu helfen, denn die Lady bestand darauf, wieder im Restaurant zu essen – »ich bin ja nicht aufs Schiff gekommen, um in meiner Kabine zu versauern«, hatte sie erklärt –, fand sie die alte Dame ziemlich verärgert vor. Der Schiffsfunker hatte ihr eine E-Mail von ihrem jüngsten Sohn gebracht, in dem dieser mitteilte, dass er sie in New York erwarte, um mit ihr über den geplanten Verkauf von zweihundert Galloway-Färsen zu sprechen, den er ablehnte, den aber einer der älteren Brüder durchzusetzen versuchten und für den die Unterschrift der Mutter erforderlich sei.

»Was bilden die Boys sich ein, hinter meinem Rücken so einen Verkauf zu planen. Die Färsen sind der wichtigste Bestandteil unserer Zucht, wie können sie nur erwägen, sie fortzugeben. Aber es ist immer das Gleiche. Kaum zeigt man Schwächen, schon gehen sie zum Angriff über.«

»Aber Lady Caroline«, versuchte Anne zu beschwichtigen, »Ihr Sohn wird sich diesen Verkauf doch reiflich überlegt haben. Wie Sie mir erzählten, sind Sie alle doch am Bestand und am Erfolg Ihrer Zucht beteiligt. Da verkauft man doch nicht leichtfertig wertvolle Tiere.«

»Ach was, die Burschen schauen nur von hier bis gleich, was später aus der Zucht einmal wird, ist ihnen doch ziemlich egal. Jetzt muss das Geld fließen, jetzt muss der Ruhm her, jetzt muss der Erfolg in der Presse stehen, was in zehn oder zwanzig Jahren los ist, ist denen doch völlig gleichgültig, und ich werde überhaupt nicht mehr gefragt. Da dreht man dem Haus einmal den Rücken zu, und schon handeln sie wie die Narren, die nicht bis drei zählen können. Ausgewachsene Männer, Himmel, womit habe ich das verdient?«

Die Lady, blass vor Zorn, zitterte am ganzen Körper, und Anne hatte Mühe, sie zu beruhigen – und auch ein bisschen Angst, die alte Dame könnte sich so aufregen, dass der Zorn in einem Schwächeanfall endete. »Lady Caroline, Ihr Sohn kommt doch her, und der steht auf Ihrer Seite, und ohne Ihre Unterschrift gibt es doch keinen Verkauf, das können Sie doch noch verhindern.«

»Was mich so wütend macht, ist diese Selbstherrlichkeit, mit der die Söhne über mein Lebenswerk und das ihres Vaters hinweg bestimmen. Kaum dreht man ihnen den Rücken zu, drehen sie durch.«

Anne versuchte, die Lady abzulenken, und fragte: »Sie haben mir noch gar nichts von Ihren Söhnen erzählt. Wo leben sie? Wie alt sind sie? Welche Aufgaben haben sie auf der Farm? Ich kann mir gar kein Bild von Ihrem Zuhause machen.«

Lady MacAdleston beruhigte sich langsam wieder, und während Anne ihr das Haar kämmte und zu einer eleganten Frisur hochsteckte, erzählte sie: »Wir leben alle zusammen auf Lammermuir-House, das war schon immer so. Die Familie hat immer zusammengehalten, und das hat sie stark gemacht. Mein Mann und ich, wir sind entfernte Verwandte und gemeinsam dort aufgewachsen. Unsere Vorfahren haben sich mit der Schafzucht einen Namen gemacht, aber Wolle ist heute kaum noch gefragt, und so ist mein Mann zur Zucht von Galloway-Rindern übergegangen. Es war eine jahrelange, schwere Arbeit, und oft mussten wir gegen Misserfolge kämpfen, aber eines Tages hatten wir es geschafft und unsere Zucht der weißen Kühe mit den schwarz umrandeten Augen und den schwarzen Mäulern und Ohren – bildhübsch, kann ich nur sagen – hat die Siegerprämien erhalten.«

Anne lächelte der Lady im Spiegel zu. »Wie schön für Sie. Die Tiere müssen sehr interessant aussehen, ich bin ein Großstadtmensch, ich habe noch nie Galloway-Rinder gesehen.«

»Es gibt sie in den Farben gelb-braun, in rot, in schwarz und in weiß, wir haben die weißen Rinder, und sie sind wunderschön, und weil sie das ganze Jahr über im Freien leben, haben sie ein besonders dichtes Fell.«

»Das ganze Jahr draußen? Die armen Tiere.«

»Aber nein«, lachte die Lady, sie lieben die Freiheit, einen Stall kennen sie kaum. Wir haben ein paar Unterstände auf den Weiden, damit sie Schutz haben, wenn die Winterstürme von der Nordsee her zu stark toben, aber die Tiere liegen lieber im Freien und lassen sich zuschneien, als dass sie die Unterstände aufsuchen.«

»Dann müssen die aber ein sehr gutes Fell haben.«

»Sie haben ein ganz dichtes Unterfell, das sie wärmt, und ein langes gewelltes Deckhaar, und außerdem haben sie eine dicke Haut und einen sparsamen Stoffwechsel. Das alles zusammen macht sie besonders widerstandsfähig.«

»Was Sie alles wissen, Lady Caroline«, staunte Anne und spürte, wie sich die alte Dame beruhigte und ihren Zorn vergaß und überhaupt nicht von den Söhnen, sondern nur noch von den Kühen sprach.

»Ich habe lernen müssen, aber mein Mann war ein guter Lehrmeister, und die Zucht der vom Aussterben bedrohten weißen Rasse war sein Hobby. Und dass meine Söhne das jetzt so missachten und nur ihren Profit im Kopf haben, dass …«

Anne unterbrach sie schnell. »Lady Caroline, wir kommen zu spät zum Dinner, ich begleite Sie zum Tisch und helfe Ihnen bei der Auswahl der Speisen, dann muss ich schnellstens ins Hospital zurück.«

»Ach ja, natürlich, ich vergesse immer, dass ich Sie mit anderen Menschen teilen muss«, nickte die Lady resigniert.

Anne begleitete sie in das Restaurant, in dem ein Tisch für sie reserviert war, half ihr bei der Auswahl des Menüs und bat den Kellner, der Dame die Speisen mundgerecht zerteilt zu servieren. Dann, so wusste Anne inzwischen, kam Lady MacAdleston sehr gut allein zurecht.

12

Es war der letzte Tag vor der Ankunft in New York, als Andrew W. Möller morgens seinen Pagen ins Hospital schickte, um der Pflegerin Anne-Sophie Wedel auszurichten, dass sie in der Suite des Reeders gebraucht würde.

Anne wunderte sich zwar, denn der alte Mann hatte seine persönliche Dienerschaft mitgebracht, meldete sich aber ordnungsgemäß bei Doktor Freiberg ab und folgte dem Pagen nach oben.

»Meine liebe Anne, Sie haben mich neugierig gemacht. Wann lerne ich die energische Lady kennen?«

Anne lächelte, die erste Fährte war also gelegt. »Sobald ich die Lady überzeugt habe, dass sie eine hervorragende Schachspielerin ist. Ich werde gleich nach dem Frühstück mit der Überzeugungsarbeit beginnen.«

»Sollte sie etwas von unseren kleinen Intrigen wissen?«

»Nein, auf keinen Fall. Ich werde ihr erzählen, welche Probleme ich mit Ihnen habe, weil ich nicht Schach spielen kann. Und dann wird die Lady zustimmen, um mir zu helfen.«

»Gut, ich drohe Ihnen hiermit, dass ich mich beim Kapitän beschweren werde, weil Sie sich wehren, mit mir zu spielen, und nun fürchten Sie um Ihren Posten hier auf dem Schiff. Aber bitte, nicht verraten, wer ich wirklich bin. Das muss unter uns bleiben.«

»Dann werde ich sagen, dass Sie ein einflussreicher Mensch mit den entsprechenden Allüren sind.«

Jetzt lachte Andrew W. Möller so laut, dass der Butler besorgt in den Salon schaute. »Ach Gott, Anne«, seufzte er schließlich, »allein das Gespräch mit Ihnen verschafft mir für den ganzen restlichen Tag gute Laune. Ich werde als einflussreicher Mensch mit entsprechenden Allüren auftreten, verlassen Sie sich darauf. Und nun holen Sie mir die Lady, solange meine gute Laune anhält.«

Anne war nicht ganz so zuversichtlich, wie sie sich gezeigt hatte. Jetzt musste sie die verärgerte Lady, die mit ziemlichem Zorn der Begegnung mit ihrem Sohn entgegensah, davon überzeugen, dass sie eine hervorragende Schachspielerin sei und Anne aus einer sehr schwierigen Situation heraushalf. Hoffentlich kann sie überhaupt Schach spielen, dachte Anne, während sie durch die Korridore zur Kabine von Lady MacAdleston lief.

Als ich ihr in der Frühe beim Ankleiden geholfen habe, sprach sie nur von der Arbeit mit den Rindern und von der Hinterhältigkeit der Söhne, die sie um den Ruhm und den Reichtum ihrer jahrzehntelangen Arbeit bringen wollten, dachte Anne und sah der neuen Begegnung mit gemischten Gefühlen entgegen.

Lady MacAdleston saß, in einen dicken Wintermantel gehüllt, auf dem kleinen Balkon vor ihrer Kabine und ließ sich die raue Atlantikbrise um den Kopf wehen. Als sie Anne sah, lächelte sie. »Na, wenigstens ein erfreulicher Anblick an diesem grauen Tag. Hier merkt man noch nichts von dem angebrochenen Wonnemonat Mai.«

»Der kommt, wenn wir nach Süden abdrehen, Lady Caroline, dann wird es ganz schnell warm und sommerlich.«

Die Lady sah Anne fragend an. »Ich habe Sie beim Frühstück vermisst.«

»Ich wurde zu einem älteren Herrn gerufen, der anscheinend sehr einflussreich und sehr gelangweilt hier auf dem Schiff ist. Er wünscht dauernd, mit mir Schach zu spielen, und ich kann das doch gar nicht.«

»So ein Rüpel«, erregte sich die Lady, »kann man den denn nicht zur Vernunft bringen?«

»Ich fürchte, er beschwert sich demnächst beim Kapitän, und dann ist meine Arbeit hier infrage gestellt.«

»Aber als Pflegerin haben Sie doch ganz andere Aufgaben. Warum ruft er nicht nach einem Animateur?«

»Das habe ich auch schon vorgeschlagen, aber ich denke, er hat hier viel zu sagen, und alle tun, was er will.«

»Na, den möchte ich mal sehen, dem würde ich aber gehörig die Meinung sagen.«

»Das würden Sie für mich tun, Lady Caroline?«

»Für Sie, meine liebe Anne, würde ich noch viel mehr tun. Ich würde sogar mit dem Typen Schach spielen, damit er Sie endlich in Ruhe lässt.«

»Ach Gott, Lady Caroline, das wäre die Lösung. Er ist ja eigentlich ganz nett, wenn nur diese Sucht nach dem Schachspiel nicht wäre. Sie würden sich bestimmt gut mit ihm verstehen, denn er ist gebildet und kennt sich in der Welt aus.«

»Was macht er denn eigentlich?«

»Ich weiß es nicht. Ich weiß nur, dass er sehr oft auf Reisen ist und hier auf dem Schiff immer die Luxussuite bewohnt. Das hat mir Doktor Freiberg erzählt.«

Etwas verunsichert sah die Lady Anne an. »Soll ich ihn mir mal ansehen? Ich meine, damit er Sie in Ruhe lässt? Schach spielen kann ich schließlich auch mit dem linken Arm.«

»Das wäre wunderbar. Wenn Sie wollen, führe ich Sie gleich mal hinauf.«

»Aber ich kann doch nicht so unangemeldet in seine Kabine platzen.«

»Ach, das macht nichts. Er wartet ja auf mich, und dann habe ich eben Besuch dabei. Er wird sich bestimmt freuen, wenn ich ihm sage, ich habe ihm eine Spielerin mitgebracht.«

»Aber Anne, wie sich das anhört. Ich und eine Spielerin.«

»Ich meine natürlich eine Schachspielerin. Ach, und humorig ist er auch. Ich habe ihn schon ein paar Mal zum Lachen gebracht.«

»Also dann, worauf warten wir noch?«

Anne führte Lady MacAdleston nach oben, sorgfältig darauf bedacht, der alten Dame unnötige Treppen und Umwege zu ersparen. Aber Lady MacAdleston bemühte sich sehr, als gesunde, willensstarke Frau aufzutreten. Schwäche zu zeigen kam für sie nicht infrage, und dass sie den rechten Arm in einer Schlinge tragen musste, machte sie eher stärker als anfälliger. So ging sie stolz erhobenen Hauptes neben Anne durch die Korridore und betrachtete sich mit einem gewissen Stolz in den Spiegeln der Aufzüge. Oben vor der Luxussuite angekommen, drehte sie sich zu Anne um: »In Ordnung? Alles in Ordnung?«

Anne sah die Lady verschmitzt an. »Sie sehen wunderbar aus, und ich hoffe, der Schachspieler da drinnen beißt sich an Ihnen die Zähne aus«, flüsterte sie.

»Dann haben Sie Ihre Ruhe.«

»Ja«, lächelte Anne, »dann habe ich meine Ruhe.« Bevor sie klopfen konnte, wurde die Tür von innen geöffnet und der Page bat die Damen herein. »Bitte kommen Sie, Mister Möller erwartet Sie schon.«

Der alte Reeder hatte sich für den Besuch umgezogen. Er war von Kopf bis Fuß in Weiß gekleidet, nur der kleine blaue Rand am Kragen seines Pullovers bot den einzigen Kontrast. Die achtzig Jahre sah man dem schlanken, hochgewachsenen Mann in keiner Weise an. Lächelnd kam er auf die Damen zu. Anne machte die beiden miteinander bekannt, und Andrew W. Möller beteuerte: »Ich freue mich, Sie begrüßen zu dürfen, Madame, es ist mir ein Vergnügen, Ihre Bekanntschaft zu machen.« Gentlemanlike hauchte er einen Kuss auf die ausgestreckte Hand der Lady, ergriff diese dann und führte die Gäste in seinen Salon. »Darf ich Ihnen etwas anbieten, ein kleines zweites Frühstück oder einen Aperitif, oder lieber einen Tee?«

Während Lady MacAdleston den Kopf schüttelte und sich bedankte, verabschiedete sich Anne. »Sie verzeihen, ich muss zu meiner Arbeit zurück. Ich wünsche Ihnen ein paar interessante Spiele und viel Erfolg.« Der Page begleitete sie nach draußen und der Reeder zeigte Lady Caroline die Aussicht, die er von seinem Privatdeck aus über das Schiff hatte. Caroline MacAdleston war beeindruckt und dachte im Stillen, der Mann muss ein Vermögen besitzen und einen großen Einfluss, denn so eine Suite bekommt man gar nicht erst angeboten, wenn man eine Reise buchen will. Etwas steif und etwas fremd gingen sie schließlich in den Salon zurück, und Mister Andrew sah die Lady prüfend an. Und die will diese Anne überreden, als Gesellschafterin mit auf den schottischen Landsitz zu kommen? Sie wirkt so reserviert, so unnahbar. Ob Anne sich da wohlfühlen wird? Er bot ihr einen Platz am Spieltisch an. »Bitte, setzen Sie sich doch, Lady MacAdleston, welcher Sessel ist am bequemsten für Sie? Es ist bestimmt nicht angenehm, mit so einem Gipsverband zurechtzukommen.«

»Danke«, nickte die Lady, »ja, der Verband ist unangenehm, aber ich habe nicht vor, mir die Reise dadurch verderben zu lassen. Eigentlich bin ich Unfälle gewohnt. Wenn man auf dem Lande lebt, mit Tieren und Landmaschinen umgehen muss und die meisten Entfernungen auf dem Pferderücken zurücklegt, dann passieren immer wieder kleinere oder größere Unfälle. Aber dass mir so ein Sturz ausgerechnet auf einem der schönsten Kreuzfahrtschiffe passieren muss, das ist wirklich Pech.«

»Es tut mir sehr leid, gnädige Frau.«

»Ich würde gern dort auf dem rechten Sessel Platz nehmen, dann kann ich mit der linken Hand spielen.«

»Gern«. Er rückte ihr den Stuhl zurecht und wartete, bis sie Platz genommen hatte. Dann setzte er sich selbst, zog die Bügelfalten der weißen Baumwollhose glatt und fragte, »wünschen Sie mit den hellen oder mit den dunklen Figuren zu spielen?«

»Ich würde die weißen Figuren bevorzugen, man sieht die wunderschönen Schnitzereien so gut an den Figürchen.«

Andrew W. Möller rückte alles so zurecht, dass Lady Caroline ohne Schwierigkeiten die Figuren erreichte, und erlaubte seinem Gegenüber, das Spiel zu eröffnen.

Sie spielten fast vier Stunden ohne Pause. Sie spielten und beobachteten einander und erkannten viel vom Wesen des anderen, von seinen Gedanken, von seinen Reaktionen, von seinen Wünschen und von seinen Ängsten. Sie lernten sich kennen und schätzen, ohne Worte miteinander zu wechseln, und als der Butler um fünf Uhr den Tee servierte, hatten die beiden betagten Menschen beinahe wortlos eine Freundschaft geschlossen, die bis an ihr Lebensende halten sollte.

Sehr zufrieden ließ sich Lady Caroline nach dem Tee von dem Pagen in ihre Kabine zurückbegleiten. Sie und Mister Andrew hatten beschlossen, das Dinner um zwanzig Uhr gemeinsam im Restaurant einzunehmen, und es war das erste Mal, dass der Reeder seine Suite verließ, um im Restaurant zu essen. Er hatte der Lady nicht gesagt, wer er war, und er rechnete mit der Diskretion des Kapitäns, aber jetzt hatte er Lust auf Gesellschaft bekommen und wollte das Alleinsein beenden. Seit vielen Jahren hatte er zurückgezogen gelebt, sein introvertiertes Wesen hatte es ihm leicht gemacht, auf andere Menschen zu verzichten, aber jetzt war der Zeitpunkt gekommen, wo er es anders haben wollte. Eigentlich ist diese Anne schuld daran, überlegte er vergnügt, aber der Wunsch dazu war schon länger in ihm. Warum sonst hätte ich sie gebeten, mit mir Schach zu spielen?

Noch nie in all den vielen Jahren nach dem Tod von Marianne hatte ich den Wunsch nach Geselligkeit, und dann kam diese Anne und öffnete mir die Tür hinaus aus meiner Isolation. Ich kenne die Anne gar nicht, aber ich wusste, dass sie gut für mich ist. Und nun habe ich eine Frau gefunden, die zu mir passt. Ich habe keine Ahnung, warum das so ist, aber ich habe das Gefühl, auf dem richtigen Weg zu sein. Wir haben kaum miteinander gesprochen, aber wir haben gemeinsam gedacht, wir haben uns erkannt und wir haben gemeinsam reagiert.

Andrew W. Möller schmunzelte, als er in seinen Ankleideraum

ging, um sich für das Abendessen umzuziehen. Beim Schachspielen, gütiger Himmel, beim wortlosen Schachspielen habe ich mein Pendant gefunden. Wir brauchten keine Worte, uns genügten Augenkontakte und Handbewegungen und kleine Züge auf dem Spielbrett, um uns zu verstehen. Wie schön das Leben sein kann, wie unbegreiflich aufregend und überzeugend.

Er summte vor sich hin, während sein Butler erstaunt im Hintergrund stand und auf seine Wünsche wartete. »Ich werde heute im Restaurant speisen, was ziehe ich da am besten an?«

»Werden Sie allein speisen oder in einer größeren Gesellschaft oder separat mit einer Dame?« Der Butler hatte sehr wohl verstanden, was sich da heute im Salon abgespielt hatte. So einen gut gelaunten Chef hatte er selten erlebt.

»Ich treffe mich mit Lady MacAdleston zum Essen. Wir haben einen eigenen Tisch, aber ich möchte kein Aufsehen erregen, wenn ich zum ersten Mal das Restaurant der ersten Klasse betrete.«

»Die Herren speisen im Smoking, die Damen in einem dezenten Abendkleid. Nur wenn man direkt nach dem Essen zu einer Feierlichkeit oder einer eleganten Veranstaltung geht, tragen die Herren einen Frack und die Damen eine festliche Robe. Ist so etwas vorgesehen?«

»Nein. Ich möchte mit der Lady essen und anschließend einen besinnlichen Abend in einer Bar mit ihr verbringen.«

Er lächelte den Butler an: »Weißt du, Johannes, wir haben hier ein paar Stunden zusammen verbracht, aber wir haben kaum miteinander gesprochen. Es wird Zeit, dass wir auch mal zusammen reden.«

Johannes nickte. »Worte sind einmal unwichtig und einmal wichtig, man muss nur die richtige Reihenfolge finden, Mister Andrew.«

»So ist es. Und ich habe den Eindruck, bei uns hat die Reihenfolge gestimmt. Also such mir den Smoking und alles, was dazugehört, heraus. Und dann schick den Pagen in das Blumengeschäft, ich möchte einen schönen Strauß Tulpen haben.«

Als Anne in die Kabine von Lady MacAdleston kam, um der alten Dame beim Umkleiden für das Abendessen zu helfen, traute sie ihren Ohren nicht. Aus dem Salon hörte sie das leise Singen einer Frau, und dann sah sie, dass die alte Dame vor dem großen Spiegel stand und sich einfach nur anlächelte. Du meine Güte, dachte Anne, was habe ich denn da angerichtet? Höflich klopfte sie noch einmal an die Tür, bevor sie eintrat. »Hallo Anne, danke, dass Sie kommen, um mir beim Frisieren und beim Umziehen zu helfen.«

»Aber das ist doch meine Pflicht, Lady Caroline. Wie war das Schachspiel und wie war der Tag mit Herrn Möller?«

»Stumm und interessant und wiederholungsbedürftig.«

»Das hört sich aber gut an, Lady Caroline.«

»Das war auch gut. Und heute Abend werden wir zusammen speisen, der Mister Andrew und ich. Und vielleicht finden wir dann auch die Zeit, ein paar Worte miteinander zu sprechen.«

»Sie haben gar nicht miteinander geredet?«

»Nein, eigentlich nicht. Wir haben uns ohne Worte verstanden, ist das nicht seltsam?«

Anne zuckte mit den Schultern. »Als Mister Andrew mir den Sinn des Schachspiels erklärte, fand er so Worte wie: Geduld, Klugheit und Einfühlungsvermögen. Man müsse sich in das Gegenüber hineinversetzen, erraten, wer er ist und was er kann, und es sei ein Spiel auf engster Ebene und höchstem Niveau.«

»Genau so ist es«, bestätigte die alte Dame, »wozu braucht man dann noch Worte? Und jetzt helfen Sie mir bitte in das lindgrüne Abendkleid, denn ich werde mit Mister Möller zusammen im Restaurant speisen.«

»Donnerwetter«, entfuhr es Anne, und als die Lady sie verblüfft ansah, erklärte sie: »Es ist das erste Mal, dass Herr Andrew W. Möller seine Luxussuite verlässt, solange andere Passagiere auf dem Schiff sind.«

»Wer behauptet denn so etwas?«

»Doktor Freiberg, er kennt den Herrn seit einiger Zeit und ist mehrmals mit ihm gereist. Der Herr war immer inkognito auf dem Schiff und nur mit dem Kapitän befreundet.«

»Das ist sehr seltsam. Allerdings, es muss stimmen, denn ich habe ihn auch noch nie auf dem Schiff gesehen. Und heute will er mit mir an meinem Tisch speisen. Ist das nun eine Auszeichnung, oder was soll ich davon halten?«

»Es ist bestimmt der Dank für einen sehr schönen Nachmittag, Lady Caroline. Genießen Sie den Abend. Ich werde dem Steward, der Sie bedient, noch sagen, dass alle Speisen, die Sie bestellen, mundgerecht serviert werden, dann haben Sie keine Probleme damit.«

Aber das war gar nicht nötig, denn Mister Andrew W. Möller bestand darauf, die Speisen auf dem Teller von Lady MacAdleston eigenhändig zu zerteilen und ihr vorzulegen.

13

Die ›S.M. Victoria‹ legte am nächsten Morgen pünktlich am Cruise-Terminal Nummer sechs in New York an. Die Passagiere, die hier das Ende ihrer Reise erreicht hatten und das Schiff verlassen wollten, mussten bis zehn Uhr von Bord gehen. Gäste, die eine Stadtbesichtigung machen wollten oder irgendeinen anderen Ausflug geplant hatten, wurden um elf Uhr von Bussen und Reiseleitern abgeholt. Ab achtzehn Uhr am Abend würden die Passagiere an Bord kommen, die hier ihre Reise antraten.

Für Anne begann ein Tag voller Hektik und Arbeit. Sie musste zunächst behinderte oder ältere Gäste betreuen, deren Reise hier beendet war. Doktor Freiberg hatte ihr eine Liste mit etwa hundert Namen gegeben, von denen diejenigen rot angekreuzt waren, die sie bereits während der Reise betreut hatte und die nun auf ihre Hilfe angewiesen waren. Gleichzeitig musste sie damit rechnen, dass andere Gäste ihren Einsatz brauchten, die bisher auf dem Schiff allein zurechtgekommen waren, nun aber plötzlich Angst und Probleme beim Verlassen des Schiffes bekamen oder vergeblich auf Angehörige am Pier warteten.

Doktor Freiberg hatte seine gesamte Mannschaft für diese Betreuungsarbeit eingesetzt. »Anne, Sie müssen mit Problemen und Unannehmlichkeiten rechnen«, hatte er sie gewarnt. »Am besten ist es, Sie versorgen die von Ihnen bisher betreuten Passagiere so früh wie möglich in ihren Kabinen. Gleich nach dem Anlegen des Schiffes helfen Sie ihnen beim Verlassen der Kabinen und übergeben sie den wartenden Angehörigen. Dann haben Sie anschließend Zeit, sich um unerwartete Zwischenfälle zu kümmern. Halten Sie sich dann in der Nähe der Gangway auf, damit Sie dort zupacken können, wo Hilfe nötig wird.«

»Was ist mit denjenigen Passagieren, die Ausflüge geplant

haben, da sind auch Gäste darunter, die ich bisher betreut habe.«

»Um die kümmern wir uns, wenn es so weit ist. Jetzt geht es erst einmal um diejenigen, deren Reise hier beendet ist und für die wir verantwortlich sind, bis sie sicheren Boden unter den Füßen haben.«

»Ich verstehe.«

Anne wandte sich dem Korridor zu, in dem Lady MacAdleston ihre Kabine hatte. Ich muss der Lady wenigstens in die Kleidung helfen und sie frisieren, dachte sie, dann muss sie selbst sehen, wie sie heute zurechtkommt.

Es war kurz vor sechs Uhr, als sie an die Kabinentür klopfte, mit ihrem Universalschlüssel die Tür öffnete und eintrat. Die Lady schlief noch tief und fest. Vorsichtig trat Anne an das Bett der alten Dame, strich ihr behutsam über den Arm und flüsterte, »Lady Caroline, ich muss Sie leider wecken.«

»Himmel, was ist passiert? Ich dachte, ich bin im Urlaub«, flüsterte die Lady leicht mürrisch und müde.

»Lady Caroline, ich muss Ihnen jetzt beim Ankleiden helfen, später werde ich an Deck gebraucht.«

»Richtig, heute ist ja Wechsel. Haben wir schon angelegt?«

»Ja, und ich habe eine lange Liste von Passagieren, denen ich helfen muss.«

»Na, dann mal ran, ich will Sie nicht aufhalten.« Die Lady stand langsam auf, ohne die Stütze des rechten Armes hatte sie in vielen Dingen Schwierigkeiten, das Aufstehen gehörte dazu, denn sie konnte sich nicht mit beiden Händen abstützen, was in ihrem Alter schon sehr wichtig war. Anne half ihr, begleitete sie ins Bad, legte die Garderobe in der Kabine zurecht und half ihr dann beim Anziehen. Am längsten brauchte sie immer für die Frisur, denn die Lady hatte lange, gelockte graue Haare, die sehr sorgfältig hochgesteckt werden mussten, damit sich während des Tages keine Strähnen aus der Frisur lösten.

Für eine fröhliche Unterhaltung, wie sie sonst üblich war, blieb heute keine Zeit. Außerdem hatte Anne den Eindruck, dass die alte Dame nicht besonders gut gelaunt war. Ist der Abend mit dem Reeder nicht so verlaufen, wie die Lady sich das erhofft hat, oder hat sie einfach nur schlecht geschlafen?, dachte Anne, fragte aber nicht, denn für ein Gespräch war jetzt keine Zeit. So sagte sie nur: »Ich komme und begleite Sie ins Restaurant, sobald ich einen Augenblick Zeit habe.«

Aber die Dame winkte ab. »Ist nicht nötig, Miss Anne, ich frühstücke in der Kabine. Ich erwarte meinen Sohn, und die Debatten mit ihm möchte ich nicht in der Öffentlichkeit führen.«

»Ja, selbstverständlich.« Anne verließ die Kabine. Daher also weht der Wind, dachte sie und hatte die Lady und ihre Probleme sofort vergessen, als sie zum A-Deck kam, wo die meisten der von ihr betreuten Passagiere wohnten und nun auf ihre Hilfe beim Auschecken warteten.

Anne hatte fast dreißig Passagiere betreut, als sie zu der alten Miss Founders kam, die bereits höchst ungeduldig auf sie wartete. Anne hatte keine netten Erfahrungen mit der alten Dame gemacht, die stets übellaunig und mürrisch ihre Wünsche äußerte. Und heute, durch das Verlassen des Schiffes besonders nervös, schimpfte sie bei der kleinsten Kleinigkeit laut vor sich hin. »Nie wieder gehe ich auf so einen Kahn. Die Organisation ist unerträglich, die Menschen sind unausstehlich und diese ganze Durchführung ein einziges Chaos. Nie wieder, das schwöre ich.« Sie stützte sich auf ihren Rollator, und als sie endlich die Gangway erreichten, hatte sie Angst vor dem Gefälle. »Niemals gehe ich hier runter, schimpfte sie. »Da rollt mir der Wagen ja davon, es ist unglaublich, was einem hier zugemutet wird.« Anne versuchte, sie zu beruhigen.

Hinter ihnen drängten andere Passagiere. Zurückgehen konnten sie jetzt nicht mehr. Anne hielt die alte Dame am Arm fest und steuerte mit der freien Hand den Apparat. Als sie die Mitte der Gangway erreicht hatten, hinter sich immer wieder verärgerte Rufe, weil es so langsam weiterging, blieb Miss Founders abrupt stehen. »Ich habe meine Handtasche oben stehen lassen. Wir müssen zurück.«

»Ausgeschlossen, Miss Founders«, erklärte Anne. »Wir können hier nicht umdrehen, wir blockieren sowieso schon die Gangway. Ich bringe Sie hinunter zum Pier und hole dann Ihre Handtasche.«

»Kommt nicht infrage, ich brauche meine Tasche. Alle meine Papiere sind da drin und mein ganzes Geld. Ich muss die Tasche selbst holen und sofort kontrollieren, ob noch alles vorhanden ist.«

»Ich bitte Sie«, die Proteste wurden lauter und energischer, »wir können hier nicht umdrehen. Ich versichere Ihnen, dass ich Ihnen die Tasche unversehrt und ungeöffnet übergeben werde.«

»Das geht nicht. Da unten sind die Zollkontrollen und in dem Haus da drüben sind die Passstelle und die Einreiseverwaltung. Ich setze keinen Fuß auf diesen Boden, wenn ich meine Papiere nicht in der Hand halte.«

»Aber bitte, Miss Founders, ich...«

»Augenblick mal«, wurde Anne unterbrochen. »Kann ich helfen?«

Vor den beiden Frauen stand ein großer, leicht korpulenter Mann und sah sie spöttisch an. »Ich glaube, hier ist Hilfe angebracht.« Die ärgerlichen Rufe vom oberen Teil der Gangway wurden lauter, und auch vom Pier her, wo Angehörige und Freunde ihre Gäste vergeblich erwarteten, mischten sich jetzt Stimmen ein.

Der Fremde nahm die alte Lady einfach auf den Arm, setzte sie mit einem leichten Schwung auf den Sitz ihres Rollators und fuhr sie unter dem Gelächter und den Zurufen der Passagiere einfach nach unten auf das Kopfsteinpflaster der Kaimauer. Unter dem Applaus der Reisenden, der Wartenden und auch einiger Stewards lief Anne nach oben, ließ sich von dem Chefsteward, der die Ausgangshalle beaufsichtigte, die Tasche geben und lief wieder nach draußen.

Als sie unten angekommen war, übergab sie der noch immer laut schimpfenden Lady Founders die Tasche, wartete, bis sie den Inhalt überprüft hatte, und bedankte sich bei dem Fremden für die Hilfe. »Nichts für ungut«, versicherte der, »aber das Theater war einfach nicht länger zu ertragen.« Er grüßte kurz und ging dann die Gangway hinauf zum Eingang. Anne wartete, bis eine junge Frau auf sie zukam, die alte Lady umarmte und dann mit ihr zur Gepäckhalle hinüberging, um die Koffer der Lady in Empfang zu nehmen.

»Danke« sagte niemand, aber es gab immer noch ein paar Passagiere, die leise klatschten, als Anne die Gangway hinauf und zurück ins Schiff ging.

Am Nachmittag musste Anne einen Bus mit Ausflüglern begleiten. Wie fast immer standen die Besichtigung des Empire State Buildings, des Metropolitan Museums, des Central Parks und eine Fahrt durch Harlem auf dem Fahrplan, außerdem führte die Fahrt durch China-Town, und der Besuch eines chinesischen Restaurants war vorgesehen. Hier hatte Anne alle Hände voll zu tun, ihre Leute vor rohem Fisch und unbekannten Speisen zu warnen. Als der Bus gegen neunzehn Uhr das Schiff wieder erreichte, wartete Doktor Freiberg bereits mit einer Liste neuer Passagiere, die eine Betreuung brauchten, auf Anne.

»Besteht die Möglichkeit, dass ich mich erst einmal dusche und umziehe? Ich bin jetzt seit fünf Uhr morgens unterwegs und fühle mich ganz verschwitzt und unwohl.«

»Ja, aber bitte ganz schnell. An solchen Tagen sind wir alle voll im Einsatz, da muss man Rücksicht auf die Aufgaben nehmen. Unterwegs gibt es dann ja auch ruhigere Tage.«

»Ich weiß. Ich beeile mich.«

Anne lief in ihre Kabine, duschte schnell und zog frische Kleidung an. Die nassen Haare mussten trocknen, während sie auf dem Schiff unterwegs war, sich bei den neuen Passagieren vorstellte und sie nach ihren Beschwerden und Wünschen fragte. Es war fast zehn Uhr abends, als sie dazu kam, nach Lady MacAdleston zu sehen.

Die alte Dame saß verärgert in ihrer Kabine und wartete auf die Hilfe beim Auskleiden. Um sie abzulenken, erzählte Anne ihr von dem Ausflug mit dem Bus und von der Lady auf der Gangway. »Und stellen Sie sich vor, Lady Caroline, als das Gewimmel am größten und der Ärger am lautesten war, kam ein Mann die Gangway rauf, packte die Lady, setzte sie auf ihren Rollator und schob sie einfach nach unten auf den Pier«, erzählte sie. »Alle Leute applaudierten und freuten sich, dass es endlich wieder weiterging auf der Gangway.«

Die Lady hörte stumm zu, und Anne merkte, dass sie noch immer verärgert war. »Sind Sie mir böse?«, fragte sie schließlich enttäuscht. »Ich konnte wirklich nicht früher kommen, es tut mir sehr leid.«

»Ach was, Ihnen bin ich doch nicht böse. Ich ärgere mich über Dylan, meinen Sohn, und ich weiß nicht, wie ich mit ihm fertig werden soll.«

»War er denn nicht freundlich zu Ihnen? Er wird sich doch gefreut haben, Sie wiederzusehen.«

»Ach was, er hatte nur Vorwürfe für mich: Dass ich, ohne die Reise mit ihm abzusprechen, fortgefahren bin, dass ich mir die Zeit für einen Urlaub nehme, obwohl wir mitten in einer Krise stecken, dass ich keine Rücksicht auf die Sorgen der Familie nehme, die einfach Angst um mein Wohlergehen hätte – lauter solch unnötiges Zeug. Und dann auch noch der Unfall mit dem kompliziert gebrochenen Ellenbogen, den ich mir hätte ersparen können, wenn ich im Schloss geblieben wäre – und wegen solcher Nichtigkeiten kommt er mir einfach nachgereist. Als hätte ich keinen Anspruch mehr auf ein eigenständiges Leben! Verstehen Sie meinen Ärger, Anne?«

»Ja, natürlich.« Aber Anne wusste nicht, wie sie sich verhalten sollte. Sie wollte die alte Dame trösten und ihr helfen, hatte aber den Eindruck, dass der Sohn nicht ganz unrecht hatte. Aber nun war er zum Glück wieder fort, und bei der Lady kehrte Ruhe ein. »Das war ein anstrengender Tag für Sie, Lady Caroline, aber jetzt ist die Aufregung vorbei, und morgen beginnt eine neue schöne Woche der Reise, die Sie in Ruhe genießen können. Es geht nach Süden und es wird wärmer.«

»Schön wäre es«, seufzte die alte Dame. »Aber mit der Ruhe und mit dem Genießen ist es vorbei. Mein Sohn ist nicht nach Schottland zurückgeflogen, er hat eine eigene Kabine gebucht und wird mich begleiten, bis ich zur Vernunft gekommen bin, wie er es nennt.«

»Ach, du meine Güte«, entfuhr es Anne, »und wie soll es nun weitergehen?«

»Er wohnt hier, drei Kabinen weiter den Gang entlang, wird mich auf Schritt und Tritt begleiten, um so dumme Unfälle, wie er meint, zu vermeiden und reist nur in meiner Begleitung zurück. Anne, was soll ich bloß machen? Ich hatte mich doch auch mit Mister Andrew für morgen verabredet. Wir wollten wieder Schach spielen, wortlos, wie Sie wissen.«

Endlich lächelte die Lady ein wenig, und Anne atmete auf.

»Lady Caroline, selbstverständlich spielen Sie morgen wieder Schach mit Mister Andrew. Dafür werde ich schon sorgen. Ich hole Sie morgens zur Untersuchung im Hospital ab, und von dort huschen wir hinauf in die Luxussuite.«

Endlich lachte die Lady wieder. »Huschen hört sich gut an. Ich mit meinen sechsundsiebzig Jahren husche in die Kabine eines fremden Mannes, na, großartig! Aber ich fürchte, da huscht mein ein Meter achtzig großer, wohlbeleibter Sohn einfach mit. Der ist von einer verdammten Anhänglichkeit, wenn er es darauf anlegt.«

Anne wurde nachdenklich. Groß und wohlbeleibt? Sollte das etwa der Fremde gewesen sein, der ihr auf der Gangway geholfen hatte? »Könnte es möglich sein, dass es Ihr Sohn war, der mir heute Vormittag auf der Gangway geholfen hat?«

»Wie sah der denn aus?«

»Gut. Er hat gut ausgesehen.«

»Dann war es nicht mein Sohn. Dylan sieht man die Schliche von Weitem an. Er hat immer heimliche Gedanken im Kopf, und das spürt man. Und seine schwarzen Augen – die hat er von den Römern, die einst Schottland besuchten, hat mein Mann einmal gesagt, und diese Augen sind so stechend scharf, dass man nicht hineinsehen kann. Und die Nase ist zu groß, und die Lippen sind zu schmal. Nein, der Junge war noch nie ein Beau und zu dick war er auch immer. Und dann das schwarze Kraushaar. Weiß der Himmel, woher er das hat. Meine anderen Söhne sind blond, und wenn ich nicht hundertprozentig wüsste, dass ich höchstpersönlich diesen Dylan geboren habe und dass er auch nicht vertauscht wurde, dann frage ich mich, woher zum Teufel stammen seine Gene?«

Die Lady regte sich so auf, dass Anne es mit der Angst bekam. »Bitte, Lady Caroline, beruhigen Sie sich. Ihr Sohn ist da und will Ihnen helfen. Er wird Sie betreuen und begleiten, und ab und zu huschen wir einfach davon. Ich finde es sehr rücksichtsvoll, dass er sich um Sie kümmert. Er macht sich Sorgen, und nicht nur um die Geschäfte mit Ihren Rindern, sondern um Ihre Gesundheit. Kaum hat er gesehen, dass Sie diesen Unfall hatten, schon ist er bereit, bei Ihnen zu bleiben, das ist doch auch sehr nett, finde ich.«

»Na ja, dass er mich mag, weiß ich, mehr als die beiden anderen auf jeden Fall, und so verschlagen wie die ist er auch nicht. Trotzdem, ich fühle mich bedrängt, beobachtet und beaufsichtigt, und das gefällt mir nicht.«

»Lady Caroline, Sie sehen das alles zu negativ. Drehen Sie die Worte einfach um, dann sind sie positiv, und es klingt schön, wenn Sie sagen könnten: Mein Sohn will in meiner Nähe sein, er macht sich Sorgen und er will mir helfen.« Sie hatte die alte Dame in die Schlafkabine gebracht, half ihr ins Bett und deckte sie liebevoll zu. Und als die Lady sich die Decke bis zum Kinn hochzog, flüsterte sie: »Verdammt, warum konnte Dylan nicht eine Tochter sein wie Sie?«

Anne beugte sich spontan über die alte Frau, küsste sie auf die Stirn und flüsterte: »Nicht hadern, sondern sich freuen, denn Sie haben einen Sohn, der Sie liebt, und nur darauf kommt es an.«

14

Als die ›S. M. Victoria‹ im Morgengrauen des nächsten Tages New York verließ, war auf dem Schiff wieder Ruhe eingekehrt. Die Hektik des Passagierwechsels war vorbei, die Ausflügler waren wohlbehalten von ihren Touren zurückgekehrt, und die Besatzung hatte ihre alten Arbeitsplätze wieder eingenommen. Der Reeder Andrew W. Möller hatte sein New Yorker Büro aufgesucht und wichtige geschäftliche Angelegenheiten geregelt, und Anne-Sophie Wedel hatte mit ihrem Freund Daniel in Dubai telefoniert. Daniel fühlte sich nicht wohl in dem Land am Persischen Golf. Die Arbeitsmoral der einheimischen Arbeiter und Angestellten gefiel ihm nicht, die Hitze machte ihm zu schaffen und die Arbeitszeiten, dem Klima angepasst, brachten sein körperliches Wohlbefinden durcheinander. »Ich kann mich an dieses nächtliche Arbeiten im Scheinwerferlicht einfach nicht gewöhnen«, stöhnte er. »Ich bin ein Tagesmensch und nachts zum Umfallen müde. Hier aber beginnt der Tag erst abends und die Nacht morgens im gleißenden Sonnenlicht und bei vierzig Grad im Schatten.«

»Du wirst dich daran gewöhnen«, versuchte Anne den Freund zu trösten. »Für eine so große Umstellung braucht jeder Körper seine Zeit. Aber wenn dir die Arbeit nach wie vor Spaß macht, schaffst du das bestimmt.«

»Na, von Spaß kann keine Rede sein. Die Arbeiter haben eine andere Auffassung von intensiver Arbeit, und die Angestellten sind, sobald sie einen kleinen, gehobenen Posten bekleiden, von impertinenter Arroganz. Sie wissen alles besser und sie zeigen uns Europäern ihre Verachtung, weil wir mit dem Klima nicht klarkommen.«

»Ach Daniel«, versuchte Anne den Mann zu beruhigen, »das

wird sich ändern, sobald ihr euch eingelebt habt. Jetzt seid ihr die Fremden, die den Einheimischen die Posten weggenommen haben, aber irgendwann werdet ihr beweisen können, dass ihr mit Recht die Könner seid.«

»Dein Wort in Gottes Ohr, meine Liebe. Dass alles viel leichter wäre, wenn ich dich an meiner Seite hätte, weißt du. Und wie geht es dir?«

»Auch hier gibt es Probleme: Eingebildete Kranke und arrogante Gesunde, störrische Alte und dreiste Junge. Menschen halt, und wenn sie so in einer Masse auf engem Raum zusammentreffen, dann erlebt man erstaunliche Ausbrüche.«

»Dann bist du auch unzufrieden mit deiner Arbeit?«

»Aber nein, mir macht die Arbeit Spaß, ich kann helfen und Frieden stiften und einsame Seelen trösten und blasierte Typen in die Schranken weisen. Ich habe nette Leute kennengelernt und weniger nette zurechtgewiesen. Ich habe sogar ein Angebot, als Gesellschafterin auf einem schottischen Schloss zu arbeiten, bekommen. Höchst aristokratisch und ziemlich fragwürdig.«

»Dann lass die Finger davon.«

»Vermutlich hast du recht.«

»Ich kenne dich, Anne, fragwürdige Dinge haben dich schon immer angezogen, das war schon in der Schule so. Kaum tauchte irgendwo eine Frage auf, musstest du sie lösen. Und was kam dabei heraus?«

Anne kicherte: »Ich musste immer vorn auf der ersten Bank sitzen, damit man mich besser beobachten konnte.«

»Also lass die Finger von irgendwelchen Experimenten und fragwürdigen Angeboten.«

»Ich werde darüber nachdenken, Daniel. Wann telefonieren wir wieder?«

»Nächste Woche, wenn ihr in Miami seid?«

»Abgemacht, und halte durch, mein Freund. Ich will Erfolgsmeldungen hören.«

»Ich werde mir Mühe geben. Bye-bye.«

An diesem Morgen lernte Anne den Sohn von Lady MacAdleston kennen. Sie hatte der Dame beim Ankleiden geholfen, ihr Haar frisiert und beim Anlegen des Schmucks geholfen. Die Lady, in Kleiderfragen sehr bescheiden und konservativ, meist trug sie nur Grau oder Schwarz, legte großen Wert darauf, ihre Kostbarkeiten an den schlanken Fingern, am schmalen Handgelenk und am ebenso schmalen Hals zu zeigen. Ganz gleich, ob sie im Restaurant speiste, an Deck promenierte oder in der Kabine blieb, ohne Schmuck war sie nie.

Und es war sehr alter und wertvoller Schmuck. »Eine Familiensammlung seit Generationen,« hatte sie Anne erzählt, die MacAdlestons sind sehr sentimental, da hängen an jedem Stück Erinnerungen. Leider neigen meine Söhne nicht zu diesen Sentimentalitäten und sie würden einzelne Teile der Sammlung sofort verkaufen, wenn Not am Mann wäre und ich es nicht verboten hätte.«

Anne begleitete die Lady hinauf zum Restaurant, wo sie ihr beim Frühstück half. Als sie die Lady versorgt wusste, verließ sie das Restaurant, um sich im Hospital bei Doktor Freiberg zu melden. Auf einem der Korridore traf sie jenen Fremden wieder, der ihr auf der Gangway mit der Miss und ihrem Rollator geholfen hatte.

»Guten Morgen«, grüßte sie höflich.

»Morning«, kam es kurz und unhöflich zurück.

Ein Mann wie ein Schrank, dachte Anne, der nicht einen Schritt zur Seite geht, um mich durchzulassen. Erst als er vorbeigegangen war, erinnerte sich Anne an die Beschreibung der Lady MacAdleston von ihrem Sohn. Dick, schwarze Haare, schwarze Augen, zu große Nase und zu schmale Lippen. Und zu arrogant, dachte Anne, aber sonst könnte die Beschreibung passen. Kein Wunder, wenn eine Mutter mit diesem Sohn ihre Schwierigkeiten hat. Sie wartete einen Augenblick, drehte sich um und ging den Weg ins Restaurant zurück. Jetzt wollte sie wissen, ob dieser Fremde wirklich Lady MacAdlestons Sohn war oder nicht.

Und tatsächlich. Der Fremde ging zum Tisch von Lady Caroline, deutete einen Handkuss an und setzte sich ihr gegenüber. Steif und unfreundlich, dachte Anne und beobachtete, wie der Mann den Kellner heranwinkte, seine Bestellung aufgab und sich aus der Teekanne der Lady bediente. Very british, sagte sich Anne, Teatime am frühen Morgen statt Kaffee mit Sahne, wie ich es mag.

Sie verließ den Beobachtungsposten an der Tür und ging zurück zum Lift, um sich im Hospital zu melden. Unsympathisch, dachte sie und bedauerte die arme Lady, die wusste, dass sie ihren Söhnen nicht mehr gewachsen war.

Im Hospital erwartete Anne nicht nur eine Nachricht von Andrew W. Möller, sondern auch ein sehr neugieriger Doktor Freiberg. »Meine liebe Anne, ich beobachte nun schon seit Tagen Ihre immer enger werdende Beziehung zu unserem Passagier in der Luxussuite. Haben Sie noch immer nichts zu sagen?«

»Aber Doktor Freiberg, wie können Sie von einer Beziehung zwischen mir und einem Passagier sprechen. Ich verhalte mich absolut korrekt und erfülle nur die Wünsche eines alten Mannes. Ich habe ihm eine Partnerin für sein Schachspiel besorgt und halte die Verbindung zwischen dem introvertierten Mann und der extrovertierten Lady.«

»Sie wissen genau, was ich meine. Ich habe den Mann vorgestern zum ersten Mal im Restaurant gesehen. Er kam mir bekannt vor, aber ich weiß nicht, wo ich ihn unterbringen soll. Der Mann ist eine Persönlichkeit auf diesem Schiff, und mich unterrichtet kein Mensch.«

»Doktor Freiberg, der Mann liebt es anscheinend, sehr zurückgezogen zu leben. Lassen wir ihm doch die gewünschte Privatsphäre.«

»Aber womit beschäftigt er sich, was tut er – außer Schach spielen? Ich habe erfahren, dass er gestern den ganzen Tag in New York verbracht hat, und abends habe ich beobachtet, wie er mit einem Bentley zum Schiff zurückgebracht wurde. Leider ist er dann unten durch einen gesonderten Eingang zurück aufs Schiff gegangen, sonst hätte ich ihn abgepasst und mich vorgestellt. Irgendwann muss es doch mal klappen mit dem persönlichen Gespräch. Und nun sind Sie wieder nach oben bestellt. Ich werde Sie jetzt begleiten.«

Anne wagte nicht, ihrem Vorgesetzten zu widersprechen, ahnte aber, dass sein Besuch oben im Vorraum der Luxussuite vom Pagen beendet werden würde.

Der junge Mann, überaus freundlich, aber genauso energisch, dankte dem Schiffsarzt für sein Bemühen, erklärte aber, dass Mister Möller keinen unangemeldeten Besuch zu empfangen wünsche, und öffnete nur für Anne die Tür zum Salon.

Andrew W. Möller ging leicht beunruhigt in seiner Suite auf und ab. Als er Anne sah, freute er sich sichtlich. »Wie schön, dass Sie kommen konnten. Ich mache mir Sorgen.«

»Aber Mister Andrew, was ist passiert?«

»Es geht um Lady MacAdleston, sie ist so eine reizende Dame und so unglücklich.«

»Aber sie war so erfreut, mit Ihnen Schach zu spielen.«

»Ja, es waren ein paar schöne Stunden. Aber am Abend hatten wir ein langes Gespräch, und da habe ich erfahren, in welcher bedauernswerten Situation die Lady sich befindet.«

»In einer bedauernswerten Situation? Meinen Sie den gebrochenen Ellenbogen?«

»Nein, ich meine die häusliche Situation.«

»Sie hat mir gegenüber Probleme mit den Söhnen angedeutet.«

»Die Söhne versuchen, ihr den Besitz streitig zu machen. Einen Besitz, den sie in jahrzehntelanger Arbeit zusammen mit ihrem Mann aufgebaut hat und der ihr ganzer Stolz ist.«

»Mister Andrew, dürfen wir uns da einmischen?«

»Ja, denn die Lady hat mich ganz direkt um Hilfe gebeten.«

»Ja, dann sollten Sie selbstverständlich versuchen, ihr zu helfen.«

Der alte Mann ging nervös auf und ab. Schließlich sagte er: »Meine Hilfe besteht darin, Sie zu bitten, die Lady auf ihr Schloss zu begleiten.«

Bestürzt sah Anne den Reeder an, dann schüttelte sie den Kopf. »Das kann ich nicht. Die Lady hat mich andeutungsweise auch schon gefragt, aber ich möchte mich in solche privaten Familienangelegenheiten nicht einmischen. Ich kenne diese Familie und ihre Probleme doch gar nicht. Ich wüsste überhaupt nicht, wie ich der Lady helfen könnte.«

»Indem Sie als Freundin in ihrer Nähe sind.«

»Uns verbindet doch keine Freundschaft. Ich bin ihre Pflegerin, und diese Aufgabe versuche ich so gut wie möglich zu erfüllen.«

»Vielleicht haben Sie es noch nicht gemerkt, aber die Lady sieht in Ihnen eine Vertraute, einen Menschen, dem sie ihre Ängste und Sorgen sagen kann.«

»Mister Andrew, die Lady ist eine energische, selbstbewusste Frau, die genau weiß, was sie will. Und wenn dieser Wille auf die unterschiedlichen Ansichten der Söhne trifft, muss es zu Meinungsverschiedenheiten kommen. Da kann ich mich doch nicht einmischen. Zumal ich von Galloway-Rindern und ihrer berühmten Zucht überhaupt nichts verstehe.«

»Anne, ich glaube, hier geht es gar nicht um die Zucht von Galloway-Rindern, sondern um menschliche Beziehungen, die äußerst schwierig geworden sind.«

»Und wie soll ich da helfen?«

»Indem Sie Lady MacAdleston den Rücken stärken. Indem Sie einfach da sind, zuhören, eigene Ansichten äußern und sie beruhigen, wenn sie nicht mehr weiterweiß.«

»Ich bin eine Altenpflegerin und keine Psychotherapeutin, Mister Andrew.«

»Sie sind eine Frau mit einer positiven Ausstrahlung, Anne,

eine energische, liebenswerte, fröhliche Frau. Könnten Sie es nicht wenigstens versuchen?«

Jetzt ging Anne nervös auf und ab. »Ich will, wenn ich dieses Schiff verlasse, bei ›Ärzte ohne Grenzen‹ als Krankenpflegerin arbeiten und nicht die Familienstreitigkeiten einer adligen Familie in Schottland schlichten.«

»Anne, Sie sollen nicht die Familienstreitigkeiten schlichten, sondern einer alten, einsamen Frau ein paar glückliche Stunden schenken. Ein bisschen Hoffnung, ein bisschen Freude, ein bisschen Verständnis, ich weiß, dass Sie das könnten. Deshalb habe ich ihr versprochen, heute mit Ihnen darüber zu sprechen.«

»Dann reden Sie jetzt mit mir in ihrem Auftrag?«

»Nein, sie hat mich nicht beauftragt, sie hat mich gebeten, von ganzem Herzen gebeten, mit Ihnen zu reden, was ich hiermit getan habe.«

Andrew W. Möller klingelte nach dem Butler. »Einen doppelten Whisky, bitte,« und zu Anne gewandt: »Möchten Sie auch etwas trinken?«

»Ja, das Gleiche bitte für mich.«

»Wenn wir uns doch in allem so einig wären«, lächelte der alte Mann.

»Wir sind uns einig«, lächelte Anne zurück.

»Soll das heißen …?«

»Ja, das soll es heißen.«

Sie standen auf und stießen mit ihren Gläsern an, und dann nahm der alte Mann die junge Frau in die Arme und sagte strahlend: »Ich habe es gewusst, ich habe es ganz genau gewusst, Sie lassen einen alten hilflosen Menschen nicht im Stich. Danke, Anne, und jetzt lassen wir das Sie und den Mister und die Miss einfach weg und sind Anne und Andrew und ein Superteam, und wehe, wenn jemand dieses Team zu trennen versucht.«

15

In Miami beendeten Lady MacAdleston, Dylan MacAdleston und Anne-Sophie Wedel die Kreuzfahrt und flogen zurück nach Edinburgh. In den vergangenen zehn Tagen zwischen New York und Miami hatten sich Anne und die alte Lady gründlich ausgesprochen, der Reeder Andrew W. Möller hatte mithilfe des Kapitäns das Arbeitsverhältnis von Anne als Kranken- und Altenpflegerin auf dem Schiff beendet, und Mister Dylan hatte verärgert die zehntägige Verzögerung in Kauf genommen und sich die meiste Zeit in seiner Kabine aufgehalten. Es passte ihm nicht, dass die Mutter nun mit einer fremden Frau an ihrer Seite nach Schottland zurückkam.

»Was soll das, Mutter«, hatte er gefragt, nachdem sie ihm Anne vorgestellt und berichtet hatte, dass die junge Dame als ihre Begleiterin mit nach Schottland käme. »Was soll das, seit wann brauchst du eine Begleiterin oder eine Gesellschafterin? Genügen wir dir nicht mehr? Oder hast du vergessen, dass in Lammermuir-House eine große Familie auf dich wartet?«

»Ach«, sagte Lady Caroline verächtlich, »was heißt denn hier große Familie? Die Frauen deiner Brüder intrigieren, wann und wo immer sie können, weil sie das Landleben hassen und sich zurück in die Großstadt sehnen, und die Kinder leben in Internaten und würden am liebsten nicht einmal in den Ferien nach Hause kommen. Das ist die Familie, die mich erwartet. Nein, mein lieber Dylan, auf diese Familie kann ich verzichten, das ist mir inzwischen klar geworden.«

»Hast du deshalb diese Reise gebucht, um von uns wegzukommen? Du bist noch niemals allein verreist, warum jetzt? Und was hat dir diese Reise gebracht, außer einem gebrochenen Ellenbogen und einer Hilflosigkeit, wie du sie noch nie erlebt hast.«

»Diese Reise hat mir Klarheit über eine Situation gebracht, die ich bisher nicht bewusst erlebt hatte.«

»Was für eine Situation, Mutter? An deinem Leben hat sich doch seit Jahren nichts verändert.«

»Oh doch. Ich habe inzwischen drei erwachsene Söhne, zwei Schwiegertöchter und fünf Enkelkinder, und da sagst du, mein Leben hätte sich nicht verändert?«

»Aber das ist doch der Lauf des Lebens, Mutter.«

»Ich hatte mir einen harmonischeren Verlauf gewünscht, ein friedliches Miteinander, ein verständnisvolles Zusammenleben – und was ist daraus geworden? Unzufriedenheit, Ärger und Intrigen sind das Ergebnis dieses Zusammenlebens, von dem dein Vater und ich uns einst so viel Glück versprochen hatten.«

»Lass Vater aus dem Spiel.«

»Warum? Er war der Herr im Hause, was ganz selbstverständlich war, und dann habe ich, durch seinen Tod bedingt, die Führung übernommen, was genauso selbstverständlich war, denn ihr seid klein gewesen, und die Farm brauchte die Führung. Aber jetzt seid ihr groß, erwachsen, angesehen und erfahren genug, um das Leben zu meistern und die Farm zu führen. Aber was tut ihr? Ihr streitet, ihr arbeitet gegeneinander statt miteinander, ihr seid egoistisch und rücksichtslos und vor allem seid ihr gierig nach Macht – und da stehe ich euch im Wege.«

»So ein Unsinn, Mutter. Du stehst uns nicht im Wege, aber du hast ein Alter erreicht, in dem du dich zur Ruhe setzen solltest. Die Zeiten haben sich geändert, die Zuchtmethoden sind anders geworden, die Preise und die Geschäfte sind es auch. Du kannst den Betrieb nicht mehr so führen wie vor zwanzig Jahren, du musst dich nach den Zeichen der Zeit richten, du musst dich umstellen und das kannst du nicht mehr.«

»So ein Unsinn. Ich muss mich nicht nach den Zeichen der Zeit richten, sondern nach den Zeichen der Bedürfnisse. Und warum? Weil ihr dazu nicht in der Lage seid. Gordon ist ein guter Züchter, aber er ist nur mit halbem Herzen dabei, weil seine Frau das Landleben ablehnt. Und Nathan ist ein guter Geschäftsführer, aber nur so lange, bis seine Frau verlangt, mit ihr die Reisen zu machen, die er ihr versprochen hat. Und du, Dylan, bist ein guter Jurist, aber nur, wenn du fremde Klienten vertrittst. Deinen Brüdern gegenüber bist du ein Versager. Oder warum bist du mir nachgereist?«

Dylan war hochrot geworden. »Ich kann Verhandlungen mit meinen Brüdern durchaus alleine führen, aber ich wollte dich nicht vor vollendete Tatsachen stellen. Du musst erkennen, dass der europäische Markt für Galloway-Rinder eingebrochen ist, dass die Weltwirtschaftskrise nun auch Lammermuir-House erreicht hat und dass man nicht Hals über Kopf zweihundert der wertvollsten Färsen zu einem Schnäppchenpreis verkaufen darf. Noch bist du der Chef der Farm.«

»Na also«, Lady Caroline nickte zufrieden. »Trotzdem wollt ihr mich absetzen. Und wer soll dann die Führung übernehmen?«

Dylan zuckte resigniert mit den Schultern. »Es gibt schließlich erstklassige Verwalter, die man einstellen kann.«

»Na, jetzt hast du den Verstand verloren. Da habe ich drei kerngesunde, bestens ausgebildete und durchaus fähige Söhne und werde einen Verwalter einstellen?«

»Willst du es auf einen Kampf um die Führungsrolle zwischen uns ankommen lassen?«

»Nein, Gordon ist der Älteste, er ist der Lord, und ihm steht diese Position zu, aber erst, wenn er sich zwischen dieser Frau und dieser Aufgabe entschieden hat.«

»Und so lange willst du der Chef bleiben? Mutter, das kann Jahre dauern, und ich glaube nicht, dass er sich für die Farm entscheidet, wenn er dadurch seine Frau verliert.«

»Ich werde nach einer Lösung suchen und ich werde sie finden. Und ab sofort bin ich nicht mehr allein, denn ich habe Anne-Sophie Wedel an meiner Seite.«

»Eine Krankenpflegerin, die dir bei der Rinderzucht hilft? Mutter, hast du den Verstand verloren?«

»Nein, ich habe ihn benutzt und eine gute Lösung gefunden. Und jetzt lass mich bitte allein, ich möchte die restlichen Stunden meiner ersten und vermutlich auch letzten Urlaubsreise genießen.«

Lady Caroline hatte lange mit Andrew W. Möller gesprochen. Sie hatte ihn um Hilfe gebeten, um Anne zu bewegen, mit ihr nach Schottland zu kommen, und es war ihm gelungen. Aber auch über ihre Probleme mit den Söhnen hatte sie mit dem alten Mann geredet, und er hatte ihr sehr geholfen, vor allem darin, sich selbst kritisch zu sehen. Er hatte ihr geraten, sich in die Lage der Söhne zu versetzen, die nun mit fast fünfzig Jahren noch immer nicht selbstständig arbeiten und Entscheidungen treffen konnten. »Sie müssen die Leinen lockern, bevor sie reißen«, hatte er gesagt und ihr geraten, langsam, aber konsequent die Führung abzugeben. »Genießen Sie die guten Seiten des Lebens und schließen Sie die Augen einfach vor den Schattenseiten. Ich habe diese Miss Anne überredet, bei Ihnen zu bleiben, damit Sie, meine verehrte Lady, lernen, dass es neben Arbeit und Verantwortung auch erfreuliche Seiten im Leben gibt. Ich werde Sie in Schottland besuchen, das verspreche ich, aber dann möchte ich Sie als sorgenfreie, fröhliche Lady erleben, die ganz viel Zeit für mich und mein Hobby, das Schachspielen, hat.«

Anne selbst war zufrieden. Sie hatte sich entschlossen, die alte Dame auf ihr Schloss zu begleiten und bei ihr zu bleiben, solange sie es wünschte. Sie hatte auch begriffen, dass sie nicht als Pflegerin engagiert war, sondern als Gesellschafterin, »und außerdem möchte ich Sie als meine Beraterin neben mir haben«, hatte die Lady erklärt. »Mit meinen fünfundsiebzig Jahren bin ich nicht mehr in der Lage, mich mit neuen Ideen und Methoden zu beschäftigen. Das nehmen mir meine Söhne übel, und das stört unser Miteinander. Ich muss lernen, diplomatischer meine Vorschläge zu unterbreiten und meine Meinungen toleranter zu vertreten.«

Anne nickte zustimmend. »Ich verstehe nichts von der Rinderzucht, aber vom Umgang mit schwierigen Menschen verstehe ich eine ganze Menge. Und ich weiß auch, dass man manchmal nachgeben muss, selbst wenn man das für vollkommen falsch hält.«

Was Anne allerdings bei ihren Gedanken an die Zukunft störte, war das Verhalten von Dylan MacAdleston, diesem unfreundlichen, spröden Typen, der jede Begegnung mit ihr zu vermeiden suchte, die Suite seiner Mutter verließ, sobald sie eintrat, um der Lady beim Ankleiden oder Frisieren zu helfen. Und der äußerst cool reagierte, als die Lady sie miteinander bekannt machte. Während Anne ihm die Hand hinhielt und sagte »Ich freue mich, Sie kennenzulernen«, verbeugte er sich nur kurz, übersah ihre Hand und sagte: »Hello.«

Na ja, dachte Anne, die feine englische Art ist das gerade nicht. Aber er ist ja Schotte, da muss man sich wohl umgewöhnen. Außerdem spürte sie sehr deutlich, dass ihm ihre Gegenwart nicht gefiel. Aber gerade das reizte Anne, ihm nicht aus dem Weg zu gehen.

Jetzt im Taxi, auf dem Weg vom Hafen zum Airport, wo er mit seiner Mutter im Fond und sie selbst vorn beim Chauffeur saß, hatte Anne Gelegenheit, ihn im Rückspiegel zu beobachten. Schade, dachte sie, dass er so ein ungehobelter Klotz ist, als Mann würde er mir schon gefallen. Die dunklen gelockten Haare werden über der Stirn schon dünn, da wird er Probleme bekommen, wenn er eitel ist. Eine zweite Rasur hätte ihm an diesem Nachmittag auch ganz gut getan, dachte sie.

Seine Kleidung war überaus korrekt. Im Gegensatz zu seiner Mutter, die nach wie vor nur triste Farben benutzte, sah er in dem grauen Anzug mit dem hellblauen Oberhemd und der grau-blau gestreiften Krawatte richtig gut aus, wie ein eleganter Gentleman.

Und genau so benahm er sich auch auf dem Airport. Er half der Mutter galant aus dem Taxi, bezahlte den Chauffeur mit einem größeren Schein, von dem er kein Geld zurückverlangte, winkte einen Gepäckträger heran und bot seiner Mutter seinen Arm an, um sie in die Abflughalle zu geleiten. Um Anne, die mit dem Handgepäck der Lady nebenherlief, kümmerte er sich überhaupt nicht.

Nach der Abfertigung am Schalter und den Sicherheitskontrollen wurden die drei Reisenden in die VIP-Lounge geführt. Anne besorgte ein paar Kissen, mit denen die Lady den verletzten Arm abstützen konnte, und Dylan holte zwei Drinks, einen für die Lady und einen für sich selbst. Dann trat er mit seinem Glas in der Hand ans Panoramafenster, drehte den Damen den Rücken zu und beobachtete die startenden und landenden Maschinen.

Der lange Nachtflug verlief problemlos. Lady MacAdleston hatte darauf bestanden, dass für alle drei First-Class-Tickets gebucht wurden, und so hatte jeder einen breiten, bequemen Sitz, der nachts in eine Liege verwandelt werden konnte. Anne nahm den Platz rechts von der alten Dame ein, damit niemand den verletzten Ellenbogen berühren konnte, und gab der Lady ein leichtes Schlafmittel, damit sie bequem liegen und etwas schlafen konnte. Sie selbst blieb wach, um zu verhindern, dass die Stewardess, im Bemühen, die alte Dame zu verwöhnen, nicht ständig kam und nach irgendwelchen Wünschen fragte. Zwei Reihen vor Anne lag Dylan in seinem Sitz und hörte Musik.

Im Schein der ersten Sonnenstrahlen überflogen sie nach acht Stunden die Küste bei Wales und landeten zwei Stunden später in Edinburgh. Dylan hatte die Ankunftszeit durchgegeben, und seine Brüder hatten den Chauffeur mit dem Wagen zum Airport geschickt. Auf die Idee, die verletzte Mutter persönlich abzuholen, kamen weder Lord Gordon noch Mister Nathan.

16

In Edinburgh angekommen, half Dylan seiner Mutter höflich in den Wagen und erklärte dann, dass er nicht mit in die Lammermuir-Hills fahren könne. Durch die lange, nicht eingeplante Seereise hätte er Klienten vernachlässigt, um die er sich in den nächsten Tagen kümmern müsse.

Er verabschiedete sich mit einem Handkuss von der Mutter, gönnte Anne ein kurzes »Hello«, winkte sich ein Taxi herbei und fuhr in entgegengesetzter Richtung davon.

Der Chauffeur, den Lady MacAdleston seit vielen Jahren beschäftigte, wusste, was die alte Dame benötigte. Er brachte ihr zusammengerollte Decken, damit sie den verletzten Arm bequem lagern konnte, und eine kleine Jagdflasche, wie berittene Jäger sie in den Taschen mitzunehmen pflegen, drehte den versilberten Deckel ab, der zugleich ein kleiner Becher war, und goss ihr einen kräftigen Schluck Whisky ein. Mit einem »Wohl bekomm's und herzlich willkommen daheim, Lady MacAdleston« reichte er ihr den Becher, verschraubte anschließend das Fläschchen wieder und stellte es in die Halterung eines kleinen Klapptisches. Dann fragte er höflich, ob Anne bequem sitze, setzte sich hinter das Steuer und startete.

Sie fuhren bis Dunbar auf der Schnellstraße, benutzten dann die Hauptstraße und fuhren bis Cockburnspath fast immer an der Küste entlang. Dann bog der Chauffeur nach Südwesten ab und fuhr über kleine Straßen hinein in die Lammermuir-Hills.

Anne war überrascht von der Landschaft mit ihren sanften Hügeln, ihrer Weite und ihrer Leere. Weiden, Brachland, Moore und Wälder wechselten einander ab. Selten waren Ortschaften zu sehen, dafür umso mehr Schafherden. Und Menschen gab es anscheinend überhaupt nicht. Ab und zu gab es Hügel, die die anderen überragten, und schmale Flüsse, die das wunderbare Land zerteilten.

Sie waren fast eine Stunde gefahren, die Lady war eingeschlafen und der Chauffeur musste sich auf die schmale Strasse konzentrieren, als Anne vor Verwunderung fast laut aufgeschrieen hätte. Schräg unter ihr war ein Abhang wie mit Schnee bedeckt. Aber dann sah sie, dass dieser ›Schnee‹ sich bewegte, dass dieser ›Schnee‹ über das Grün der Weide wanderte, und als sie noch näher kamen, erkannte sie, dass sich da eine riesige Herde weißer Rinder langsam fortbewegte. Der Fahrer, der sie im Rückspiegel beobachtet hatte, lächelte und nickte: »Wir sind angekommen, Miss. Das sind die MacAdleston White Galloways, die schönsten Tiere, die man sich vorstellen kann«, erklärte er leise. »Aber das ist natürlich nur ein kleiner Teil der großen Herde. Die tragenden Kühe sind noch in der Nähe der Ställe, und auch die Färsen müssen noch warten, bis das Gras höher ist.«

»Ich dachte immer, die Galloway-Rinder sind das ganze Jahr über draußen«, meinte Anne.

»Nur wenn das Futter auf den Weiden reicht. Weiter unten in den Tälern bleiben sie draußen, aber hier auf dem Höhenrücken finden sie im Winter nichts.«

Lady MacAdleston richtete sich mit einem Ruck auf. »Sind wir schon in den Hügeln? Schade, ich habe die Fahrt verschlafen.«

»Wir erreichten gerade die erste Herde, Lady Caroline«, versicherte Anne. »Ich wusste gar nicht, dass es so weiße Galloways gibt. Ich dachte, der Winter hätte eine späte Schneedecke zurückgelassen. Und dann bewegte sich der Schnee, und jetzt erkenne ich die schwarzen Ohren, die schwarzen Füße, die schwarzen Ringe um die Augen herum und die schwarzen Mäuler. Wie schön sie sind.«

»Ja«, bestätigte die Lady, »sie sind wunderschön und sie waren fast ausgestorben. Mein Mann und ich wir haben Jahrzehnte gebraucht, um die White Galloways zu retten und die Zucht aufzubauen. Jetzt verkaufen wir die Tiere in die ganze Welt.«

»Ich hätte diese Rinder eher mit der schottischen Provinz Galloway im Südwesten Schottlands in Verbindung gebracht«, wunderte sich Anne.

»Wir hatten hier unser Land, eine Gegend aus Brachland, Mooren und Weiden, wir mussten hier mit der Zucht beginnen. Heute danken es uns die Tiere, indem sie Brachland pflegen und dadurch beim Naturschutz helfen.«

Der Wagen hatte eine breite Talsohle durchquert, und als sie über den nächsten Hügelkamm fuhren, zeigte Lady MacAdleston auf eine große Ansiedlung von Häusern.

»Da drüben beginnt Lammermuir-House, und zwar mit der Farm und den Wohnhäusern der Angestellten und Arbeiter, mit den Ställen und Scheunen, mit der Zuchtstation und mit den Gebäuden für den Tierarzt. Das Schloss ist von hier aus noch nicht zu sehen, da müssen wir den Wald noch durchqueren, der die Farm vom Schloss trennt.« Sie lehnte sich behaglich in ihren Platz zurück. »Können Sie reiten, Anne?«

»Ich habe es als Kind gelernt. Mein Vater war zwei Jahre als Diplomat in Rom tätig, und ganz in unserer Nähe gab es die Villa Borghese mit einem sehr schönen Reitplatz. Von der Deutschen Schule aus war das nur ein Katzensprung, da waren wir Kinder jeden Nachmittag mit den Pferden in dem großen Park unterwegs.«

»Das ist gut, denn hier bewegt man sich am besten auf dem Pferderücken.«

»Aber ich habe seit Rom nie wieder auf einem Pferd gesessen, Lady Caroline.«

»Reiten verlernt man nicht. Ich werde den Stallmeister bitten, Sie unter seine Fittiche zu nehmen, und bis mein Ellenbogen wieder heil ist, werden Sie eine perfekte Begleiterin für mich sein.«

»Sie wollen nach Ihrem Unfall wieder auf ein Pferd steigen?«

»Selbstverständlich, wer rastet, der rostet, und das kann ich mir nicht leisten«, lachte die Lady und bat den Chauffeur: »Charles, bitte nehmen Sie den Weg durch den Wald. Ich möchte erst einmal nach Hause. Mit den Besichtigungen fangen wir morgen an.«

Bevor der Wagen den Wald erreichte, zeigte die Lady noch einmal nach draußen. »Ja«, freute sie sich, »das sind die Lammermuir-Hills, meine geliebten Lammermuir-Hills. Wir nennen sie übrigens nur die Lammermoors«, erklärte sie Anne, »das ist bequemer, und man ist es einfach so gewohnt.«

Sie griff nach dem kleinen Flachmann in der Halterung, reichte ihn Anne und bat: »Bitte schenken Sie uns ein, wir wollen auf unsere Lammermoors und auf unsere Ankunft trinken.«

Anne goss den kleinen Becher voll und reichte ihn der alten Dame. »Bitte, Lady Caroline.«

»Anne, ich möchte mit dem Schluck auf unser Wohl eine Bitte äußern. Ich möchte Sie nicht mehr als meine Pflegerin oder als meine Gesellschafterin betrachten müssen, sondern als meine Beraterin, natürlich mit dem entsprechenden Gehalt, vor allem aber möchte ich Sie als meine Freundin und Vertraute neben mir wissen. Uns trennen zwar altersmäßig ein paar Jahrzehnte, aber ich finde, das spielt keine Rolle, wenn man sich mag und sich vertraut. Ich habe Sie gern und ich vertraue Ihnen, das sollten Sie als Erstes wissen.«

Sie reichte Anne den winzigen Becher und bat: »Wenn Sie damit einverstanden sind, dann nehmen Sie den ersten Schluck auf unsere Freundschaft.«

Anne fühlte sich zwar überrumpelt, empfand die Bitte der alten Lady aber auch als Kompliment und versicherte: »Es ist mir eine große Ehre, Lady Caroline, und ich werde alles tun, Ihr Vertrauen niemals zu missbrauchen.« Sie nahm einen kleinen Schluck und gab den Becher der Lady zurück.

»Dann möchte ich dem Ganzen gleich noch einen Wunsch hinzufügen. Da wir beide nun Freundinnen sind, werden wir in Zukunft auf das ›Sie‹ verzichten. Ich bin Caroline, und du bist Anne. Einverstanden?«

»Ja, Lady Ca…«

Die alte Dame hielt lächelnd den Zeigefinger vor ihre Lippen. »Pst, sofort dran gewöhnen, Anne. Wir haben das Schloss gleich

erreicht, da sollte unser Bund besiegelt sein.« Jetzt erst hob sie ihren Becher und trank den kleinen Rest aus. Anne verschraubte den Flachmann und stellte ihn zurück.
Der Chauffeur, der diese kleine Zeremonie beobachtet hatte, dachte: Die Lady ist eine kluge Dame. Sie sichert sich das Vertrauen einer jungen Frau, bevor sie in ihre Familie zurückkehrt, mit der sie nicht in Frieden leben kann. Sie braucht schon lange eine Unterstützung, einen Menschen, der ihr den Rücken stärkt, der sie berät. Von Rinderzucht hat die junge Dame vermutlich keine Ahnung, aber eine Menschenkennerin ist sie, und darin braucht die Lady eine Menge Beratung. Sie ist oft zu starr und zu uneinsichtig, da könnte ihr so jemand eine große Hilfe sein. Die Lady allein ist ihren Söhnen schon längst nicht mehr gewachsen. Sie will es nur nicht einsehen. Aber die Männer wollen endlich Selbstständigkeit und Macht, sonst verlieren sie vor ihren Familien und vor den Arbeitern ihr Ansehen, und das geht nicht, wenn die Zucht erfolgreich bleiben soll, dachte der Mann am Steuer. Er konzentrierte sich wieder auf die Straße und freute sich auf sein eigenes Zuhause. Paula würde ihn mit einem Lächeln und einem feinen Essen erwarten, und anschließend, wenn die Lady ihn nicht mehr brauchte, würde er einen langen Spaziergang mit seiner Frau machen. Er liebte die Spaziergänge durch den Park und den Wald. Da kommen wir so richtig ins Gespräch, weil niemand uns zuhört, was im Haus nie ganz sicher ist, dachte er. Es ist schließlich wichtig, dass wir über alles reden, was wir zu hören kriegen. Man muss immer wissen, was geschieht, und man muss sich danach richten, wenn man ein angesehener vertrauenswürdiger Angestellter bleiben möchte.

Der dunkle Wald war zu Ende und ging in einen weitläufigen hellen Park über. Und dann sah Anne zum ersten Mal Lammermuir-House, dieses große, graue Schloss aus dunklem Granit. Es war keine mit Türmen und Zinnen geschmückte Burg, sondern ein schlichtes, zweigeschossiges Gebäude mit einem großzügigen Eingang im Mittelteil der Vorderfront. Rechts und links davon und oben darüber reihten sich zahllose hohe Sprossenfenster in geraden Linien aneinander. Auf Verzierungen und Arabesken hatte der Bauherr verzichtet.

Caroline, die Anne genau beobachtete, hatte mit Bedacht diesen Weg zum Schloss gewählt, denn sie wusste, dass das imposante Gebäude jeden Besucher beeindruckte. Sie nickte Anne zu. »Auf Schnörkel und Schnickschnack hat man damals verzichtet. Weißt du, wir leben hier nah an England und es gab Auseinandersetzungen vor der Vereinigung der beiden Länder. Außerdem musste man damals ständig mit Unruhen im eigenen Land rechnen, da waren dicke Mauern wichtiger als Zinnen und Türmchen und unübersichtliche Fassaden.«

Anne nickte angespannt. So groß, so wuchtig hatte sie sich das Anwesen nicht vorgestellt. Als der Wagen sich dem Schloss näherte, erkannte sie, dass sich nach hinten heraus zwei ebenso große Flügel anschlossen. Caroline erklärte: »Im linken Flügel wohnt mein ältester Sohn mit seiner Familie, im rechten wohnt mein zweiter Sohn mit seiner Familie. Dylan und ich teilen uns den Mittelteil. Jeder hat auf diese Weise sein eigenes Reich, wo er schalten und walten kann, wie er will. Nur beim abendliche Dinner treffen wir uns. Ich bestehe auf diesem gemeinsamen Essen, damit keiner vergisst, dass er zu einer Familie gehört.« Sie lächelte leicht besorgt. »Meine Söhne vergessen das gern einmal, und vor allem ihre Frauen haben keine Ahnung von Tradition und familiärer Verbundenheit. Um der Kinder und Enkelkinder willen muss ich an diesen Überlieferungen festhalten, obwohl ich mich selbst als fortschrittlich und modern bezeichnen möchte.«

Der Wagen hielt vor dem Portal. Es gab kein Spalier von Angestellten, wie es so oft in Romanen und Filmen beschrieben wird. Nur die Haushälterin und die Köchin kamen nach draußen, um die Lady zu begrüßen, und ein Zimmermädchen half Charles mit dem Gepäck. Anne hielt sich bei der Begrüßung zurück. Sie war ungeübt im Umgang mit Angestellten und wollte keinen Fehler machen. So verhielt sie sich wie die Lady, die ihre Angestellten herzlich, aber mit Abstand begrüßte. Ein Händeschütteln gibt es also nicht, dachte Anne und hielt sich ebenfalls zurück.

Als sie das Haus betraten, fühlte Anne sich bedrückt. Es entsprach genau den Befürchtungen, die sie von einem alten Schloss hatte: hohe, kühle Räume mit wertvollen alten Möbeln, echte, aber abgenutzte Teppiche auf steinigen Böden, zahllose Portraits in schweren Rahmen an den Wänden und dicke Vorhänge vor den Fenstern, die kaum Licht in die Räume ließen. In mehreren Kaminen glommen kleine Feuer. Es ist nicht kalt hier drinnen, stellte Anne fest, aber ungemütlich und kühl von der Atmosphäre her.

Caroline, die Anne immer wieder beobachtete, ging auf sie zu und erklärte: »Es ist nur hier unten in den offiziellen Räumen so ungemütlich. Oben, in unseren Wohnzimmern, ist es hell und freundlich. Nur die Heizung ist ein Problem, ohne die Kamine geht es nicht.«

Anne, die nicht allzu viel von ihrer Enttäuschung spüren lassen wollte, erwiderte: »Aber Kamine sind wunderschön. Ich liebe das offene Feuer, man kann davorsitzen und träumen wie sonst nirgendwo.«

»Nun«, lächelte die Lady, »von diesen träumerischen Orten haben wir genug.« Sie zog ihren Mantel aus und übergab ihn einem Zimmermädchen, Anne machte es ihr nach. Dann bat die Lady sie nach nebenan. »Betty, haben Sie den Tee bereits für uns vorbereitet?«

»Er steht bereits im Salon, gnädige Frau, ich habe ihn aufgegossen, als Sie in den Park eingefahren sind.«

»Danke«. Caroline wandte sich an die beiden Frauen. »Ich

möchte Ihnen Anne-Sophie Wedel vorstellen, meine persönliche Beraterin und Freundin. Sie wird das Appartement neben meinen Räumlichkeiten bewohnen. Bitte richten Sie die Zimmer her, während wir den Tee zu uns nehmen.«

»Gnädige Frau, wir haben alles vorbereitet, Charles hat uns von der Ankunft Ihres Gastes benachrichtigt, bevor Sie in Edinburgh abgefahren sind.«

»Gut, dann trinken wir jetzt unseren Tee«, und an die Haushälterin gewandt: »Miss Emma, verständigen Sie meine Söhne, dass ich wieder hier bin und Wert auf ein gemeinsames Abendessen lege.«

»Selbstverständlich.« Die beiden Frauen wandten sich ab, und Lady Caroline führte Anne in einen kleinen Salon. »Hier rechts vom Eingang sind die privaten Räume der Familie, links vom Eingang befinden sich Büros und Geschäftszimmer, und nach hinten hinaus sind die Festsäle und die offiziellen Empfangszimmer. Aber du wirst dich bald gut zurechtfinden. Ich werde dir alles zeigen, und dann hast du Zeit, das Schloss genau zu erkunden.«

Als Anne später ihre Zimmer betrat, war sie erfreut von der modernen Einrichtung. Die beiden Zimmer waren hell und freundlich, die Fenster ließen die Sonne herein und der Ausblick auf den weitläufigen Park, der erst am Horizont in einen Wald mündete, versprach, im Gegensatz zu den dunklen Räumen im Erdgeschoss, Licht und Luft zum Atmen.

Ihr Koffer war inzwischen ausgepackt, und Anne schämte sich ein wenig wegen der ärmlichen Garderobe, die nur einen Bruchteil des großen Kleiderschrankes beanspruchte. Andererseits, dachte sie, die Lady trägt nur immer Grau, Weiß und Schwarz, sehr viel abwechslungsreicher dürfte es in ihrem Kleiderschrank auch nicht aussehen.

Als Anne sich umgezogen hatte, ging sie hinüber in das Appartement der Lady, denn so lange der Arm eingegipst war, würde die alte Dame weiterhin ihre Pflege brauchen. Eine Zofe gab es nicht, dazu war die Lady viel zu selbstständig und modern eingestellt. »Wenn ich gesund bin, brauche ich niemanden, der um mich herum ist und mich von morgens bis abends betreut«, hatte sie Anne einmal erklärt, als sie auf dem Schiff kurz vor dem Abendessen mit dem Zuknöpfen einer Bluse nicht zurechtkamen. Aber mit so einem Gips am Arm bin ich natürlich für jede Hand dankbar, die mir hilft.«

17

Annes erster Abend in Lammermuir-House endete in einer Katastrophe. Eigentlich begann alles in einer friedlichen Atmosphäre. Anne half Lady Caroline beim Ankleiden, und die alte Dame erzählte ihr von ihren Söhnen. »Damit du Bescheid weißt, wenn wir sie gleich treffen. Also, da ist Gordon, mein Ältester, er feiert in zwei Jahren seinen fünfzigsten Geburtstag. Er kümmert sich um die Zucht und er hat eine gute Hand dafür und große Erfolge. Leider hatte er bei der Wahl seiner Frau keine so glückliche Hand. Lucy, inzwischen auch schon sechsundvierzig Jahre alt, stammt aus einer Glasgower Bankiersfamilie. Sie war ein sehr verwöhntes Kind und die Tyrannin in der Familie. Als sie Gordon kennenlernte, war sie nur noch bestrebt, von zu Hause fortzukommen. Nur mit mir hatte sie nicht gerechnet, und so stehe ich ihr vom ersten Tage an hier auf Lammermuir-House im Wege. Sie versucht mit Intrigen und Erpressungen, Gordon und mich zu trennen.«

»Aber das ist ihr doch hoffentlich nicht gelungen?«, fragte Anne bestürzt.

»Ja und nein. Was die Arbeit betrifft, konnte sie uns nicht trennen, denn sie versteht nichts von Rinderzucht und Landleben, sie interessiert sich nur für Musik, Theater und Literatur.«

»Aber das sind doch auch sehr schöne Interessen.«

»Die aber nicht hierher gehören«, erwiderte Caroline scharf. »Sie sollte die Arbeit ihres Mannes unterstützen und nicht am Klavier sitzen oder in dicken Büchern schmökern. Dann wurde sie schwanger und bekam nach und nach drei Kinder, Amy, die heute achtzehn Jahre alt ist, Lewis, der heute sechzehn und Callum, der gerade zwölf geworden ist. Als sie spürte, wie sehr ich mich über die Kinder freute, hat sie sie mir entzogen. Kinderschwestern, Gouvernanten und Hauslehrer mussten sich um die Kinder kümmern. Ihnen wurde mit Entlassung gedroht, wenn sie die Kinder nicht von mir fernhielten. Einer der Lehrer hat es mir erzählt. Jetzt sind sie alle in Internaten, und Amy wird, wenn sie im kommenden Jahr ihr Abitur macht, in Glasgow studieren und bei Lucys Eltern wohnen. Ich kenne die Kinder kaum.«

»Das ist ja schrecklich«, meinte Anne, »und dein Sohn, was sagt der dazu?«

»Er ist verliebt, was kann man da noch als Mutter erwarten?«

»Wie schade für dich und für die Kinder. Und dein zweiter Sohn, ist die Situation mit ihm und seiner Frau für dich besser?«

Caroline schüttelte den Kopf und wischte heimlich eine Träne fort. Nathan, der die Geschäfte der Farm führt, ist jetzt fünfundvierzig und mit Emily verheiratet, einer ehemaligen Schauspielerin, die das Landleben hasst und nur Theater, Filme und Fernsehen in ihrem Kopf hat. Mit ihr hat mein Sohn zwei Kinder, die neunzehnjährige Olivia«, Caroline hielt sich die Hand vor den Mund und flüsterte, »von der ich nicht glaube, dass sie Nathans Tochter ist, und Holly, meinen kleinen Liebling.«

Anne legte Caroline den Arm um die Schulter und drückte sie. »Dann wird Holly dich für alles entschädigen. Wie alt ist sie denn?«

»Sie ist dreizehn und seit sieben Jahren in einem Internat. Ich bekäme sie kaum zu sehen, wenn sie nicht so ein kleines schlaues Wesen wäre. Sie mag mich und sie ist überaus erfinderisch, wenn sie mit mir zusammen sein möchte. Was natürlich nur in den Ferien möglich ist und wenn die Mutter nicht mit ihr verreist.«

»Und dann gibt es noch Dylan, den ich kennengelernt habe.«

»Dylan ist mein Jüngster und die Farm sei sein Untergang, wie er bei jeder Gelegenheit beteuert.«

»Aber warum denn?«

»Er ist ein Stadtmensch. Er hat Jura studiert, um hier wegzukommen. Er vertritt zwar unsere Angelegenheiten, aber nur, weil ich ihn dazu zwinge, und im Übrigen liebt er das Leben in der Stadt, die Festivitäten und Partys, gutes Essen in teuren Restaurants, schicke Kleidung und angenehme Begleitung.«

»Und, hat er vor zu heiraten?«

»Noch nicht. Das Leben sei interessanter ohne feste Bindung, behauptet er, und genießt seine Freiheit. Aber als Einziger von den dreien hat er Humor. Er findet das Leben einfach kurzweilig, mit Problemen beschäftigt er sich nur ungern. Zum Glück ist er ein guter Anwalt, das tröstet mich. Und wenn er Lust und die entsprechende Laune hat, kommt er auch einmal hier heraus, bespricht mit den Brüdern Dinge, die die Farm betreffen, und bleibt für ein paar Tage.«

Anne schwieg bestürzt. Dass die alte Dame mit ihrem Leben nicht zufrieden war, hatte sie schon auf dem Schiff gespürt, aber dass die Verhältnisse so unglücklich waren, hatte sie nicht geahnt. Kein Wunder, dass sie mir die Freundschaft angeboten hat, dachte sie und wusste gleichzeitig, dass so viele Missstände nicht allein die Schuld der anderen waren. Es gehören immer zwei dazu, überlegte sie, und ein Urteil werde ich mir erst erlauben, wenn ich alle Beteiligten kennengelernt habe.

Draußen wurde es dunkel. Von den Moorfloot Hills zog eine Gewitterfront heran. Das erste Gewitter dieses Jahres, und Lady Caroline schaute besorgt aus dem Fenster. »Ich hoffe, die Arbeiter sehen sich beizeiten den Himmel an. Das erste Gewitter ist immer so eine Sache, weil kaum jemand darauf vorbereitet ist.«

»Worauf müssen sie denn bei so einem ersten Gewitter achten?«

»Ach, Anne, da gibt es hundert Handgriffe, die erledigt werden müssen. Vor allem müssen alle Maschinen vom Hof in die Geräteschuppen gefahren werden. Die Maschinen haben ein Vermögen gekostet, und ich habe immer Angst, dass sie die Blitze anziehen. Die Blitzableiter müssen kontrolliert werden, ob sie noch fest und gesichert auf den Dächern sind. Die Kälber müssen in die Ställe getrieben, und alle elektrischen Anlagen müssen abgestellt werden, bis auf eine schwache Notbeleuchtung. Der Schmied muss sein Feuer löschen, unser kleiner Feuerwehrwagen muss bereitgestellt sein, die Wasserleitung zu unserem Teich muss kontrolliert werden und vieles mehr.«

»Das hört sich nach richtiger Arbeit an.«

»Ja, denn wir sind auch bei einem Feuer Selbstversorger. Bis irgendeine Hilfe hier ankommt, ist es auf jeden Fall zu spät.«

»Habt ihr denn schon einmal einen Blitzeinschlag gehabt?«

»Fast in jedem Jahr. Hier im Haus kann nicht viel passieren, das Schloss ist gesichert, und was soll an den alten Mauern schon brennen. Aber auf der Farm gibt es fünfzig Gebäude, die gefährdet sind. Und dann der Wald und die Herden auf den Weiden, da passiert immer irgendetwas. Aber wir sind gerüstet, wir haben sogar eine eigene Wetterstation, die mit den aktuellen Klimastationen kooperiert und uns früh genug warnt.

Aber man muss an zu vieles denken, und meist wird dann irgendetwas übersehen.«

»Hast du Angst, Caroline?«

»Immer. Als Kind habe ich mich unterm Tisch im Speisesaal versteckt, der war am größten, und meinen Hund konnte ich da auch mit unterbringen.«

»Du hattest einen Hund?«

»Aber ja, unsere Border-Collies gehören zur Familie. Du wirst sie morgen kennenlernen. Wir haben eine eigene Zucht, weil wir sie auf Rinder statt auf Schafe trainieren müssen.«

In der großen Halle läutete der Gong und lud zum Abendessen ein. Die beiden Damen gingen die breiten Steinstufen hinunter und trafen unten auf die Haushälterin, die sie in den Speisesaal begleitete. Dort wandte sich Miss Emma der Anrichte mit dem Speisenaufzug zu und prüfte, ob das Serviermädchen alles unter Kontrolle hatte.

Wenig später kamen Lord Gordon mit seiner Frau und Mister

Nathan mit Gattin. Die Herren haben korrekte Dinnerjackets an, die Damen sind wie für eine Abendgesellschaft angezogen, dachte Anne. Sie tragen lange Kleider und Schmuck, der bei einem Abendessen in der Familie übertrieben wirkte. Sie selbst kam sich in ihrem schlichten Wollkleid fast ärmlich vor. Da sie aber keine elegante Garderobe besaß, sie war schließlich als Pflegerin auf das Schiff gegangen, mussten die wenigen Sachen, die sie bei sich hatte, genügen.

Lady Caroline stellte sie der Familie vor. »Miss Anne-Sophie Wedel, meine Freundin und Beraterin, meine Söhne Gordon und Nathan mit ihren Gattinnen.« Die Damen bei ihren Namen zu nennen, hielt sie nicht für nötig, was Anne etwas befremdete.

Gordon verbeugte sich höflich. »Herzlich willkommen, ich hoffe, Sie fühlen sich wohl bei uns«, und Nathan erklärte kurz und sachlich: »Wir wurden von unserem Bruder auf Ihr Kommen vorbereitet.«

Anne nickte höflich, hielt sich aber zurück und reichte niemandem die Hand. Sie machte es Lady Caroline nach, die auch jede Berührung vermied. Dann nahmen alle Platz, und Caroline, die am Kopfende des Tisches saß, bat Anne an ihre linke Seite. Das bedeutete, dass Nathan und seine Frau einen Stuhl weiterrücken mussten, was Emily nicht gefiel. Sie antwortete darauf während der gesamten Mahlzeit mit Schweigen.

Anne richtete Caroline die einzelnen Speisen her und verfolgte interessiert die Gespräche, mischte sich aber nicht ein. Die Söhne fragten nach dem Verlauf der Reise, nach dem Grund des Unfalls und nach dem Befinden der Mutter, und Caroline erkundigte sich nach dem Stand der Weidezäune, nach der Zahl neugeborener Kälber und ob die drei Schmiede mit dem Zurückschneiden der Hufe fertig würden, bevor die Rinder ausgetrieben werden.

Fragen, die Anne nicht für besonders geeignet als Unterhaltung bei einem Begrüßungsessen hielt. An sie selbst richtete niemand das Wort, und so mischte sie sich auch nicht in die Gespräche ein. Als die Mahlzeit nach einer guten Stunde beendet war, war nicht ein einziges persönliches Wort gefallen, und Anne bedrückte die Kälte, die zwischen diesen Menschen herrschte.

Das Gewitter aber war in der Zwischenzeit näher gekommen und hatte die Farm in den Lammermoors erreicht.

18

Ein starker Sturm begleitete das Unwetter. Gleich der erste Blitz traf das Transformatorenhaus, und der Strom fiel aus. Zum Glück sprang sofort das Notstromaggregat an, so dass im Schloss eine Notbeleuchtung einsetzte. Die steife Atmosphäre änderte sich nicht, obwohl die Herren aufstanden und erklärten, zur Farm fahren zu müssen. Ihre Ehefrauen versicherten, im Haupthaus das Gewitter abzuwarten. Lady MacAdleston befahl der Haushälterin, dafür zu sorgen, dass alle Fenster und alle nach draußen führenden Türen fest verschlossen wären. Der Hausdiener wurde zur Kontrolle in das Dachgeschoss geschickt, und dann bat Caroline Anne, ihr beim Umziehen zu helfen, sie wolle ebenfalls so schnell wie möglich zur Farm hinüberfahren.

»Könntest du für mich fahren?«, fragte sie besorgt.

»Selbstverständlich fahre ich dich.« Die Antwort ging im Getöse eines schweren Donners fast unter. Sie erreichten, obwohl es auf den Treppen und Fluren fast dunkel war, Carolines Suite, und Anne half der alten Dame, das Kleid abzulegen und einen Jagdanzug anzuziehen. Dann zog sie selbst einen alten Hosenanzug an und folgte der Lady, die schon in der Halle auf sie wartete.

»Zu dumm, dass ich Charles für heute Abend freigegeben habe«, ärgerte sich Caroline und ließ sich in einen wetterfesten Regenmantel helfen. Auch für Anne brachte das Hausmädchen einen ähnlichen Mantel, und so schnell wie möglich verließen die beiden Frauen das Schloss und liefen hinüber zu den Garagen, die abseits im Park lagen. Die Lady hatte sich bei Anne eingehakt, und Anne hoffte, in der Dunkelheit, die nur von den Blitzen erhellt wurde, nicht zu stolpern oder gar hinzufallen und die alte Dame mitzureißen.

Endlich erreichten sie das langgestreckte Garagengebäude. Im

Obergeschoss, wo der Chauffeur seine Wohnung hatte, war alles dunkel, aber unten in der weitläufigen Halle, in der mehrere Autos geparkt waren, gab es ebenfalls ein Notlicht, und Caroline steuerte direkt auf einen Jeep zu. »Wir nehmen den alten Jeep, mit dem Landrover sind die Jungs schon abgefahren. Kennst du dich mit einem Vierradgetriebe aus?«

»Nein, damit bin ich noch nie gefahren.«

»Macht nichts, ich erkläre es dir unterwegs.« Die Lady stieg ein, und Anne setzte sich mit einem unguten Gefühl hinter das Steuer. Sie dachte nicht nur mit Sorge an den ungewohnten Linksverkehr – aber wer soll uns hier in der Einöde schon begegnen, überlegte sie – und startete den Motor. »Die Gänge sind wie bei allen anderen Wagen«, erklärte die Lady, nur dass wir hier einen zusätzlichen Schalter haben, mit dem wir das Vierganggetriebe aktivieren. Ich sag dir dann Bescheid, wenn wir es brauchen.«

Der Weg, der durch die Scheinwerfer gut beleuchtet war, führte zuerst durch einen großen Teil des Parks, dann aber in den Wald, wo er sehr uneben, schmal und unübersichtlich wurde. Der Sturm wütete gewaltig, und zwei Mal mussten die Frauen den Waldweg verlassen und durch das Unterholz fahren, weil Bäume den Weg versperrten. Aber Lady Caroline half Anne, bediente mit ihrer linken Hand den Ersatzschalter, und der Jeep durchbrach Gestrüpp und Unterholz und landete wieder auf dem ausgefahrenen Waldweg. Dann ging es ziemlich steil bergab, und Anne hatte Mühe, den Wagen unter Kontrolle zu halten.

»Wir müssen hier runter, unten den kleinen Timberriver durchfahren und dann auf der anderen Seite wieder hoch, dann haben wir die Farm erreicht.«

Anne war verwundert über den Weg, mit dem die Besitzer jedes Mal ihre Farm erreichen mussten. Caroline spürte Annes stille Frage und erklärte: »Es gibt noch eine andere, kürzere Strecke, und die werden meine Söhne benutzt haben. Aber sie führt über offenes, hügeliges Gelände, und der Sturm würde unserem kleinen Jeep ziemlich zusetzen.«

Na ja, dachte Anne, was ist denn nun besser, die Fahrt durchs Unterholz und ein Bachbett oder offenes Land mit Sturm. Gleichzeitig aber erinnerte sie sich an die Angst vor Blitzen, von der Caroline gesprochen hatte, und sagte nichts.

Sie hatten das schmale Tal erreicht. Plötzlich wurde der Weg von reißenden Wassermassen überspült. »Himmel, der Tiger hat Hochwasser«, entsetzte sich Caroline. »In den Moorfoot Hills müssen gewaltige Regenmassen heruntergekommen sein.«

Auch Anne sah, was die Scheinwerfer erfassten: Eine reißende Strömung verhinderte die Weiterfahrt. Gleichzeitig wusste sie, dass sie auf dem schmalen, abfallenden Weg keine Möglichkeit zum Wenden hatte. Und das Wasser, das erst nur die Räder gestreift hatte, war bereits bis zu den Radnaben gestiegen. Sie schaltete den Rückwärtsgang ein und versuchte nach hinten auszuweichen, aber das kleine Rücklicht beleuchtete den Hintergrund nicht, und Anne kurbelte verzweifelt das Fenster herunter, um einen Blick nach hinten werfen zu können.

»Was hast du vor?«, fragte die Lady besorgt.

»Wir müssen zurück und hier heraus, das Wasser steigt sehr schnell.«

»Aber wir müssen nach vorn und nicht nach hinten. Wir müssen da durch.«

»Nein, Caroline, das kann ich nicht riskieren. Ich weiß nicht, wie tief der Bach jetzt ist und wir werden eher fortgerissen, als dass wir die andere Seite erreichen.«

»Er ist nicht tief, er kann gar nicht tief sein. Es war doch immer nur eine schmale Mulde, durch die man fuhr, ohne überhaupt nass zu werden.«

»Trotzdem, das kann ich nicht riskieren.« Anne stieg aus und stand sofort bis zu den Knien im Wasser. Sie lief um den Wagen herum und sah, dass sie rückwärts fahren musste, weil sie nicht wenden konnte. Aber rückwärts und im Dunklen und bergauf, wie sollte das gehen? Die Lady muss aussteigen und mich durch Zurufe dirigieren, aber wenn das nicht gelingt, dann sitzen wir hier fest, dachte sie, oder wir gehen zu Fuß zurück

Aber Lady Caroline war nicht zu bewegen, den Jeep zu verlassen. »Wir fahren weiter«, erklärte sie in einem sehr scharfen Ton, und zum ersten Mal bekam Anne die Störrigkeit der alten Dame zu spüren. »Caroline, die Scheinwerfer werden überspült, und wir sehen nichts mehr, und wenn das Wasser den Motor erreicht, sitzen wir mitten im Fluss fest.«

»Der Motorraum ist geschützt, das ist der Vorteil eines Geländewagens. Wenn die Scheinwerfer unter Wasser geraten, müssen uns die Blitze den Weg zeigen.«

»Caroline, was du vorhast, ist lebensbedrohlich.«

»Hast du etwa Angst? Du kannst doch schwimmen.«

»Natürlich, es sei denn, die Strömung reißt mich fort. Aber du, kannst du mit dem eingegipsten Arm schwimmen?«

»Unsinn, hier muss man gar nicht schwimmen, der Bach ist flach, und außerdem fahren wir jetzt bequem hindurch. Los, gib Gas.«

Anne stellte den Motor, der mit einem Stottern wieder in Gang kam, an. Dann gab sie Gas und lenkte den Wagen, der sich kaum noch dirigieren ließ, ins tiefere Wasser. Sie waren erst zwei Meter weit gefahren, da tauchten die Scheinwerfer ins Wasser und erloschen. Anne umklammerte das Lenkrad, damit es ihr die Strömung nicht aus den Händen riss.

»Gib Gas, Anne, mehr Gas, drück das Pedal runter bis zum Anschlag«, befahl Caroline der jungen Frau. Aber Anne schüttelte den Kopf. »Das Pedal ist unten, mehr Gas gibt es nicht.«

Draußen war es stockdunkel. Ab und zu erhellte ein Blitz mit sekundenschnellem, grellem Strahl die Nacht. Dieses Licht verging so schnell, wie es kam, und vom gegenüberliegenden Ufer war nichts zu erkennen.

»Immer geradeaus, Anne, dann treffen wir genau auf den Weg.«

Der Wagen stolperte und schlingerte, und dann prallte er gegen ein Hindernis, und der Motor verstummte.

Der Aufprall war zum Glück nicht heftig, da Anne nur im Schritttempo gefahren war, aber er reichte aus, um den Jeep herumzureißen und gegen die Böschung zu drücken. Caroline versuchte, die Tür zu öffnen, aber sie war blockiert, und Anne musste versuchen, aus ihrer Tür herauszukommen und gegen die Strömung um den Wagen herumzugehen und der alten Lady zu helfen.

Anne hielt sich am Wagen fest und kämpfte sich Meter um Meter um den Jeep herum. Dann hatte sie die andere Seite erreicht und versuchte, die Tür zu öffnen. Ein paar heruntergebrochene Äste blockierten die Tür. Anne, nass bis auf die Haut, frierend und wütend, entfernte einen Ast nach dem anderen. Als sie schließlich die Tür einen Spaltbreit öffnete, reichte das Wasser bis zur Fensteröffnung, und es wurde höchste Zeit, die alte Dame aus dem Auto zu befreien. »Verdammt, verdammt, verdammt«, fluchte die Lady und versuchte, auch von innen die Tür so weit zu öffnen, dass sie sich hindurchzwängen konnte, wobei der eingegipste Arm mehr Platz brauchte. Erschöpft und keuchend vor Anstrengung, kletterten die beiden Frauen die Böschung hinauf. Blitze, Donner und einsetzender Hagelschlag erschwerten alles noch mehr.

Unter ihnen riss die Strömung den Jeep fort. Er schrammte noch einen Augenblick an den Steinen der Uferböschung entlang, dann wurde es still, und der nächste Blitz zeigte nur noch schäumende Wellen.

Schwer atmend sagte die alte Dame schließlich: »Da hatten wir aber verdammtes Glück. Du hattest recht, aber zurückfahren konnten wir auch nicht.«

Anne nickte im Dunklen, sagte aber nichts. Lady Caroline fuhr fort: »Wir müssen zu Fuß weiter, es ist nicht mehr weit. Wenn wir oben den Waldrand wieder erreichen, sehen wir die Lichter von der Farm, dann können wir uns wieder orientieren.«

Das Unwetter tobte direkt über ihnen, als ein greller Blitz mit einem gewaltigen Donnerschlag kaum zwanzig Meter entfernt vor den beiden Frauen einschlug. Die Erde bebte für ein paar Sekunden, dann brüllten Rinder in der Nähe und ein Feuerschein flammte auf und wurde langsam größer. Gleich darauf setzte prasselnder Regen ein. Anne half Caroline beim Aufstehen, stützte sie und versuchte, nun im Schein des Feuers, den Weg wiederzufinden. »Wir müssen uns nach rechts halten, im Wasser sind wir abgetrieben worden, aber der Weg muss rechts von uns sein«, keuchte Caroline und stützte sich schwer auf Anne. Sie kamen nur sehr mühsam weiter. Das Unterholz, meterhohes Gestrüpp, die Dunkelheit und das herunterprasselnde Regenwasser machten jeden Schritt zu einer Qual. Irgendwo heulte eine Sirene. »Sie geben Alarm, Himmel, wo hat es diesmal eingeschlagen?«, keuchte die Lady an Annes Arm. Dann stolperte sie, und bevor Anne zugreifen konnte, war sie auf den verletzten Arm gefallen. »Auch das noch«, wimmerte die alte Frau und versuchte, sich aufzusetzen. »Ich kann nicht mehr«, flüsterte sie und ließ sich in das Gebüsch zurückfallen. »Geh allein weiter und versuche, jemanden zu finden, der mich hier herausholt.«

»Nein«, erklärte Anne energisch, »ich bleibe hier, ich lass dich doch nicht mitten in der Nacht allein. Wir ruhen uns einen Augenblick aus, und dann geht es wieder.«

»Nein, Anne, ich weiß, wann ich am Ende bin. Und jetzt kann ich einfach nicht mehr. Geh, damit du mir so schnell wie möglich Hilfe holen kannst. Bitte, Anne.«

Sie hat ja recht, dachte Anne. Wir haben noch nicht einmal Mitternacht, und vor dem Morgengrauen ist an ein Weiterkommen gar nicht zu denken. Caroline holt sich den Tod, wenn sie hier stundenlang liegen muss.

»Also gut.« Anne zog ihren Regenmantel aus und hüllte die alte Frau so gut es ging darin ein, wusste aber auch, dass die zwei Mäntel in keiner Weise Schutz gegen den starken Regen bildeten. Er war längst nach innen gedrungen.

Das Gewitter zog endlich weiter. Die Blitze leuchteten jetzt in der Ferne und spendeten kein Licht mehr, das Donnern verstummte langsam. Nur der Regen prasselte unverändert stark und verschluckte jeden anderen Laut. Anne kroch den Abhang weiter hinauf. Äste schlugen ihr ins Gesicht, Schlingpflanzen klammerten sich in ihrer Kleidung fest, und Ranken rissen an ihren Haaren. Ein wunderbarer Empfang ist das, dachte sie und kämpfte auch noch gegen ihre Tränen an.

Endlich hatte sie den Rand der Uferböschung erreicht. Weit vor sich sah sie einen Feuerschein, der die Nacht aber kaum erhellte, weil die schwere Regenwand unvermindert die Aussicht versperrte. Der Regen wird helfen, das Feuer zu löschen, dachte sie, befürchtete aber gleichzeitig, dass der Bach so stark ansteigen könnte, dass er die Lady an der Böschung erreichen würde. Ich muss mich beeilen, dachte sie, wir müssen sie dort abholen, bevor das Wasser sie erreicht. Anne richtete sich auf, strich die Haare aus dem Gesicht und lief in Richtung Feuerschein davon.

Schließlich erreichte sie auch den Weg, von dem Caroline gesprochen hatte und auf dem sie jetzt vorwärtskam. Hin und wieder sah sie rechts oder links Rinder wie weiße Schatten in der Nacht stehen oder unruhig hin und her laufen. Dann hörte sie entfernte Stimmen und lief hinüber, wo sie die Männer vermutete.

Im Schein einer hell brennenden Scheune, die aber abseits stand und keine anderen Gebäude gefährdete, sah sie die Söhne der Lady und ein paar Arbeiter stehen, die den Brand beobachteten. Sie lief hinüber und rief: »Lord MacAdleston, ich brauche Hilfe. Ihre Mutter ist am Tigerriver und kann nicht weitergehen. Bitte, wir müssen sie holen, der Fluss steigt sehr schnell an.«

Der Lord drehte sich erschrocken um. »Was zum Teufel macht meine Mutter am Tigerriver?«

»Sie wollte zur Farm und hier nach dem Rechten sehen. Aber

sie hat den Weg zum Fluss eingeschlagen, weil sie auf der Landstraße den Sturm fürchtete.«

»Himmel, muss sie sich denn in alles einmischen? Kann sie nicht ruhig und friedlich in ihrem Bett die Nacht verbringen?«, rief Nathan MacAdleston empört. Und sein Bruder, der Lord, befahl: »Los, Leute, macht euch fertig. Nehmt den Traktor und den kleinen Anhänger und ein paar Decken und fahrt zum Tigerriver.« Er sah Anne an. »Sie müssen noch einmal mitkommen und uns die Stelle zeigen, wo Mutter sitzt.« Er lief zu einem Motorrad, das unter einem Scheunendach abgestellt war. »Kommen Sie, das geht am schnellsten.« Und ehe Anne sich eine Ausrede einfallen lassen konnte, denn vor Motorrädern hatte sie eine panische Angst, saß sie hinter dem Lord auf der Maschine, krallte sich an ihm fest und fuhr mit ihm in die Nacht hinaus. Zum Glück hatte die Maschine eine funktionierende Lichtanlage, und der Fahrer konnte sehen, wohin er steuerte.

Wenige Minuten später hatten sie die Stelle erreicht, an der der Weg sich zum Fluss hin senkte. »Die Lady muss rechts von uns sein«, rief Anne dem Mann ins Ohr, »wir sind ja nach links hin abgetrieben. Der Lord hupte zwei Mal, aber alles blieb still. Er stellte das Motorrad so ab, dass der Scheinwerfer einen Teil der Böschung beleuchtete. Dann nahm er eine Taschenlampe aus der Satteltasche und kroch die Böschung hinunter, Anne dicht hinter sich.

Aber auf ihr Rufen folgte keine Antwort. Sie hatten fast den Fluss erreicht, die im Licht aufleuchtenden hellen Schaumkronen zeigten, mit welch rasantem Tempo der kleine Bach vorbeiströmte, als sie ein schwaches »Hallo« hörten.

»Wo bist du, Mutter?«, rief der Lord in die Dunkelheit. Hinter ihnen kam der Trecker mit den Arbeitern näher und sein Motorlärm verschluckte alle anderen Geräusche.

»Wir müssen suchen«, erklärte der Lord und begann den dicht bewachsenen Abhang systematisch abzuleuchten.

Und dann fanden sie Lady MacAdleston, zusammengesunken,

frierend und völlig durchnässt hockte sie unter einem umgestürzten Baum und klammerte sich mit den Händen an den Ästen fest, denn das Wasser umspülte bereits ihre Füße.

»Los, Leute«, winkte der Lord mit der Taschenlampe, »hierher, und bringt Decken mit.« Er selbst kroch zu seiner Mutter, stemmte sich gegen die Strömung und löste die erstarrten Hände der alten Frau von den Ästen, hob sie hoch und kroch den Männern mit den Decken entgegen.

Anne, die inzwischen die Lampe hielt, beobachtete, dass er sehr behutsam mit der Lady umging. Sie versuchte, die kurze Strecke, die ihn noch vom Rand der Böschung abhielt, so gut es ging auszuleuchten, und folgte den beiden langsam noch oben, wo die Arbeiter die Lady in Empfang nahmen, in Decken hüllten und auf den Anhänger betteten. Anne setzte sich neben sie, hielt ihren verletzten Arm, um ihn gegen die Erschütterungen abzustützen, und hörte mit großer Erleichterung, dass der Lord befahl, direkt zum Schloss zu fahren. »Ich komme nach, sobald auf der Farm Ruhe eingekehrt ist.«

»Was hat denn gebrannt?«, fragte Lady Caroline vorsichtig, sie wusste, dass die Söhne nichts von ihrer Furcht und ihren Eskapaden hielten, und irgendwie hatten sie diesmal ja auch recht behalten.

»Eine leere Futterscheune auf der Kälberkoppel. Es ist nichts passiert«, rief der Lord ihr zu, zog seine Wetterjacke aus und reichte sie Anne. »Ziehen Sie die an, Sie sind ja nass bis auf die Haut.« Dann setzte er sich auf das Motorrad und brauste verärgert davon.

19

Lady Caroline hatte sich eine schwere Erkältung zugezogen und musste eine Woche lang das Bett hüten. Anne kam mit einem Schnupfen davon. Sie versorgte die alte Dame rührend und kümmerte sich von morgens bis abends um sie. Vom Leben im Haus bekam sie kaum etwas mit. Ein Arzt kam regelmäßig aus Greenlaw herauf, und als es der Lady besser ging und sie wieder fieberfrei war, musste Anne mit ihr nach Galashiels fahren, wo der verletzte Arm erneut geröntgt werden musste. Sie waren beide sehr deprimiert, als Charles sie in die Stadt chauffierte. Die Lady hatte Angst, dass ihr Ellenbogengelenk für immer steif bleiben würde, und Anne befürchtete, dass Caroline mit dem Gedanken nicht leben könnte.

Die Röntgenaufnahmen zeigten, dass in der Gelenkpfanne ein zweiter Riss entstanden war. Die Ärzte mussten den alten Gips entfernen und einen neuen, der Verletzung entsprechend, anpassen. Die Lady war sehr enttäuscht von dem Befund. Als man ihr riet, ein paar Tage in der Klinik zu bleiben, bis sie sich erholt hätte, lehnte sie das kategorisch ab.

»Ich habe zu Hause die beste Pflege«, erklärte sie und sah Anne Hilfe suchend an.

»Ich bin ausgebildete Krankenpflegerin«, unterstützte Anne sie.

»Na gut«, willigten die Ärzte schließlich ein, aber bis heute Abend müssen Sie hierbleiben, Lady MacAdleston. »Der Gips muss erst wirklich fest sein, bevor Sie wieder in ein Auto steigen.«

»Na gut«, willigte die Lady schließlich ein, »aber keine Minute länger, meine Herren.«

Und zu Anne gewandt: »Du fährst jetzt mit Charles in die Stadt. Er weiß, wo es gute Geschäfte gibt, und dann möchte ich, dass du dir neue Garderobe kaufst. Und zwar alles, von Kopf bis Fuß.«

Anne protestierte. »Nein, Caroline, was ich brauche, habe ich und Luxus bin ich nicht gewöhnt.«

»Anne, ich möchte, dass du diesen Schwiegertöchtern mit ihrem modischen Firlefanz zeigst, wie sich eine Lady heute kleidet. Du hast einen guten Geschmack, das habe ich längst gesehen, ich möchte, dass du wirklich ohne Weiteres neben ihnen auftreten kannst und meinen Söhnen zeigst, wie hübsch man tatsächlich aussehen kann, ohne auffallend zu sein.«

»Bitte, Caroline, ich eigne mich nicht als Modell und ich habe auch nicht das Geld für eine exklusive Mode.«

»Ach Anne, ich bin leider noch nicht dazu gekommen, dir ein Konto einzurichten, aber selbstverständlich bekommst du von mir ein angemessenes Gehalt, und zwar vom ersten Tag meiner Betreuung auf dem Schiff an. Da sind schon ein paar Pfund zusammengekommen, und du würdest mir eine große Freude machen, wenn du dich so kleidest, wie es in unseren Kreisen üblich ist.«

»Das heißt, meine Kleidung ist im Schloss nicht angebracht?«

»Es heißt, liebe Anne, ich möchte so wahnsinnig gern mit dir ein wenig angeben. Bitte, ich bin eine alte Frau, aber es ist mir gelungen, eine bildhübsche junge Freundin an meiner Seite zu haben. Alle Welt soll sehen, wie stolz ich auf dich bin. Bitte, tu mir den Gefallen. Und meine Söhne sollen den Unterschied zwischen gutem Geschmack und modischem Firlefanz sehen, für den sie schließlich seit Jahren ein Vermögen ausgeben müssen. Bitte, Anne.«

Eine Schwester kam mit einem Rollstuhl in das Behandlungszimmer, um die Lady abzuholen. Aber sie protestierte sofort. »Wohin bringen Sie mich? Ich habe einen kaputten Arm, aber meine Beine funktionieren durchaus.«

»Bitte, Lady MacAdleston, ich möchte Sie in ein Wartezimmer fahren, wo Sie dann bequem Platz nehmen und warten können, bis der Gips gehärtet ist. Und da wir im Augenblick jede Erschütterung vermeiden müssen, hat man mir gesagt, ich müsse Sie im Rollstuhl hinfahren.«

Anne mischte sich schnell ein. »Selbstverständlich haben Sie recht. Ich komme mit und halte Ihnen die Türen auf«. Und bevor die alte Dame noch einmal protestieren konnte, hatte die Schwester sie mit Annes Hilfe in ein elegant eingerichtetes Wartezimmer gefahren, ihr in einen Sessel geholfen und Teegedeck für sie bereitgestellt.

»Es ist schrecklich, so hilflos zu sein«, stöhnte Caroline, als die Schwester gegangen war. »Würdest du bitte Charles zu mir holen, ich möchte etwas mit ihm besprechen.«

»Ja, natürlich.« Anne hoffte, dass diese leidigen Garderobenfragen erledigt waren, und holte den Chauffeur vom Parkplatz.

Aber sie irrte sich. Als sie mit Charles bei der Patientin angekommen war, sagte Caroline: »Charles, ich muss noch etwa drei Stunden hier warten, bis der Gips getrocknet ist. Vorher lässt man mich hier nicht fort. Bitte fahren Sie mit Miss Anne zu Marks & Spencer. Sie wird sich dort einkleiden. Bitte regeln Sie die finanzielle Angelegenheit für mich.«

»Selbstverständlich, Lady MacAdleston. Wann können wir Sie hier abholen?«

»In drei Stunden. Danke, Charles.«

Anne und Charles verließen das Krankenhaus und gingen zum Auto. »Die Lady hat mich überrumpelt, ich will das gar nicht«, beschwerte sich Anne.

»Ach, Miss Anne, es ist besser, Sie machen, was die Lady sagt, sie behält immer recht, und was sie will, setzt sie auch durch. Sie meint es ja nicht schlecht mit Ihnen.«

»Nein, das nicht, aber ich bin, ganz gleich in welcher Garderobe, nur eine kleine Angestellte in diesem Schloss.«

»Oh nein«, lachte Charles und hielt ihr die Wagentür auf. »Sie sind die Freundin der Lady, und sie ist ungeheuer stolz darauf, eine so reizende junge Freundin gefunden zu haben.«

»Im Moment bin ich nichts anderes als eine Krankenpflegerin, und dafür genügt meine Garderobe.«

»Die Lady wird sich gewaltig anstrengen, um gesund zu werden und Sie dann ihren Freunden und Bekannten vorzustellen. Sie sind die Stütze, die sie schon seit Jahren braucht. Bitte verzeihen Sie, wenn ich so deutlich werde, aber wir Angestellten machen uns schon lange Sorgen, weil die Lady so vereinsamt, aber mit Ihnen an ihrer Seite wird sie wieder zu der echten Lady McAdleston, die sie eimal war.«

Anne sagte nichts mehr, sie wusste, dass es nicht korrekt war, mit Angestellten über die Herrschaften zu reden, und sie wollte auch sich selbst keine Blöße geben.

Das Kaufhaus entpuppte sich als großes Modehaus, in dem auf vier Etagen von der Unterwäsche bis zur Festtagsrobe alles angeboten wurde. Anne hatte nicht viel Zeit für Überlegungen, sie dachte an den Tagesablauf im Schloss und die Aktivitäten, die die Lady, sobald sie gesund war, plante. Ohne Pferde geht gar nichts, hatte ihr die alte Dame gesagt, also kaufte Anne eine komplette Reiterkleidung. Ihr folgten eine Regenausrüstung, festes Schuhwerk, zwei Tweedjacken mit passenden Hosen und ganz zum Schluss zwei Cocktailkleider mit passenden Schuhen und Accessoires für die abendlichen Zusammenkünfte der Familie.

Charles, der sie in alle Abteilungen begleitete, beglich die Rechnungen und half ihr, die vielen Tüten und Schachteln in die Tiefgarage zu bringen. Nach wie vor hatte Anne ein ungutes Gefühl. Schön, ein gewisser Lohn steht mir zu, überlegte sie, aber dass die Lady über diesen Lohn verfügt, mir sagt, wie ich ihn ausgebe, das gefällt mir nicht. Gehört diese Unselbstständigkeit dazu, wenn man sozusagen Beraterin einer Schlossherrin ist? Und außerdem, bis jetzt war ich nur eine Krankenpflegerin und das werde ich auch noch einige Zeit lang bleiben.

Anne fühlte sich plötzlich ziemlich ratlos und stieg in den Wagen, um zurück zum Krankenhaus zu fahren. Dieses Angebot der Lady, die Zukunft bei ihr zu verbringen, hat sich doch sehr verlockend angehört, aber langsam muss ich mir über die Konsequenzen klar werden, überlegte sie nachdenklich. Ich bin kein Familienmitglied und ich will auch keins sein. Heute schreibt mir die Lady meine Kleidung vor, morgen vielleicht mein Benehmen und übermorgen ist dann meine Zukunft dran. Nein, so geht das nicht. Ich werde mit der Lady sprechen, noch heute Abend.

Sie hatten das Krankenhaus erreicht. Lady MacAdleston wartete bereits in der Eingangshalle, ungeduldig, wie es Anne schien, aber auch froh, sie zu sehen.

»Na endlich«, empfing sie die beiden. »Charles, bitte fahren Sie mit dem Wagen bis hier vor die Tür. Anne, du stützt mich bitte, ein bisschen wackelig bin ich immer noch auf den Beinen.«

»Natürlich, Caroline, du warst eine Woche lang krank, du hattest Fieber, das steckt kein Mensch so einfach weg.«

»Du meinst, kein alter Mensch«, meinte die Lady leise.

Anne lächelte zurück. »Ich meine, Menschen in jedem Alter. Und ich denke: Jeder ist so alt, wie er sich fühlt.«

»Und das sagt eine Altenpflegerin?«

Anne nickte. »Gerade deshalb. Ich kann sehr wohl unterscheiden, wer sich gern fallen lässt, und wer sich bemüht, über den eigenen Schatten zu springen.«

»Und für welche Art von Mensch hältst du mich?«

»Na, für den Schattenspringer natürlich«, lachte Anne und half der Freundin in das Auto, in dem Charles wieder Decken und Kissen für die Lady bereitgelegt hatte.

Aber zu einem Gespräch kam es an diesem Abend nicht mehr. Lady Caroline war müde, hatte Schmerzen und war nur durch gutes Zureden zu bewegen, ein kleines Abendessen, das Anne ihr servierte, zu sich zu nehmen. Sie forderte Anne auf, unten mit der Familie zu essen, aber das lehnte Anne ab. »Ich kenne deine Söhne und Schwiegertöchter doch noch gar nicht. Ich habe keine Lust, da in Gespräche hineingezogen zu werden, die mich nichts angehen und zu denen ich mich auch nicht äußern kann. Nein, lass nur, Caroline, ich esse nachher in meinem Zimmer und gehe früh zu Bett.«

»Und wann sehe ich deine Einkäufe?«

»Morgen früh, dann sind wir beide ausgeruht, und du kannst bei Tageslicht deine Kommentare abgeben.«

»Ich freue mich darauf.«

Aber dazu kam es am Morgen nicht. Dylan war spät abends aus Edinburgh gekommen, und die Brüder hatten am nächsten Tag eine so lautstarke Auseinandersetzung, dass es im ganzen Schloss zu hören war. Anne, die der Lady gerade beim Ankleiden half, spürte, wie sich Caroline verkrampfte und nur mit Mühe davon abzuhalten war, sich sofort in den Streit einzumischen.

»Nicht aufregen, Caroline, lass sie streiten, sie werden sich auch wieder beruhigen.«

»Ach, du hast ja keine Ahnung, wie sie miteinander umgehen. Als Kinder haben sie sich so geprügelt, dass es richtige Wunden gab. Und jetzt verletzen sie sich mit Worten. Ich kann das einfach nicht dulden.«

»Bitte, Caroline, sie müssen damit allein fertig werden. Sie sind doch erwachsene Männer.«

»Ach, wenn es nur um sie selbst ginge, von mir aus können sie sich schlagen, aber es geht immer nur um das Gut, um die Rinderzucht, die mein Mann und ich in jahrelanger Arbeit aufgebaut haben. Die leidet darunter. Das kann ich nicht dulden.«

Anne legte ihren Arm beruhigend um die Schultern der Freundin und spürte, wie die alte Frau vor Aufregung zitterte. »Du wirst es nicht ändern können. Wenn sie unterschiedlicher Ansicht sind, dann müssen sie die Unterschiede ausräumen, eher kommt kein Frieden in die Angelegenheit, um die sie gerade streiten.«

»Manchmal denke ich, wie konnte ich nur so unterschiedliche Kinder bekommen. Wenn ich nicht wüsste, dass sie wirklich meine eigenen Kinder sind, dann würde ich denken, man habe sie vertauscht. Woher haben sie diese Aggressionen, diese Wut und diese Intoleranz? Einer verachtet die Arbeit des anderen, keiner traut dem anderen, wie kann eine Mutter das aushalten?« Jetzt weinte Caroline. »Als sie klein waren, da konnte sich mein Mann noch durchsetzen. Dann wurden sie größer, und wir haben sie in unterschiedliche Internate geschickt, und jetzt, wo sie erwachsen sind, bricht all das durch, was wir verhindern wollten. Und ich steh diesem verdammten internen Krieg allein gegenüber. Mein Mann hat sich einfach zu früh verabschiedet.«

»Aber Caroline, so kannst du doch nicht sprechen. Dein Mann würde dich sicherlich mit größtem Verständnis unterstützen, er kann doch nichts für seinen Tod.«

»Ach Anne, mein Mann war kerngesund, aber leichtsinnig bis in den Tod. Und das sage ich nicht so als Sprichwort, sondern so war die Wirklichkeit. Er hat sich mit seiner Raserei zu Tode gefahren. Und ihm ist nicht etwa ein Reifen geplatzt oder ein Rind vor den Wagen gelaufen, oh nein, er ist einfach um eine Kurve gerast und im Abgrund gelandet. Sein Temperament verlangte einfach nach Exzessen – und dieses Temperament haben meine Söhne geerbt. Nur dass es sich bei ihnen nicht in Leichtsinn äußert, sondern in Antipathie gegen die Familie.«

Anne reichte der Lady ein Taschentuch, damit sie sich die Tränen abwischen konnte. »Nicht weinen, Caroline. Lass ihnen die Temperamentsausbrüche, vielleicht brauchen sie die hin und wieder und dann beruhigen sie sich, und das Leben wird wieder normal.«

»Ja, wenn das eine normale Familie wäre, hättest du vielleicht recht. Aber diese Familie ist nicht normal. Dafür sorgen schon die Frauen, die sie geheiratet haben. Eine will die andere übertrumpfen, eine will die andere erniedrigen, und auch dieses Dilemma spielt sich im Rahmen dieser Familie ab. Die Kinder mögen sich untereinander nicht, und das gemeinsame Abendessen ist ein Zeremoniell, ist wirklich nur ein mühsam gewahrter Schein, den ich mehr oder weniger erzwungen habe.«

»Vielleicht vertragen sie genau diesen Zwang nicht, Caroline?«

»Dann gäbe es in diesem Schloss keine Familie mehr. Dann gäbe es hier nur noch Ablehnung, Menschen, die notgedrungen miteinander auskommen müssen.«

»Ist es denn jetzt anders?«

»Nein, eigentlich nicht.«

20

Gordon Cameron MacAdleston, Lord of Lammermuir-Lands, war so wütend, dass er die Papiere, die er in der Hand hielt, zerriss. »Wie kannst du es wagen, ohne meine Einwilligung fünfzig unserer besten Zuchtfärsen für die Auktion vorzuschlagen?«, schrie er Nathan, seinen jüngeren Bruder, an. »Ich habe dir schon hundert Mal gesagt, du sollst dich nicht in die Belange der Galloway-Zucht einmischen, weil du nichts davon verstehst. Ich muss einen Ruf bewahren und unseren Namen schützen und das kann ich nicht, wenn du die besten Rinder zur Versteigerung anbietest.«

»Verdammt noch mal, ich bin für die Geschäfte verantwortlich, und wenn du dich ein bisschen mehr bemühen würdest, auch geschäftlich zu denken, dann wüsstest du, dass wir dringend Einnahmen brauchen, sonst kannst du sehr schnell deine gesamte Zucht vergessen«, schrie der Geschäftsmann den Bruder an. »Lass nicht ständig den Lord heraushängen, mir imponierst du damit nicht. Du hast den Titel weder erarbeitet noch erkämpft und schon gar nicht verdient. Du hast ihn nur geerbt und auch nur aus Zufall, weil du der Älteste bist.«

»Hört auf mit dem Gezanke«, mischte sich Dylan, der jüngste der Brüder ein. »Bei euch geht's doch gar nicht um die Zucht und die Geschäfte, bei euch geht es doch nur um Privilegien und um das Prestige, wer ist wer und wer hat das Sagen, und was denken die Leute. Ihr ödet mich an.« Er wandte sich an Gordon: »Dein Horizont reicht schon lange nicht mehr über die Rinderkoppeln hinweg, sonst wüsstest du, dass die Welt wirtschaftlich in einer tiefen Krise steckt und die Zucht von Galloway-Rindern die unbedeutendste Sache der Welt ist. Wer kauft heute noch Luxusgüter, wenn die Banken pleite und die Konten leer sind?«

»Halte du dich da raus. Ich habe dir verboten, mit dem ganzen

Dilemma die Mutter auf ihrer Kreuzfahrt zu belasten. Aber nein, du musstest hinterherreisen und die alte Dame belästigen«, tobte Gordon. »Und was haben wir davon? Sie sitzt wieder hier auf ihrem Thron, lässt ihre Souveränität spüren und mischt sich in alles ein.«

»Noch hat sie kein einziges Wort gesagt«, verteidigte sich Dylan.

»Noch ist sie krank, aber warte nur ab, bis sie wieder auftritt, dann weißt du, was es heißt, mit ihr zusammenarbeiten zu müssen«, schrie Gordon den jüngsten Bruder an.

»Dann reist Dylan kurzerhand wieder nach Edinburgh ab, und wir löffeln den Ärger alleine aus«, mischte sich Nathan wieder in den Streit.

Auf der oberen Etage wurde mit Nachdruck eine Tür geschlossen. Die drei Brüder schauten nach oben, wo auf der Empore eine junge Dame zu sehen war, die sie total vergessen hatten. »Richtig, Mutter hat sich ja eine Verstärkung mitgebracht«, flüsterte Dylan.

»Hat sie anscheinend auch nötig, wenn ich mir den Blödsinn von Gordon so anhöre«, flüsterte Nathan zurück.

Anne-Sophie Wedel ging mit energischen Schritten zur Treppe und dann, hoch aufgerichtet und betont langsam, die steinernen Stufen der Treppe hinab.

»Guten Morgen«, grüßte sie höflich und blieb auf den letzten Stufen stehen, damit sie die streitenden Männer überragte. Von drei Seiten kam ein mürrisches »Morning« zurück.

Anne, die bemüht war, den lautstarken Streit zu beenden, sich aber nicht einmischen wollte, lächelte und fragte sehr höflich: »Ich würde mir gern die Farm und die Einrichtungen, die dazu gehören, ansehen. Kann mir jemand sagen, wie ich dort hinkomme?«

Dylan und Nathan drehten sich um und kramten in den Papieren, die sie in den Händen hielten. Gordon zuckte mit den Schultern. »Die Farm ist mein Revier, kommen Sie mit.« Ohne sich umzudrehen und sich zu versichern, dass Anne ihm folgte, ging er nach draußen, wo sein Rangerover parkte, und setzte sich hinter das Steuerrad. Anne folgte ihm schnell, sie war überzeugt davon, dass er abfahren würde, auch wenn sie noch nicht eingestiegen war. Zufrieden setzte sie sich neben ihn, denn den Streit hatte sie, wie beabsichtigt, unterbrochen, und die Lady würde einen ruhigen Morgen verbringen können.

Die Fahrt ging zunächst durch den Park, wo an den Seiten der Wege erste violette Rhododendronblüten aufbrachen. Sie verließen den Park und kamen auf eine kiesbedeckte breite Straße, die über den Hügelkamm in ein weites Tal führte. Anne dachte an das Unwetter vor gut einer Woche, als die Lady den geschützten Weg durch den Wald gewählt hatte, um dem Gewitter zu entgehen. Hier oben pfiff der Wind auch heute kräftig, und Anne war froh, in dem geschützten Wagen zu sitzen. Als hätte Gordon ihre Gedanken erraten, erklärte er: »Hier oben pfeift der Wind immer. Er kommt direkt vom Nordmeer heran und vom milden Golfstrom ist hier nichts zu merken.«

»Wie gut, dass ich eine winddichte Wetterjacke dabeihabe«, lächelte Anne, »die habe ich mir für die Seefahrt gekauft, denn die Winde vom Atlantik her sind recht heftig.«

»Warum haben Sie Ihre Reise abgebrochen?«, wollte Gordon wissen.

»Es war keine Ferienreise, ich habe auf dem Schiff gearbeitet, ich bin Kranken- und Altenpflegerin.«

»Und warum haben Sie Ihre Arbeit aufgegeben?«, fragte er ziemlich direkt.

»Lady MacAdleston brauchte mich.«

»Als Pflegerin? Die hätte sie hier auch bekommen.«

Anne ärgerte sich über die Art des Mannes, sie zu fragen, der damit seinen Missmut über ihre Anwesenheit deutlich ausdrückte. »Die Lady suchte eine Freundin, und ich habe ihr meine Freundschaft angeboten.«

»Sie haben sich ihr angeboten? Dass meine Mutter darauf reinfällt, hätte ich nicht erwartet.«

Anne war empört. Der Mann versuchte sie zu provozieren und zu beleidigen. Das musste sie sich nicht gefallen lassen. »Vielleicht wissen Sie nicht, was wirkliche Freundschaft bedeutet, Lord MacAdleston, sie beruht nämlich auf Vertrauen und Verlässlichkeit.«

»Vertrauen und Verlässlichkeit hat sie doch zu Hause bei ihren Söhnen.«

»Ja«, konterte Anne verärgert, »das hat man heute Morgen sehr deutlich gehört.«

»Streit reinigt die Atmosphäre.« Verärgert riss der Lord das Steuer herum, um einer Pfütze auszuweichen. Mit einem Ruck stieß Anne gegen seine Schulter und musste den Sicherheitsgurt lösen, um wieder gerade sitzen zu können.

»Streit reinigt keine Atmosphäre, er vertieft die Risse und Sprünge, vor allem, wenn er schon seit Jahren das Leben bestimmt.«

»Was wollen Sie damit andeuten, Miss?«, wütend sah der Mann Anne an.

»Dass jeder Streit Wunden verursacht, wenn eine Versöhnung nicht sofort erfolgt.«

»Spielen Sie etwa auf meine Familie an, Miss?«

»Ich kenne Ihre Familie nicht, ich würde mir nie erlauben, mich in familiäre Angelegenheiten zu mischen. Ich spreche nur aus eigenen Erfahrungen. Und die haben mich gelehrt, dass das Verzeihen wichtiger ist als das Rechtbehalten.«

»So ein Blödsinn, Theorie und Praxis gehen immer ihre eigenen Wege, darüber sollten Sie einmal nachdenken, Miss.«

»Sagen Sie nicht immer ›Miss‹ zu mir, das hört sich sehr abfällig an. Ich heiße Anne.«

»Empfindlich sind Sie also auch noch«, meinte der Mann und lenkte den Rover auf den Gutshof. »Wir sind da. Wenn Sie Fragen haben, hier laufen genug Menschen herum.« Mit diesen Worten stieg er aus, knallte die Wagentür zu und verschwand in einem Gebäude, das Anne für das Verwalterhaus hielt.

»Grobian«, schimpfte sie hinter ihm her. Kein Wunder, dass dieser Typ zum Streiten reizt. Gut, dass die Fahrt zu Ende ist, sonst wäre ich vielleicht so unhöflich geworden, dass er mich unterwegs gebeten hätte auszusteigen.

Anne sah sich um. Langgestreckte Stallungen, die an offene Hallen erinnerten, reihten sich aneinander, Scheunen und Schuppen begrenzten ein großes Geviert, Wohnhäuser, Arbeitshäuser, eine Schmiede und normale Stallgebäude waren weit entfernt zu sehen. Hunde liefen herum, Hühner scharrten in einem umzäunten Gartenstück, und ein paar Enten rannten schreiend vor einem Mann davon, der sie mit einem Besen verjagte. Nur Rinder sah Anne nicht.

Da sie dem verärgerten Lord nicht noch einmal begegnen wollte, ging sie auf ein Gebäude zu, aus dessen Schornstein schwarzer Rauch quoll und in dem auf Eisen gehämmert wurde. Vor dem offenen Tor blieb sie stehen. Drinnen arbeiteten zwei Männer mit Lederschürzen und rauchverschmierten Gesichtern an einem Amboss.

»Guten Tag«, rief sie laut, um den Krach zu übertönen. »Können Sie mir sagen, ob ich hier irgendwo einen Stallmeister finde? Einen Stallmeister für Pferde, meine ich«, verbesserte sie sich und sah die Männer erwartungsvoll an.

Sie legten ihre Hämmer fort und kamen zum Tor. »Tja, Pferde haben wir hier schon, aber einen Stallmeister nicht. Was wollen Sie denn von dem?«

»Ich muss meine Reitkünste auffrischen, damit ich Lady MacAdleston beim Reiten begleiten kann.«

»Die kann sehr gut reiten, da müssen Sie aber viel üben, um mit ihr Schritt zu halten.«

»Das habe ich befürchtet. Deshalb wollte ich schon mal anfangen, solange sie noch verhindert ist.«

»Verhindert? Was fehlt ihr denn?«

»Sie hat sich den Ellenbogen gebrochen.«

»Ach, das tut mir leid. Sie fehlt uns hier.«

»Sie fehlt Ihnen? Gibt es hier denn nicht genug Leute, die sie vertreten können?«

»Nein, so meine ich das nicht«, erklärte der ältere der beiden, »aber sie hat immer recht, wenn es um irgendwelche Fragen geht. Sie weiß eben alles, weil sie schon so lange hier die Herrin ist.«

»Sie hat das ja alles aufgebaut, was man jetzt hier so sieht«, bestätigte der Jüngere.

»Sie und der Lord«, nickte der Ältere. »Die beiden waren wie wir. Kein Standesdünkel, keine Angeberei, nein, die beiden haben die Ärmel aufgekrempelt und angepackt. Na ja, ist auch schon eine Weile her, dann war der Chef tot, und sie musste das alles allein machen.«

Anne sah, dass Lord Gordon aus dem Haus trat, einen der Hunde an seine Seite rief und auf sie zukam.

»Da kommt der Chef, der kann Ihnen was über die Reiterei sagen, wir kümmern uns ja nur um die Beine der Pferde.«

Die beiden Männer gingen zurück zu ihrem Amboss und hämmerten erneut auf irgendwelchen Eisenstangen herum.

Anne blieb in der Toröffnung stehen. Es war ein hübscher Hund, den der Mann da an seine Seite rief. Kurz vor der Schmiede blieb er stehen. »Na, haben Sie gefunden, was Sie suchten?«

»Ich brauche ein Pferd und einen Reitlehrer, die Herren da drin konnten mir nicht weiterhelfen.«

»Was wollen Sie denn mit einem Pferd und einem Reitlehrer?«

»Ich habe Lady MacAdleston versprochen, sie auf ihren Ritten zu begleiten, ich muss meine Reitkünste auffrischen.«

»Meine Mutter soll in ihrem Sessel sitzen bleiben und uns hier draußen in Ruhe lassen.«

»Sie möchte ihr Land genießen und sie sagt, das kann man von einem Pferd aus am besten.«

»Blödsinn. In ihrem Alter soll sie sich in der Limousine herumfahren lassen. Wozu hat sie Charles und den teuren Wagen.«

Anne wurde wütend. »Lord MacAdleston, ich habe keine Lust, mich mit Ihnen über die Vorlieben von Lady Caroline zu streiten. Könnten Sie mir jetzt bitte sagen, wo ich einen Mann finde, der mir beim Reiten hilft?«

»Nein, Miss, kann ich nicht. Die sind nämlich alle an der Arbeit, und die Tätigkeit meiner Leute erstreckt sich über ein Gebiet von weit über hundert Hektar.« Damit drehte er sich um, rief den Hund und verschwand zwischen den Stallungen.

Einer der Schmiede rief: »Der Chef lässt sich nicht gern reinreden.«

Anne nickte ihm zu. »Das hab ich schon verstanden. Können Sie mir wenigstens den Pferdestall zeigen?«

Der Ältere kam ans Tor. »Da drüben, hinter dem Silo fängt das Gebiet der Pferde an. Die werden aber alle auf der Koppel sein, und die finden Sie dann schon.«

»Vielen Dank. Eine Frage noch, hier laufen so viele Hunde herum, sind die an Menschen gewöhnt?«

»Ja, das sind bestens erzogene Border-Collies. Die sind nur neugierig. Sprechen Sie mit ihnen, dann ziehen sie sich zurück.«

»Ich hoffe, Sie haben recht. Danke für die Auskunft.«

Anne wandte sich ab und ging in Richtung Silo davon. Das Gut machte einen äußerst gepflegten Eindruck. Die Gebäude waren alle weiß getüncht und hatten schwarz-braun gestrichene Türen, Tore und Fensterrahmen. Auch die Weidezäune und die Koppelgatter waren weiß und hoben sich von dem frischen Grün der Wiesen und der Bäume ab. Vor allem die vielen Birken, die die Wege und Plätze säumten, hatten schon fast ihr volles Blätterwerk entfaltet. Ein paar Hunde waren nähergekommen, hatten sie beschnüffelt und sich dann wieder abgewandt. Nur einer blieb bei ihr, stupste ab und zu an ihre Hand und sah sie mit treuen Augen an. »Na du, hast du dich entschlossen, mich zu begleiten, oder bewachst du mich, damit ich keinen falschen Schritt mache?« Anne beugte sich zu ihm hinunter, ließ ihre Hand beschnuppern und streichelte dann sein seidiges Fell. »Ein schöner Bursche bist du, oder bist du ein Mädchen?« Der Hund schüttelte sich, und Anne sah, dass es eine Hündin war.

Langsam ging sie weiter. Schön ist es hier, dachte sie, ein Paradies für Tiere. Sie wandte sich der Sonne zu und schloss für einen Augenblick die Augen. Aber die Hündin stieß sie an. »Willst du, dass wir weitergehen?« Dann sah sie, dass ein Mann mit einem »Hallo« auf sie zukam. »Suchen Sie jemanden?«

»Guten Morgen. »Ja, ich suche den Pferdestall.«

»Der ist da drüben«, der Mann zeigte auf das Silo und einen dahinterstehenden Stall. »Aber da ist jetzt kein Mensch – und auch kein Pferd«, fügte er hinzu.

»Schade, hier gibt es überhaupt wenig Leute.«

»Suchen Sie denn jemand Bestimmtes?«

»Ich brauche einen Reitlehrer, Lady MacAdleston möchte demnächst mit mir ausreiten, und ich fürchte, ich habe alles verlernt.«

»Also Reitlehrer gibt es hier keine, das weiß ich mit Sicherheit, aber ich könnte Ihnen vielleicht ein bisschen helfen. Verzeihung, ich habe mich noch gar nicht vorgestellt. Ich bin Doktor Tirshhouse, einer von den Tierärzten hier auf der Farm.«

»Vier Tierärzte gibt es hier?«

»Wir haben sozusagen einen Großbetrieb, da sind vier Ärzte beinahe nicht genug.«

»Verzeihung, ich habe mich noch gar nicht vorgestellt. Ich heiße Anne-Sophie Wedel und betreue Lady MacAdleston.«

Der Mann lächelte Anne freundlich an. »Seit wann braucht die Lady eine Betreuung?«

»Sie hat sich den rechten Arm gebrochen, und außerdem hat sie mich als Beraterin eingestellt.«

»Die Lady und eine Beraterin, das gibt es doch gar nicht. Die Lady weiß alles bestens, sie hat die Farm persönlich aufgebaut, der kann keiner etwas vormachen.«

»Ich glaube, es handelt sich eher um familieninterne Beratungen. Von Rinderzucht habe ich nämlich keine Ahnung.«

»Na ja, in der Familie gehen die Meinungen oft total auseinander. Aber davon bekommt man hier Gott sei Dank wenig mit.«

»Ich werde sehen, ob sich das nicht ändern lässt. Würden Sie mir jetzt bitte den Weg zu den Pferdekoppeln zeigen?«

»Gern, ich muss auch in die Richtung gehen. Wie groß oder wie klein sind denn Ihre Reitkünste, Miss Wedel?«

»Sie können gern Anne zu mir sagen, hier spricht man sich doch mit dem Vornamen an.«

»Gut, dann bin ich der Ben. Also, was ist mit der Reiterei?«

»Also die Gangarten beherrsche ich, und die Lady hat mir gesagt, die verlernt man auch nicht.«

»Das stimmt. Wie ist es mit kleinen Sprüngen?«

»Müsste ich denn springen können?«

»Bei Ausritten, und die Lady wird sich ganz bestimmt nicht mit dem Reiten in einer Koppel begnügen, also, bei Ausritten muss man immer mit Hindernissen rechnen. Einen Baumstamm oder einen kleinen Bach, den müssten Sie schon überspringen können.«

»Du meine Güte. Ist die Lady eine gute Reiterin?«

»Früher war sie die beste hier im ganzen Umkreis. Fuchsjagden waren ihre große Leidenschaft. Aber dann hat sie einmal beobachtet, wie die Hundemeute einen lebenden Fuchs zerrissen hat, da war Schluss mit den Jagden. Seitdem darf nur noch hinter einer Attrappe gejagt werden, und auch da macht sie nicht mehr mit. Sie ist Mitte siebzig, da sind dem Körper Grenzen gesetzt.«

»Das beruhigt mich«, lächelte Anne dankbar und folgte dem Tierarzt zu der Koppel mit Mutterstuten und Fohlen.

»Hier beginnt heute meine Arbeit«, erklärte der Mann, »aber wenn Sie rechts herum weitergehen, kommen sie zu den Weiden mit den Reitpferden, sie werden dort auch einen der Knechte finden, der Sie beraten kann.«

»Vielen Dank. Und wo finde ich Sie, falls ich Ihren Unterricht in Anspruch nehmen möchte?«

»Die Haushälterin im Schloss ist meine Frau, sie kann mich übers Handy jederzeit erreichen und wird alles organisieren.«

»Danke, jetzt fühle mich schon in guten Händen.«

21

Anne schaute auf die Uhr. Ich muss zurück, wenn ich pünktlich zum Essen bei der Lady sein will, dachte sie und ging hinüber zum Beginn der Straße, auf der sie hergekommen war. Sie streichelte die Hündin. »Du musst hierbleiben, meine Schöne, lauf zurück zu den anderen.« Aber der Hund wollte nicht umkehren. Er blieb an ihrer Seite und trottete neben ihr den weiten Weg zurück.

Als sie die Einfahrt zum Park erreicht hatten, kam ihnen ein Auto mit quietschenden Reifen entgegen. Anne konnte gerade noch den Hund an sich reißen und mit ihm zur Seite springen. Selbst erschrocken, stoppte der Fahrer und hielt an. Aus dem offenen Wagen sprang Dylan heraus und starrte die Frau am Wegrand an. »Was machen Sie denn hier?«, fragte er wütend, »Sie wären mir beinahe ins Auto gelaufen.«

»Wenn Sie im normalen Tempo um die Kurve gekommen wären, hätten Sie mich früh genug gesehen«, empörte sich Anne. »Rasen Sie immer so durch den Park?«

»In einem Park, der mir gehört, kann ich fahren, wie ich will.«

»Rücksichtslos bis zum tödlichen Unfall?«

»Blödsinn. Wen soll ich hier schon umfahren.«

»Mich zum Beispiel und diesen Hund hier.«

»Wohin wollen Sie mit dem Tier?«

»Er ist mir auf der Farm zugelaufen und begleitet mich.«

»Der Hund gehört zu unserer Zucht.«

»Dann sagen Sie ihm das bitte.«

Dylan starrte Anne an, als hätte er sich verhört. »Meine Mutter duldet keine Hunde im Schloss«, erklärte er schließlich triumphierend.

»Aber warum denn nicht?«

»Sie tragen Schmutz ins Haus und verwuseln die Fransen von ihren orientalischen Teppichen, die täglich gebürstet werden.«

»Wieso?«

»Sie haben's doch gehört. Die Lady duldet das nicht.«

»Das glaube ich aber nicht.«

»Dann fragen Sie die Putzfrauen. Also ich bringe den Hund jetzt zurück zur Farm.« Er öffnete die Autotür und rief: »Los, Hund, komm schon.« Aber die Hündin dachte gar nicht daran, ins Auto zu springen. Da griff er nach ihr und wollte sie ins Auto zerren. Aber die Hündin schnappte nach ihm, und Anne protestierte. »Sie wehrt sich, weil sie das nicht kennt.«

»Und wie soll ich sie sonst ins Auto kriegen? Haben Sie Seidenstrümpfe an? Dann ziehen Sie einen aus, und wir binden ihn dem Hund um den Hals. Daran kann ich ihn dann ja festhalten.«

Verblüfft sah Anne erst den Mann an und dann ihre Jeans. »Wie Sie sehen, habe ich Hosen an und keine Seidenstrümpfe.« Dann lächelte sie ihr Gegenüber an. »Aber Ihre seidene Krawatte würde den gleichen Erfolg versprechen«, und ehe Dylan sich versah, hatte sie seine Krawatte ergriffen, zog den Knoten auf und streifte sie ihm über den Kopf.

»Was erlauben Sie sich«, protestierte der Mann, aber da hatte Anne die hübsche Krawatte bereits dem Hund um den Hals gebunden und reichte ihm das Ende. »Bitte, jetzt können Sie gemeinsam einsteigen.«

»Verdammt noch mal, das ist ein Geschenk meiner Freundin.«

»Sehr hübsch, recht bunt mit den vielen Papageien darauf«.

»Ausgefallene Frauen haben einen ausgefallenen Geschmack«, ereiferte sich der Mann.

Anne grinste: »Dem Hund steht die Krawatte auch.«

Damit wandte sie sich ab und ging hinein in den Park. Hinter sich hörte sie ein paar wütende Worte, einen startenden Motor und quietschende Reifen.

Anne betrachtete gerade die ersten gelben Löwenzahnblüten am Wegrand, als sie ein entferntes Bellen hörte, und gleich danach kam es näher, und fast hätte der Hund sie umgerannt. »Himmel, was ist denn jetzt passiert.« Sie lief hinüber auf die Straße und dann zurück in Richtung Farm. Schon von Weitem sah sie das rauchende Cabrio auf der Seite liegend im Feld, mitten im Heidekraut.

Oh Gott, dachte sie, jetzt ist er, wütend auf mich und den Hund, auch noch in den Graben gefahren. Sie rannte so schnell sie konnte zu dem qualmenden Wagen. Aber das Cabrio war leer. Ängstlich sah sie sich um. Dann entdeckte sie den Mann etwas entfernter liegen. Sie lief zu ihm, rief nach ihm, aber er rührte sich nicht.

Vorsichtig beugte sie sich zu ihm. Er blutete am Hinterkopf, und dann sah Anne auch den Stein, auf den er aufgeschlagen war. Vorsichtig berührte sie seinen Arm. »Mister MacAdleston? Mister MacAdleston?«, verflixt dachte sie, was für ein umständlicher Name. Also fuhr sie fort: »Dylan, hallo, Dylan, hören Sie mich?« Sie klopfte ihm auf die Wangen, aber es erfolgte keine Reaktion. Ihn zu bewegen, wagte sie nicht. Sie knöpfte den engen Hemdkragen auf und fühlte an seiner Halsschlagader nach dem Puls. Das Herz schlägt schwach, aber regelmäßig, stellte sie fest, aber hat er irgendwelche anderen Verletzungen?

Verzweifelt richtete sie sich auf und suchte in der Tasche ihrer Windjacke nach dem Handy. Aber das blieb ohne Signal. Himmel, überlegte sie, hier gibt es keinen Handyempfang, was mache ich denn jetzt?

Sie kniete sich neben den Verletzten und untersuchte die Kopfwunde. Gott sei Dank, nur oberflächlich, überlegte sie, holte ein frisches Papiertaschentuch aus der Packung und bedeckte die Wunde. Ich brauche einen Verband, überlegte sie, aber was nehme ich dazu? Ob er im Auto einen Verbandskasten hat? Bei uns in Deutschland ist er Pflicht, aber hier? Sie schaute hinüber zu dem qualmenden Auto.

Der Qualm ist weiß, überlegte sie, dann ist es kein Öl oder Benzin, was da verbrennt, dann ist es weißer Wasserdampf. Und der Wagen wird nicht explodieren. Ich muss es versuchen. Sie stand auf, ging langsam auf das Auto zu und drum herum. Von einem Verbandskasten war nichts zu sehen. Eine Aktentasche, eine Laptoptasche und eine Jacke lagen herum. Sie versuchte, den Kofferraum zu öffnen, aber der war so verklemmt, dass daran nicht zu denken war. Dann bemühte sie sich, das Auto umzudrehen, aber das war unmöglich. Das Cabrio, so klein es auf der Straße aussah, so kompakt und schwer war es.

Mein Gott, was mache ich denn jetzt? Sie sah, wie die Hündin den Mann beobachtete und plötzlich mit der Rute wedelte. War er wach? Sprach er mit dem Hund? Anne lief schnell zu den beiden zurück. »Mister MacAdleston, sind Sie wach?«

Ein unhöfliches »Was ist passiert?« war die Antwort.

»Wie geht es Ihnen, haben Sie Schmerzen? Sie hatten einen Unfall«, versuchte Anne mit ihm zu reden.

Er blinzelte in die Sonne, dann sah er sie an. »Was wollen Sie?«

»Sie hatten einen Unfall, wie fühlen Sie sich?«

»Einen Unfall?«, und nach einer kurzen Pause: »Klar, der Hund ist aus dem Wagen gesprungen, da habe ich das Steuer rumgerissen, um ihn nicht zu überfahren.« Er sprach klar und deutlich, und Anne war etwas beruhigt. »Tut Ihnen etwas weh? Können Sie sich bewegen?«

Er bewegte vorsichtig die Arme, dann die Beine, dann drehte er den Kopf. »Au«, mit einem leisen Schrei ließ er den Kopf wieder zurückfallen. »Was ist mit meinem Kopf passiert?«

Er wollte mit der Hand nach der Wunde greifen, aber Anne hielt ihn davon ab. »Nicht anfassen. Sie sind mit dem Kopf auf einen Stein gefallen und haben eine Wunde hinter dem Ohr.«

»Schlimm?«

»Nein, sieht nicht so aus.«

»Nach den Schmerzen zu urteilen, geht die Wunde durch und durch.«

»Ja, der Schmerz geht durch und durch, aber die Wunde ist nicht so schlimm.«

»Was ist mit meinem Wagen, ich muss heute noch nach Edinburgh.«

»Ihr Wagen liegt da hinten auf der Seite in der Heide, damit werden Sie nicht fahren können, und mit Ihrem verwundeten, schmerzenden Kopf auch nicht.«

»Blödsinn.« Er versuchte sich aufzurichten, fiel aber stöhnend wieder zurück. »Verdammt, ich habe wohl mehr abgekriegt, als ich dachte.«

Anne sah ihn besorgt an. »Ich werde Hilfe vom Schloss holen.«

»Unsinn, wer soll da zur Hilfe kommen? Meine behinderte Mutter etwa oder die Zimmermädchen? Die Farm ist näher.«

»Gut, dann laufe ich runter zum Gut und hole von dort Hilfe. Bitte bleiben Sie ganz ruhig liegen. Ich beeile mich.«

»Na los, gehen Sie schon. Schließlich sind Sie schuld an dem ganzen Dilemma.«

»Was?«

»Na klar, hätten Sie nicht den Hund mitgebracht, wäre ich nach Edinburgh gefahren und nicht zur Farm, um den Hund zurückzubringen. Und dann verursacht der auch noch den Unfall.«

Anne war wütend. So also sah dieser Mann seinen Unfall. Wortlos lief sie davon, den Hund neben sich. Unterwegs nahm sie ihm die bunte Krawatte ab und warf sie achtlos in den nächsten Graben.

Atemlos erreichte Anne die Farm und lief sofort in das Verwalterhaus. In einem der Büros hörte sie die Stimme von Lord MacAdleston. Sie klopfte an und ging, ohne auf ein Herein zu warten, in den Raum. Der Lord saß hinter einem großen Schreibtisch und telefonierte.

»Moment mal«, rief er in den Hörer, »was fällt Ihnen ein, hier hereinzukommen, ohne aufgefordert worden zu sein.«

»Tut mir leid, Lord MacAdleston, es hat einen Unfall gegeben.

Ihr Herr Bruder ist mit seinem Wagen verunglückt und liegt zwei Kilometer von hier entfernt verletzt in der Nähe seines Autos.«

»Was?«, der Lord sprang auf. »Ist es Dylan?«

»Ja.«

»Und, was fehlt ihm?«

»Das weiß ich nicht. Er hat eine blutende Wunde am Kopf, ist wieder bei Besinnung, kann aber nicht aufstehen.«

»Wir kommen sofort.« Er führte ein paar Telefongespräche und stürmte dann nach draußen. »Nun kommen Sie schon«, rief er Anne zu und startete im gleichen Augenblick.

Anne zwängte sich in den Wagen. Von mehreren Seiten kamen Männer angelaufen, zwei Fahrzeuge starteten ebenfalls, und etwas weiter entfernt sah sie den Tierarzt Tirshhouse zu einem Auto laufen. »Haben Sie keinen Arzt hier?«, fragte Anne noch immer außer Atem.

»Nein, im Notfall muss der Tierarzt helfen.«

Anne schwieg und klammerte sich an ihrem Sitz fest. Nach wenigen Minuten erreichten sie die Unglücksstelle. Das Cabrio qualmte noch immer, und Dylan lag so, wie Anne ihn verlassen hatte. Das Blut hatte das Taschentuch durchnässt, und Dylan sagte leise: »So ein Aufwand.«

Gordon beugte sich zu dem Bruder hinunter. »Hast du Schmerzen, können wir dich auf eine Trage legen?«

»Hier kann ich ja kaum liegen bleiben. Also los, packt an.«

Zwei Arbeiter kamen mit einer Trage und mehreren Decken. Anne hatte große Bedenken vor jeder Bewegung.

»Sie müssen die Decken hier neben ihm ausbreiten und ihn so vorsichtig wie möglich darauflegen«, bestimmte sie.

»Aha, jetzt redet die Pflegerin.«

»Miss Anne hat recht«, bestätigte der Tierarzt, »es könnte etwas an der Wirbelsäule sein.«

»Los, bringt mich endlich nach Hause«, knurrte Dylan, dem man die Schmerzen jetzt deutlich ansah.

»Wieso nach Hause«, konterte Anne, »der Patient muss ins

Krankenhaus und geröntgt werden, damit man weiß, ob er innere Verletzungen hat.«

»Blödsinn«, erklärte Gordon, »ab ins eigene Bett, und in zwei Tagen ist er wieder okay.«

Aber jetzt protestierte der Tierarzt. »Das kann ich nicht erlauben. Wenn Sie mich schon als Arzt hinzuziehen, dann machen Sie auch, was ich sage. Miss Anne hat recht, Mister Dylan muss unbedingt von Fachärzten untersucht werden, sonst übernehme ich keine Verantwortung. Er war immerhin bewusstlos, und das wird man nicht von einer Schürfwunde.«

»Na schön, riskieren will ich auch nichts, also los, Männer, tragt ihn in den Wagen und fahrt ihn nach Galashiels«, kommandierte Gordon. »Und Sie, Miss, fahren mit. Sie sind ja so was wie eine Fachkraft.«

»Ich muss zurück ins Schloss, Lady Caroline erwartet, dass ich ihr beim Essen helfe.«

»Ach was, die kann auch ein anderer füttern«, rief der Mann taktlos, »steigen Sie ein.« Gordon packte Anne am Arm und schob sie in den Wagen. »Ich komme hinterher.«

Und einem der Arbeiter rief er zu: »Sag im Schloss Bescheid und bring den Hund zur Farm.«

22

Die Fahrt in dem ungefederten Kastenwagen war sehr unbequem. Anne, die neben der Trage auf dem Boden kauerte, sah, wie der Mann vor Schmerzen die Augen schloss und die Lippen zusammenpresste. Einmal sah er sie an und flüsterte: »Es gibt keinen Knochen in diesem Körper, der mir nicht wehtut. Und mein Kopf platzt gleich. Warum bringt ihr mich nicht in mein Bett im Schloss?«

»Sie müssen erst untersucht werden, Mister Dylan.«

»Aber die Fahrt gibt mir den Rest.«

»Ich werde Ihren Kopf festhalten.« Anne rutschte hinter das Kopfende der Trage und hob den Kopf des Verletzten mit beiden Händen etwas an. »Ist es so besser?«

»Danke, ja.«

Die Untersuchungen dauerten lange und waren gründlich und ergaben, dass der Patient neben einer schweren Gehirnerschütterung nur Prellungen und Abschürfungen erlitten hatte. Die Wunde am Kopf aber musste genäht werden, und der Patient verlor einen erheblichen Teil seiner schwarzen Locken, die der Rasur zum Opfer fielen, weil man die doch recht umfangreiche Wunde sonst nicht behandeln konnte. »Sie hatten Glück, mein Lieber«, erklärte der Arzt zum Schluss, »aber mit Ihrem Kopf ist nicht zu spaßen. Sie bleiben eine Woche hier fest im Bett.«

»Kommt nicht infrage«, konterte Dylan. »Ich fahre noch heute nach Hause. Im Bett kann ich auch im Schloss liegen.«

»Das kann ich nicht verantworten«, versicherte der Arzt.

»Ich verantworte das allein«, bestimmte Dylan und sah Anne,

die wieder neben seinem Bett stand, herausfordernd an. »Sie ist eine Pflegerin, sie übernimmt meine Behandlung.«

Der Arzt betrachtete Anne. »Können Sie die Verantwortung übernehmen?«

Anne schüttelte den Kopf. »Die Verantwortung übernehme ich nicht, pflegen kann ich ihn. Aber für den Weg nach Lammermuir-House brauchen wir einen speziellen Krankenwagen, um alle Erschütterungen zu vermeiden.«

Der Arzt seufzte. »Na schön, den können Sie haben, aber sofort zurückschicken, wir besitzen nur einen von der Sorte.« Dann flüsterte er im Hinausgehen Anne zu: »Im Grunde bin ich froh, den Querulanten los zu sein, die Herren von Lammermuir-House können sehr schwierig sein.«

Anne nickte, aber eine eigene Meinungsäußerung war hier nicht angebracht.

Gordon hatte das Krankenhaus bereits am Nachmittag wieder verlassen, weil er, wie er es ausdrückte, die »absolut verrückte und unnötige Rinderauktion«, die Nathan angezettelt habe, verhindern müsse.

Da der Fahrer den Auftrag hatte, Unebenheiten auf den Straßen zu umgehen und scharfe Bremsmanöver zu vermeiden, brauchte der Krankenwagen mehr als zwei Stunden bis Lammermuir-House, und sie erreichten das Schloss erst kurz vor Mitternacht.

Lady Caroline erwartete ihren Sohn mit größter Sorge. Kaum hatte der Wagen vor dem Portal gehalten, kam sie aufgeregt und den Tränen nahe nach draußen. »Mein Gott, was ist denn passiert?«, empfing sie die Insassen. »Ich habe keine Ahnung, was eigentlich los ist. Ein Arbeiter sagte mir, Dylan, dass du schwer verletzt bist, und Gordon hatte nur drei Worte für mich: ›Er lebt noch‹, hat er gesagt, das war alles. Und dann haben sie das zerbeulte Cabrio hergebracht, das jetzt da drüben unter der Plane vor der Garage steht.« Auf eine Erklärung wartend, sah sie von einem zum anderen.

»Es tut mir so leid, Caroline, aber mein Handy funktioniert hier draußen nicht, und Lord Gordon hat mich gezwungen, mit ihm in die Klinik zu fahren«, erklärte Anne mit schlechtem Gewissen.

»Und im Krankenhaus? Ihr hättet mich doch von dort aus anrufen können.«

»Im Krankenhaus hat man Dylan von einem Untersuchungsraum in den nächsten geschoben, und er wollte, dass ich bei ihm blieb.«

Die Lady widmete sich den beiden Sanitätern, die die Trage aus dem Wagen gehoben hatten und nicht wussten, wohin damit. »Bitte, folgen Sie mir«, bat sie und ging voraus in das Schloss, wo sich inzwischen die Angestellten versammelt hatten und stumm auf die Trage mit dem verletzten Mann schauten. Dylan, der unterwegs mehrmals eingeschlafen war, blinzelte in das helle Licht und murmelte: »Alles halb so schlimm.«

Oben in Dylans Suite führte Caroline die Männer in das Schlafzimmer, und Anne bestimmte, wie sie den Kranken umbetten mussten. Sie selbst nahm seinen bandagierten Kopf in beide Hände und half, den Mann in sein Bett zu heben. Dylan blieb stumm, er hatte Schmerzen. Die Sanitäter halfen ihm, einen Pyjama anzuziehen, Anne richtete das Bett so, dass er bequem liegen konnte, besorgte eine Karaffe mit Wasser und ein Glas für den Nachttisch und fragte, ob er noch Wünsche habe.

»Lasst mich endlich in Ruhe«, knurrte er, und die beiden Frauen löschten das Licht und schlossen die Tür. »Er lernt einfach nicht, etwas höflich zu sein«, entschuldigte ihn die Mutter.

»Er hat Schmerzen und er hat viel durchgemacht mit den ganzen Untersuchungen im Krankenhaus. Allein die Computertomografie war sehr schwierig und dann die Kopfwunde, am meisten hat ihn gequält, dass man die Haare abrasieren musste.«

»Meine Güte, die wachsen doch nach.« Lady Caroline zeigte

wenig Mitleid für diesen Verlust. »Erzähle mir lieber, wie es zu dem Unfall gekommen ist.«

Und Anne berichtete von ihrem Ausflug zur Farm, wo sie sich um Reitstunden kümmern wollte, und dann von der Hündin, die einfach hinter ihr hergelaufen war, und zum Schluss von Dylan, der den Hund zurückbringen wollte und dabei von der Straße abgekommen sei.

»Aber wie kann ein Mann in den Straßengraben fahren, weil er einen Hund bei sich hat? Garantiert ist er wieder gerast, diese Eigenschaft hat er von seinem Vater geerbt.«

»Nein, so war es glaube ich nicht. Er hat mir unterwegs erzählt, der Hund sei aus dem offenen Wagen gesprungen, und um ihn nicht zu überfahren, sei er ausgewichen und dabei über den Straßenrand gekommen«, nahm Anne den Mann in Schutz.

»Wegen einem Hund, mein Gott, ich dachte, meine Söhne seien inzwischen erwachsen geworden.«

»Er sagte, es handelte sich um eine wertvolle Zuchthündin.«

»Mag sein, aber dafür riskiert man doch nicht Kopf und Kragen.«

Die beiden Frauen hatten ihre Zimmer erreicht. »Gute Nacht, Anne, und danke, dass du dich um ihn gekümmert hast. Nun schlaf gut, die Nacht ist kurz genug.«

Aber Anne schüttelte den Kopf. »Ich ziehe mich nur um, dann gehe ich zurück zu Mister Dylan. Der Arzt hat ihn nur entlassen, weil ich versprochen habe, mich um ihn zu kümmern. Ich habe Angst, dass er nachts aufsteht und sich erneut verletzt. Inzwischen wird er eingeschlafen sein und merkt gar nicht, dass ich auf ihn aufpasse.«

»Das willst du wirklich tun?«

»Der Arzt wollte ihn für eine Woche in der Klinik behalten, wir dürfen die Gehirnerschütterung nicht auf die leichte Schulter nehmen.«

»Danke, Anne. Brauchst du noch irgendetwas? Hast du überhaupt etwas seit heute Morgen gegessen?«

»Nein, aber ich habe auch keinen Hunger, ich hole morgen alles nach.«

»Ich stelle meinen Wecker auf fünf Uhr, dann löse ich dich ab.«

»Nein, Caroline, das brauchst du nicht, ich bin Nachtwachen gewöhnt. Du hast die Ruhe nötiger als ich, denk an deine eigene Verletzung. Du musst dich schonen, auch seelische Aufregungen schaden deinem Arm.«

»Ach Gott, wenn ich darauf Rücksicht nehmen muss, dann heilt der Ellenbogen nie.«

»Siehst du? Also geh und schlafe so lange wie möglich, auch für dich ist die Nacht viel zu kurz. Soll ich dir beim Auskleiden helfen?«

»Danke, nein, das kann ich inzwischen allein.«

Die beiden Frauen verabschiedeten sich, und jede ging in ihre Zimmer. Anne zog sich schnell aus, ging unter die Dusche und zog einen leichten Hausanzug an. Dann nahm sie eines ihrer Bücher und ging zurück in die Suite von Dylan. Sie schaltete im Wohnzimmer eine Stehlampe an, so dass der Schein auch das Schlafzimmer leicht erhellte, schaute nach dem Kranken, der jetzt fest schlief, und setzte sich in einen Sessel neben der Lampe, so dass sie den Raum mit dem Bett im Blick hatte.

Nach gut einer Stunde wurde Dylan wach. Er wollte sich umdrehen, stöhnte vor Schmerzen und richtete sich plötzlich auf. »Wo bin ich?«, stammelte er verwirrt. Anne war sofort bei ihm. »Ganz ruhig, Mister Dylan, Sie sind in Ihrem Bett, schlafen Sie weiter.«

»Wer sind Sie, was machen Sie hier?«

»Ich bin Anne, ich pflege Sie.«

»Warum tut mir alles so weh?«, er versuchte aufzustehen.

»Bitte bleiben Sie liegen. Sie haben sich verletzt und nun haben Sie Schmerzen. Aber morgen ist das alles schon viel besser.«

Anne versuchte, ihn wieder hinzulegen, aber der Mann war stärker. »Ich muss auf die Toilette, lassen Sie mich in Ruhe.«

Anne sah sich verwirrt um. An eine Toilettenschüssel hatte niemand gedacht. Sie musste ihm erlauben aufzustehen. »Also gut, ich begleite Sie.«

»Kommt nicht infrage.« Dylan stand auf, taumelte aber sofort auf das Bett zurück. »Verdammt, warum ist mir so schwindelig?«

»Sie haben eine schwere Gehirnerschütterung und Sie sollen ganz still liegen, hat der Arzt verordnet.«

»Kann ich aber nicht, ich muss zur Toilette.«

»Vielleicht gibt es hier im Haus einen Toilettenstuhl?«

»Und wer soll den jetzt im Kellergerümpel suchen?«

»Also gut, ich helfe Ihnen, stützen Sie sich auf mich.«

»Sie sind doch bloß eine halbe Portion.«

»Ich habe schon öfter Männer stützen müssen, also kommen Sie.« Anne half ihm ein zweites Mal aufzustehen und stützte den großen, korpulenten Mann, so gut es ging. Zum Glück befand sich das Badezimmer direkt nebenan, und Dylan schaffte die wenigen Meter, ohne hinzufallen. Anne half ihm auf das Toilettenbecken und ließ ihn dann allein. »Rufen Sie mich, bevor Sie aufstehen.«

»Sie werden schon die Spülung hören«, erwiderte er ziemlich missmutig.

Anne richtete das zerwühlte Bett wieder her und setzte sich auf einen Stuhl, um zu warten. Als sie endlich die Spülung hörte, ging sie schnell hinüber, half dem Mann wieder aufzustehen und brachte ihn Schritt für Schritt zurück in sein Bett.

Dylan legte sich erschöpft zurück. Nach einer Weile fragte er schwach: »Warum habe ich eine Gehirnerschütterung und warum tut mir alles weh?«

»Sie hatten einen Unfall. Ihr Wagen ist von der Straße abgekommen, Sie wurden herausgeschleudert und sind mit dem Kopf auf einem Stein aufgeschlagen.«

»War ich denn nicht angeschnallt?«

»Nein, sonst wären Sie mit dem Auto im Morast gelandet und der Wagen hätte Sie erschlagen.«

»Und warum ist mein Wagen von der Straße abgekommen? Ich weiß das alles gar nicht mehr«, murmelte er müde.

»Sie wollten einem Hund ausweichen.«

»Richtig«, plötzlich war er wieder hellwach, »einem Hund, der meine Krawatte um den Hals hatte.«

»Ja, ja, aber nun schlafen Sie wieder. Morgen früh können wir über alles reden.«

Aber Dylan winkte ab. »Meine blaue Seidenkrawatte mit den Papageien. Ein Geschenk von Rachel. Wo ist sie?«

»Wer, Rachel oder die Krawatte?«

»Die Krawatte natürlich, Rachel wird mich besuchen, dann muss ich die Krawatte tragen.«

»Ich hole sie morgen früh, jetzt schlafen Sie erst einmal, sonst sind Sie müde, wenn Ihre Freundin Sie besuchen will.«

»Ja, müde bin ich«, murmelte er bereits im Halbschlaf, und Anne löschte schnell das Licht im Schlafzimmer.

Die restliche Nacht verlief ruhig, und am nächsten Morgen ging es Dylan etwas besser. Anne bat die Haushälterin, nach einem Toilettenstuhl suchen zu lassen und kurz bei dem Verletzten zu bleiben, damit sie selbst sich frisch machen und anziehen konnte. Als Caroline wach wurde, ging Anne zu ihr, um der Freundin beim Ankleiden zu helfen und die Haare zu frisieren. Und als Caroline die Wache bei Dylan übernahm, lief Anne nach draußen, um diese kitschig bunte Krawatte irgendwo im Straßengraben zu suchen, denn Dylans erste Worte an diesem Morgen waren: »Holen Sie mir meine Krawatte.« Ein »Bitte« vergaß er hinzuzufügen.

23

Nathan war außer sich vor Wut. Gordon hatte ohne sein Wissen die Auktion der Färsen abgesagt, in allen Fachzeitschriften große Inserate drucken lassen, dass die Auktion aus technischen Gründen nicht stattfinden könnte, und sogar im Internet darauf hingewiesen, dass es keine Versteigerung von Färsen in diesem Jahr gebe.

Aber wie immer, wenn es Ärger mit Gordon gab, ging er nicht zum Bruder, um den Streit beizulegen, sondern zur Mutter.

»Ich muss sofort mit der Lady reden«, polterte er lautstark los, als er unten in die Halle kam. »Wo ist sie?«

Emma, erschrocken von dem plötzlichen Krach, denn die Lady hatte größte Ruhe im Schloss angeordnet, winkte entsetzt ab und flüsterte: »Bitte, Mister Nathan, bitte, keinen Lärm. Ihr Herr Bruder ist gerade wieder eingeschlafen.«

»Hier geht's nicht um ein paar Stunden Schlaf, sondern um die Existenz unserer Galloway-Rinderzucht. Wo ist die Lady?«

Emma, besorgt, dass er mit seiner Wut weiter herumschreien würde, zeigte auf das Büro von Lady MacAdleston. »Bitte, warten Sie dort, ich hole die Lady.«

»Quatsch, wo ist sie? Ich hole sie allein.«

»Die Lady nimmt gerade ein Bad«, log die Haushälterin.

»Wollen Sie mich verhöhnen? Die kann mit ihrem Arm doch gar kein Bad nehmen.«

»Na ja, sie duscht, und Miss Anne ist bei ihr.«

»Und wie lange, verdammt noch mal, soll das dauern?«

»Ich sage Lady Caroline sofort, dass Sie dringend mit ihr sprechen müssen. Sie wird in wenigen Minuten unten sein.«

»Also schön, aber beeilen Sie sich. Sonst bin ich schneller in ihrem Ankleidezimmer, als Sie laufen können.«

»Ja, ja«, keuchte Emma und lief die Treppe hinauf. »Bitte warten Sie im Büro auf die Lady, sie mag es nicht, hier in der Halle dienstliche Angelegenheiten zu besprechen.« Wütend und noch immer laut schimpfend ging Nathan in das Büro seiner Mutter. Einen Augenblick starrte er das Bild seines Vaters an. Das Ölgemälde zeigte den Lord in seinem festlichen Kilt vor Lammermuir-House im Hintergrund.

»Da denkt Gordon, dieser Idiot, immer nur an Wettbewerbe und Pokale und Preise und nicht ans Geschäft«, schimpfte er leise vor sich hin. »Als du noch da warst, hatte alles seinen Sinn, und du hattest alles im Griff. Aber jetzt? Mutter lockert die Zügel, aber aus der Hand gibt sie sie nicht. Und so macht jeder, was er will, und ich soll's dann bezahlen.«

Er drehte sich um. Hinter ihm stand Lady MacAdleston und schüttelte den Kopf. »Hältst du Selbstgespräche oder beklagst du dich bei deinem toten Vater. So viel kann ich dir verraten, für Klagen ist der nicht mehr zuständig. Dein Vater hat sich aus dem Staub gemacht, als es kritisch wurde. Also, was willst du?«

»Gordon hat die Färsen-Auktion abgesagt, offiziell und überall.«

»Und wozu brauchtest du eine Färsen-Auktion?«

»Mutter, wir brauchen Geld. Jetzt nach dem Winter im Stall sind die Färsen fett und vollgefressen, sie haben ein glänzendes Fell, die Schmiede haben die Hufe neu beschnitten, und die Färsen sind reif für die erste Belegung. Jetzt sind sie zwölf Monate alt, wenn sie zweiundzwanzig sind, können sie die ersten Kälber haben. Mutter, jetzt sind sie interessant, und nicht im Sommer, wenn sie unbelegt und zottelig auf den Weiden stehen. Warum kapiert Gordon das nicht?«

»Er ist der Züchter, er bestimmt, was mit dem Vieh geschieht.«

»Er hat nicht mehr lange zu bestimmen, Mutter. Wenn er nämlich die Gehälter nicht mehr zahlen und kein Zusatzfutter kaufen kann, ist es aus mit seiner Zucht.«

»Hast du in letzter Zeit mal in die Geschäftsbücher gesehen?«

»Nein, die Geschäfte fallen in deinen Bereich.«

»Sie liegen offen und für alle einsehbar in meinem Büro, warum interessiert ihr euch nicht dafür?«

»Jeder in dieser Familie hat seine Aufgaben, und für die Geschäfte bist du zuständig.«

»Dann sage ich dir heute, in einem Jahr sind wir bankrott, wenn ihr nicht anfangt, an die Ausgaben zu denken, und immer nur Zuchtprämien und Siegespokale im Kopf habt.«

»Erzähle das deinem Bruder.«

»Ja, und genau das habe ich getan. Mit dem großartigen Erfolg, dass er meine Initiativen boykottiert. Nein, Mutter, mir wird das Risiko zu groß, jetzt bist du an der Reihe.«

»Nathan, du weißt genau, dass er sich jede Einmischung verbietet.«

»Siehst du, und genau deshalb habe ich mit Vater gesprochen. Aber der bleibt natürlich auch stumm. Eine feine Familie habe ich da.«

»Sei nicht so undankbar.«

»Und wofür soll ich mich bedanken?«

Lady Caroline setzte sich erschöpft hinter ihren Schreibtisch. Sie fühlte sich den Söhnen nicht mehr gewachsen und sie durfte das auf keinen Fall spüren lassen. Und Anne hat mir jede Aufregung verboten, dachte sie und schloss für einen Augenblick die Augen. Aber als sie sie wieder öffnete, hatte Nathan das Büro verlassen.

Sie klingelte, und als Emma erschien, bat sie müde: »Bitte holen Sie Anne. Und bleiben Sie bei Dylan, bis ich wieder in sein Zimmer komme. Er darf nicht aufstehen. Und bitte Emma, lassen Sie einen Toilettenstuhl suchen. Wir haben ihn bestimmt in einem der Abstellräume.«

»Ja, Lady MacAdleston, den Stuhl haben wir schon gefunden und gereinigt. Er wird gleich in die Suite von Mister Dylan gebracht. Und Miss Anne schicke ich sofort zu Ihnen.«

Caroline lehnte sich müde zurück. Der Arm schmerzte und

der Kopf auch. Anne erschrak, als sie die Lady sah. Sie hatte Nathans Stimme bis in die obere Etage gehört.

Schrecklich, dachte sie, in der Familie stehen die Zeiger immer nur auf Sturm. Kein Bruder versteht sich mit dem anderen, die Mutter steht dazwischen, und die Schwiegertöchter bringen auch keine Ruhe hinein, eher das Gegenteil.

Ein leichtes Lächeln huschte über das Gesicht der müden Lady, als Anne eintrat. »Fein, dass du da bist.«

»Du wolltest mich sprechen?«

»Ja, Anne, ich brauche deinen Rat. Komm, setz dich zu mir.«

Caroline stand auf und ging mit Anne in einen Nebenraum, in dem Sessel für eine gemütliche Atmosphäre sorgten. »Komm, setz dich. Emma bleibt bei Dylan, und wir können einen Augenblick in Ruhe reden.«

»Ich habe die Stimme von Mister Nathan bis oben in Mister Dylans Zimmer gehört. Zum Glück ist er nicht aufgewacht.«

»Ja, Nathan kann sehr rücksichtslos sein, wenn etwas gegen seinen Willen läuft.«

»Hat er Probleme?

»Er hat wie immer Probleme mit seinem Bruder. Gordon hat eine Auktion abgesagt, die Nathan für unumgänglich hält.«

»Die Auktion mit den zweihundert Färsen, die Dylan schon auf dem Schiff mit dir besprechen wollte?«

»Ja, Nathan ist der Geschäftsführer der Farm und er braucht Geld.«

»Und warum sagt Lord Gordon so eine wichtige Versteigerung ab?«

»Er will die Färsen für die eigene Zucht einsetzen – und er ist der Zuchtmeister. Er bestimmt, was mit dem Vieh geschieht.«

»Und du, Caroline, welche Funktion hast du?«

Die Lady lächelte verschmitzt. »Ich habe das letzte Wort.«

»Dann sprich es aus, dieses letzte Wort.«

»Aber was soll ich sagen, sie haben beide recht. Wir brauchen die Färsen und wir brauchen das Geld.«

Anne lächelte. »Kennst du die biblische Geschichte mit den beiden Müttern, die beide behaupten, ein Baby gehöre jeder von ihnen?«

»Natürlich kenne ich die. Als der König sagte, er wolle das Kind teilen, damit jede die Hälfte bekäme, war der Streit sofort vorbei. Jede war bereit, auf ihren Teil zu verzichten, damit es weiterlebt.«

Anne nickte. »Das ist doch die Lösung, ein salomonisches Urteil.«

»Aber Anne, was hat die Geschichte mit unserem Streit zu tun?«

»Du teilst die Färsen. Die eine Hälfte bleibt hier für die Zucht, und die andere kann Nathan versteigern. Du musst und du wirst ein Machtwort sprechen, und keiner deiner Söhne wird dir widersprechen.«

»Anne, du bist ein Schatz. Du bist klüger als dieser biblische König. Du bist genial.« Jetzt lachten die beiden Frauen.

»Wirst du dich durchsetzen können, auch wenn die Herren gegen deinen Vorschlag sind?«

Caroline nickte mit einem tiefen Seufzer. »Wenn du hinter mir stehst, habe ich die nötige Kraft. Ich hab's doch gleich gewusst, als ich dich kennenlernte, dass ich dich eines Tages brauche.«

»Dann bitte Mister Nathan und Lord Gordon heute Abend um eine Unterredung in dein Büro. Vor dem gemeinsamen Abendessen und ohne ihre Ehefrauen, die haben bei dieser Angelegenheit nichts zu suchen.«

»Aber werden sich meine Söhne danach richten?«

»Caroline, das ist ein Befehl, ein Befehl von dir an deine Söhne, da gibt es keine Ausreden und Widersprüche. Du wirst ihnen ein schriftliches Mandat zukommen lassen, in dem du auf diesem Gespräch bestehst.«

»Und wenn Sie dennoch nicht kommen?«

»Wir werden diese Einladung so formulieren, dass sie die Bedeutung ganz sicher verstehen.«

»Dann hilfst du mir bei der Formulierung?«

»Auf jeden Fall. Wir können gleich damit anfangen, denn sie

müssen den Text bekommen, bevor sie andere Pläne für den Abend haben.«

»Gut, fangen wir an.«

Und Anne schrieb, was sie beide formulierten, in den Computer:

»Hiermit berufe ich eine Sitzung für heute Abend in meinem Büro ein. Ich wünsche Gordon und Nathan um 20 Uhr zu sprechen. Es geht um zweihundert Zucht-Färsen und ihre Verwertung.«

»Aber Anne, Verwertung hört sich so nach Schlachthof an!«

»Genau so soll es sein. Caroline, wenn die Herren sich nicht einigen, werden die Tiere auf dem Schlachthof landen.

»Um Himmels willen, sie sind doch viel zu schade dafür.«

»Natürlich sind sie das, aber denk an den Salomon, wir brauchen so ein salomonisches Urteil, dann gibt jeder nach.«

»Und wie sieht die Lösung deiner Meinung nach aus?«

»Jeder bekommt einhundert Färsen für seinen Zweck.«

»Da wird Gordon sich die besten aussuchen, Nathan versteht doch nichts von den Tieren.«

»Haben die Färsen Zuchtpapiere?«

»Natürlich.«

»Mit genauen Merkmalen und Namen?«

»Jedes Tier hat seinen Namen und seine Nummer.«

»Gut, dann gehen wir nach den Nummern. Die Färsen mit den ungeraden Nummern bekommt Lord Gordon, die Färsen mit den geraden Nummern bekommt Mister Nathan. Das ist doch absolut fair.«

»Das ist es. Anne, du bist ein Goldstück.«

»Warten wir den Abend ab. Und jetzt ruhst du dich aus. Ich übernehme die nächste Wache bei Mister Dylan, und heute Abend muss Miss Emma noch einmal aushelfen.«

»Danke, Anne, dass du da bist. Ich habe übrigens heute einen Brief von Mister Möller bekommen. Das Schiff ist auf der Rückreise nach New York, und er fragt an, ob er uns nach der Ankunft in Rotterdam besuchen dürfte. Er sei sehr neugierig auf Lammermuir-House. Was meinst du, soll ich ihn bitten herzukommen?«

»Caroline, es ist dein Schloss und dein Zuhause. Ich würde mich freuen – auch wenn ich nicht mit ihm Schach spielen werde.«

»Ehrlich gesagt Anne, ich freue mich auch. Ich lebe hier sehr abseits von der großen weiten Welt, da ist jeder Gast willkommen.«

»Dann schick ihm eine SMS und lade ihn ein.«

»Ach nein, keine SMS. Ich schicke ihm eine hübsche Einladung nach alter Manier. Wir älteren Semester lieben noch die Förmlichkeiten, auch die haben ihren Reiz.«

Lachend verließ Anne das Büro der alten Dame. Sie wusste, dass sie ihr sehr geholfen hatte, auch wenn das böse Ende erst am Abend folgen würde. Aber ich habe der Lady Mut gemacht, das ist erst einmal die Hauptsache, und gemeinsam werden wir schon mit den Herren MacAdleston fertig werden, dachte sie und löste Emma bei Dylan ab.

Dylan war ein sehr ungeduldiger Patient. Seine Schmerzen hatten nachgelassen, und er wollte unbedingt aufstehen. Wenn Anne ihm nicht drei Mal am Tag ein vom Arzt verordnetes leichtes Schlafmittel in sein Wasserglas gemischt hätte, wäre er nicht zu halten gewesen. Vor allem Emma hatte unter seinem Temperament zu leiden, denn sie war in seinen Augen nur eine Angestellte und keine Respektsperson. So war die Haushälterin jedes Mal froh, wenn Anne kam und sie ablöste. »Er hat gepoltert und geknurrt und jetzt ist er in den Hungerstreik getreten«, kicherte Emma, als sie Anne im Nebenzimmer entgegenkam. »Er wird nichts mehr essen, bis er aufstehen darf, hat er gesagt.«

»Das schadet nichts«, bestätigte Anne, »er muss sowieso abnehmen, wenn er in Form bleiben will.«

»Ja«, bestätigte Emma, »im Gegensatz zu seinen Brüdern, die hier und auf der Farm ständig unterwegs sind, sitzt er den ganzen Tag entweder in seinem Büro in Edinburgh oder in seinem Wagen.«

»Ach, Emma, da fällt mir etwas sein. Ich habe seine Krawatte neulich nach dem Unfall in einen Graben geworfen und am nächsten Tag wieder herausgeholt. Jetzt will er sie tragen, aber sie ist in einem schrecklichen Zustand.«

»Aber warum denn?«

»Na, zuerst habe ich sie dem Hund als Halsband umgebunden, dann in den Graben geworfen, wo sie nass geworden ist, und jetzt liegt sie völlig verdreckt in meinem Zimmer. Aber er will sie unbedingt umbinden, wenn seine Freundin kommt. Die hat sie ihm geschenkt und anscheinend ihren Besuch jetzt angekündigt.«

»Ich werde sie holen und in Ordnung bringen, Miss Anne, da machen Sie sich keine Sorgen. Ich schaffe das schon.«

»Sie ist aus reiner Seide und bunt wie ein Papagei. Und Papageien sind es auch, die sie verzieren.«

»Ach, die kenne ich. Er hatte sie ein einziges Mal hier beim Essen um, und die Lady hat ihn ausgelacht.«

»Na ja, von großem Geschmack zeugt sie nicht. Trotzdem, ich will nicht schuld sein, wenn er Krach mit seiner Freundin bekommt.«

»Geht schon in Ordnung, Miss Anne. Bis später dann.«

»Übrigens Emma, wir brauchen Sie heute Abend noch einmal zur Krankenwache.«

»Ja?«

»Lady MacAdleston hat eine Konferenz mit ihren Söhnen anberaumt, an der ich auch teilnehmen soll, würden Sie mich denn noch einmal vertreten?«

»Ja, natürlich, ich muss nur meinem Mann Bescheid sagen, dass es später wird. Ach, übrigens, er hat mich nach Ihren Reitstunden gefragt. Ich soll mich um die Termine kümmern.«

»Bitte sagen Sie Ihrem Mann, dass ich im Augenblick nicht an solchen Luxus denken kann. Ich würde mich melden, wenn ich wieder Zeit dazu habe. Und vielen Dank auch.«

Anne ging in das Zimmer zu Dylan. Der schlief, und Anne hatte Zeit, ihn anzusehen. Schade, dachte sie, dass er immer so unfreundlich ist. Wenn er so daliegt, sieht er richtig friedlich und sympathisch aus. Der weiße Kopfverband stört zwar das Bild, aber wenn die Haare wieder nachgewachsen sind, könnte man ihn als wirklich gut aussehend bezeichnen. Ein bisschen füllig ist er ja, aber das wäre mit etwas Sport schnell zu ändern.

»Was starren Sie mich so an«, knurrte Dylan plötzlich.

»Entschuldigung, Mister MacAdleston, ich freute mich gerade über den friedlichen Anblick, den Sie mir hier bieten. Sehr oft bekommt man das ja nicht mit.«

»Papperlapapp, Sie werden mich noch kennenlernen. Wo ist meine Krawatte, meine Freundin hat für morgen ihren Besuch angekündigt.«

»Ihre Krawatte wird morgen früh zu Ihrer Verfügung stehen. Wollen Sie sie über dem Pyjama tragen oder soll ich Ihnen ein Hemd überstreifen?«

»Wenn sie auf der Stuhllehne hängt, reicht das.«

»Gut, ich werde es einzurichten wissen. Miss Emma sagte mir, Sie seien in den Hungerstreik getreten.«

»Genau so ist es.«

»Das wird Ihnen guttun, Mister Dylan.«

»Was soll das heißen?«

»Genau das, was es bedeutet. Ich bin Krankenpflegerin und ich kenne mich mit männlichen Befindlichkeiten aus. Ein paar Kilo weniger werden Ihrem Körper bestens bekommen.«

»Sie sind wohl verrückt? Ich bin, wie ich bin, und so fühle ich mich wohl.«

»Wie schön für Sie.« Anne klingelte nach dem Zimmermädchen: »Bitte sagen Sie in der Küche Bescheid, dass Mister Dylan ab heute keine Speisen mehr zu sich nimmt.«

»Sind Sie verrückt geworden, Miss?«

»Wieso? Ich habe nur Ihre Bitte weitergegeben.«

»Das hätte ich auch alleine geschafft.«

»Wie schön, dann sind Sie wirklich auf dem Wege der Besserung. Und jetzt legen Sie sich wieder ganz ruhig hin, denn Aufregungen schaden Ihrem Kopf, und dann trinken Sie ein Glas Wasser, und dann geht es Ihnen gleich noch viel besser.«

»Sie und Ihr dauerndes Glas Wasser.«

»Das fällt nicht unter den Hungerstreik, und es verhilft Ihnen zur schnelleren Genesung.«

»Blödsinn.«

Und wenig später schlief der Mann, und Anne hatte Zeit, ihn wieder zu betrachten.

»Gar nicht so übel«, befand sie, dann schlief sie selbst im Sessel neben dem Krankenbett ein. Sie hatte bisher in jeder Nacht gewacht.

24

Zwei Stunden später kam Emma und weckte sie. Dylan saß in seinem Bett und betrachtete die schlafende Frau, sagte aber nichts. Emma stieß Anne an. »Miss Anne, Sie werden in der Halle erwartet. Ich glaube, da gibt es Meinungsverschiedenheiten.«

»Was? Um Himmels willen, ich habe geschlafen.« Sie schaute sich um und sah Dylan in seinem Bett sitzen und lachen. »Und warum haben Sie mich nicht geweckt?«, fragte sie den Patienten.

»Es war so ein schönes Bild, das wollte ich in Ruhe genießen. Und warum wird in der Halle schon wieder gestritten?«

Anne sprang auf, strich ihr Kleid und ihr Haar glatt und lief nach draußen. Die aufgeregten Stimmen waren bis hier oben zu hören. Schnell lief sie die Treppe hinunter.

Lord Gordon mit seiner Frau Lucy und Mister Nathan mit seiner Frau Emily redeten auf die alte Dame ein und ließen sie überhaupt nicht zu Wort kommen. »Wir sind eine Familie, und wenn es etwas zu besprechen gibt, dann betrifft das uns alle, Mutter.

Du kannst nicht einfach unsere Frauen aussperren, Mutter. Gewöhne dich doch endlich mal daran, dass sie zur Familie gehören. Mein Gott, ich bin seit zwanzig Jahren mit Emily verheiratet, wir haben fast erwachsene Kinder, und du willst hier Verhandlungen führen ohne unsere Frauen, das geht nicht, Mutter, das machen wir nicht mit.«

»Aber ich bitte Sie, meine Herren, niemand will hier irgendwen aussperren und Lady Caroline am allerwenigsten. Hier geht es weder um Familienangelegenheiten noch um Verhandlungen, hier geht es ganz allein um eine geschäftliche Besprechung«, rief Anne den Streitenden von der Treppe aus zu.

»Halten Sie sich da heraus. Was gehen Sie unsere familiären Gespräche an, Miss?« Lord Gordon war blass vor Wut. Und auch

Mister Nathan war sehr verärgert. »Wenn hier jemand nicht in diesen Kreis gehört, dann sind das wohl Sie, Miss.«

Aber Anne, die genau sah, dass Caroline schon wieder mit ihren Kräften am Ende war, ließ nicht locker und trat zwischen die Streitenden. »Ich bitte Sie, meine Herren, warum gönnen Sie Ihren Damen nicht einen Cocktail nebenan im Salon, während Sie mit Lady MacAdleston ganz kurz über die Aufzuchtpläne Ihrer Galloway-Rinder sprechen. Ein äußerst langweiliges Thema, an dem Ihre Gattinnen bestimmt keine Freude haben dürften.«

»Und warum kann die Lady uns das nicht selbst sagen?«, erkundigte sich Lucy.

»Weil Lady MacAdleston durch ihren Unfall noch immer sehr geschwächt ist und mich als ihre Beraterin eingestellt hat. Ich arbeite im Augenblick zwar als Krankenpflegerin, aber ich bin als Beraterin hier engagiert worden, soviel zu Ihrer Orientierung.«

Die Damen sahen sich an. Dann meinte Lucy: »Also ein Cocktail ist mir jetzt allerdings schon lieber als die Aufzuchtpläne dieser zotteligen Rinder, um die hier so viel Aufsehen entstanden ist.«

»Es sind immerhin diese zotteligen Rinder, die uns hier auf Lammermuir-House ein gutes Leben garantieren«, wetterte Gordon mit seiner Schwägerin, und Nathan konterte: »Nimm dich zusammen, wenn du mit meiner Frau sprichst. Dein gutes Leben wird bald zu Ende sein, wenn du weiterhin so starrköpfig bist.«

Bevor der Streit wieder größere Ausmaße annahm, öffnete Anne die Tür zum Salon. »Bitte meine Damen, die Cocktails erwarten Sie schon.« Und im Stillen dachte sie: Wie gut, dass ich vorhin daran gedacht habe, die Köchin um eine Gefälligkeit zu bitten, und so hatte sie in dem kleinen Salon einen exquisit gedeckten Tisch mit Käsegebäck und Cocktailgläsern hergerichtet.

Ohne auf weitere Querelen zu warten, schloss Anne die Tür hinter den beiden Damen, bot Caroline ihren Arm und führte die alte Dame an ihren Söhnen vorbei in ihr Büro. Als die Herren eingetreten waren, schloss sie die Tür und bat sehr höflich, aber bestimmt: »Bitte nehmen Sie Platz. Ich werde Ihnen sagen, weshalb wir sie hierher gebeten haben. Lady MacAdleston hat mich beauftragt, diese Verhandlung zu führen, und ich möchte Sie im Namen von Lady MacAdleston bitten, unseren Vorschlag zu überdenken und zu akzeptieren.«

»Vielleicht dürfen wir auch mal erfahren, um was es hier eigentlich geht«, murrte Gordon, und Nathan nickte zustimmend.

Anne stellte sich neben Lady Caroline, die hinter ihrem Schreibtisch Platz genommen hatte und erklärte: »Es geht um zweihundert Färsen, die Sie, Lord Gordon, für die Zucht benötigen und die Mister Nathan versteigern möchte, weil Lammermuir-House Geld braucht. Lady Caroline hat beschlossen, die Herde zu teilen.«

»Was?«

»Wieso?«

»Das kommt gar nicht infrage!«

»Da mache ich nicht mit!«

»Das bringt uns auch nicht weiter.«

Anne hob beschwichtigend die Hände. »Meine Herren, ich muss Sie darauf aufmerksam machen, dass dies kein Vorschlag ist, sondern der Befehl einer Lady, die hier noch immer zu bestimmen hat. Denn es ist ihre Rinderzucht, über die hier gesprochen wird.«

Anne erklärte das Vorhaben und endete mit den Worten: »Sollten Sie sich nicht einigen, werden die Tiere zum Schlachthof transportiert.«

Die Männer sprangen auf, schrieen sich an, beschimpften trotz aller Etikette die Mutter und hätten sich am liebsten geprügelt. Als sie langsam ruhiger wurden, sagte Lady Caroline: »Siehst du Anne, es endet immer mit Streit und Uneinigkeit.«

Die beiden Frauen warteten geduldig, bis das Gezanke vorbei war, dann sagte Lady Caroline sehr bestimmt: »Also, worauf habt ihr euch trotz dieser Lautstärke geeinigt?«

»Wir nehmen deinen Rat an«, erklärte Nathan ziemlich leise.

»Bleibt uns ja nichts anderes übrig«, knurrte Gordon.

»Sehr vernünftig«, lächelte die Lady, ging zur Tür und öffnete sie. »Ich habe Hunger, lassen wir die Köchin mit dem Dinner und die Damen mit den Cocktails nicht länger warten.«

Die Herde der Färsen wurde am nächsten Tag im Beisein der beiden Tierärzte geteilt. Anne hatte die Ärzte eingeweiht und ihnen gesagt, worum es ging und dass die Lady absolute Genauigkeit erwarte. Gegen Mittag war die Teilung geschehen. Gordon ließ seinen Teil der Herde in einen Stall treiben, Nathan ließ die Tiere auf die Weide bringen und fuhr nach Kelso, von wo aus die Auktion nun endgültig mit Anzeigen, über das Internet, den Landfunk und durch Fachzeitungen bekannt gemacht wurde.

In den folgenden Tagen waren Doktor Tirshhouse und Doktor Levenbook damit beschäftigt, die Jungtiere auf ihre Geschlechtsreife hin zu prüfen und die Besamung vorzubereiten. »Wir sind schon fast zu spät dran«, erklärte Doktor Tirshhouse, als Anne ihn nach den möglichen Reitstunden fragte. »Aber unsere Färsen sind spät geboren und kommen deshalb auch erst später in die Paarungszeit, sonst hätten wir durch das Hin und Her der Schlossherren ein ganzes Jahr verloren.«

Anne nickte verständnisvoll. »Dann wird jetzt nichts aus meinem Reitunterricht?«

»Aber ja, natürlich bringen wir den noch unter. Sie werden ja nicht den ganzen Tag auf dem Pferderücken verbringen wollen.«

»Nein, natürlich nicht, aber die Umgebung möchte ich schon kennenlernen, um mich zurechtzufinden.«

»Das ist selbstverständlich. Ich denke, am Spätnachmittag kann ich es am besten einrichten. Wollen wir morgen damit anfangen?«

»Das wäre sehr nett. Lady MacAdleston geht es langsam besser, sie wird reiten wollen, sobald der Gips ab ist, und dann möchte ich darauf vorbereitet sein.«

»Wie geht es denn Mister Dylan inzwischen?«

»Er ist der ungeduldigste Patient, den ich kenne. Morgen werde ich mit ihm nach Galashiels ins Krankenhaus fahren, die Fäden der Kopfwunde müssen gezogen werden.«

»Dann wünsche ich Ihnen eine angenehme Fahrt. Hoffentlich zügelt er seine Ungeduld und will nicht selbst am Steuer sitzen, um die Geschwindigkeit unter eigener Kontrolle zu haben.«

»Ich werde das zu verhindern wissen«, lachte Anne und verabschiedete sich.

Mit Empörung erinnerte sie sich an den Besuch der Freundin von Dylan vor ein paar Tagen, als der Sturkopf unbedingt durchsetzen wollte aufzustehen und Anne ihre ganze Kraft einsetzen musste, das zu verhindern. Die junge Dame, ein zierliches Wesen mit hüftlangen, hellblonden Haaren und einer Sonnenbrille, die sie keine Minute abnahm, unterstützte ihn und schnitt Grimassen, sobald sie den beiden den Rücken kehrte. Letztlich aber hatte Anne sich durchgesetzt, indem sie gedroht hatte, die beiden nicht für eine einzige Minute allein zu lassen, wenn sie sich nicht auf ein Ehrenwort des Patienten verlassen könne. Schließlich hatte Dylan feierlich gelobt, im Bett zu bleiben und sich an das zu halten, was Anne ihm gesagt hatte.

Als sie nach einer Stunde zurückkam, saßen Dylan und Rachel gemeinsam im Bett und schauten die Pflegerin triumphierend an. Na schön, dachte Anne, sie hatten ihren Spaß, Hauptsache, er hat seinen Kopf dabei geschont. Zum Abendessen war Rachel dann nicht geblieben, sondern mit ihrem kleinen Cabrio zurück nach Edinburgh gefahren, und Anne war froh, ihren Patienten wieder unter Kontrolle zu haben, denn er sah müde und erschöpft aus – und ein schlechtes Gewissen hatte er wegen des Ehrenwortes wohl auch. Jedenfalls konnte er ihr an diesem Tag nicht mehr in die Augen sehen.

Nach der Auseinandersetzung zwischen der alten Dame und

ihren Söhnen verliefen die gemeinsamen Mahlzeiten im Augenblick friedlich. Anne hatte sogar den Eindruck, dass die Schwiegertöchter ihr gegenüber eine gewisse Freundlichkeit zeigten. Sie bezogen sie mit in ihre Gespräche ein, fragten sie hin und wieder um einen Rat und lobten ihre Geduld mit dem unruhigen Patienten.

»Siehst du, Anne«, freute sich Lady Caroline, »alles arrangiert sich. Die Damen sind schwierig, ich kann ein Lied davon singen, aber sie sind auch fair, und das macht sie dann wieder sympathisch.«

Anne sah die Freundin prüfend an. »Ich glaube, sie haben es auch nicht immer ganz leicht auf Lammermuir-House.«

»Was meinst du damit?«

»Sie sind Großstadtmenschen, und hier ist es doch recht einsam. Wer sich nicht für die Natur und die Tiere interessiert, hat hier nicht viel Abwechslung.«

»Das haben sie gewusst, bevor sie hier einheirateten. Aber da hat bei ihnen der Standesdünkel gesiegt, denn aus einem adligen Hause kommt keine.«

»Ach, Caroline, kommt es darauf wirklich an? Sie sind gesund, sie machen deine Söhne glücklich und sie haben dir wundervolle Enkelkinder geschenkt.«

»Von denen ich leider kaum eines zu sehen bekomme.«

»Lass nur, ich werde versuchen, das zu ändern, wenn sie in den nächsten Ferien hier sind.«

»Und du glaubst, du schaffst das?«

»Zu den Damen habe ich schon eine Brücke gebaut, zu den Kindern wird mir das auch gelingen. Verlass dich darauf.«

»Du fährst morgen mit Dylan nach Galashields?«

»Die Fäden müssen gezogen werden, und die Woche der absoluten Ruhe ist vorbei. Er ist ungeduldig, er will raus aus dem Bett, aus dem Zimmer, aus dem Schloss«, sie lächelte, »ich kann ihn sogar verstehen.«

»Schade, dass mein Gips noch nicht abgenommen werden kann, sonst würde ich gern mit euch fahren.«

»Wenn es so weit ist, machen wir beide einen Ausflug nach Galashields, das verspreche ich dir.«

»Ich freue mich schon darauf. Aber jetzt freue ich mich erst einmal auf den Besuch von Mister Möller.«

»Hat er deine Einladung angenommen?«

»Ja, er hat mir eine E-Mail aus New York geschickt und er ist jetzt auf der Rückreise. Und er freut sich, hat er geschrieben.«

»Musst du ihn irgendwo abholen?«

»Nein, nein, er hat sein eigenes Auto auf dem Schiff und seinen Chauffeur auch. Ist das nicht sensationell? Der Mann muss sehr wohlhabend sein und sehr einflussreich. Wer kann schon sein Auto mit auf eine Kreuzfahrt nehmen?«

Anne hielt sich mit der Antwort zurück. Sie hatte dem Mann versprochen, seine Identität niemandem zu verraten, und daran würde sie sich halten. Wenn er darüber mit der Lady sprechen wollte, dann war das seine persönliche Angelegenheit.

Anne, die Dylan am nächsten Morgen beim Aufstehen half, denn sie sah, dass er nach einer Woche strenger Bettruhe ziemlich unsicher auf den Beinen stand, begleitete ihn zum Frühstück und stützte ihn auf der Treppe. Dann brachte sie ihn zu einem kleinen Geländewagen, den ihr Lady Caroline zur Verfügung gestellt hatte, und wollte ihm beim Einsteigen helfen. Aber da begann der erste Streit an diesem Morgen. Dylan wollte selbst fahren, was Anne nicht erlaubte. Als sie schließlich startete, saß Dylan neben ihr und erklärte. »Ich will zuerst auf die Farm.« Anne hatte nichts dagegen und fuhr mit ihm zum Gutshof. Hier stieg Dylan plötzlich aus und rief einem Vorarbeiter zu. »Wo ist Doktor Tirshhouse?«

»Im Besamungsstall.«

»Holen Sie ihn her!«

»Jetzt, Mister? Das geht nicht.«

»Weshalb nicht?«

»Die Ärzte sind mitten bei der Besamung der Färsen.«

»Der Doktor soll eine kurze Pause einlegen, ich brauche ihn, und zwar sofort.«

Jetzt mischte sich Anne ein. »Was soll das, Mister Dylan. Sie können den Tierarzt sehen, wenn wir zurück sind, ich verspreche Ihnen, Sie wieder hierherzufahren.«

»Auf Ihre Versprechungen kann ich verzichten, es wird nämlich gar keine Fahrt nach irgendwohin geben.«

»Was soll das heißen?«

»Der Tierarzt wird mir die Fäden aus dem Kopf ziehen. Und damit wäre dieses leidige Thema erledigt.«

Anne starrte den Mann sprachlos an. Dann lachte sie laut heraus. »Herrlich, einfach großartig, jedem das Seine.«

»Was soll das denn heißen?«, fragte der Mann ungehalten.

»Nun, Mister Dylan, das liegt doch auf der Hand. Ein Mensch mit so einem Dickkopf kann durchaus von einem Tierarzt behandelt werden.«

Jetzt war Dylan sprachlos, und Anne wusste, dass sie zu weit gegangen war. »Tut mir leid, so hab ich's nicht gemeint.«

»Natürlich haben Sie es so gemeint, und zwar Wort für Wort. Und ich sage Ihnen eines: Sie haben genau recht. Und nun los, zum Stall, ich will den Arzt sehen.«

Und dann entfernte Doktor Tirshhouse, nachdem er sich in einem Eimer mit kaltem Wasser seine Hände gewaschen hatte, den Verband, holte eine Schere aus seinem Arztkoffer, schnitt die Fäden durch und zog sie mit einer Pinzette heraus. Und hundert Färsen, zehn Stallburschen, drei Hunde, ein zweiter Tierarzt und Anne schauten zu.

25

Vierzehn Tage später hatte der Arzt in Galashields den Gips von Lady MacAdlestons Arm entfernt, und so konnte sie den Ellenbogen vorsichtig bewegen. Mister Dylan feierte indessen in Edinburgh mehrfach die »Feste seiner Wiedergeburt«, wie er es nannte, und Anne hatte nach vierzehn Reitstunden die alte Sicherheit auf dem Pferderücken wiedergewonnen. Da traf der Reeder Andrew W. Möller auf Lammermuir-House ein.

Die Lammermuir-Hills zeigten sich von ihrer schönsten Seite. Ein leuchtend gelbes Meer von Ginsterblüten bedeckte die Hügel und die Ebenen, grau-weiße Schönwetterwolken zogen über den strahlend blauen Himmel, und Hunderte von weißen Galloway-Rindern durchquerten die Täler, begleitet und bewacht von zahllosen Border-Collies und vielen Hirten auf ihren Pferden.

Mister Nathan war mit seiner Frau Emily nach Glasgow zu einem Verwandtenbesuch gereist und Lord Gordon nahm mit seiner Frau Lucy an den offiziellen Geburtstagsfeierlichkeiten der Queen teil. Ein Ereignis, dem wochenlange Vorbereitungen in Fragen der Garderobe, des Hofzeremoniells, der Geschenke vorangegangen waren.

»Ich wusste gar nicht, was für Vorbereitungen so eine Einladung mit sich bringt«, wunderte sich Anne, und Caroline bekräftigte: »Es ist eine der höchsten Einladungen, die das Königshaus erteilt. Die Zahl der Gäste ist grundsätzlich begrenzt, und man gehört zu den erlesendsten Bürgern des Landes, wenn man an diesen Feierlichkeiten teilnehmen darf.«

»Aber würde so eine Einladung nicht dir zustehen, Caroline?«

»Nicht mehr seit dem Tod meines Mannes. Wir waren früher dort, und es waren wunderschöne Stunden, die man aber auch mit viel Stehvermögen und langen Wartezeiten verbringen musste. Ehrlich gesagt, heute wäre mir diese Festlichkeit zu anstrengend, und ich bewundere unsere Königin, die das alles noch durchsteht. Schließlich ist sie auch nicht mehr die Jüngste.«

»Ich habe die Übertragungen manchmal im Fernsehen gesehen, die Pracht ist einmalig. Besonders leid getan haben mir aber immer die Soldaten, die auf den Zentimeter genau paradieren müssen.«

»Ja, das stimmt, sie müssen tagelang dafür proben. Aber es ist ein einmaliges Erlebnis für sie, und sie sind ungeheuer stolz darauf, dabei sein zu dürfen. Und wenn dann alles klappt, ist es ein Ereignis, an dem sich das ganze Volk erfreut. Wir Schotten sind zwar sehr auf Eigenständigkeit bedacht, aber diesen Tag feiern wir genau so gern wie die Engländer.«

Anne half der alten Dame wie immer beim Ankleiden. Im Laufe der Wochen hatte sie durchgesetzt, dass die Lady die triste grauschwarze Garderobe, die sie auf dem Schiff immer getragen hatte, im Schrank ließ und sich zu etwas farbigeren Kleidern entschloss. Zum Erstaunen ihrer Schwiegertöchter bevorzugte sie jetzt erdfarbene Töne in braunen und rostroten Nuancen. Schottenröcke mit den Farben des Clans mochte sie allerdings überhaupt nicht. »Die sind mir zu schwer und zu dick«, erklärte sie Anne, »die ziehe ich nur bei Feierlichkeiten an, wenn es unbedingt sein muss.«

Anne, die am liebsten in Hosen herumlief, hatte sich der Tradition des Hauses freiwillig angeschlossen, verzichtete auf die Lieblingskleidung und war, wie es auf Lammermuir-House tagsüber üblich war, zu Röcken und Blusen übergegangen. Hier wurden nur beim Reiten Hosen getragen, und den Abend verbrachte man in formellen schlichten Abendkleidern. So hatte Anne ihre ersten Gehälter fast ausschließlich in eine passende Garderobe investiert und dabei auch die Lady zu einer neuen Garderobe animiert. Zum Schluss hatte sogar die alte Lady wieder Spaß an etwas farbigere Kleidern gefunden, und Anne war im Geheimen stolz darauf, dass die Lady ihre Ratschläge angenommen hatte.

Nun erwarteten beide die Ankunft des alten Freundes, und Caroline war froh, die Söhne in Edinburgh, Glasgow und London zu wissen, denn die Streitereien und Stürme im Hause waren in letzter Zeit zu oft eskaliert, und darauf wollte sie während des Besuches von Andrew W. Möller gern verzichten.

Der alte Freund hatte von Liverpool aus, wo ›die S.M. Victoria‹ am frühen Morgen angelegt hatte, angerufen und sein Kommen für den Nachmittag angekündigt. Nun saßen Lady Caroline und Anne auf der Terrasse, genossen die endlich wärmende Sonne und den Blick über den Park, in dem die violetten und weißen Blüten der Rhododendronbüsche und die gelb blühenden Azaleensträucher ihre Farbtupfer in das frische Grün des Parks setzten. In der Ferne war das Lachen einiger Kinder, begleitet vom Gebell mehrerer Hunde zu hören, und Anne sah die Lady fragend an. »Es sind die Kinder einiger Arbeiter, die haben am Ende des Parks, dort wo der Wald in die Wiesen der Farm übergeht, ihren Spielplatz.«

»Wie schön. Gibt es viele Kinder hier?«

»Nun ja«, die Lady lächelte, »die Männer und Frauen, die hier leben, haben nicht allzu viel Abwechslungen auf dem Lande, da ergibt sich so manche Liebelei, und zum Schluss sind dann Geburten und Taufen zu feiern, wenn du weißt, was ich meine.«

Anne nickte: »Ich verstehe dich schon. Und ich finde es schön, dass ihr dann auch für die Kinder sorgt.«

»Dafür ist Dylan zuständig. Er hat darauf bestanden, dass keine der Frauen, ganz gleich ob verheiratet oder ledig, entlassen wird. »Hier ist für alle Platz«, hat er erklärt, und »einen besseren Nachwuchs können wir uns gar nicht wünschen«. Dann hat er eine Schule bauen lassen, Lehrer eingestellt und den Spielplatz eingerichtet.«

»Das hätte ich ihm gar nicht zugetraut«, Anne war verblüfft, sie hielt den jüngsten Sohn der Freundin für einen Playboy mit wenig Verantwortungsgefühl für die Farm, für die Familien, die dort lebten, und vor allem für die eigenen Angehörigen.

»Ach, weißt du«, versicherte die Lady, »er war immer der größte Raufbold in der Familie, aber er ist der Einzige, der soziales Verantwortungsgefühl zeigt. Er kontrolliert die Löhne und die Wohnräume der Arbeiter, er kümmert sich um ihre Krankenversicherung und um ihre Arbeitszeiten und er kümmert sich um ihre Kinder, ihre Betreuung und ihre Ausbildung.«

»Das wundert mich sehr, er ist immer so – verzeih mir, wenn ich das so offen sage, – er kommt mir immer so anmaßend und überheblich vor.«

»Genau das ist er auch. Du hast ganz recht, er kehrt immer den Herren heraus, ist abweisend, verlangt Respekt und will, dass sich alle vor ihm verbeugen. Das ist unerträglich, und trotzdem ist er ein absolut gerechter Mensch. Du müsstest ihn einmal erleben, wenn er mit den Arbeitern redet, da kennt man ihn kaum wieder.«

»Das freut mich für dich.«

»Für mich?«

»Natürlich, als Mutter, die ihr Kind liebt, wünscht man sich Anerkennung und Beliebtheit für den eigenen Sohn, das ist doch ganz selbstverständlich.«

»Ja, da hast du recht. Leider habe ich nicht viel Gelegenheit, das bei meinen Söhnen zu erleben. Jedenfalls nicht, wenn sie sich gegenüberstehen. Du glaubst gar nicht, wie oft ich es ertragen musste, wenn Zank und Zorn dann eskalieren.«

»Ich weiß, ich habe es ja auch schon erlebt. Und für dich als Mutter muss das schrecklich sein. Ich glaube, es kommt daher, dass sie alle drei so nah beieinander leben, wohnen und arbeiten. Andere Familien trennen sich, wenn die Kinder erwachsen sind, da fallen diese Probleme ganz von allein fort.«

»Ich weiß, aber bei uns ist es eben alles anders. Sie mögen ihre Arbeit, jeder auf seine Art, und diese Arbeit hält sie nun hier zusammen. Sie haben Landwirtschaft, Finanzwirtschaft und Jura studiert und sie wollten nie etwas anderes machen, als sich um das Gut und seine Geschäfte zu kümmern. Mit Ausnahme von Dylan, der nur nebenbei für die Farm arbeitet. Vielleicht ist es unsere Schuld. Wir Eltern waren dankbar und glücklich, dass sie sich für die Farm und deren Belange entschieden haben, denn wir wussten nun, dass unsere schwere Arbeit nicht umsonst gewesen war, sondern dass alles weiterbestehen würde. Aber wir haben nie mit den Stürmen gerechnet, die sich daraus entwickeln würden.«

»Schottische Stürme, mit denen du nun alleine fertig werden musst.«

»Ja, leider, aber nicht ganz«, lächelte die alte Dame, »jetzt habe ich ja dich.«

Anne errötete und schüttelte dann den Kopf. »Nicht immer und nicht ganz, Caroline, in die internsten Familienangelegenheiten kann und will ich mich nicht einmischen. Ich helfe gern bei organisatorischen Fragen und bei geschäftlichen Auseinandersetzungen, aber wenn es um familiäre Beziehungen geht, da kann ich dir nicht helfen.«

»Aber du bist da, und ich weiß, dass du mir den Rücken stärkst, das genügt mir schon.«

»Caroline, ich helfe dir, so gut es geht, dafür bin ich hier, aber ich bin auch auf der Seite der Gerechtigkeit, und wenn die leidet, dann habe ich meine ganz eigenen Ansichten.«

»Du meinst, ich bin nicht immer gerecht?«

»Das kann ich nach so kurzer Zeit nicht beantworten, eins aber weiß ich, Caroline, du musst lernen loszulassen.«

»Das kann ich nicht, weil ich nicht weiß, wohin das Schiff dann driftet.«

»Deine Söhne sind gestandene Männer, die werden die Leinen schon auffangen … «

Miss Emma kam auf die Terrasse. »Lady MacAdleston, Ihr Besuch ist eingetroffen.«

»Ach, wie schön.« Die beiden Frauen standen auf und gingen in die Halle, wo ein zufriedener, ausgeruhter Andrew W. Möller die prächtigen Portraits der Ahnengalerie bewunderte und die beiden mit einem fröhlichen Lachen empfing.

»Wie schön, dass Sie da sind«, rief Caroline erfreut und reichte ihm die Hand, die er höflich küsste. Anne umarmte er einfach und erklärte: »Und ich hoffe, du hast inzwischen das Schachspielen gelernt.«

»Nein, Andrew, aber du hast ja inzwischen eine kompetente Partnerin gefunden.«

»Ja, welch ein Glück. Aber ich sage euch gleich, ich bin nicht zum Schachspielen hergekommen.«

»Sondern?«, fragten Anne und Caroline gleichzeitig.

»Ich will mich in der Mitte schöner Frauen erholen, schottische Träume erleben, diese zauberhaft schöne Umgebung kennenlernen. Haben sich die Lammermuirs meinetwegen in pures Gold verwandelt?«

»So könnte man es sehen«, lachte Caroline.

So fröhlich hatte Anne sie noch nie erlebt. Der Mann tut ihr gut, dachte sie, hoffentlich bleibt er eine Weile, damit Caroline lernt, wieder zu lachen, das Leben zu genießen und die Sorgen zu vergessen. Ich werde die beiden so oft es geht allein lassen, nahm sie sich vor.

Jetzt ohne den Gips am Arm ist Caroline nicht mehr auf meine Hilfe angewiesen, jetzt kann sie sich endlich wieder ungebunden bewegen, und ich werde dafür sorgen, dass die zwei so oft wie möglich etwas unternehmen.

Und während Caroline dem Gast die Portraits erklärte, die Namen nannte und die Daten erläuterte, ging Anne mit der Haushälterin und dem Chauffeur, der die Koffer trug, nach oben, um in den Räumlichkeiten, die für den Gast vorgesehen waren, nachzuschauen, ob alles gut vorbereitet war. Emma bat eines der Hausmädchen, sich um das Gepäck zu kümmern, und ging dann mit dem Chauffeur in das Garagenhaus, wo oben, neben der Wohnung von Charles, ein Zimmer für Paul, wie er sich vorgestellt hatte, bereitstand.

Anne freute sich, dass Caroline dem Gast eines der schönsten Appartements im Schloss eingerichtet hatte. Es lag zwar in einem anderen Teil des weitläufigen Flures, aber es hatte einen wunderschönen Ausblick auf den Park und den angrenzenden Wald.

Als sie die Stimmen von Caroline und Andrew näherkommen hörte, verließ sie die Räumlichkeiten. »Ich wünsche dir einen sehr schönen Aufenthalt und ich kann dir garantieren, Lady Caroline hat alles bestens für dich vorbereitet. Ich werde jetzt in der Küche Bescheid sagen, dass wir in einer halben Stunde Tee trinken können, wenn es euch recht ist.«

»Danke, Anne. Mister Andrew, Sie werden sich frisch machen wollen. Wir erwarten Sie dann unten auf der Terrasse.« Caroline schloss die Tür hinter dem Gast und ging mit Anne nach unten. »Na, was sagst du? Ist es nicht schön, dass er tatsächlich sein Versprechen wahr gemacht hat und gekommen ist?«

»Ja«, freute sich Anne, »und ich glaube, er tut dir gut. Du hast zum ersten Mal richtig fröhlich gelacht.«

»Na ja, weißt du, viel zu lachen habe ich hier ja auch wirklich nicht. Ich bin gespannt auf das erste Abendessen mit der Familie.«

»Deine Familie weiß sich zu benehmen, ich habe da überhaupt keine Bedenken, und Andrew ist ein Typ, der, obwohl er ein introvertierter Mann ist, ein guter Menschenkenner zu sein scheint.«

Draußen fuhr ein Wagen vor und Anne hörte an dem lauten Aufheulen des Motors, dass es Dylan war, der da kam und wie immer, bevor er das Auto parkte, noch einmal richtig Gas gab, als wolle er damit ein Alarmsignal setzen.

Während Caroline ihren Sohn mit einem kurzen Kopfnicken begrüßte, das von Dylan auf die gleiche wortlose Art erwidert wurde, ging Anne hinunter in die Küche, um den Tee zu bestellen. Warum umarmen sie sich nicht, dachte sie verärgert, warum geben sie sich nicht wenigstens die Hand? Wie kann so eine Kälte zwischen einer Mutter und ihrem Sohn entstehen? Gerade war Caroline noch so fröhlich und fünf Minuten später ist sie von einer eisigen Distanziertheit. Ich glaube, da wartet noch viel Arbeit auf mich, wenn ich es einmal schaffen will, diese Familie zusammenzubringen.

Als sie wenig später mit der alten Dame auf der Terrasse stand und auf den Gast wartete, kam Dylan im Reitdress heraus und fragte Anne, ohne die Mutter zu beachten: »Hätten Sie Lust, mit mir auszureiten?«

Verblüfft sah Anne den Mann an. Es war das erste Mal, dass er sie um etwas bat. Bis jetzt hatte er sie nur schroff angesprochen, wenn er etwas von ihr wollte. Anne schüttelte den Kopf. »Tut mir leid, aber wir erwarten einen Gast zum Tee, und es wäre unhöflich, jetzt auszureiten.«

»Dann eben nicht«. Dylan drehte sich um und wollte gehen, als die Mutter ihn bat: »Warte.« Und zu Anne gewandt. »Natürlich kannst du mit Dylan ausreiten. Ich werde mit Mister Andrew schon allein fertig.«

Aha, dachte Anne blitzschnell, sie will mit ihm allein sein, und für mich ist das eine erste Möglichkeit, den dickköpfigen Dylan ein bisschen besser kennenzulernen.

»Gut«, rief sie Dylan zu, »wenn Sie hier auf mich warten würden, dann ziehe ich mich schnell um.« Und während sie die Terrasse verließ, sah sie, dass Mutter und Sohn miteinander sprachen. Na bitte, dachte sie, so geht es doch auch.

26

Als Anne nur kurze Zeit später nach draußen kam, saß Dylan missmutig bei laufendem Motor in seinem Wagen. »Dauert das immer so lange, wenn eine Frau den Rock gegen eine Hose vertauscht?«, nörgelte er und fuhr los, bevor Anne die Tür geschlossen hatte. Anne legte ihm die Hand auf den Arm und bat: »Bitte halten Sie kurz an.«

»Was ist denn?«

»Ich möchte, bevor wir weiterfahren, etwas klären.«

»Was denn?«

»Bleibt mir Ihre schlechte Laune jetzt die ganze Zeit erhalten?«

»Und wenn ja?«

»Dann verzichte ich auf den Ritt und bleibe hier.«

»Blödsinn.« Dann lachte er und meinte: »Bemühen Sie sich, mich aufzuheitern, dann haben wir einen abwechslungsreichen Ritt vor uns.«

Anne lehnte sich zurück und verzichtete auf eine Antwort. Dylan gab Gas und zehn Minuten später hielt er auf dem Farmgelände vor dem Pferdestall. Als einer der Stallburschen herauskam, befahl er: »Mach Wotan und Jeremy fertig, wir wollen ausreiten.«

»Moment mal«, mischte sich Anne ein, »ich reite Jenny.«

»Was denn, die lahme Stute, was wollen Sie denn mit der? Da kann ich ja gleich allein reiten.«

»Ich kenne das Pferd und ich vertraue ihm. Die Stute ist zuverlässig und ruhig, und das genügt mir, ich will ja kein Rennen mit Ihnen veranstalten.«

Verblüfft sah Dylan Anne an. »Ich habe gehört, Sie seien eine gute Reiterin, was soll der Quatsch vom ruhigen, sicheren Pferd?«

»Der Quatsch bedeutet, dass ich einen entspannten Ritt unternehmen möchte und keine Hetzjagd. Ich bin nicht auf Ihre Begleitung angewiesen«, konterte sie selbstsicher und nickte dem Stallburschen zu. »Für mich die Jenny.« Und noch einmal an Dylan gewandt: »Und Sie sollten an Ihren Kopf denken und nicht immer alles besser wissen.«

Wortlos ging Dylan zu seinem Wagen, schnallte sich die Sporen an die Stiefel und nahm eine Gerte in die Hand. Der Stallbursche brachte Wotan heraus. Der dunkelhaarige Braune tänzelte aufgeregt, warf den Kopf hoch und zerrte an den Zügeln. Dylan nahm dem Burschen die Zügel ab, sprach kurz mit dem nervösen Tier, zog die Bügel herunter und stieg in den Sattel. Kaum saß er, begann das Pferd wieder zu tänzeln. Dylan griff hart in die Zügel, presste seine Schenkel gegen den Pferdeleib und preschte einmal im Renngalopp um den Hof. Der Stallbursche brachte Jenny, hielt sie fest, bis Anne aufgestiegen war, und gab ihr dann die Zügel in die Hand. Dylan wartete an der Ausfahrt zu den Weiden und winkte Anne neben sich. »Wie ist es, kann's losgehen?«

»Die ersten hundert Meter im Schritt, die zweiten hundert Meter im Trab und danach meinetwegen im Galopp, aber auch der in Maßen, Mister Dylan, sonst können Sie allein weiterreiten.«

»Mein Gott, immer diese Maßeinheiten, wann geht denn mit Ihnen mal das Temperament durch?«

»Wenn Sie mich ärgern, zum Beispiel, aber ich hoffe, dazu kommt es nicht«, sagte Anne so gleichmütig wie möglich.

»Warum sind Sie immer so diszipliniert, so maßvoll, so reserviert?«, wollte Dylan genervt wissen.

»Ich weiß mich zu benehmen. Und meine schlechte Laune behalte ich für mich, da brauche ich keine Zuschauer.«

Der Hengst begann wieder zu tänzeln und an den Zügeln zu zerren. »Wie Sie sehen, will mein Pferd lospreschen, Hindernisse bezwingen und wie der Sturm über die Hügel galoppieren.«

»Ihr Hengst spürt die Wut, die Sie in sich tragen, Mister Dylan. Warum sind Sie so aggressiv, so unzufrieden und so wütend?«

Dylan zögerte einen Augenblick, dann stellte er die Frage, die ihn seit Stunden plagte. »Wer ist dieser Mann und was will er?«

»Er ist ein Freund Ihrer Mutter, und sie hat ihn eingeladen, sie auf Lammermuir-House zu besuchen. Nun ist er da.«

»Er hat sich schon auf dem Schiff an meine Mutter herangemacht. Will er sich hier einnisten? Braucht er eine Bleibe?«

Anne lachte laut heraus. »Wie kommen Sie denn auf die Idee?«

»Na, diese Annäherungsversuche an eine alte Lady haben doch nur einen Grund.«

»Und der wäre?«

»Er sucht ein würdiges Nest für die letzten Jahre.«

Anne war empört. »Wie können Sie so etwas sagen! Der Mann hat es nicht nötig, sich irgendwo einzunisten.«

»Dann will er an Mutters Geld, aber ich kann ihm gleich sagen, da ist nichts zu holen. Unser Vermögen, auch Mutters ganzes Geld, steckt in der Rinderzucht, und die läuft zur Zeit nicht besonders profitabel.«

»Mister Dylan, dieser Mann ist Milliardär, für den sind Ihre Rinder Peanuts.«

»Sie wissen aber gut Bescheid.«

»Ich habe ihn auf dem Schiff kennengelernt und ich kann Ihnen versichern, er ist ein sehr verschlossener, rücksichtsvoller und bescheidener Mensch.«

»Dann soll er bleiben, wo er seine Verschlossenheit genießen kann, und sich nicht an meine Mutter heranmachen.«

»Jetzt sind Sie wirklich albern, Mister Dylan. Die zwei Menschen sind sich auf dem Schiff begegnet, sie haben beide Spaß am Schachspiel und an netten Gesprächen, das ist alles.«

»Und dann muss er gleich hier aufkreuzen?«

»Lady MacAdleston hat ihn höflich und herzlich eingeladen, uns hier zu besuchen. Und er hat die Einladung angenommen. Das ist alles.«

»Hat er keine Familie, bei der er unterkommen kann?«

»Er hat die Familie bei einem Lawinenabgang vor dreißig Jahren verloren.«

»Also will er sich doch bei uns einschleichen.«

»Blödsinn.« Jetzt war Anne wirklich wütend. Kann denn dieser Mann nicht akzeptieren, dass seine Mutter auch einmal persönliche Interessen hat?, dachte sie. Im Betrieb wollen sie die Lady los sein, und wenn sie dann einmal einen eigenen Weg geht, sind sie empört, diese Herren Söhne. Das kann ja fein werden, wenn die Tischrunde heute Abend versammelt ist. Sie spornte die Stute zu einer schnelleren Gangart an und galoppierte dann los.

Mit wehender Mähne kam der Hengst hinterher, überholte sie und preschte davon. Na, dann reitet ihr beiden eben allein, dachte Anne und hielt die Stute, die hinterhergaloppieren wollte, zurück. »Komm, mein Mädchen, wir reiten nicht um die Wette, wir genießen die Landschaft, die späte Sonne und die wunderbare Luft, die uns schon einen Hauch von Sommer spüren lässt.«

Nach einer Weile zügelte sie Jenny und ging langsam in einen ruhigen Schritt über. Der Ginster versprühte einen feinen Duft, Bienen summten in den Blüten und die tief stehende Sonne legte einen violetten Schleier über das Land.

Von Dylan und seinem Hengst Wotan war nichts zu sehen und zu hören. Na ja, dachte Anne, wenn er zurückkommt, ist er hoffentlich seine Wut los. Wie kann ein Mann sich bloß so seinen Launen hingeben. Ohne Rücksicht lässt er seinen Ärger einfach auch alle anderen spüren. Schlecht gestimmt, schlecht erzogen und im tiefsten Herzen übellaunig und genervt, da haben die Eltern vergessen, dass es neben ihren Geschäften auch noch Kinder gibt, die Zeit brauchen.

Nach ein paar Minuten hörte sie, wie ein Pferd heranpreschte. Sie hielt die Zügel ihrer Stute fest. Dann sah sie den Hengst in einiger Entfernung in Richtung Stall vorbeigaloppieren. »Oh Gott«, sagte sie erschrocken, »jetzt ist Dylan auch noch etwas zugestoßen.« Im schnellen Trab ritt sie in die Richtung, aus der der Hengst gekommen war.

Später hielt sie die Stute zurück, damit sie im Schritt weiterging, denn das Gelände war unübersichtlich und sie wollte Dylan, der vielleicht bewusstlos hinter einem Gebüsch lag, nicht übersehen. Zwei Mal rief sie »Mister Dylan«, aber als sie keine Antwort bekam, machte sie sich ernsthaft Sorgen. Erst die Gehirnerschütterung, jetzt ein Sturz auf den Kopf, das wäre schlimm, dachte sie und sah voller Angst, dass die Sonne jetzt rasch hinter den Hügeln versank und es dunkel wurde.

Plötzlich hörte sie ein leises »Hallo, hier bin ich.« Dann sah sie eine winkende Hand. Sie ritt schnell näher und dann sah sie Dylan MacAdleston aus einem Gestrüpp von wilden Beeren, Ginster und Brennnesseln herauswinken.

»Ich habe mir den Fuß verrenkt, gebrochen oder irgendetwas anderes. Und aus dem Gestrüpp komme ich auch nicht allein heraus.«

Anne stieg schnell ab und band Jenny an einem dicken Stamm fest. »Warten Sie, ich helfe Ihnen.« Sie versuchte, die Ranken, Triebe und Äste zur Seite zu biegen. Zum Glück habe ich Lederhandschuhe an, dachte sie, sonst käme ich da niemals durch. »Wie haben Sie es bloß geschafft, so weit in das Gestrüpp hineinzufliegen«, fragte sie schadenfroh und sah gleich darauf in das zerkratzte Gesicht ihres Begleiters.

»Uns ist ein Waschbär über den Weg gerannt, da hat der Wotan im vollen Galopp einen Satz nach links gemacht, mit dem ich nicht gerechnet habe.«

»Ein Waschbär«, lachte Anne, »für eine Märchenstunde haben wir jetzt aber keine Zeit.«

»Doch, wirklich, wir haben hier die reinste Waschbärenplage, wussten Sie das nicht? Und die Pferde reagieren allergisch auf diese Tiere. Aber jetzt helfen Sie mir erst mal aus dem Gestrüpp, ich hab's allein nicht geschafft, weil ich nicht auftreten kann.«

Anne fragte besorgt: »Sind Sie wieder auf den Kopf gefallen?«

»Nein, die Sträucher haben das verhindert. Aber mit dem rechten Bein bin ich verdammt hart gelandet.«

Anne schob die Ranken und Äste so gut es ging zur Seite, denn abbrechen ließen sich die frühlingsfrischen Triebe nicht. Dann reichte sie dem Mann beide Hände, damit er aufstehen konnte. Aber Dylan sank gleich wieder zurück. »Mit einem Bein geht das nicht«, stöhnte er.

Anne arbeitete sich tiefer in das Gehölz hinein, bis sie sich zu ihm herabbeugen konnte. »Legen Sie die Arme um meinen Hals, ich ziehe Sie hoch«, befahl sie und bückte sich zu ihm hinunter, bis sich ihre Köpfe berührten.

»Also, jetzt legen Sie die Arme um meinen Hals, ich ziehe, und Sie müssen mit dem gesunden Bein nachhelfen.« Anne legte ihre Arme um seine Taille und richtete sich langsam auf. Mit lautem Ächzen und Stöhnen mühten sie sich ab. Dann hatten sie es endlich geschafft. Dylan stand auf einem Bein und stützte sich auf Anne. »So«, befahl sie, »jetzt halten Sie sich an mir fest und hüpfen mit dem gesunden Bein vorsichtig aus dem Gebüsch heraus. Ihren Fuß kann ich mir erst draußen ansehen.«

Es war ein kurzer, aber mühsamer Weg, und als sie den mit Gras bewachsenen Weg erreicht hatten, ließ sich Dylan auf den Boden sinken, sein Gesicht war schweißnass. »Können Sie mir den Stiefel ausziehen, ich halte das nicht mehr aus.«

Anne besah sich den Stiefel und schüttelte den Kopf. »Ausgeschlossen, den bekommen wir nicht mehr herunter. Ihr ganzes Bein ist stark geschwollen. Haben Sie ein Messer dabei?«

»Warum ein Messer?«

«Ich muss hinten die Naht aufschneiden, anders geht das nicht.«

»Ja, ich habe ein Waidmesser bei mir. Augenblick ...«, er zog ein Jagdmesser aus einem Etui, das er am Gürtel trug, und reichte es Anne. »Vorsicht, es ist sehr scharf.«

»Ich werde mir Mühe geben, aber Sie müssen ganz ruhig liegen.«

»Liegen?«

»Ja, legen Sie sich bitte auf den Bauch, sonst komme ich nicht an die Naht. Das Licht ist auch nicht mehr das beste, um die feinen Stiche zu sehen, wir müssen uns beeilen.«

Nach einigen vorsichtigen Versuchen hatte Anne die ersten Stiche am Schaft gelöst. Dann ging es etwas schneller, und als sie endlich den Schaft gelöst hatte und den eigentlichen Schuh vom Fuß streifte, stöhnte Dylan vor Schmerzen: Der Fuß und der Knöchel waren dick geschwollen und bläulich angelaufen. »Höchste Zeit, dass der Stiefel abgenommen wurde«, versicherte Anne, untersuchte den Knöchel vorsichtig und versuchte dann, ihn zu bewegen. Aber der Schmerz war zu stark, und Dylan bat: »Bitte nicht bewegen, das halte ich nicht aus.«

»Gut«, erklärte Anne, »ich werde den Fuß vorsichtig schienen, und dann müssen wir sehen, wie wir nach Hause und von dort zum Arzt kommen, denn der Fuß muss geröntgt werden, sonst wissen wir nicht, was mit ihm ist.«

Sie sah sich nach passenden Ästen um. »Ziehen Sie schon mal Ihr Hemd aus.«

»Was?«

»Ich brauche Ihr Hemd, oder haben Sie Verbandsmittel in den Taschen?«

»Nein, natürlich nicht.« Dylan zog seine Jacke aus und dann das Hemd. »Erst die Krawatte, jetzt das Hemd, was kommt als Nächstes«, meinte er unter Schmerzen, und es war das erste Mal, dass Anne etwas für ihn verspürte, als sie ihn da so sitzen sah.

»Wir werden sehen«, konterte sie, plötzlich versöhnt mit der ganzen Situation, »Gelegenheiten gibt es hier anscheinend genug.«

Sie sammelte und flocht ein paar Äste mit einem Bügelriemen vom Sattel zusammen, Dylan riss mithilfe des Messers das Hemd in Streifen, und dann legte Anne über dem Strumpf, um unnötiges Kratzen und Reiben zu vermeiden, die Schiene an. »Und wie kommen Sie jetzt aufs Pferd?« Anne sah mit einer gewissen Skepsis den korpulenten Mann an. »Ein Leichtgewicht sind Sie gerade nicht.«

»Wenn Sie mir helfen, schaffe ich das.«

»Aha, und wie soll das gehen? Sie stehen immerhin nur auf einem Bein.«

»Sie stellen sich seitlich neben Jenny, halten die Hände verschränkt vor ihren Schoß, ich knie mit dem kaputten Bein da hinein, Sie heben mich etwas an, ich ziehe mich am Sattel hoch und hebe das gesunde Bein über den Sattel in den Bügel. Ich weiß dann allerdings nicht, wie Sie hinter mir oder vor mir aufsteigen könnten, weil der eine Bügel fehlt.«

»Das ist das kleinste Problem«, nickte Anne, »ich laufe nämlich nebenher.«

»Das ist aber verdammt weit.«

»Ja, ich weiß, und dunkel ist es inzwischen auch. Aber ich könnte mir denken, dass vom Stall aus Männer auf der Suche nach Ihnen sind. Wotan ist schließlich allein zurückgekommen, also geht man im Stall wohl von einem Unfall aus und wird Sie suchen.«

»Hoffen wir es.«

»Und wenn man die Hunde auf die Spur schickt, wird es schon klappen. Aber jetzt erst einmal die Räubertreppe.«

»Was für ein Ding?«

»Die Räubertreppe. So nannten wir als Kinder die Leiter, die Sie vorhin beschrieben haben. Ich stelle mich neben das Pferd und so weiter und so weiter.«

Dylan stöhnte: »Wenn ich bloß schon oben wäre.«

»Kommen Sie, wir schaffen das«, und fünf Minuten später saß Dylan auf Jennys Rücken, und Anne führte die Stute in Richtung Lammermuir-House.

27

Nach einer Viertelstunde bemerkten die beiden einen Autoscheinwerfer im Tal. »Man sucht uns«, versicherte Anne und überlegte, ob ein Rufen nützen könnte. Aber der Wagen war zu weit entfernt, so ging sie ruhig weiter, das Pferd am Zügel und einen schweigenden Reiter darauf. »Geht's noch?«, fragte sie etwas später. Sie hatte Angst, der Mann könnte bewusstlos werden und hinunterstürzen.

»Ja, ja«, beruhigte Dylan sie, »uns mit dem Auto zu suchen, ist völliger Blödsinn. Ich reite doch nicht auf den Straßen herum, wo uns jeder sehen kann.« Trotz der Schmerzen ist er noch genauso brummig wie immer, dachte Anne und verzichtete auf eine Antwort. Sie hatte Mühe, auf dem unebenen Weg die Balance zu behalten und nicht im Dunkeln über eine Baumwurzel zu stolpern oder in ein Kaninchenloch zu treten, denn wilde Kaninchen gab es hier zu Hunderten.

Dann hörte sie entferntes, aber näherkommendes Hundegebell. Na endlich, freute sie sich, müde geworden von dem weiten Fußmarsch und der Angst, etwas falsch zu machen, was den Mann auf dem Pferd noch mehr gefährden könnte.

Und dann kamen sie, drei Border-Collies und zwei Reiter mit Walkie-Talkie-Geräten, denn Handys hatten hier draußen keine Verbindung. Die Hunde sprangen kläffend vor Freude an Jenny und Anne hoch, und Anne hatte alle Mühe, das Pferd ruhig zu halten. Dann halfen ihr die Reiter, meldeten den Erfolg der Suche und riefen einen Jeep in das unwegsame Gelände, um Dylan besser transportieren zu können.

Doktor Tirshhouse kam persönlich mit, um den Patienten zu sehen, und Dylan war darüber sehr erleichtert. »Einen Röntgenapparat hat der Tierarzt auch«, belehrte er Anne, die mit ihm in eine normale Arztpraxis fahren wollte. Und der Tierarzt unterstützte ihn. »Wir sehen, was wirklich passiert ist, und dann können Sie ihn immer noch ins Krankenhaus bringen, wenn es wirklich nötig ist.«

Anne war zu erschöpft, um noch länger zu protestieren. Schließlich sind das erwachsene Männer, sagte sie sich und stieg mit in den Jeep, um zur Farm zu fahren. Sie lehnte sich zurück, schloss die Augen und überließ Jenny den Leuten, die sie gefunden hatten.

Doktor Tirshhouse löste den provisorischen Verband, lobte die behelfsmäßige Schiene, die Anne gebastelt hatte, und platzierte Dylan so auf einem Stuhl, dass er von dem Fuß mit dem Röntgenapparat, der nur für Pferde und Rinder vorgesehen war, von allen Seiten Aufnahmen machen konnte. »Also, gebrochen ist nichts«, versicherte er. »Ich denke, wir haben es mit einer schweren Bänderzerrung und einer überdehnten Gelenkkapsel zu tun. Das tut sehr weh, schlimmer oft als ein Bänderriss. Ich werde einen Stützverband anlegen, morgen oder übermorgen, wenn die Schwellungen abgeklungen sind, mache ich Ihnen dann einen Tape-Verband. Auf jeden Fall darf der Fuß in den nächsten Tagen nicht belastet werden. Und legen Sie ihn hoch, wenn es irgendwie möglich ist.«

Auf die Schultern von Anne und dem Tierarzt gestützt, hüpfte Dylan, sehr blass und mit schmerzhaft verzerrtem Gesicht, auf einem Bein zum Jeep zurück und später dann im Schloss in seine Zimmer.

Anne schaute auf die Uhr. Das Abendessen war längst vorbei, und sie war froh darüber, denn für ein erklärendes Gespräch und für all die Fragen wäre sie viel zu erschöpft gewesen. Sie rief den Hausdiener, der Dylan beim Auskleiden helfen sollte, und ging müde in ihr Zimmer, um sich selbst von den schweren Stiefeln und dem Reitdress zu befreien.

Aber kaum hatte sie die Zimmertür hinter sich geschlossen, als Caroline an die Tür klopfte. »Mein Gott, Anne, wo warst du denn? Wir haben dich beim Abendessen vermisst, und Andrew war richtig enttäuscht, dich nicht am Tisch zu sehen.«

»Es tut mir leid, Caroline, aber ich bin, wie du weißt, am Nachmittag mit Dylan zusammen ausgeritten, und dann scheute sein Pferd, und er hatte einen Unfall. Es ist nicht sehr schlimm, aber es dauerte eine Weile, bis ich ihn gefunden hatte, und dann war der Heimweg weit und umständlich, und der Tierarzt hat ihn behandelt. Aber dein Sohn ist jetzt in seiner Suite und wird sich hinlegen.«

»Du meine Güte. Was hat er denn?«

»Einen Bänderzerrung am linken Fuß und eine Gelenkkapselüberdehnung, er darf einige Zeit damit nicht auftreten.«

»So ein Dummkopf, er fällt doch sonst nicht vom Pferd.«

»Der Wotan scheute vor einem Waschbären.«

»Na ja, das kann vorkommen. Aber wieso bist du mit Dylan zusammen geritten?«

»Wir wollten doch zusammen Tee trinken. Als er mich fragte, da hast du mir noch zugeredet.«

»Ja, stimmt, ich erinnere mich. Und wie war es, war er wenigstens freundlich zu dir?«

»Er war ziemlich einsilbig, weil ich kein Rennen mit ihm reiten wollte.«

»Das sieht ihm ähnlich. Erst die Einladung, dann die schlechte Laune, wenn nicht alles nach ihm geht. Das ist mal wieder typisch für ihn.«

»Ach Caroline, sein Pferd war kaum zu halten, und er musste ihm freien Lauf lassen, bis es sich wieder beruhigt.«

»Natürlich, Ausreden hat er immer. Habt ihr euch denn wenigstens danach ein bisschen unterhalten können?«

Anne lächelte. Caroline ist gar nicht an Dylans Unfall interessiert, sie will nur wissen, wie er sich mir gegenüber benommen hat, dachte Anne und nahm ihn in Schutz. »Doch, doch, wir haben uns auch unterhalten.«

»Und worüber hat er mit dir gesprochen?«

»Na, über das Wetter, über die untergehende Sonne, über die Schönheit der Landschaft und vieles mehr«, log Anne.

»Und hat er auch mal etwas vom Gut gesagt, vom Schloss, von seinen eigenen Plänen vielleicht? Ich finde, diese Rachel passt überhaupt nicht zu ihm. Und hierher passt sie schon gar nicht. Genauso wenig wie Lucy und Emily. Dass meine Söhne bei ihrer Damenwahl doch nur einmal an mich, das Schloss, die Aufgaben bei einer Rinderzucht und das Leben auf dem Lande gedacht hätten.«

»Aber Caroline! Wenn die Liebe ins Spiel kommt, setzt der Verstand aus. So ist das nun einmal.«

»Mein Verstand hat nicht ausgesetzt, als Matthew um meine Hand anhielt. Ich wusste genau, hier gehöre ich hin.«

»Ihr kanntet euch schon lange, ihr wart euch einig, die Zucht der Galloway-Rinder gemeinsam aufzubauen, hast du mir erzählt. Ich habe den Eindruck, das war eine sehr erfolgreiche Vernunftehe, die du da eingegangen bist.«

»Wir haben uns auch geliebt, sehr sogar. Hat Dylan noch etwas von seinen Plänen gesagt? Bleibt er der Farm erhalten oder will er bald ganz nach Edinburgh ziehen?«

»Nein, darüber haben wir nicht gesprochen.«

»Und hat er nach meinem Gast gefragt?«

Anne zögerte. Sollte sie die Wahrheit sagen und diese unmöglichen Vermutungen verraten, die ihr Sohn hatte? Besser nicht, beschloss sie und sagte nur: »Er hat nur so nach ihm gefragt.«

»Ich glaube, ich muss dir etwas sagen, Anne.«

»Ja?«

»Meine Söhne mögen ihn nicht. Gordon und Nathan waren sehr unfreundlich zu ihm und ihre Frauen natürlich auch.«

»Aber warum denn?«

»Keine Ahnung. Aber das war schon immer so. Sobald ich jemanden kennenlernte, wurden sie reserviert, argwöhnisch und unfreundlich.«

»Das verstehe ich nicht.«

»Auf der einen Seite wollen sie mich kontrollieren und auf der anderen Seite können sie es nicht erwarten, dass ich verschwinde und sie freie Hand auf Lammermuir-House haben.«

»Aber Caroline, das darfst du nicht glauben. Es sind doch deine Kinder.«

»Die mich als Fessel betrachten und diese Fessel lieber heute als morgen los sein möchten.«

»Das glaube ich nicht. Vielleicht bist du zu streng, zu patriarchisch, einfach zu stark.«

»Du kannst es ruhig als machtbesessen bezeichnen, so sehen sie mich nämlich, weil ich ihren dummen Visionen nicht nachgebe.«

»Ach, Caroline, du siehst die Beziehung viel zu negativ. Wir müssen einmal ganz in Ruhe darüber sprechen. Nur heute Abend bin ich nicht mehr dazu in der Lage, der Transport von Dylan war ziemlich strapaziös.«

»Ach ja, richtig, wo ist Dylan denn jetzt?«

»Ich denke, in seinem Bett. Doktor Tirshhouse hat Ruhe verordnet.«

»Na ja, hoffentlich hält er sich daran.«

»Er kann nicht auftreten, er wird sich ruhig verhalten müssen.«

»Übernimmst du wieder die Pflege?«

»Er braucht keine Pflege. Der Hausdiener kann ihn ins Bad bringen und beim Ankleiden helfen, das genügt.«

»Aha.«

Die alte Dame sah sich unschlüssig im Zimmer um. »Willst du schon ins Bett gehen?«

»Ich bin sehr müde.«

»Na gut. Aber schade ist es schon. Dann gute Nacht.«

»Danke, Caroline, morgen früh können wir über alles reden. Dir auch eine gute Nacht und bis morgen.«

Aber der nächste Morgen brachte ganz andere Probleme ans Tageslicht.

Die Nachrichten waren voller Meldungen über einige neue Fälle von Rinderwahn, die in mehreren Zuchtbetrieben auf den Britischen Inseln ausgebrochen waren.

Die Familie versammelte sich sofort in der Halle, sogar Dylan war mithilfe des Hausdieners die Treppe hinuntergehumpelt, und auch Anne, wach geworden von der Unruhe, die im Haus herrschte, gesellte sich dazu.

»Wir müssen sofort Maßnahmen ergreifen«, rief Gordon in das Durcheinander. »Deine Versteigerung, Nathan, darf nicht hier stattfinden. Es ist viel zu gefährlich, andere, fremde Rinderzüchter auf unser Land zu lassen.«

»Vor allem müssen wir sofort Desinfektionsmaßnahmen ergreifen«, verlangte Caroline.

»Unser gesamtes Land darf keine Fremden zulassen.« Gordon telefonierte bereits mit Doktor Tirshhouse und bestellte beide Ärzte ins Schloss.

»Wir müssen alle Straßen sperren«, verlangte Nathan.

»Soweit sie uns gehören«, korrigierte Dylan die Pläne.

»Die entfernten Herden müssen sofort in die Nähe der Farm geholt werden. Nathan, verständigst du die Stallmeister?«

»Was sagen die Nachrichten genau?«, wollte Caroline wissen.

»Na ja, die sind vorsichtig. Eine Panik soll vermieden werden. Aber auf jeden Fall ist die Krankheit erneut von Amerika nach Europa gekommen, und in England soll es schon einige Verdachtsfälle geben«, erklärte Gordon.

»Sie sagen, bei dem kleinsten Verdacht müssen alle Tiere einer Farm getötet werden.«

»Um Gottes willen«, Caroline war die Verzweiflung anzusehen. »Unsere schöne Zucht, unsere jahrelange Arbeit, unser ganzer Besitz steckt in den Tieren.«

Anne ging zu ihr und legte ihr den Arm um die Schultern.

»Euer Gebiet ist so abgelegen, es gibt keine anderen Rinderfarmen in der Nähe«, versuchte sie zu trösten, »und wenn ihr die Tiere hier unter Aufsicht habt, wird ihnen bestimmt nichts passieren.«

»Ja, ja, das ist am wichtigsten. Nathan, sorge dafür, dass die Herden sofort hierhergetrieben werden«, befahl Caroline.

»Das ist Gordons Aufgabe«, murrte er. »Auf mich hören die Hirten nicht, das fällt unter die Kompetenz von Gordon.«

»Dann sorge du wenigstens für die Sperrung der Straßen. Das ist genau so wichtig«, forderte die Mutter.

»Ich warte nur die Gespräche mit den Ärzten ab, dann hole ich mir Arbeiter, die Schilder anfertigen und sie entsprechend anbringen.«

»Warum denn die Straßen?«, fragte Anne ahnungslos.

»Jeder Autoreifen kann Bakterien, Viren oder andere Krankheitskeime einschleppen. Genau so ist es mit den Schuhsohlen von Fremden.«

»Du meine Güte, was für ein Aufwand«, stöhnte Anne.

»So ist es bei der Schweinepest, bei der Maul- und Klauenseuche und bei früheren BSE-Verdachtsfällen gewesen. Wir waren zwar nie betroffen, aber wir kennen diese Schutzmaßnahmen, erklärte ihr Dylan. Anne sah ihn überrascht an. Er kann ja richtig vernünftig reden, dachte sie und schaute nach seinem Bein. »Wie geht's denn heute Morgen?«

»Die Nacht war schlecht und zu kurz, ich wusste einfach nicht, wie ich liegen sollte. Sogar die dünne Wolldecke war zu schwer für den Fuß.«

»Das tut mir leid, Sie müssen das Bein ganz ruhig halten. Wollen Sie sich nicht lieber wieder hinlegen?«

»Auf keinen Fall, hier wird jeder Mann gebraucht«, und nach einem kurzen Seitenblick auf seine Mutter, »und jede Frau auch.«

»Aber dann setzen Sie sich wenigstens und legen Sie das Bein hoch.« Anne holte zwei Stühle und stellte sie so auf, dass Dylan zwischen den Männern sitzen konnte.

Jetzt erst bemerkten die beiden Brüder das bandagierte Bein.

»Was ist dir denn passiert?«, fragte Gordon verächtlich, und Nathan grinste trotz der ernsten Situation. »Bist wohl die Treppe runtergefallen?«

Anne wollte antworten, aber Dylan schüttelte den Kopf und schwieg. Später sagte er leise zu ihr: »Auf die Kommentare kann ich verzichten.«

Draußen fuhren zwei Wagen mit den Tierärzten, mit Stallmeistern und Landarbeitern vor. Als die Männer die Halle betraten, wurden sie mit Fragen überschüttet. Alles, was Anne später in Erinnerung behielt, war die Tatsache, dass die beiden Ärzte die Nachrichten herunterspielten. »Es wird alles übertrieben. Auf der einen Seite wollen die, die das verbreiten, eine Panikmache verhindern, auf der anderen Seite machen sie mit ihren Meldungen die Menschen verrückt.«

»Den Rinderwahn gibt's doch schon seit Jahren, und erneute Verdachtsfälle waren zu erwarten. Aber man hat die Seuche im Griff.«

»Ja«, unterbrach Caroline den Mann aufgebracht, »indem man die Tiere abschlachtet und verbrennt. Ganz egal, ob ein Rind krank ist oder hundert, die ganze Herde muss daran glauben. Es ist ungeheuerlich. Was ist denn das für eine Lösung?«

»Aber Lady MacAdleston, es ist die sauberste und die sicherste Lösung«, versicherte ihr Doktor Tirshhouse.

»Das werde ich nie erlauben«, erklärte die alte Dame, den Tränen nahe. Und Gordon fuhr laut dazwischen: »Dabei werden wir wohl kaum gefragt, wenn es so weit kommen sollte.«

Plötzlich hörte man aus dem Hintergrund die Stimme von Andrew W. Möller, der durch die Debatten wach geworden und in die Halle gekommen war: »Meine Damen, meine Herren, gefährliche Tierkrankheiten hat es schon immer gegeben, und die Menschheit wurde damit fertig. Lassen Sie sich von diesen übereilten Meldungen nicht verunsichern. Treffen Sie Ihre Vorsorge und warten Sie ab, ich bin überzeugt, alles ist nur halb so schlimm.«

»Der Meinung sind wir auch«, versicherten die Ärzte. »Betroffen sind vor allem Rinder, die Tiermehl fressen. Unsere Galloways leben auf den Weiden, wir füttern kein infektiöses Kraftfutter, nicht einmal die Jungtiere bekommen Tiermehl oder anderes Zusatzfutter.«

Trotzdem begann Gordon alle Männer, die inzwischen in der Halle eingetroffen waren, einzuteilen. Einige mussten zu den entfernten Weiden fahren oder reiten, um die Hirten mit den Herden heimzuholen, andere mussten die Straßen absperren und die entsprechend beschrifteten Schilder aufstellen, einige Arbeiter mussten die Zäune der nahe liegenden Weiden kontrollieren, auf denen die Rinder in den nächsten Wochen grasen sollten, und ein paar Arbeiter wurden in die Ställe geschickt, um die leer stehenden Gebäude auf die Kälber vorzubereiten, die eventuell in den Ställen versorgt werden mussten.

Als die meisten Arbeiten verteilt waren, rief Emma zum Frühstück. Sie hatte im großen Speisesaal eine lange Tafel vorbereitet, an der alle, die noch im Schloss waren, Platz nehmen und frühstücken konnten.

Anne sah sich nach Dylan um, aber der schüttelte den Kopf. »Ich gehe wieder nach oben. Und bitte kein Wort über meinen Unfall.«

»Soll ich mitkommen und helfen?«

»Nein, das macht Ben. Der hat inzwischen Übung.« Und schon humpelte Dylan, auf das Geländer und den Hausdiener gestützt, die Treppe hinauf. Caroline hatte nicht einmal nach seinem Befinden gefragt, und Anne war enttäuscht von ihrem Verhalten.

Als alle Platz genommen hatten, kam Andrew Möller zu ihr und setzte sich auf den Stuhl an ihrer Seite. »Anne, ich habe dich gestern Abend vermisst.«

»Ich war mit dem Pferd unterwegs, und dann gab es einen Unfall und einen Verletzten, um den ich mich kümmern musste.«

»War das der Mann, der gerade die Treppe hochgehumpelt ist?«

»Ja, das war Dylan, der jüngste Sohn von Lady Caroline.«

»Sehr freundlich sieht der ja nicht gerade aus.«

»Er hat Schmerzen.«

»Hier haben anscheinend alle Männer Schmerzen, wenn man das an ihrer Unfreundlichkeit messen will.«

Anne zuckte nur mit den Schultern, eine Antwort stand ihr nicht zu, meinte sie.

»Die Probleme beschatten anscheinend eine ganze Familie?«

»Andrew, ich möchte mich dazu nicht äußern.«

»Das ist sehr fair von dir, aber es gibt sie, man kann sie förmlich mit den Händen greifen. Die arme Lady, ihr hätte die lange Kreuzfahrt bestimmt besser getan als der Abbruch und die Heimkehr.«

»Ja, das wäre für sie besser gewesen. Aber sie wusste, was auf sie zukam.«

»Ich werde einmal überlegen, wie ich ihr helfen kann. Bist du auf meiner Seite?«

»Das weiß ich nicht, es kommt darauf an.«

»Worauf kommt es an?«

Anne sah ihn erstaunt an. Sie freute sich, dass er so vertraut mit ihr sprach, hatte aber auch Angst, dass er, vom Mitleid ergriffen, einen falschen Weg einschlagen könnte. So sagte sie nur ganz kurz: »Auf Gerechtigkeit natürlich.«

»Das hört sich an, als hättest du dich schon festgelegt.«

»Ich habe mich nicht festgelegt. Ich beobachte nur, und manchmal gefällt es mir nicht, was ich sehe und höre.«

»Aber dass die Lady Hilfe braucht, das weißt du schon?«

»Natürlich, deshalb bin ich doch hier.«

28

Am nächsten Morgen hatte sich die Aufregung des vorherigen Tages etwas gelegt, obwohl die Angst und die Sorge zugenommen hatten. Anne, Lady Caroline und der Reeder frühstückten zusammen im kleinen Salon und das Gespräch drehte sich ausnahmslos um die Maßnahmen zum Schutz der Rinder.

Die Tiere waren, einige Herden erst spät in der Nacht, zurück zur Farm getrieben worden und drängten sich unruhig auf den nahen Weiden und in den Stallungen. Das größte Problem war nun die Fütterung, denn die Tiere waren gewohnt, ganzjährig draußen zu weiden.

Gordon telefonierte pausenlos mit Landwirten im ganzen Border-Bezirk, um Heulieferungen zu bekommen, und wendete sich sogar an die englischen Nachbarbezirke in Northumberland, um Stroh und Heu aufzukaufen. Auf keinen Fall wollte er Tiermehl und Kraftfutter zufüttern, die als Ursache der Rindervergiftungen angesehen wurden.

Nathan versuchte, seine Versteigerung von Lammermuir House nach Kelso zu verlegen, denn die Farm brauchte nun dringender denn je Geld, um die unerwarteten Futterkosten zu decken, und Dylan bemühte sich, den Schlachthof in Greenlaw davon zu überzeugen, die für den Juni vorgesehenen Schlachtungen vorzuziehen und die Tiere schon jetzt zu übernehmen, um den Futterverbrauch einzuschränken.

Alle drei stießen auf Widerstände. Die Heu- und Strohvorräte des Vorjahres waren fast überall aufgebraucht, kein Rinderzüchter hatte jetzt Interesse an einer Versteigerung, und der Schlachthof übernahm keine Schlachtungen, so lange die Gefahr einer Ausbreitung des Rinderwahns nicht geklärt war.

Lady Caroline war sehr verzweifelt. Sie versuchte zwar, ihre

Stimmung zu verbergen, aber Andrew Möller, genau so wie Anne, spürte, dass die alte Dame sich sehr zusammennahm, um nicht in Tränen auszubrechen.

Ja, dachte Anne, da hat sie ein ganzes Leben lang versucht, etwas Einmaliges aufzubauen, und dann kommt plötzlich ein Schicksalsschlag, der alles auszulöschen droht. Anne erinnerte sich an ein Gespräch auf dem Schiff, als die Lady von ihren wunderschönen weißen Galloway-Rindern erzählte, und wie schwer es ihr fiel, sich in jedem Jahr von einem Teil der Herde trennen zu müssen, weil die Tiere schlachtreif waren und die Farm Geld brauchte. Sie hätte sich lieber Pferde oder Hunde anschaffen sollen, folgerte Anne, die werden nicht geschlachtet, die verkauft man höchstens, und wenn es geht, an fürsorgliche und verständnisvolle Hundehalter oder Pferdefreunde.

Draußen fuhr ein Wagen vor, und Anne sah, dass Rachel, die Freundin von Dylan, ausstieg und ins Schloss kam. Sie ging anscheinend gleich in sein Büro, denn sie wurde im Frühstückszimmer nicht gemeldet.

Andrew schlug Lady Caroline nach dem Essen einen Spaziergang durch den Park vor, um sie auf andere Gedanken zu bringen, wie er sagte, und Anne wollte von ihrem Zimmer aus mit Daniel in Dubai telefonieren, der sie am Abend zuvor dringend um einen Rückruf an diesem Morgen gebeten hatte.

Als sie an Dylans Büro vorbeikam, hörte sie durch die offen stehende Tür die zornige Stimme von Rachel, die sich beschwerte. »Wir hatten gestern Abend Karten für die Eröffnung des renovierten Princes Square mit Essen und Trinken und Tanzen, und du weißt, wie sehr ich mich darauf gefreut habe. Aber was machst du? Du reitest hier herum, brichst dir die Knochen und vergisst ganz einfach unsere Verabredung. So geht das nicht weiter, Dylan.«

»Es gibt wichtigere Dinge als essen und trinken und tanzen.«

»Ja ja, um Ausreden warst du noch nie verlegen. Was machst du eigentlich ständig hier draußen? Dein Büro ist in Edinburgh, deine Klienten warten in Edinburgh, und unser geplantes Zuhause befindet sich in Edinburgh. Aber nein, der Herr Anwalt befindet sich auf dem Lande, der Herr Doktor vermisst den Kuhstallgeruch in der Stadt, der Herr Advokat muss über die Lämmermoore reiten. Das lasse ich mir nicht gefallen, das machst du nicht mit mir.«

»Da hast du vollkommen recht, nicht mit dir«, kam es kühl vom Schreibtisch herüber. »Geh essen und trinken und tanzen, du hast Verehrer genug. Ich habe zu tun, denn ich muss versuchen, eine Rinderfarm zu retten, aber die hat dich ja noch nie interessiert.«

»Genau so ist es. Ich habe mich in den eleganten, toleranten, gebildeten und kulturell interessierten Mann mit Rang und Namen verliebt und nicht in den Besitzer einer Rinderfarm. Also entscheide dich, bis morgen hast du Zeit. Wenn du dann nicht in Edinburgh bist, und zwar im Festtagskilt, denn wir haben eine Einladung für die Royal Highland Show, dann …«

»Ja? Was dann?«

»Dann kannst du hier versauern. Ich bin jung, ich will etwas vom Leben haben, ernst genug wird es später, aber jetzt will ich die Zeit genießen. Jetzt gibt es die Feste, jetzt habe ich Lust und das nötige Geld, daran teilzunehmen. Jetzt muss man das Leben genießen. Aber nicht auf einer Rinderfarm sein Dasein fristen.

»Rachel, du bist verrückt.« Anne hörte, wie ein Stuhl zurückgeschoben wurde, und ging schnell die Treppe hinauf. Dann wurde unten die Bürotür geschlossen, und die Stimmen verstummten.

Hoffentlich denkt er daran, das Bein hochzulegen, dachte sie, ging in ihr Zimmer und wählte die Nummer von Daniel.

Daniel ist in Dubai nicht glücklich, dachte Anne. Er hat sich zwar über den Auftrag gefreut, war stolz, dass sein Können und sein Wissen anerkannt wurden, aber glücklich ist er nicht. Er ist ein bekannter Brückenbauer, aber er ist auch ein introvertierter Mann, der neben seinem Beruf kaum andere Interessen hat und dem es schwerfällt, neue Freunde zu finden. Er ist einsam und hat schon in Hamburg das Alleinsein gefürchtet, erinnerte sie sich.

Nach einer ganzen Weile wurde die Verbindung hergestellt, eine Direktwahl gab es auf den Baustellen nicht, und Anne wartete geduldig, bis sich Daniel meldete.

Dann hatte sie ihn am Apparat. »Hallo Daniel, wie geht es dir? Warum musst du mich so dringend sprechen?«

»Hallo Anne, ich habe Neuigkeiten.«

»Erzähle.«

»In einer Woche ist meine Arbeit hier beendet, ich komme zurück.«

»Aber wieso denn, du sagtest doch, es sei eine Aufgabe von mehreren Jahren, die dich in Dubai erwartet.«

»Ja, das dachte ich zuerst auch, aber dann habe ich mich entschlossen, diese Projekte früher zu beenden.«

»Das heißt, du brichst die Arbeit ab?«

»Na ja, der Brückenbau geht weiter, wenn du sehen könntest, was hier alles geplant ist, würdest du staunen.«

»Aber warum brichst du ab? Geht das überhaupt, bekommst du keine Schwierigkeiten mit den Bauherren, oder wie sie sich dort nennen?«

»Nein, nein, es gibt keine Schwierigkeiten. Das erste Projekt ist in einer Woche fertig, und dann kann ich hier weg.«

»Daniel, was ist los?«

Daniel räusperte sich, dann sagte er leise: »Ich komme mit der Mentalität der Arbeiter nicht klar. Ich verstehe ihre Arbeitsmoral nicht und ich will sie auch nicht verstehen.«

»Aber das hast du doch vorher gewusst.«

»Nicht in dem Ausmaß. Anne, vielleicht hätte ich mich an das Leben hier gewöhnen können, wenn du mitgekommen wärst.«

»Jetzt gib nicht mir die Schuld.«

»Nein, nein. Ich meine nur, wenn man hier so verdammt allein ist und dann nicht einmal mehr Spaß an der Arbeit hat, dann ist das Leben hier ziemlich schwierig.«

»Und was willst du machen, wenn du zurück bist?«

»Anne ich bin ein guter Brückenbauarchitekt. Ich denke, ich finde sehr schnell eine neue Aufgabe. Aber zuallererst will ich mich ausruhen, erholen von dem anstrengenden Leben hier. Ich komme nach Schottland und erhole mich bei dir. Was sagst du dazu? Freust du dich auf unser Wiedersehen?«

Anne war sprachlos.

»Warum sagst du nichts?«

»Na ja, was soll ich sagen. Du weißt, dass ich hier arbeite, dass ich nach so kurzer Zeit keinen Anspruch auf Urlaub habe, und außerdem werde ich hier gebraucht, ich bin in das Leben der alten Dame, für die ich sorge, eingebunden. Die kann ich nicht einfach im Stich lassen.«

»Das brauchst du doch auch gar nicht. Ich komme zu euch, so ein Schloss hat doch wohl Zimmer genug, und dann verbringen wir deine freien Stunden gemeinsam und genießen das Zusammensein. Und wer weiß, vielleicht hast du ja doch irgendwann Lust, ganz mit mir zusammenzuleben, dann planen wir die Zukunft gemeinsam.«

Der Redeschwall war für Daniel ungewöhnlich. Anne wusste gar nicht, was sie so schnell alles sagen und einwenden konnte, um ihn von seinen Plänen abzubringen. »Halt, halt«, rief sie in den Hörer, »nicht so schnell.«

Aber Daniel unterbrach sie sofort. »Anne, mir kann es gar nicht schnell genug gehen. Nur der Gedanke an Schottland und an dich lässt mich die letzten Tage hier überleben. Also keine Widerrede, meine Liebste. Im Herzen bin ich schon unterwegs.«

Anne war fassungslos. Was denkt sich der Mann denn bloß. Von Liebe und Gemeinsamkeiten war nie die Rede. Wir waren Freunde, Schulfreunde und sonst gar nichts. Und jetzt redet er von einer gemeinsamen Zukunft, nennt mich Liebste und ist der Meinung, ich stehe hier und warte nur auf ihn.

»Du sagst ja gar nichts, Anne«, unterbrach er ihr Schweigen. »Ich weiß, dass ich dich mit meinen Plänen überrasche, aber wie armselig wäre das Leben ohne Überraschungen. Freu dich, meine Liebe, so wie ich mich freue, und ich rufe dich an, wenn ich in Edinburgh gelandet bin. Bis dahin ein herzliches Adieu, meine Liebe.« Mit diesen Worten beendete Daniel das Gespräch. Erschrocken und betroffen stellte Anne den Hörer in die Station zurück.

Was mache ich denn, wenn er jetzt plötzlich hier vor der Tür steht? Also gemeinsames Wohnen hier im Schloss kommt gar nicht infrage. Was soll die Lady von mir denken. Und überhaupt, was will er hier? Zukunftspläne mit mir kann er völlig vergessen. Ich bin gern hier, ich liebe das einfache Leben hier auf der Farm und ich liebe die Menschen hier. Na ja, dachte sie, alle natürlich nicht. Wenn ich an die untoleranten, selbstherrlichen und überheblichen Schlossherren und ihre eitlen Frauen denke, dann vergeht mir schon der Spaß am Leben hier, aber ich lasse mich nicht unterkriegen, ich lasse mir nichts gefallen, und irgendwann werden sich die Herren daran gewöhnen, dass ich mit meinem starken Willen auf der Seite der Schlossherrin stehe.

Lady Caroline und Andrew W. Möller machten einen langen Spaziergang durch den Park. Die alte Dame freute sich über den galanten Begleiter, der so viel Verständnis für ihre Sorgen und Ängste zeigte. Sie erzählte ihm die Geschichte ihrer Familie, ihre Probleme, sie berichtete vom Schloss und von den Unterhaltskosten, die fast alle Einkünfte verschlängen. »Es ist wirklich schwer, so ein altes Haus instand zu halten«, erklärte sie dem Gast, »aber ich habe drei Söhne und ich bin verpflichtet, ihnen und ihren Nachkommen ihr Zuhause zu erhalten.«

»Ich verstehe das«, versicherte Andrew, »aber ich finde, die Herren Söhne sind alt genug, sich selbst um ihr Erbe und das ihrer Kinder zu kümmern.«

»Alles wäre leichter, wenn sie nicht ständig zerstritten wären. Sie sind aufeinander angewiesen, aber sie wollen das nicht wahrhaben. Verzeihen Sie, wenn ich Sie damit belästige.«

Andrew nickte, und seine Stimme klang sehr ernst, als er sagte: »Ich will mich ja nicht einmischen, und es steht mir auch nicht zu, aber vielleicht sollten Sie sich aus dem Geschäft zurückziehen, damit die Herren Söhne lernen, allein mit den Problemen umzugehen.«

»Ich weiß, auch Anne rät dazu, aber Sie sehen ja, im Augenblick wäre das verheerend. Gerade in Zeiten mit Problemen bringe ich es einfach nicht fertig, mich von meinen Pflichten zu lösen. Sie würden mir die Schuld geben, wenn sie dann nicht damit fertig werden.«

»Ja, das würden sie wohl, Lady Caroline, vor allem, weil es der bequemste Weg wäre. Wie kommen Sie denn mit Anne zurecht, wenn ich das einmal fragen darf. Ich mag die junge Frau nämlich.«

Lady Caroline schmunzelte. »Das habe ich schon längst gemerkt. Anne ist eine wunderbare Frau, schade, dass sie sehr allein ist. Das war auch ein Grund für mich, sie zu bitten, mit hierherzukommen.«

»Hat sie keine Familie mehr?«

»Sie hat einen verheirateten Bruder im Süden von Deutschland, sonst ist da anscheinend niemand mehr.«

»Kein Freund? Sie ist doch eine hübsche, attraktive junge Frau.«

»So viel ich weiß, gibt es da niemanden. Sie sind sehr interessiert an Anne?«

»Ach, ich habe meine ganze Familie bei einem Unfall verloren, meine Enkelkinder könnten jetzt so alt wie Anne sein.«

»Ich verstehe. Das tut mir sehr leid, Mister Andrew.«

»Nun ja, es ist dreißig Jahre her, ich habe mich damit abgefunden, nur, wenn man dann einem Menschen begegnet, der so sympathisch und so natürlich wie Anne ist und dazu auch noch so hilfsbereit, dann überkommt einen schon manchmal die Sehnsucht nach der eigenen Familie.«

»Sie leben ganz allein in Hamburg?«

»Na ja, ich habe ein großes Haus, das wollte ich damals nicht aufgeben. Heute wird es von Dienstboten beherrscht, da bin ich dann ganz froh, in meine kleine Suite auf einem Schiff ausweichen zu können.«

»Sie sind bei uns ein gern gesehener Gast, Mister Andrew, ich hoffe, Sie bleiben noch recht lange.«

»Nur, wenn wir wieder zusammen Schach spielen«, versuchte Andrew den Ernst des Gespräches zu mildern.

29

Ein röhrender Motor und knirschender Kies vor dem Schloss waren das Letzte, was man von Rachel hörte. Anne blickte von ihrem Fenster aus dem abfahrenden Wagen hinterher. Nach Versöhnung oder Verständigung sieht das nicht gerade aus, dachte sie und wandte sich wieder den Papieren zu, die sich auf ihrem Tisch häuften. Lady Caroline hatte sie gebeten, einen Blick in die Steuerunterlagen zu werfen, weil sie sich nicht mehr genau darin auskannte und befürchtete, benachteiligt zu werden. Es waren die Unterlagen, die die Einkünfte der Farm und die Ausgaben belegen sollten, und allein die klein gedruckten Buchstaben und Zahlen bereiteten der alten Dame Schwierigkeiten. Andererseits war sie als Besitzerin der Farm dafür zuständig und musste die Papiere fristgemäß unterschreiben und im Juni abgeben.

Anne empfand es als falsch, dass sie als Fremde diese Unterlagen überprüfen sollte. Es ist die Aufgabe der Söhne, die die Arbeit machen und die Verantwortung tragen, sich um die Steuererklärungen und ihre Richtigkeit zu kümmern, dachte sie. Andererseits war sie froh, wenn die Lady sie brauchte. Sie war schließlich hier, um zu arbeiten. Sie wollte ihr Gehalt nicht als Geschenk sehen, sondern als Verdienst, und dazu gehörte entsprechende Arbeit.

Sie war nicht ganz unwissend in Steuerfragen, denn sie hatte früher schon dem Vater geholfen, seine Einkünfte fristgemäß zu melden und nach seinem Tod diese Aufgabe für die Mutter übernommen, aber mit solchen Bergen von Papier, wie sie ihr hier vorlagen, hatte sie noch nie zu tun. Die Zucht mit den Ausgaben für Deckgebühren, den Gehältern für die Tierärzte und die Schmiede, mit den Löhnen der Arbeiter, den Kosten für Heu- und Strohzukäufe und den vielen Renovierungsarbeiten in den Ställen, auf den Weiden und bei den Landmaschinen, sie überstiegen beinahe ihr Fassungsvermögen.

Genauso ging es ihr bei den Unterlagen für die Einnahmen durch Viehverkäufe, Versteigerungen, Fleischereiprodukte, Milch und Fellverkauf und die Einnahmen durch fremde Rinder, die auf einigen Weiden grasten. Sie erbrachten Summen, die Annes Erwartungen weit überstiegen. Mit solchen Geldern hatte sie noch nie zu tun gehabt, sah aber gleichzeitig, dass die Herren MacAdleston mit akribischer Genauigkeit gearbeitet hatten. Natürlich waren die Papiere von den Sekretären der beiden zusammengestellt worden, Lord Gordon und Mister Nathan aber mussten sie prüfen, unterzeichnen und persönlich dafür haften. Anne hatte den Eindruck, dass hier schon sehr sorgfältig vorgegangen worden war. Etwas stutzig wurde sie allerdings, als sie zu den persönlichen Ausgaben der Herren kam. Da wurden die eigenen Gehälter, die Reit- und Arbeitskleidung, Reisen zu Konferenzen und Besichtigungen und außerdem Einladungen und Festivitäten hier im Schloss angegeben, die nicht immer etwas mit der Rinderfarm zu tun hatten und die von Lady Caroline mit roten Fragezeichen markiert waren.

Anne schüttelte den Kopf. Diese Fragen kann ich nicht klären, dachte sie. Ich kann nicht die Herren fragen, ob schon wieder neue Reitstiefel nötig waren und ob die Reisekosten und die angegebenen Spesen nicht sehr überhöht sind. Diese Probleme muss Caroline selbst lösen. Aber vermutlich fürchtet sie sich vor diesen Auseinandersetzungen und schiebt mich vor? Ich bin ja schließlich hier, um sie vor solchen Gesprächen zu schützen. Aber ich kann Lord Gordon und Mister Nathan doch nicht fragen, warum sie auf Reisen so viel Geld ausgeben? Vermutlich nehmen sie ihre Frauen mit, um sie mit dem eintönigen Landleben zu versöhnen? Das könnte ich ihnen nicht einmal übel nehmen.

Anne schaute auf ihre Uhr. Teatime, dachte sie, vielleicht kann ich danach mit Caroline sprechen. Sie ging hinunter in den Salon, der für das Frühstück und die Teezeremonie genutzt wurde.

Sie hörte, wie sich Andrew und Caroline unterhielten. Ihre Stimmen klangen fröhlich und gelöst und Anne dachte, wie schön, dass die beiden sich so gut verstehen. Caroline hat wirklich wenig Abwechslung hier in den Lammermuir-Hills. Hoffentlich bleibt er noch recht lange hier, er tut ihr gut.

Anne klopfte und trat ein. Die alte Dame reichte ihrem Gast gerade eine Platte mit Roastbeefsandwiches und rief fröhlich: »Komm nur schnell, Anne, sonst haben wir alles aufgegessen.«

Anne schüttelte lächelnd den Kopf. »Ich kenne die Mengen, mit denen uns Betty verwöhnt, da habe ich gar keine Sorge, dass ich hungern müsste.« Sie setzte sich zu den beiden an den kleinen Tisch, und Caroline schenkte ihr Tee ein. »Wie geht es dir? Was hast du heute gemacht?«

»Ich habe die Ordner mit den Steuererklärungen durchgearbeitet.«

»Und? Ist alles in Ordnung?«

»Ja, alles ist sehr genau und sehr korrekt aufgelistet. Nur die roten Fragezeichen am Schluss irritieren mich.«

»Ja«, Lady Caroline nickte, »da waren mir die Zahlen unklar.«

»Wir sollten mit Mister Nathan und Lord Gordon darüber sprechen, Caroline.«

»Ich hoffe, das übernimmst du.«

»Das kann ich nicht, es geht um sehr persönliche Fragen und private Ausgaben. Ich fände es besser, wir besprechen das mit deinen Söhnen gemeinsam.«

Beide, Anne und Mister Andrew, beobachteten, wie sich Carolines Gesicht veränderte, wie die Lippen schmal wurden und die Augen kühl blickten.

»Anne«, bat sie, »genau wegen solcher Gespräche, die immer in Differenzen und Widersprüchen enden, habe ich dich gebeten, mich zu begleiten. Ich kann und ich will diese Auseinandersetzungen mit meinen Söhnen nicht mehr führen. Ich bin die Unterlegene, das weiß ich genau, trotzdem muss ich um der Farm willen auf korrekten Angaben und Offenheiten bestehen. Nathan und Gordon behaupten immer, im Recht zu sein, sie überfordern mich, obwohl ich weiß, dass sie unrecht haben. Noch bin ich mit meinem Namen und mit meiner Unterschrift für die Abrechnungen und Erklärungen der Steuerbehörde gegenüber verantwortlich. Ich kann es nicht wagen, falsche Angaben zu unterschreiben, aber ich kann mich nicht mehr durchsetzen. Also hilf mir, Anne.«

Ratlos sah Anne von einem zum anderen. Andrew nickte ihr zu, als wollte er sagen: »Hilf ihr«, dann zeigte er heimlich mit dem Finger auf sich selbst und dann auf Anne, und sie wusste, er würde ihr helfen. So sagte sie der alten Freundin. »Gut, Caroline, ich werde es versuchen. Aber deine Söhne wissen, dass mir jede Kompetenz fehlt, und wenn es zum Streit kommt, werde ich nachgeben müssen.«

»Dann sagst du ihnen, dass ich diese Erklärungen nicht unterschreiben werde.«

»Dann werden sie mit den Schultern zucken und die Erklärungen selbst unterschreiben.«

»Das dürfen sie nicht, und das wissen sie.«

»Was sagt denn Mister Dylan zu dem Problem?«, fragte Andrew.

»Dylan ist unser Rechtsberater, wenn er einmal Zeit dafür hat, und nicht unser Steuerberater«, erklärte Caroline verbittert.

»Aber er könnte dich unterstützen, wenn es um so wichtige Fragen wie Unkorrektheiten bei der Steuererklärung geht«, wandte Anne ein.

»Er könnte, aber er tut es nicht, um sich nicht mit seinen Brüdern zu überwerfen. Sie sind zwar in fast allen Dingen uneinig, aber wenn es um mich geht, sind sie von größter Eintracht. Gemeinsam sind sie stark, das wissen sie ganz genau. Stärker als ich«, seufzte Caroline resigniert.

Da die alte Dame nach dem Tee für eine Stunde ruhen wollte, gingen Andrew und Anne in den Park, wo sie ungestört miteinander reden konnten.

»Du hast es nicht ganz leicht in dieser Familie«, begann Andrew das Gespräch. »Diese Streitigkeiten, diese ewigen Kämpfe, das zermürbt die Menschen, und die Schranken, die sie um sich herum und gegen die anderen aufbauen, werden immer höher.«

»Wenn ich wenigstens verstehen könnte, warum es so ist, könnte ich mich besser um die Lady kümmern, aber ich habe inzwischen festgestellt, dass sie nicht unschuldig an dem Dilemma ist«, seufzte Anne, »und das macht alles so schwer.«

Andrew nickte. »Ich verstehe dich, die Söhne sind fleißige, erfolgreiche, ehrenhafte Männer, die es leid sind, ständig bevormundet zu werden. Und die Mutter ist eine Patriarchin, die nicht loslassen kann. Um was geht es eigentlich in diesen Steuerklärungen?«

»Dem Finanzamt gegenüber sind die Ein- und Ausgaben korrekt aufgelistet. Auch die privaten Ausgaben. Aber die Lady ärgert sich über diese privaten Unkosten und will sie nicht akzeptieren. Da sie das aber ihren Söhnen nicht direkt sagen will, zweifelt sie, ob die Angaben in der Steuererklärung auch stimmen.«

»Und was willst du nun machen?«

Anne zuckte mit den Schultern. »Ich möchte der Lady helfen, aber ich möchte die Gräben nicht vertiefen. Vielleicht kann ich mit Mister Dylan darüber reden?«

»Er erscheint mir am neutralsten.«

»Er ist ein sehr verschlossener, starrköpfiger Mensch. Ich glaube, heute hat ihn seine Freundin verlassen, da wird er kaum ansprechbar sein.«

»Auch das noch. Und was ist mit dieser erneut drohenden Rinderwahn-Seuche? Gibt es da schon Neuigkeiten? Sie macht die Menschen schließlich noch zusätzlich nervös und ängstlich.«

»Darüber weiß ich nichts. Die Vorsorgemaßnahmen sind getroffen worden, jetzt muss man abwarten, glaube ich.«

»Kein Wunder, wenn die Züchter unruhig werden.«

»Ja, mir tut die Lady leid. Sie hat so ein arbeitsreiches Leben hinter sich und muss nun schon wieder mitansehen, wie alles infrage gestellt wird.«

»Ich würde Lady MacAdleston am liebsten mitnehmen.«

»Mitnehmen? Willst du schon wieder abreisen?«

»Ach Anne, ich habe auch meine Aufgaben, die erledigt werden müssen.«

»Immer noch Arbeit, Andrew?«

»Sagen wir mal so: Es sind immer noch Aufgaben, die auf mich warten. Aber es sind keine Aufgaben, die ich nicht bewältigen kann. Es sind eher erfreuliche Sachen, um die ich mich kümmern muss.«

»Erzählst du mir davon?«

»Es sind soziale Einrichtungen, die ich gegründet habe und die ich betreuen muss, mehr gibt es eigentlich dazu nicht zu sagen.«

Anne schwieg einen Augenblick. Dann fragte sie: »Und wohin möchtest du die Lady mitnehmen?«

»Auf eines meiner Schiffe, Anne. Ich möchte ihr die Welt zeigen, sie hat es verdient, findest du nicht auch?«

»Das wäre wundervoll. Aber ich fürchte, sie lässt sich nicht so einfach entführen. Sie hängt an Lammermuir-House. Wir haben es ja erlebt: Ein erster Hilfeschrei, und sie kehrt um.«

»Ich weiß. Aber ich habe ja dich, Anne.«

»Mich? Was kann ich denn bei einer solchen Entführung tun?« Sie lächelte. »Unkorrektheiten darfst du von mir nicht erwarten.«

»Ich würde es nie wagen, dich um Unkorrektheiten zu bitten. Ich kenne dein Ehrgefühl und deinen Stolz. Nein, du solltest auf liebevollste Art die Lady davon überzeugen, dass sie hier entbehrlich ist.«

»Weiter nichts?« Jetzt lachte Anne laut und herzlich. »Ich soll ihr sagen, dass sie hier nicht mehr gebraucht wird? Eher geht ein Berg auf Wanderschaft als diese Lady auf Weltreise. Wann sagst du ihr eigentlich, wer du wirklich bist? Caroline hat kein Geld für eine Weltreise und als Geschenk eines Gentleman wird sie kaum so eine Schifffahrt annehmen.«

»Ich muss eine passende Gelegenheit abwarten. Würdest du uns begleiten?«

Anne schüttelte den Kopf. »Ich glaube nicht. Ich bin zu jung für das Nichtstun, Andrew, ich möchte gern noch etwas in meinem Leben schaffen, auf das ich stolz sein kann. Irgendwann.«

»Das kann ich verstehen, obwohl ich deine Begleitung sehr schätzen würde. Hast du bestimmte Pläne?«

»Nein, im Augenblick nicht. Die Bitte der Lady, sie hierherzubegleiten hat meine Pläne ziemlich durcheinandergebracht. Irgendwie muss ich mir neue Aufgaben suchen, vorausgesetzt, ich bin hier fertig.«

»An dem Tag, an dem ich mit der Lady abreise, bist du hier frei, denke ich.«

»Ja, das sehe ich auch so.«

»Dann lass uns auf diesen Tag hin arbeiten.«

»Und die Streitereien hier?«

»Die werden vorher geklärt.«

»Andrew, ich hoffe, du behältst recht.«

Anne wollte die Klärung dieser Differenzen nicht lange hinauszögern. Die Steuererklärungen mussten abgeschickt und die Streitigkeiten beendet werden. So nahm sie sich vor, noch vor dem Abendessen die Probleme anzusprechen.

Sie klopfte bei Dylan an die Bürotür und auf sein barsches »Ja« trat sie ein. Sie entschuldigte sich nicht für die späte Störung, sondern sagte sofort energisch: »Und der Arzt hat doch gesagt, Ihr Bein soll hochgelegt werden, warum tun Sie das nicht?«

»Keine Zeit für Kinkerlitzchen«, antwortete er schroff.

»Eine Operation ist dann aber kein Kinkerlitzchen mehr«, versicherte sie ebenso schroff.

»Und was wollen Sie hier?«

»Ich brauche Ihre Hilfe.«

»Ach nein, Sie brauchen Hilfe, dass ich nicht lache!«

»Mister Dylan, Ihre Art gefällt mir nicht«, erklärte Anne selbstbewusst. »Ich bin ein höflicher Mensch, ich bitte Sie sehr höflich um Ihre Hilfe und gleichzeitig bitte ich Sie, mir entsprechend höflich zu begegnen. Ist das zu viel verlangt?«

»Höflich ist wohl Ihr Lieblingswort. Sie haben es, ohne Luft zu holen, drei Mal in einem Satz gesagt.«

»Wie gut, dass Ihnen mein Lieblingswort aufgefallen ist, ich kann es gar nicht oft genug wiederholen, denn in dieser Familie ist es wirklich angebracht, gesagt zu werden.«

»Und wo drückt Sie nun der Schuh?«

»Mich drückt kein Schuh, mich bedrückt die Atmosphäre in diesem Haus.« Sie ging zu ihm an den Schreibtisch und zog einen Stuhl neben ihn. »Aber zuerst legen Sie jetzt das Bein auf diesen Stuhl.«

Verblüfft legte Dylan sein Bein hoch. Dann sah er zu, wie Anne um den Schreibtisch herumging und sich ihm gegenüber hinsetzte. Noch immer überrascht von ihrer Selbstverständlichkeit, sagte er schließlich: »Ach ja, setzen Sie sich doch. Bitte.«

»Danke«, Anne sagte es ganz betont und wusste gleichzeitig, dass sie einen ersten Sieg errungen hatte.

»Mister Dylan, es geht um die Steuererklärungen für das vergangene Jahr. Sie sind korrekt, soweit ich das als Laie feststellen konnte, aber Lady Caroline macht Schwierigkeiten bei der Unterzeichnung.« Sie erklärte ihm kurz, um was es ging, und legte die Papiere vor ihn auf den Schreibtisch.

»Und was soll ich nun machen?«

»Die Wogen glätten. Lady Caroline verlangt das von mir, aber ich kann es nicht und ich will mich auch nicht in die internen Belange Ihrer Familie einmischen.«

»Sehr vernünftig von Ihnen, Miss. Sie imponieren mir, weil Sie Ihre Grenzen kennen.«

»Leider sehe ich mich ständig gezwungen, meine Grenzen zu überschreiten.«

»Sie werden sich die Finger verbrennen, Miss.«

»Das ist möglich, aber das nehme ich lieber in Kauf, als ein Ziel aufzugeben.«

»Was wollen Sie eigentlich dabei von mir?«

»Sie sollen als Vermittler fungieren.«

Dylan lachte schallend. »Ich und ein Vermittler? Wie kommen Sie denn auf diesen Blödsinn?«

»Gut, wenn Ihnen der Ausdruck Vermittler nicht passt, dann nenne ich Sie Friedensstifter. Sie sollen dafür sorgen, dass die Wogen nicht zu hoch schlagen. Hier muss man immer mit Stürmen rechnen.«

»Und wo gibt es Stürme?«

»Nun, in Ihrer Familie. Zwischen Ihrer Mutter und Ihren Brüdern ziehen die Gewitter oft ganz gewaltig herauf, und das muss endlich aufhören.«

»Ich mische mich da nicht ein.«

»Sie müssen das tun, denn Sie stehen über den Konflikten, die hier herrschen.«

»Ich gehöre mitten hinein, wenn Sie das vergessen haben sollten.«

»Mister Dylan, ich halte Sie für einen ehrenwerten, gewissenhaften und toleranten Mann, bitte enttäuschen Sie mich nicht.«

»Ihre Eindrücke, Miss, interessieren mich nicht. Ich halte mich aus diesen familiären Querelen heraus. Mein Leben spielt sich in Edinburgh ab, und wenn ich wirklich einmal hier herauskomme, dann will ich meine Ruhe haben und das Land genießen, Also drängen Sie mich nicht in etwas hinein, mit dem ich nichts zu tun haben will.«

»Für einen Feigling habe ich Sie eigentlich nicht gehalten.«

»Was Sie von mir denken, interessiert mich wirklich nicht, Miss. Also gehen Sie jetzt bitte, ich habe zu arbeiten.«

»Ich gehe, wenn Sie mir eine Frage beantwortet haben.«

»Und die wäre?«

»Sind Sie der offizielle Rechtsberater der Familie MacAdleston und somit befugt, rechtsverbindliche Unterschriften zu leisten?«

»Selbstverständlich.«

»Dann unterschreiben Sie jetzt bitte die Steuererklärungen für das vergangene Jahr.« Mit diesen Worten legte Anne die Akten vor ihn auf den Tisch, blätterte die entsprechenden Seiten auf und zeigte mit dem Finger auf die Stellen, an denen sie seine Unterschrift erwartete.

Verblüfft schaute Dylan Anne an, die sich nicht durch seine überhebliche Art abbringen ließ und die jetzt seinen Füllfederhalter ergriff. »Darf ich bitten?«

Und bevor Dylan noch richtig nachdenken konnte, hatte er vier Unterschriften geleistet, so verwundert war er.

30

Schwarz und schwer hingen die Wolken über den Lammermuir-Hills, und der Sturm blies die letzten Ginsterblüten von den Zweigen. Das Land verschwand in einem grauen Regenschleier, als Daniel Bendix mit dem Mietwagen aus Edinburgh die Schnellstraße in Cockburnspath verließ und nach Westen hin auf die Landstraße abbog. Das Autohaus hatte ihm eine gute Karte mitgegeben und die Strecke nach Lammermuir-House genau eingezeichnet.

Er war am Morgen mit der Lufthansa in Hamburg gestartet, in London umgestiegen und um zehn Uhr bereits in Edinburgh gelandet. Wenn ich mich beeile, bin ich zum Mittagessen im Schloss, überlegte er und dachte kurz an das Telefongespräch mit Anne, die ihm sehr reserviert vorgekommen war. Die arme Anne, dachte er, wie verloren muss sie sich bei all diesen fremden Menschen fühlen. Höchste Zeit, dass ich mich um sie kümmere. Er erinnerte sich an die vergangenen Wochen in Dubai und sein Gefühl des Alleinseins in dieser orientalischen Welt. Da ist mir erst so richtig klar geworden, wie sehr mir Anne fehlt. Gut, ein sehr inniges Verhältnis hatten wir ja nicht gerade – eigentlich hatten wir überhaupt kein Verhältnis –, dachte er, aber was nicht ist, kann ja noch werden. Die junge Anne von damals hat sich ganz schön verändert, da ist es Zeit, dass ich komme, bevor ein anderer da ist. Mich wundert es sowieso, dass sie noch immer ungebunden ist. Na ja, überlegte er, sie musste sich um die Mutter kümmern, da war wohl keine Zeit für Liebeleien, und jetzt kümmert sie sich um eine alte Lady, da bleibt keine Zeit für einen Flirt. Aber jetzt werde ich ihr zeigen, dass das Leben auch schöne, interessante und glückliche Seiten hat. Ich werde mit ihr die Welt erobern, – er lächelte vor sich hin – hm, die ganze Welt gerade nicht, aber den Himmel auf Erden, den erleben wir gemeinsam.

Er fuhr um eine Kurve und musste scharf bremsen. Mitten auf dem Asphalt versperrte ein Gerüst die Weiterfahrt. Daniel stieg aus und studierte das Schild, das auf die Bretter genagelt war; ›Durchfahrt verboten‹, stand da und ›Schutzzone‹. Schutzzone gegen was oder wofür, dachte Daniel und besah sich dieses große, tief in den Asphalt eingelassene Gerüst. Beiseitestellen konnte er es nicht, zumal er außer dem Wagenheber und einer Kurbel kein Werkzeug bei sich hatte. Vorbeifahren konnte er aber auch nicht. Auf der einen Seite begrenzte eine Steinmauer die Straße, auf der anderen Seite war eine Böschung und dahinter ein wasserreiches Moorgebiet. Er besah sich die Mauer, fand eine Lücke, durch die er hindurchsehen konnte, und stellte fest, dass unendlich weites hügeliges Land sich jenseits der Mauer erstreckte.

Kein Mensch, kein Haus, nicht einmal ein Tier, dachte er enttäuscht. Er ging wieder zum Auto und breitete die Straßenkarte auf dem Fahrersitz aus. Hier gibt's nicht mal eine Abzweigung oder eine Umleitung, ärgerte er sich und holte sein Handy aus der Reisetasche. Aber nach zwei Minuten warf er das Handy zurück in die Tasche. »Verdammt, nicht mal eine Handyverbindung gibt es hier draußen«, schimpfte er laut vor sich hin und setzte sich, durchnässt vom Regen, wieder ins Auto. Vorsichtig versuchte er den unbekannten Wagen zu wenden. Die Straße war eng, die Mauer unnachgiebig und der Morast auf der anderen Seite alles andere als einladend. Zweimal musste Daniel aussteigen, um zu sehen, wie viel Platz noch zwischen Rädern und Sumpf blieb, dann hatte er es geschafft. Erschöpft saß er schließlich wieder im Auto, sein Ziel irgendwo weit entfernt im Rücken und vor sich die bange Frage: Wie komme ich nach Lammermuir-House? Ich muss zurück in den nächsten Ort, dachte er verärgert, da wird nichts aus der Ankunft zum Mittagessen.

In Cranshaws fragte er erst in einem Pub nach einem anderen Weg, und als man ihm dort nicht weiterhelfen konnte, fuhr er zur Polizeistation und bat um Hilfe.

Der Polizist starrte ihn ungläubig an. Von einer Straßensperre hatte er noch nie etwas gehört. Der Mann glaubte einfach nicht, was er ihm sagte.

»Unmöglich«, konterte der Polizist, »wir haben hier keine Sperre und keine Schutzzone. So etwas muss bei uns angemeldet werden, und mir ist nichts davon bekannt.«

Er rief im Nachbarort an, aber auch dort wusste man nichts von Straßensperrungen und Schutzzonen. »Was für Schutzzonen sollen das überhaupt sein?«, fragte der Kollege aus Longformacus. »Hier gibt es nur Weiden und Wälder und Moore, was soll denn da geschützt werden?«

»Ich weiß es auch nicht, aber ich werde mir die Sperrung ansehen.« Und zu Daniel gewandt, »kommen Sie, zeigen Sie mir das Schild. Ich werde das überprüfen. Straßensperrungen ohne Polizeierlaubnis gibt es nicht.«

Er bat Daniel vorauszufahren, steckte seine eigenen Straßenkarten ein und folgte ihm mit dem Motorrad.

Vor der Sperre angekommen, prüfte er das Schild, die Karten und die Landschaft. Dann nickte er. »Ab hier ist das eine Privatstraße. Da können die Besitzer machen, was sie wollen. Sie müssen aber Veränderungen auf jeden Fall beim Kreisamt und bei der Verkehrspolizei melden. Und das haben sie nicht getan.«

»Wie heißen denn die Besitzer, und wie komme ich nun weiter?«

»Das sind die MacAdlestons von Lammermuir-House, eine bekannte und seltsame Familie. Was wollen Sie denn dort?«

»Meine Freundin arbeitet da, ich wollte sie besuchen und dann abholen.«

Mister Blyd besah sich die Straße genauer, dann bemerkte er zwei kleine Grenzsteine rechts und links vom Asphalt. »Also hier beginnt die private Zone. Das Gestell dürfen wir also nicht beseitigen. Mit dem Wagen kommen Sie aber auch nicht daran vorbei.

Ich rate Ihnen, setzen Sie sich zu mir auf die Maschine, ich bringe Sie hin, denn ich muss mit den Herrn vom Lammermuir-House ein ernstes Wörtchen reden. Was die hier gemacht haben, ist rechtswidrig.«

»Und was wird aus dem Wagen und meinen Sachen?«

»Den müssen Sie hier stehen lassen. Hier kommt sowieso keiner vorbei, im Dorf wissen alle, dass hier die Privatstraße beginnt, und wer nicht direkt zu den MacAdlestons will, fährt hier nicht entlang. Und wer will schon zu diesen Herrschaften!«

»Warum gelten sie als so schwierig?«

»Na ja, sie sind sehr exzentrisch und sehr selbstherrlich, sie sind eben die Landesherren und kapseln sich ab«, erklärte Mister Blyd, und Daniel spürte, dass die Familie hier wohl nicht gerade beliebt war.

»Und wie komme ich nachher an meinen Wagen und meinen Koffer?«

»Wenn Sie im Schloss willkommen sind, wird man Ihr Auto holen, und wenn nicht, nehme ich Sie wieder mit hierher.«

Daniel nickte, holte seine kleine Reisetasche, die Geld, persönliche Papiere und die Flugtickets enthielt, aus dem Wagen, verschloss das Auto und setzte sich hinter dem Polizisten auf das Motorrad. Ängstlich presste er die Tasche zwischen seinen Bauch und den Rücken des Fahrers, umklammerte Mister Blyd, denn oft hatte er noch nicht hinten auf einem Motorrad gesessen, und fuhr mit dem Fremden davon. Sturm und Regen peitschten den beiden ins Gesicht, und Daniel wusste, wenn er das Schloss jemals erreichte, war er nass bis auf die Haut.

Und sie erreichten das Schloss tatsächlich nach einer halben Stunde, und während das Wasser vom Gummimantel des Mister Blyd nur so heruntertropfte, war Daniel dem Regen ohne Schutz ausgeliefert. Sie hielten vor dem großen Portal, und der Polizist zog an der alten Glocke, bis ein Hausdiener die Tür öffnete.

Mister Blyd grüßte höflich, erklärte, dass er einen Gast hergebracht hätte, und wünschte, Lord MacAdleston zu sprechen.

»Seine Lordschaft ist nicht im Hause«, erklärte Ben, der Hausdiener, »aber ich kann Sie bei Mister Dylan melden.«

»Dann melden Sie mich bitte bei Mister Dylan und sagen Sie ihm auch, dass ich einen Gast mitgebracht habe.«

Ben half dem Polizisten höflich aus dem Regenmantel, besah sich kopfschüttelnd den Gast in seiner nassen Kleidung und verließ die Halle.

Als er kurz darauf zurückkam, überreichte er Daniel ein Handtuch und bat dann die Herren: »Bitte folgen Sie mir.«

Dylan war gerade dabei, eine wichtige Rede, die er halten sollte, am Computer vorzubereiten. Deshalb fragte er barsch: »Was wünschen Sie?«

Dabei schaute er kaum auf, als er dann aber Daniel sah, fragte er doch etwas höflicher: »Sind Sie ins Wasser gefallen? Wen wollen Sie hier antreffen?«

Der Polizist stellte sich wie schützend vor ihn und erklärte:

»Dieser Herr kommt aus Deutschland und wollte seine Freundin hier im Schloss treffen und abholen. Leider hat ihm ein Sperrschild den Weg verbaut. Sie haben Straßen gesperrt, was unkorrekt ist.«

»Es sind unsere Straßen, und wir können damit machen, was wir wollen«, knurrte Dylan. »Und außerdem, wir haben hier keine Freundin von irgendwem. Guten Tag, ich habe zu arbeiten.«

»Augenblick mal, Mister MacAdleston, wenn Sie Sperrschilder aufstellen, müssen Sie das melden, damit die Polizei Umleitungen ausweisen kann.«

»Das ist Ihre Aufgabe, also verschonen Sie mich mit Umleitungen.«

Aber der Polizist ließ sich nicht so einfach abspeisen. »Mister MacAdleston, ich mache Sie darauf aufmerksam, dass Straßensperrungen nur dann erlaubt sind, wenn schwerwiegende Gründe dafür vorliegen.«

»Wir haben unsere Gründe, und im Übrigen ist mein Bruder Nathan für die Schilder zuständig. Also wenden Sie sich an ihn.«

»Aber Sie sind der Rechtsberater der Familie, Sie hätten ihn auf die Vorschriften aufmerksam machen müssen, und damit trifft Sie die gleiche Schuld wie Ihren Herrn Bruder.«

»Blödsinn. Reden Sie mit meinem Bruder, er ist in den Stallungen. Und nehmen Sie ihren Begleiter bitte mit, ich habe zu arbeiten.«

»Dieser Herr hier ist mein Zeuge und er hat die Polizei erst auf die unrechtmäßig aufgestellten Schilder aufmerksam gemacht.«

Wütend starrte Dylan den Fremden an. »Wer sind Sie überhaupt, und was machen Sie hier auf unserem Gelände. Wir haben die Sperrschilder nicht umsonst aufgestellt. Wie können Sie die missachten und einfach hierherkommen?«

Daniel, der sich langsam an die unhöfliche Art dieses Mister MacAdleston gewöhnt hatte, trat neben den Polizisten und erklärte: »Ich bin Daniel Bendix, ich bin Architekt, komme aus Deutschland und wünsche meine Bekannte, Frau Anne-Sophie Wedel, zu sehen und sie mit nach Deutschland zurückzunehmen.«

Dylan starrte den Deutschen verärgert an. »Sie sind also derjenige, der uns die Polizei ins Haus geholt hat? Ich denke, Sie sollten so schnell wie möglich verschwinden. Meine Brüder werden nicht begeistert sein, Sie hier anzutreffen.«

»Ich wünsche Miss Anne zu sehen und zu sprechen, vorher werde ich das Anwesen nicht verlassen.«

Dylan klingelte, und als der Hausdiener erschien, erklärte er. »Ben, bringen Sie die Herren nach draußen, der eine wünscht meinen Bruder Nathan zu sprechen, der andere sollte ganz schnell von hier verschwinden. Und schicken Sie eines der Hausmädchen her, damit sie den nassen Fußboden aufwischt.«

»Sehr wohl, Mister Dylan.«

Unhöflicher hätte Dylan kaum sein können. Aber er war wütend. Erst störte man ihn bei der Arbeit, dann gab man ihm die Schuld für Nathans Straßensperrungen und dann wollte man der Mutter auch noch die Freundin wegnehmen. Was ging den Deutschen diese Anne an? Sie hatte die Mutter freiwillig begleitet, hatte sich intensiv um Kranke und Verletzte im Schloss gekümmert – wütend nahm er sein Bein vom Stuhl und streckte es aus, dieses Hochlegen war die reinste Qual für ihn –, und nun kam so ein Fremder und behauptete, Anne sei seine Freundin. »Blödsinn«, sagte er noch einmal laut und wendete sich wieder seiner Rede zu, die er vor der Geschworenenkammer in Glasgow halten sollte.

Ben begleitete die Herren in die Halle, reichte dem Polizisten seinen Regenmantel und öffnete die Tür nach draußen. Aber Daniel blieb stehen. »Ich verlasse das Schloss nicht, ohne Frau Anne-Sophie Wedel gesehen zu haben. Ich habe mich telefonisch angemeldet, und sie weiß, dass ich komme.«

Unschlüssig sah Ben von einem zum anderen. Der Polizist nickte ihm zu. »Na los, gehen Sie und melden Sie den Herrn an. Sie werden doch wissen, wo sich die Dame aufhält.«

»Ja schon, aber Mister Dylan hat mir einen anderen Auftrag erteilt.«

»Na und? Beeilen Sie sich lieber, umso schneller ist die Sache erledigt.«

»Also gut, dann warten Sie bitte hier, ich bin gleich zurück.«

Daniel setzte sich auf einen der Stühle, die überall herumstanden. Er bebte am ganzen Körper, nicht nur vor Wut, sondern vor Kälte. Nass bis auf die Haut, durchgefroren und hungrig, ging es ihm wirklich sehr schlecht. Er hörte, wie der Polizist sein Motorrad startete und davonfuhr. Müde sah sich Daniel um. Nicht schlecht, dachte er, wo Anne hier gelandet ist. Aber verdammt einsam, kalt und unfreundlich. Wie kann man hier nur wohnen, wenn draußen die Welt voller Leben, Freude und Sonne ist. Na ja, dachte er, Sonne scheint heute nicht gerade, und wenn ich an Dubai denke, dann hätte ich mir sogar einen Tag wie diesen gewünscht.

Daniel hörte entfernte Stimmen. Anne, dachte er, das ist die Stimme von Anne. Na endlich. Und wenn sie nicht gleich mit mir zurückreisen will, dann bleibe ich eben ein paar Tage hier, scheint doch alles recht feudal zu sein, so mit Hausdiener und anderen Bediensteten.

Die Stimmen kamen näher. Dann sah er Anne und den Hausdiener die Treppe herunterkommen. Er sprang auf, freudig erregt ging er auf Anne zu und breitete die Arme aus. »Wie schön, meine liebe Anne, dich endlich zu sehen. Ich freue mich so, ich konnte es kaum erwarten. Und in Hamburg angekommen, habe ich als Erstes mein Ticket hierher zu dir gebucht. Freust du dich denn auch?«

Anne blieb mitten in der Halle stehen. Was sollte das? Was wollte dieser Daniel von ihr. Sie waren sich nie näher als bis zu einem Händedruck gekommen, warum jetzt diese ausgebreiteten Arme und diese übersprudelnde Freude?

Sie streckte den Arm aus und reichte ihm die Hand und vermied damit die Umarmung, zumal sie sah, dass hinten am Ende der Halle Dylan aus seinem Zimmer gekommen und in der dunklen Ecke stehen geblieben war.

»Hallo Daniel, was machst du denn hier?«

»Aber Anne, ich habe dir doch am Telefon gesagt, dass ich dich besuchen und mit zurück nach Hamburg nehmen will.«

Erschrocken betrachtete sie den durchnässten Mann. »Daniel, wie siehst du überhaupt aus?«

»Pech, nichts als Pech, seitdem ich in Edinburgh gelandet bin. Die Straße hierher ist gesperrt, und ich musste zurück in den nächsten Ort fahren, und dann hat mich ein Polizist im strömenden Regen auf seinem Motorrad hergebracht. Und dann gab es nichts als Ärger, weil ein Mister Dylan meinte, ich sei schuld, dass die Polizei nun Ärger wegen der gesperrten Strasse macht, und zum Schluss hat er mich einfach aufgefordert, sofort das Schloss zu verlassen.«

Anne war sprachlos. Das alles war so typisch für Daniel. In der Schule war er nur mit Mühe bis zum Abitur gekommen, dann musste er bei der Architektenausbildung dreimal bis zum Abschluss die Hochschule wechseln, dann die Arbeit in Dubai, die er nach zwei Monaten aufgegeben hatte, und nun kam er einfach hierher, um sie abzuholen. Sie schüttelte den Kopf. Das kam überhaupt nicht infrage. »Daniel, ich muss dich enttäuschen, du bist umsonst gekommen. Ich denke gar nicht daran, hier fortzugehen.«

»Aber wieso nicht? Du wolltest auf einem Schiff arbeiten und später bei den Ärzten, und nun hat man dich überredet, hier eine Pflegestelle zu übernehmen, und die hat sich inzwischen erledigt. Was willst du also noch hier? Ich suche mir eine andere interessante Arbeit, du begleitest mich, und irgendwann werden wir ein wunderbares gemeinsames Leben führen, hört sich das nicht fantastisch an?« Er schaute zum Fenster hinaus, dann befühlte er seine nasse Jacke, dann die Hose und dann schüttelte er sich vor Kälte. »Scheußlich ist es hier.«

Anne empfand Mitleid mit dem alten Schulfreund. Aber da sie selbst als Gast hier lebte, konnte sie nicht einfach sagen: Bleib hier, ruh dich aus und morgen ist auch noch ein Tag. Andererseits, wenn sie Mitleid zeigte, nahm der Mann das vielleicht als eine erste Zusage und würde sie drängen, doch mitzukommen.

So wandte sie sich an Dylan, der immer noch vor seiner Zimmertür stand, und fragte: »Mister Dylan, wäre es wohl möglich, dass sich mein Bekannter hier irgendwo aufwärmen und warten könnte, bis ich seine nassen Sachen getrocknet und gebügelt habe?«

Dylan, noch immer wütend, sagte: »Führen Sie den Mann, der uns die Polizei ins Haus gebracht hat, in den Salon, der Hausdiener soll sich um ihn kümmern. Und dann würde ich mich gern mit Ihnen unterhalten, Miss Anne.«

Verblüfft schaute Daniel von einem zum anderen. Wie sprach denn dieser Mann mit Anne? Und ihn selbst übergab er der Fürsorge eines Hausdieners. War das die berühmte schottische Gastfreundschaft? Er konnte doch nichts dafür, dass die Polizei hier aufgekreuzt war und dass man diese Straßensperrschilder hätte anmelden müssen?

Anne führte ihn in einen Salon, wo er sich vor einem Kaminfeuer wärmen konnte. Dann kam der Hausdiener mit einem Bademantel und bat ihn, sich auszuziehen, und dann saß er frierend vor dem Kamin, trank einen heißen Tee, den Anne bestellt hatte, und wartete alleine auf seine getrockneten Sachen. Und wie soll ich hier wieder fortkommen? Anne wird kaum ein Auto besitzen, mit dem sie mich zurückbringen kann – und überhaupt, sie soll ja mit mir kommen, warum ist sie so abweisend? Hat sie denn nicht verstanden, dass ich inzwischen liebevolle Gefühle für sie empfinde?

31

Anne hatte keine liebevollen Gefühle, als sie das Büro von Dylan betrat. Ihre Gefühle waren eher gemischt. Sie kannte diesen Mann nur als rücksichtslos, herrschsüchtig und starrköpfig, denn selbst während sie ihn als Pflegerin betreute, hatte er nie ein Dankeschön für sie übriggehabt. Was will er also jetzt von mir, überlegte sie und nahm sich vor, ihm gegenüber keine Schwäche zu zeigen.

Sie klopfte an, trat ein, ohne auf sein »Herein« zu warten, und blieb neben der Tür stehen. »Sie wollten mich sprechen?«

Dylan sah auf und fragte unfreundlich: »Wer ist er, was will er, wann verschwindet er?«

Anne hielt sich an seinen Ton und erwiderte genau so kurz: »Er ist ein Bekannter, er will, dass ich mit ihm nach Hamburg zurückkehre, er reist ab, sobald er eine Gelegenheit dafür hat.«

»Mit Ihnen oder ohne Sie?«

»Das hängt von mir ab.«

»Und? Wie entscheiden Sie sich?«

»Ich werde es mir überlegen.«

»Was gibt es denn da zu überlegen?«

Anne sah ihn sprachlos an. Der Mann war an Bosheit nicht zu überbieten. »Nun«, erwiderte sie mit einem Lächeln, »nun, es hängt zum Beispiel davon ab, wie lange ich Ihre Art noch ertrage.«

»Das können wir gleich regeln«, erklärte Dylan schroff.

»Ja«, nickte Anne noch immer lächelnd, »Ihre Bosheit ermuntert mich immer wieder zum Bleiben. Ich möchte wirklich herausfinden, wann Sie Ihre Grenze erreicht haben. War's das?«

Sprachlos starrte Dylan die junge Frau an. Dann brach er in schallendes Gelächter aus. »An Dreistigkeit sind Sie selbst kaum zu überbieten. Aber bitte schön, lassen wir es darauf ankommen. Das war's dann.«

Anne ging hinaus und schloss die Tür so behutsam, wie es ihr irgend möglich war, obwohl sie am ganzen Körper zitterte. Dieser arrogante Typ, dachte sie, nur gut, dass ich auf ihn und sein Wohlwollen nicht angewiesen bin. Aber ich werde ihm zeigen, wohin mich seine Impertinenz treibt, keinen Schritt werde ich weichen.

Sie blieb vor dem Porträt des alten Lord in der Halle stehen und sah zu dem Bild hinauf. »Haben deine Söhne ihre Impertinenz und Streitsucht von dir geerbt? Du hättest ihnen wirklich etwas Toleranz und Freundlichkeit mit auf den Weg geben können«, sagte sie ganz leise. »Aber wenn man hier so miterlebt, wie sie miteinander umgehen, dann ist es wirklich kein Wunder, dass in dieser Familie nur Zank und Streit herrschen.« Dabei halte ich Dylan noch für den vernünftigsten der drei Söhne, nicht so stur wie den Rinderzüchter und nicht so kleinlich wie den Geschäftsmann, überlegte sie.

Anscheinend hat das Studium den Rechtsgelehrten zu einem wortgewandten Streithahn gemacht. Aber ich lass es darauf ankommen, Bosheiten haben mich noch nie beeindruckt, erklärte sie wortlos dem alten Hausherrn in seinem vergoldeten Rahmen.

Hinter ihr ging die Bürotür auf. Sie drehte sich um und stand Dylan gegenüber. Mit gerunzelter Stirn erklärte er: »Ich hoffe, ich muss diesen sogenannten Bekannten nicht beim Dinner erleben.«

»Der sogenannte Bekannte wird abreisen, sobald ich ein Auto gefunden habe, mit dem ich ihn zu seinem Wagen am Straßensperrschild bringen kann.«

Ohne eine weitere Erklärung zog Dylan ein Schlüsselbund aus der Hosentasche und reichte es Anne. »Da«, war alles, was er dazu sagte.

Und Anne, ziemlich verblüfft, befahl ihm: »Sie sollen Ihr Bein hochlegen, wie oft muss ich das denn noch sagen?«

Ohne Dylan noch länger zu beachten, ging sie hinunter ins Souterrain zu den Wirtschaftsräumen. Als sie den Hausdiener fand, bat sie ihn, die inzwischen hergerichteten Sachen in den Salon zu bringen und Daniel auszurichten, dass sie ihn in einer halben Stunde zu seinem Mietwagen bringen werde. Sie hatte keine Lust, sich auf ein längeres Gespräch mit dem plötzlich gefühlsseligen Mann einzulassen. Sie ging in die Suite von Lady Caroline, um der alten Dame mitzuteilen, dass sie für eine gute Stunde unterwegs sein werde, um einen Gast zu seinem Auto zurückzubringen.

»Ach Anne, ich habe schon gehört, dass du Besuch bekommen hast. Willst du mir deinen Gast nicht vorstellen, du weißt, ich freue mich über jeden Besuch.«

»Danke Caroline, aber ich möchte diesen Gast eigentlich gern so schnell wie möglich loswerden.«

»Aber warum denn? Du hattest hier noch nie Besuch, freust du dich denn nicht?«

»Weißt du, dieser Gast ist ein alter Schulfreund von mir, weiter nichts. Wir hatten uns lange aus den Augen verloren, dann haben wir uns kurz getroffen, als ich mich für die Seereise fertig machte und er auf dem Weg nach Dubai war, wo er Brücken bauen wollte.«

»Na und? Das hört sich doch sehr interessant an.«

»Ja, nur ist dieser Daniel weniger interessant, als es sich anhört. Dubai war ihm zu einsam, und da hat er sich plötzlich an mich erinnert, glaubte Gefühle für mich zu haben, ohne dass ich etwas davon wusste. Dazu gehören doch zwei.«

»Und deshalb ist er hergekommen?«

»Ja. Er dachte, ich falle ihm nun um den Hals und beende seine Einsamkeit, indem ich ihm lebenslang zur Seite stehe.«

»Und das hast du nicht vor?«

»Nein«, lachte Anne, »auf keinen Fall.«

»Gott sei Dank. Aber sollten wir ihn nicht zum Dinner einladen?«

»Nein. Dein Sohn Dylan möchte ihn beim Abendessen nicht sehen.«

»Aber was hat Dylan damit zu tun?«

»Dieser Daniel hat der Polizei die Straßensperre gemeldet, weil er mit seinem Wagen nicht durchfahren konnte, und nun ist die Polizei auf der Farm, weil die Schilder nicht gemeldet wurden.«

»Gütiger Himmel, meine Söhne! Und was wird nun aus deinem Gast?«

»Ich bringe ihn zu seinem Wagen zurück.«

»Und? Bist du nicht traurig?«

»Aber Caroline, es war nicht abgesprochen, dass er hierherkommt. Ich bin an seinen plötzlichen Gefühlen für mich nicht interessiert, das sagte ich doch schon.«

»Du bleibst uns also erhalten? Dann bin ich beruhigt. Und? Hast du einen Wagen, um ihn fortzubringen?«

»Dylan hat mir seinen Autoschlüssel gegeben.«

»Donnerwetter!«, entfuhr es Caroline. »Er hat noch niemals einen anderen in seinem Wagen fahren lassen. Nicht einmal seine Rachel.«

»Dann werde ich sehr vorsichtig fahren.«

»Weißt du, Dylan ist ein komischer Mann. Gefühle kann er überhaupt nicht zeigen, aber dass er dich mag, erkennst du daran, dass er dir die Autoschlüssel gegeben hat.«

»Na«, spottete Anne, »das müssen aber schon sehr komische Gefühle sein, die sich darin ausdrücken.«

Caroline sah Anne einen Augenblick wortlos an, dann schmunzelte sie ebenfalls: »Abwarten!«

Anne ging nach unten, um Regenmäntel und Gummistiefel aus der Kleiderkammer im Wirtschaftstrakt zu holen. Dann ging sie in den kleinen Salon, wo Daniel am Fenster stand und in den stürmischen Himmel schaute. »Heute wird es wohl nicht mehr besser mit dem Wetter«, murmelte er, als er Anne hereinkommen sah.

»Nein«, versicherte sie, »ich habe uns Regenmäntel mitgebracht.«

»Wohin willst du denn mit den Regenmänteln.«

»Einer ist für dich, der andere für mich, ich will dich zu deinem Mietwagen fahren, aber bis zur Garage brauchen wir den Schutz.«

»Du willst mich wegbringen?«

»Es tut mir leid, wenn du etwas anderes erwartet hast. Aber da ich selbst nur Gast bin, kann ich dich nicht einladen zu bleiben, das sagte ich doch schon.«

»Na gut. Aber ich habe fest damit gerechnet, dass du mich begleitest.«

»Ich begleite dich doch auch.«

»Ja, aber nur bis zu meinem Wagen. Ich hatte mit Hamburg und mit einer langen Zeit gerechnet.«

»Daniel, dann hast du die Rechnung ohne mich gemacht. Ich bleibe hier.«

»Und warum?«

»Weil ich gern hier bin, weil ich hier Freunde gefunden habe, weil es hier Leute gibt, die mich brauchen.«

»Ich brauche dich auch, Anne.«

»Nein Daniel, du brauchst jemanden, der dir zur Seite steht, wenn du einsam bist, der dich aufmuntert, wenn du traurig bist, der dir Mut macht, wenn du nicht weiter weißt, und der zu dir steht, wenn du Probleme hast. All das kann ich nicht.«

»Und warum nicht? Du bist die einfühlsamste Frau, die ich kenne.«

»Ja, wenn es um Patienten geht. Uns verbindet nur eine frühere Schulfreundschaft, das ist alles.«

»Aber für mich bedeutet sie viel mehr, merkst du das denn nicht?«

»Doch, wenn ich dich reden höre, merke ich das, aber ich kann deine Gefühle nicht erwidern, und ich fände es falsch, dir etwas vorzumachen. Wir bleiben Freunde, wir schreiben uns hin und wieder, oder wir telefonieren ab und zu, mehr aber nicht.«

»Hast du einen anderen Mann? Einen festen Freund, der dir mehr bedeutet als ich?«

»Nein. Und wenn es so wäre, würde ich keine Vergleiche ziehen. So, und nun komm, es wird dunkel, und ich möchte nicht in der Dunkelheit mit einem fremden Wagen unterwegs sein.«

Anne ging mit ihm durch die Halle, dann über den weiten Vorplatz und dann hinüber zur Großgarage. In der Garage kam ihr Charles entgegen. »Miss Anne, was treibt Sie bei dem Wetter nach draußen?«

»Ich muss einen Gast fortbringen. Welches ist der Wagen von Mister Dylan?«

»Dort drüben, das schwarze Cabrio. Soll ich Sie nicht lieber fahren?«

»Danke, Charles, aber Mister Dylan hat mir die Schlüssel anvertraut, und Lady MacAdleston sagte, er lässt sonst niemanden an seinen Wagen heran, es ist also ein Vertrauensbeweis, den ich nicht missbrauchen möchte. Ich werde schon zurechtkommen.«

»Selbstverständlich, Miss Anne. Aber ich werde den Wagen aus der Garage fahren, ich zeige Ihnen noch, wie er zu bedienen ist, die Schaltung, das Licht, die Bremse.«

»Danke, Charles.«

Daniel hatte die ganze Zeit daneben gestanden und kein Wort gesagt, aber als Charles zu dem fremden Wagen ging, flüsterte er Anne zu: »Ich denke, du hast keinen Freund, wieso dann die Rede von Ausnahmen und von Vertrauen, ist da doch etwas, was für dich wichtig ist?«

»Nein«, erwiderte Anne etwas zu schroff und beobachtete Charles, wie er den Wagen nach draußen fuhr. Dann ließ sie sich die Schalter und Hebel, das Licht und die Blinkeranlage zeigen, bedankte sich bei Charles und bat Daniel: »Bitte leg deinen nassen Regenmantel in der Garage ab und steig ein, wir müssen abfahren, damit ich nicht in der Nacht fahren muss.«

Anne fuhr sehr langsam. Der fremde Wagen, der Sturm mit den kräftigen Regenschauern, der unbekannte Weg, das alles hinderte sie daran, schneller zu fahren, denn das wollte sie gern, um einem langen Gespräch mit Daniel auszuweichen.

Daniel schwieg eine Weile, dann legte er seine Hand vertraulich auf Annes Oberschenkel und sah sie an. Aber Anne nahm seine Hand und legte sie zurück auf seinen Sitz und bat: »Keine Vertraulichkeiten, Daniel, die gab es bei uns noch nie, und ich möchte sie auch jetzt nicht haben.«

»Ich verstehe dich nicht, Anne. Du sagst, dass es auf der ganzen weiten Welt keinen Mann gibt, der dir nahe steht oder der dir etwas bedeutet, warum lehnst du mich ab? Du bist hier eine kleine Angestellte, jedenfalls habe ich diesen Eindruck, was verlierst du, wenn du hier aufhörst und mit mir zusammen ein neues Leben anfängst? Ich verdiene gut, ich kann dir alles bieten, ich könnte weltweit Aufträge bekommen – nur, allein will ich das nicht. Aber mit dir zusammen könnten wir ein wunderbares, interessantes Leben haben.«

»Daniel, du warst kaum ein paar Wochen in Dubai, warum hast du aufgehört?«

»Weil ich dich brauche. Allein kann ich mich nicht an die Fremde, an das Unbekannte gewöhnen, aber mit dir zusammen würde ich die Welt erobern.«

»Du träumst, Daniel. Und du musst weiter träumen, denn ich werde dich nicht begleiten. Ich habe hier Freunde gefunden und ich werde hier bleiben, solange man mich braucht. Es gibt nämlich auch Freundschaften, die beruhen auf Zuneigung, Verstehen und Vertrauen, die haben nichts mit Sex und Erotik zu tun, die sind einfach gewachsen und die sind sehr stabil.«

»Also Anne, ich glaube, du träumst. Du bist kaum ein paar Wochen unterwegs und redest von Verständnis und Vertrauen, so etwas muss auch wachsen, das geht einfach nicht von heute auf morgen.«

»Es kommt immer auf die Menschen an, mit denen man zusammen ist. Ich habe eine Freundin gefunden, eine alte Dame, die mich brauchte, und eines Tages haben wir Freundschaft geschlossen, für die ich sehr dankbar bin. Das ist alles und das hat mit Träumen nichts zu tun.«

Vor ihnen auf der Straße tauchte das Sperrschild im Regendunst auf. Anne bremste und hielt. »Tschüs, Daniel, lauf schnell hinüber, damit du nicht wieder nass wirst. Und lass von dir hören, wenn du Zeit dafür hast. Du weißt, als Freund bist du mir jederzeit willkommen, und als Freundin würde ich gern Anteil an deinem Leben nehmen.«

»Eine ferne Freundin nützt mir gar nichts. Ich hatte wirklich gehofft, jetzt in diesem Augenblick mit dir zusammen in diesen Mietwagen zu steigen und in eine gemeinsame Zukunft zu starten. Schade, ich bin sehr enttäuscht.«

»Daniel, du hast deine Träume oder Wünsche, oder wie immer ich das nennen soll, was dich hergebracht hat, auf einseitigen Illusionen aufgebaut, wie kannst du mit Chancen rechnen? Du bist ein guter Brückenbauer, also bau dir deine Brücke in die Zukunft und vergiss ganz einfach diese stürmische Reise in die Lammermuir-Hills.«

Sie startete den Motor, und Daniel stieg aus. Er drehte sich nicht mehr um und fuhr davon.

Anne brachte den Wagen bis vor die Garage. Sie war froh, das fremde Auto unbeschädigt abzugeben, zumal sie nun wusste, wie ungern Dylan es aus der Hand gab. Charles kam heraus: »Alles gut gegangen?«

»Ja«, lachte Anne erleichtert, »aber bitte fahren Sie ihn jetzt auf seinen Platz, damit er nicht zum Schluss noch einen Kratzer bekommt.«

Charles nickte und parkte den Wagen an seinem vorgesehenen Platz. »Ich werde ihn noch putzen, Mister Dylan ist da sehr penibel.«

Anne bedankte sich, ging zurück zum Schloss und begegnete Lady Caroline auf dem Weg in den Speisesaal.

»Ach, Anne, gut, dass du wieder da bist. Ich hatte solche Angst, dieser fremde Mann nimmt dich doch mit.«

Anne legte ihr liebevoll den Arm um die Schulter. »So schnell entführt man mich nicht, Caroline, und wenn du nicht sehr gut aufpasst, fange ich an, hier Wurzeln zu schlagen.«

»Ach, Anne, das wäre wunderbar.«

32

Da das Büro verschlossen war, ging Anne hinauf zu Dylans Suite, um ihm die Autoschlüssel zurückzugeben. Diesmal klopfte sie und wartete auf sein »Herein«. Es kam sofort, und sie betrat die Zimmerflucht, die sie ja von der Pflege her kannte.

Dylan hatte es sich in einem Sessel bequem gemacht und seinen verletzten Fuß auf einen Stuhl gelegt. Anne sah mit Genugtuung, dass er ihren Rat befolgt hatte, und fragte betont höflich: »Wie geht es Ihrem Fuß?«

»Es dauert alles viel zu lange«, beschwerte er sich.

»Ich wollte Ihnen die Schlüssel zurückbringen und mich noch einmal bedanken.«

»Wie sind Sie mit dem Wagen zurechtgekommen?«

»Danke gut. Charles hat mir alles erklärt, und dann bin ich losgefahren.«

»Und dieser Fremde, ist er weg?«

»Ja, er bringt den Mietwagen zurück nach Edinburgh, und ich nehme an, dass er morgen nach Hamburg fliegt.«

»Na hoffentlich, er hat uns eine Menge Ärger gebracht.«

»Dafür kann ich nichts. Ich habe ihn nicht gebeten, mich zu besuchen.«

»Ja, ja, ist schon gut. Können Sie mich morgen nach Edinburgh fahren? Mit meinem Wagen, meine ich? Ich habe einen Termin im Gericht und kann mit dem bandagierten Fuß nicht fahren.«

Anne zögerte. War sie sicher genug? Würde sie dem Großstadtverkehr in einem doch noch recht fremden Auto gewachsen sein? Sie sah ihn fragend an. »Glauben Sie, ich schaffe das in Ihrem Wagen, und dann in einer Großstadt, die ich nicht kenne?«

»Ich würde Sie nicht darum bitten, wenn ich mir nicht sicher wäre.«

»Gut, aber ich möchte den Termin mit Lady Caroline abstimmen.«

»Dann stimmen Sie. Wir müssten um acht Uhr aufbrechen, der Termin ist um zwölf.«

»Ich sage Ihnen Bescheid, wenn ich mit der Lady gesprochen habe.«

»Ich warte.«

Anne verließ die Suite und suchte die alte Dame auf.

»Caroline, brauchst du mich morgen?«

»Nein, warum fragst du?«

»Mister Dylan hat mich gebeten, ihn nach Edinburgh zu fahren.«

»So, so, er möchte sich von dir fahren lassen. Warum fragt er nicht Charles?«

Anne zuckte die Schultern. »Er wollte wissen, wie ich mit seinem Auto zurechtgekommen wäre, und dann bat er mich darum.«

»Richtig, er hat dir ja seine kostbare Karosse anvertraut. Und, wie bist du damit gefahren?«

»Gut. Charles hat mir alles erklärt, und ich bin sehr vorsichtig gewesen.«

»Tja, meine liebe Anne, dann solltest du ihn nach Edinburgh fahren. Über eins musst du dir aber im Klaren sein, diese Bitte bedeutet mehr als die Ausübung einer Gefälligkeit.«

»Was meinst du damit?«

»Dylan hat noch niemals jemanden gebeten, ihm irgendwann und irgendwie zu helfen.«

»Aber er hat den verletzten Fuß mit der dicken Bandage, er kann nicht allein fahren.«

»Er hätte wirklich Charles bitten können, der ist schließlich der Chauffeur des Hauses.«

»Bist du verärgert?«

»Aber nein«, lächelte die Lady, »nur verwundert, wirklich nur verwundert.«

Nachdenklich ging Anne über die Galerie zurück zu Dylan, klopfte an und ging auf sein »Herein« in seinen Salon. »Ich werde Sie morgen früh nach Edinburgh fahren, Mister Dylan.«

»Danke. Würden Sie einen Whisky mit mir trinken?«

Verblüfft schaute Anne ihn an. »Einen Whisky? Jetzt?«

»Ja. Warum nicht? Es ist dunkel draußen, es ist ungemütlich und stürmisch, und es ist langweilig, hier allein zu sitzen und in den Kamin zu starren.«

»Danke. Ich würde gern einen Whisky mit Ihnen trinken, Mister Dylan.«

»Könnten Sie den Mister weglassen, wenn wir hier so allein bei einem Whisky sitzen.«

»Ich könnte es versuchen, Mi... Dylan.«

»Gut. Der Whisky steht in dem Schrank da drüben, und Gläser sind da auch. Wenn Sie alles herbringen, kann mein Fuß auf dem Stuhl liegen bleiben, was Sie ja besonders gerne haben, Miss Anne.«

»Weil es Ihrem Fuß guttut. Und das ›Miss‹ können Sie auch vergessen, wenn wir hier so allein bei einem Whisky sitzen.«

Dylan lachte. »Sie sind sehr gewissenhaft und sehr genau, Anne.«

»Ich weiß.«

»Ist das gut für eine Beziehung? Sollte man da nicht auch mal großzügig und ungenau sein?«

»Was für eine Beziehung, Dylan?«

»Eine freundschaftliche.«

»Es kommt darauf an. Manche Leute gehen mit dem Wort Freundschaft sehr großzügig um. Ich gehöre nicht dazu.«

»Ja, ich weiß, das kommt von Ihrer Gewissenhaftigkeit. Was muss man denn tun, um Ihre Freundschaft zu verdienen?«

»Nichts, die kommt dann schon von ganz allein.«

»Und wann?« Die Andeutung eines Lächelns huschte über sein Gesicht. Anne sah ihn überrascht an. Der Mann kann ja richtig nett sein, dachte sie. »Warten wir es ab.«

Dylan nahm die Flasche und füllte den Whisky in die Gläser. »Wie möchten Sie ihn trinken? Eis ist da drüben im Kühlschrank und Mineralwasser ebenfalls.«

»Ich habe keine große Übung im Whiskytrinken, ich nehme ihn so wie Sie.«

»Gut, dann pur und bei Zimmertemperatur.« Er reichte ihr das Glas und stieß mit ihr an. »Auf die Freundschaft, wann immer sie kommt.«

»Danke.«

Unten rief der Gong zum Abendessen. Dylan sah Anne fragend an. »Sie können hier oben mit mir essen, wenn Sie mögen.«

Aber Anne schüttelte den Kopf. »Ich treffe Ihre Familie immer nur bei dieser Mahlzeit, das möchte ich nicht versäumen.«

»Hm, was versäumen Sie da schon. Genervte Damen? Meinungsverschiedenheiten? Unzufriedene Gesichter? Debatten, die im Nichts enden?«

»Ich erlebe eine Familie, die mich ängstigt.«

»Ha, ängstigt. Diese Familie war schon immer so und wird auch immer so bleiben. Der Egoismus des Einzelnen ist unübertrefflich.«

»Aber warum?«

»Weil dieser Familie die Liebe fehlt. Die gibt es einfach nicht.«

»Vielleicht sollte man das ändern?«

»Das hätten Sie vor fünfzig Jahren meinen Eltern sagen sollen. In dieser Familie sind Galloway-Rinder das A und O. Nichts gegen die armen Tiere, die können nichts dafür, aber das Familienleben ist dabei auf der Strecke geblieben.«

»Haben Sie nie versucht, das zu ändern?«

»Nein. Mich interessiert hier nur noch das schützende Dach über dem Kopf und das wärmende Feuer im Kamin.«

»Das ist sehr wenig, Dylan.«

»Mir reicht's. Guten Appetit.« Und da war er wieder, dieser schroffe, unhöfliche Ton, und Anne stand auf und verließ den Salon.

Im Speisezimmer waren alle Familienmitglieder und auch Andrew W. Möller versammelt. Man hatte einen Aperitif getrunken und setzte sich gerade, als Anne eintrat. Wie immer nahm sie neben Lady Caroline Platz. Das hatte sich so ergeben, als die alte Dame mit dem gebrochenen Arm Hilfe beim Essen brauchte, und der Platz war Anne dann geblieben. Ihr gegenüber saß Andrew, und Anne war froh, nicht neben einem der Söhne oder ihren Frauen sitzen zu müssen. Nach wie vor lehnte sie es ab, in einer festlichen Robe zum Essen zu erscheinen, einer Robe, mit der die beiden Gattinnen sich überboten.

Die Köchin und ihre Gehilfin servierten eine Gemüsesuppe mit feinen Kräutern und einen Lammbraten nach Art des Hauses mit gemischtem Kohlgemüse und einem Kartoffelgratin. Man unterhielt sich über Unwesentliches und erst nach dem Dessert kam Gordon zum eigentlichen Thema, das ihn seit Stunden beschäftigte: »Also, wir haben Ärger mit der Polizei bekommen, weil wir die Sperrschilder nicht angemeldet haben. Irgend so ein Besucher hat die Polizei darauf aufmerksam gemacht, und Bob, der Sergeant aus Cranshaws, hatte nicht Besseres zu tun, als uns ein Strafmandat auszustellen.«

»Wie viel?«, fragte Nathan verärgert.

»Fünfzig Pfund, und wenn wir die Schilder nicht sofort entfernen, noch mehr«, erklärte Gordon.

»Und was ist mit der Ansteckungsgefahr? Unsere Rinder sind mehr wert als ein Strafzettel aus Cranshaws.«

»Die Rundfunksender meldeten heute Abend Entwarnung. Es gäbe keine akuten Fälle in Schottland, und die Medien hätten die Gefahr unnötig aufgebauscht.«

»Und das glaubst du?« Nathan sah seinen Bruder ungläubig an.

»Ich habe mit anderen Züchtern telefoniert, sie sind alle der Meinung, die Gefahr sei vorbei.«

»Dein Wort in Gottes Ohr, wehe, wenn es anders ist.«

»Ich habe ein paar Leute losgeschickt, die Sperren abzubauen und die Straßen freizugeben.«

»Verdammt, warum bist du immer so voreilig. Jetzt, wo die Schilder stehen und wir diese unsinnige Strafe bezahlen müssen, können sie auch bleiben«, forderte Nathan.

»Ich werde die Strafe bezahlen«, mischte sich Anne in das Gespräch, das schon wieder in einem Streit zu enden drohte. »Der Besucher war auf dem Weg zu mir.«

»Das kommt überhaupt nicht infrage«, fiel Lady Caroline ein. »Du kannst überhaupt nichts dafür. Die Summe wird aus der Geschäftskasse beglichen.«

»Unsere großzügige Mutter, die keinen Einblick in die Finanzen hat«, konterte Nathan dreist und streitsüchtig.

»Du irrst dich, mein Sohn, ich bin noch immer auf dem Laufenden, und daran wird sich so schnell auch nichts ändern.«

»Natürlich«, mischte sich Gordon ein, »du musst uns mal wieder klarmachen, wie unersetzlich du bist. Aber ich sage euch eins, lange mache ich den Zirkus nicht mehr mit.«

»Was soll das heißen?« Lady Caroline sah sehr erzürnt von einem zum anderen.

»Weißt du, Mutter, es gibt noch andere Rinderfarmen, die einen guten Züchter brauchen. Dringend sogar.«

»Aha, du hast dich also schon umgehört?« Lady Caroline war hochrot im Gesicht, und Anne hatte Angst, dass sie sich überanstrengte.

»Bitte, meine Herren, nehmen Sie etwas Rücksicht auf die Sorgen von Lady MacAdleston. Ich bedauere zutiefst, dass mein Besucher einen solchen Streit ausgelöst hat. Ich übernehme die Unkosten und ich will kein Wort mehr darüber hören.« Anne wandte sich an Andrew, der bis jetzt geschwiegen hatte. »Wie weit sind Ihre Pläne gediehen?«

Andrew, mit einem angedeuteten Lächeln im Gesicht, ging auf Annes Versuch ein, das Streitgespräch zu beenden. »Ich bin fleißig und mitten in den Vorbereitungen«, versicherte er.

»Und haben Sie das Gefühl, Erfolg zu haben?«

Die anderen schwiegen und hörten plötzlich interessiert zu. Genau das hatte Anne gewollt, und ohne die geheimen Pläne des Reeders, der ja Lady Caroline zu einer Weltreise überreden wollte, zu verraten, fragte sie ganz naiv: »Wird es an den Finanzen oder an den Plänen scheitern. Oder wird es gelingen?«

»Die Finanzen sind kein Problem«, erwiderte Andrew Möller zuversichtlich, »viel eher liegt es am Wollen oder Nichtwollen.«

»Das wird schwierig zu entscheiden sein«, nickte Anne verständnisvoll.

Jetzt mischte sich Nathan ein. »Bei finanziellen Problemen könnte ich Ihnen beratend zur Seite stehen.« Neugierig sah er den Gast an. »Ich finde, Auswege lassen sich immer finden, Mister Möller.«

Andrew hob die Schultern und lächelte. »Ach wissen Sie, Sir, es gibt Probleme, die lassen sich nicht mit Geld regeln. Die muss man sehr differenziert und mit Feingefühl behandeln.«

»Genau das ist es, was ich auch immer sage«, mischte sich Gordon ein, »man kann nicht alles über einen Kamm scheren. Man muss feinfühlig an Probleme herangehen. Eine Art, die in dieser Familie strikt abgelehnt wird. Hier muss immer alles im Streit enden.«

Lady Caroline stellte sehr lautstark ihr Glas auf den silbernen Untersetzer. »Ja, das stimmt. Es ist wirklich ganz egal, worüber man mit euch spricht, es endet immer in harten Worten. Ein Abendessen ohne Auseinandersetzungen gibt es nicht. Gute Nacht.«

Andrew stand schnell auf, um der Lady beim Aufstehen zu helfen. Alle erhoben sich. Nathan bot seiner Emily seinen Arm an und führte sie nach draußen, Gordon drehte sich einfach um und ließ seine Lucy allein zurück, und Lady Caroline verließ mit Andrew und Anne das Zimmer und lud die beiden zu einem Kaffee in ihren Salon ein.

»Was sagt man zu diesen Söhnen?«, fragte sie. »Mit ihnen gibt es einen lebenslangen Kampf. Sie diskutieren nicht miteinander, sondern sie reden gegeneinander, so war es schon immer. Jeder ist ein Egomane, und keiner will einsehen, dass sie nur miteinander Erfolg haben können.«

»Vielleicht haben sie nie gelernt, miteinander zu arbeiten und den anderen zu respektieren.«

»Sie haben sich ihre Aufgaben selbst ausgesucht. Sie haben entsprechend studiert und die Arbeit dann entsprechend geteilt«, versuchte Caroline zu erklären.

»Sie müssten mehr füreinander tun, statt gegeneinander zu kämpfen«, versuchte Anne die schon wieder hitzige Debatte zu beenden.

»Und wer soll ihnen das beibringen?« Die Lady schüttelte enttäuscht den Kopf. »Ich kann es nicht, ich habe keinen Einfluss.«

»Sie haben einen dritten Sohn, vielleicht könnte der vermitteln?«, wollte Andrew wissen.

»Dylan will von den ganzen Konflikten nichts wissen. Er tut hier nur seine Pflicht als Rechtsberater und ist froh, wenn er so schnell wie möglich in sein eigenes, bequemes Leben in Edinburgh zurückfahren kann.«

»Aber er hat doch auch seine Verpflichtungen der Farm gegenüber, schließlich profitiert er von den Einnahmen, wenn ich das richtig verstanden habe«, antwortete der Reeder.

»Im Nehmen sind Sie sich alle einig, im Geben hapert es dann bis zur Kampfansage«, erwiderte die Lady traurig.

Anne wollte ihr helfen. »Wir werden eine Lösung finden, Caroline. Wir werden Gordon zeigen, dass es sich lohnt, hierzubleiben, wir werden Nathan beweisen, dass er Unterstützung in der ganzen Familie findet, und wir werden Dylan beweisen, wie groß seine Vorteile sind, wenn er sich für die Farm einsetzt. Und allen dreien beweisen wir, dass sie als Kollektiv unschlagbar sind.«

»Ach, Kindchen, und wie willst du das machen?« Caroline legte ihr den Arm um die Schulter und lächelte sie an.

Anne warf den Kopf zurück und sagte mit fester Stimme: »Ich muss mir das noch überlegen, aber mir wird schon etwas einfallen.«

33

Andrew und Anne verabschiedeten sich von Caroline und wünschten ihr eine gute Nacht. Draußen auf der Galerie nahm der Reeder Annes Hand und führte sie zu einer Sesselgruppe. »Komm, setzen wir uns noch einen Augenblick.« Er sah Anne liebevoll an. »Du bist eine wunderbare Frau, du willst mit deiner Nächstenliebe einen Goliath bezwingen, und ich bin sicher, du schaffst das sogar. Aber verrate mir, wie du das bewerkstelligen willst?«

»Ach, weißt du, Andrew, die drei könnten beinahe meine Väter sein, altersmäßig meine ich, deshalb habe ich noch gar keine Ahnung. Ich weiß nur, diese Menschen müssen endlich anfangen, sich gegenseitig zu respektieren, und dann, vor allen Dingen, müssen sie lernen, sich zu lieben.«

»Respekt und Liebe lassen sich aber nicht erzwingen.«

»Nein, Andrew, leider nicht. Aber vielleicht kann man ja ein bisschen nachhelfen?« Sie sah den alten Mann an ihrer Seite fragend an.

»Du meinst, ich könnte da etwas bewirken? Ach Anne, eigentlich hatte ich nicht mehr vor, um irgendetwas zu kämpfen.«

»Du sollst doch nicht kämpfen, Andrew, du sollst nur ein bisschen helfen, dass in Carolines Leben etwas mehr Ruhe einkehrt. Eine Ruhe, die sie in ihrem Alter verdient hat.«

»Und wie soll ich das anstellen?«

»Du wolltest sie zu einer Weltreise einladen.«

»Ja, das wollte ich, aber die Lady ist der Meinung, sie könne ihre Streithähne nicht allein lassen.«

»Hier wäre alles leichter zu arrangieren, wenn sie sich auf eine Reise begeben würde.«

»Wäre es nicht deine Aufgabe, Anne, sie zu begleiten?«

»Es klingt verlockend, aber in diesem Fall sehe ich meine Aufgabe darin, hier Frieden zu schaffen.«

»Wie kommt es eigentlich, dass du dich so für diese Familie einsetzt, eigentlich sind das doch fremde Menschen für dich.«

»Das stimmt, aber die alte Lady bat mich eines Tages, ihr zu helfen, mit diesen familiären Problemen fertigzuwerden, und da wir inzwischen gut befreundet waren, habe ich ihr das versprochen.«

»Und wie willst du das machen?«

»Weißt du, ich habe seit ein paar Tagen einen kleinen, aber persönlichen Kontakt zu Dylan. Ich würde ihn gern ausbauen, den Kontakt meine ich«, lächelte sie, »der Mann gefällt mir, ich gebe das ganz offen zu. Aber das darf natürlich niemand merken, er am allerwenigsten.«

»Ich habe mir schon so etwas gedacht, aber von den drei Söhnen scheint er mir der unfreundlichste zu sein.«

»Er ist der klügste, und das weiß er ganz genau. Trotzdem, morgen fahre ich ihn nach Edinburgh, er hat mich darum gebeten, und Caroline sagte mir, er habe noch nie jemanden um Hilfe gebeten, ich sei da eine große Ausnahme.«

»Dann musst du die Chance nutzen. Was hast du vor?«

»Ich will vor allem sein Vertrauen gewinnen. Vertrauen ist immer eine gute Basis für Gespräche und Verständnis.«

»Ich drücke dir die Daumen. Und während du unterwegs bist, versuche ich die Lady von der Dringlichkeit einer Reise mit mir zu überzeugen.«

»Sag ihr, dass du sie brauchst, das wird sie am ehesten von der Notwendigkeit einer Reise überzeugen. Ein Geschenk anzunehmen, verbietet ihr bestimmt der Stolz, und selbst kann sie so eine Reise natürlich nicht finanzieren.«

Andrew lachte leise. »Ich werde sie an mein ständig wachsendes Bedürfnis, Schach zu spielen, erinnern.«

Jetzt musste auch Anne leise lachen. »Du wirst das sehr überzeugend machen, auch wenn nicht unbedingt das Schachspiel im Mittelpunkt stehen muss.«

»Ich werde mir alle Mühe geben.« Andrew küsste Anne auf die Wange. »Gute Nacht meine Liebe, schön, dass es dich gibt.«

Sie gingen in getrennten Richtungen zu ihren Zimmern. Anne sah auf die Uhr und stellte fest, dass es fast Mitternacht war. Du meine Güte, dachte sie, da habe ich höchstens sechs Stunden Zeit zum Schlafen, wenn ich um acht Uhr pünktlich zur Abfahrt im Auto sitzen will.

Aber als sie im Bett lag, war an Schlaf nicht zu denken, viel zu viele Gedanken gingen ihr durch den Kopf. Meine Güte, überlegte sie, was habe ich da alles gesagt, versprochen und mir vorgenommen? Wie komme ich bloß auf die absurde Idee, in dieser Familie Frieden stiften zu können? Sie sind so viel älter als ich, so viel erfahrener, so viel versierter, wie komme ich nur zu dem Entschluss, ihnen familiäre Liebe schmackhaft zu machen? Sie dachte an Dylan, der sie zum Whiskytrinken eingeladen hatte und wenige Minuten später wieder schroff und arrogant gewesen war. Durch die Pflege habe ich einen gewissen Kontakt zu ihm bekommen, das ist aber auch schon alles. Gordon und Nathan sind mir völlig fremd, und ich habe nicht den Eindruck, dass die beiden oder ihre Frauen daran etwas ändern wollen. Für sie bin ich ein Eindringling, der auf der Seite der Mutter steht, und die Mutter wünschen sie im Augenblick ans Ende der Welt.

Ach ja, seufzte sie, Andrew muss da wirklich etwas machen. Aber Caroline wird niemals in eine Reise einwilligen, wenn sie nicht sicher ist, dass hier alles seine Ordnung hat, und sie nicht beim ersten Stopp des Schiffes – wie in New York – nach Hause gerufen wird, weil der Haussegen schiefhängt. Also, jetzt der Reihe nach, überlegte Anne, erst der Hausfrieden, dann, dann …

Als der Wecker um sechs Uhr klingelte, riss er sie aus tiefsten Träumen, sie war gerade dabei, Daniel und Dylan im Bogenschießen zu unterrichten. Dummerweise standen die beiden Männer aber nicht nebeneinander, wie sich das gehörte, sondern sie standen sich gegenüber, was sehr gefährlich aussah.

Anne schaute aus dem Fenster. Der Regen hatte aufgehört, der Sturm nachgelassen. Ein paar Wolkenfetzen flogen über den Himmel, aber im Osten kamen erste Sonnenstrahlen über die Hügel. Das sieht nach einem Schönwettertag aus, dachte Anne und beschloss, im Sommerrock mit weißer Bluse und einem Pulli die Fahrt anzutreten. Sie duschte, föhnte die Haare und zog sich an. Unten im Esszimmer war sie allein, aber Kaffee, Tee, Brot, kleine Kuchen und Frühstücksflocken mit frischer Milch und Sahne standen bereit. Anne bediente sich und langte kräftig zu. Wer weiß, ob und wann ich ein Mittagessen bekomme, dachte sie und verwöhnte sich mit einem großen Stück Kandiszucker in ihrem Tee.

Als sie um Punkt acht Uhr vor das Schlossportal trat, saß Dylan bereits im Wagen, mit dem Charles vorgefahren war. Anne grüßte die beiden Männer mit einem fröhlichen Lachen, schaute demonstrativ zur Turmuhr hinauf, die gerade acht Mal schlug, setzte sich hinter das Steuer und startete. Dylan mit mürrischem Gesicht schaute ihr beim Schalten zu und irritierte sie, aber Anne ließ sich nichts anmerken, versuchte, seinen Blicken auszuweichen, und konzentrierte sich auf die Straße. »Wie fahren wir? Quer durchs Land oder an der Küste entlang?«

»An der Küste entlang.«

Anne hatte die Karten gründlich studiert. Sie wusste, wie sie zu fahren hatte, und fühlte sich sehr sicher. Der Linksverkehr bereitete ihr zwar noch Schwierigkeiten, aber hier, am Anfang auf den kleinen Landstraßen hatte sie Gelegenheit, sich noch besser daran zu gewöhnen, und später bei heftigem Verkehr, würde sie damit fertigwerden.

»Wie geht es Ihnen, sitzen Sie bequem und haben Sie Platz für den verletzten Fuß?«, fragte sie höflich, weil ihr das Schweigen nicht gefiel.

»Warum fängst du jetzt wieder mit dem ›Sie‹ an?«

Verblüfft schaute sie Dylan an. »So viel ich weiß, bezog sich das ›Du‹ auf Ihren Salon, Mister Dylan.«

»Himmel noch mal, die gewissenhafte Anne-Sophie. Das ›Du‹ bezieht sich nicht auf ein Zimmer, sondern auf das gemeinsame Alleinsein.«

Anne lachte laut heraus. »Was ist das denn, ein gemeinsames Alleinsein?«

»Das heißt, überall wo wir allein sind, können wir uns duzen.«

»Und warum nicht in der Gesellschaft anderer?«, fragte Anne verärgert.

»Verdammt noch mal, weil ich einmal im Leben ein Geheimnis haben möchte.«

Bestürzt blickte Anne den Mann neben sich an. »Aber ich bin doch kein Geheimnis.«

»Du nicht, aber unser Verhältnis miteinander.«

»Verzeihung, Dylan, seit wann haben wir denn ein Verhältnis miteinander?«

Dylan schüttelte unwirsch den Kopf. »Und ich dachte, eine intelligente Frau spürt so etwas.«

Verwirrt starrte Anne auf die Straße. Was sollte das werden? Der Mann, der sie immer nur schroff und unhöflich behandelt hatte, spürte plötzlich Gefühle für sie? Unwillkürlich schüttelte sie den Kopf. Aber Dylan hatte es bemerkt. »Heißt das, du willst nicht, dass wir ein Verhältnis haben?«

»Das heißt, ich bin vollkommen überrascht. Und ich dachte, zu einem Verhältnis gehören zwei Personen.«

»Na und, sind wir etwa nicht zwei Personen?«

»Ich sehe einen meist sehr unhöflichen Mann und eine Frau, die sich bemüht, den Unhöflichkeiten auszuweichen. Das kann man doch nicht als Verhältnis bezeichnen.«

»Und ich sehe einen Mann, der sich alle Mühe gibt, nett zu

sein, und eine Frau, die sich alle Mühe gibt, diese Nettigkeit zu übersehen.«

Anne schwieg, sie wusste nicht, was sie darauf antworten sollte. Meist folgt auf eine geringe Nettigkeit eine schroffe Antwort, es ist besser, ich lass ihn und seine irritierenden Gedankengänge in Ruhe, dachte sie und konzentrierte sich weiter auf die Straße, denn der Verkehr hier auf der Küstenstraße wurde stärker, je näher sie der Großstadt kamen.

Der Sturm hatte nachgelassen, die Sonne schien vom wolkenlosen Himmel, und Anne genoss die Fahrt in dem offenen Cabriolet, bis Dylan nach einer Weile sagte: »Hundert Meter vor uns biegt rechts ein Weg zur Küste hin ab. Bitte fahr da hinein.«

Anne nahm den Fuß vom Gaspedal, schaltete den Gang hinunter und bremste, als der Weg auftauchte. Langsam steuerte sie um die scharfe Kurve und fuhr über den holprigen, mit Gras bewachsenen Sandweg direkt aufs Meer zu. Die Wiesen auf beiden Seiten bildeten kleine Hügel und Mulden, und als Anne dachte, jetzt geht es gleich steil hinunter direkt ins Meer, sagte Dylan: »Danke, hier kannst du halten.«

Anne sah auf die Uhr. »Musst du nicht um zwölf Uhr in Edinburgh sein?«

Dylan schüttelte den Kopf. »Ich muss nicht nach Edinburgh, ich wollte hierher, es ist mein Lieblingsplatz, und wann immer ich in Lammermuir-House bin, versuche ich, mich hier von den Strapazen im Schloss zu erholen.«

»Strapazen im Schloss, man kann es auch übertreiben.«

»Daran sieht man, dass du keine Ahnung von unserem Leben hast.«

»Ich erlaube mir zu sagen, dass ihr alle gemeinsam an euren sogenannten Strapazen schuld seid.«

Dylan antwortete nicht, er stieg aus, ergriff seine Stützen und humpelte zum Kofferraum. »Könntest du mir beim Tragen helfen?«

»Selbstverständlich«, und verblüfft sah sie, dass Decken, Kissen und ein großer Picknickkorb im Kofferraum waren.

»Wohin soll ich die Sachen bringen?«

»Über den kleinen Hügel hier vorn.« Und mit großer Freude sah Anne, dass sich hinter der kleinen Bodenwelle eine Mulde verbarg, von der aus sie einen wunderbaren Blick auf die weiten Küstenstreifen rechts und links hatte und auf die See, die wie ein silberner Teppich vor ihr lag. Sie breitete die Decken aus, verteilte die Kissen und stellte den Picknickkorb in die Mitte. Dylan kam langsam näher, legte dann die Gehhilfen ab und ließ sich vorsichtig auf die Decke sinken. »Verdammt noch mal, warum bin ich bloß mit dir ausgeritten. Das Dümmste, was mir einfallen konnte. Na ja, die Strafe folgte dann ja auch auf dem Fuße«, stieß er verärgert hervor.

Anne sah ihn einen Augenblick sprachlos an. »Bist du auf einen Streit aus, dann sag es gleich, damit ich mir die Antworten zurechtlegen kann.«

»Ich streite mit mir, nicht mir dir.«

»Na schön, aber dann streite bitte leise mit dir, damit ich in Ruhe diese wunderschöne Aussicht genießen kann.«

Sprachlos starrte Dylan die junge Frau an. Dann brach es aus ihm heraus. »Anne, du bist einzigartig!«

Anne lächelte und dachte: Ich weiß schon, wie ich mit ihm fertigwerde. Langsam wird er das begreifen. »Kommst du oft hierher?«

»Immer wenn ich kann. Ich sitze sogar im Regen hier und starre auf das Wasser und frage mich: Warum läuft das ganze Leben so verkehrt an mir vorbei?«

»Also Dylan, siehst du denn nicht die Schönheiten des Lebens? Wie kannst du so pessimistisch sein?«

»Man hat mich von Geburt an zu einem Pessimisten gemacht.«

»So ein Unsinn. Du hast eine wunderbare Familie, wenn sie sich auch viel zu oft streitet, du hast ein herrliches, komfortables

Zuhause, einen Beruf, der dich befriedigt, sonst hättest du ihn kaum gewählt, und du hast deine Freiheit und das nötige Kleingeld, sie zu genießen. Was willst du denn noch?«

»Ich will im Augenblick diese Freiheit mit dir genießen, über die anderen Glücksmomente meiner Kindheit werde ich dich anschließend aufklären.« Er öffnete den Picknickkorb. »Mal sehen, was Betty uns eingepackt hat, ich sagte ihr, nur das Feinste vom Feinen sei heute für uns gut genug.«

Betty hatte sich wirklich Mühe gegeben. Sie hatte Gurkensandwiches mit Hühnerleber und Lachsschnittchen mit harten Eiern, Kräuterplätzchen, Brownies und Applepie und dazu heißen Tee und kühle Limonade eingepackt. Auch Wein war im Korb, doch auf den verzichteten beide.

Satt und zufrieden streckten sie sich auf den Decken aus und genossen nach den vergangenen stürmischen Tagen die wärmende Sonne.

Nach einer Weile murmelte Dylan: »Du denkst immer nur, ich will streiten.«

»Ich bin es so gewohnt. Streitfreie Gespräche habe ich in eurem Haus noch nicht erlebt.«

»Die gibt es auch nicht, die gab es noch nie.«

»Ich begreife das nicht, Dylan.« Anne setzte sich auf, um ihn ansehen zu können.

Auch Dylan setzte sich hin, und Anne schob ein paar Kissen unter sein verletztes Bein. »Nur im Streit lässt sich erkennen, wer der Stärkere ist, und es geht hier bei uns immer nur ums Kräftemessen, nur der Starke ist der Gewinner, alles andere zählt nicht.«

»Wie schrecklich.« Anne war sichtlich verstört.

»Wir empfinden das nicht als schrecklich, wir sind es gewöhnt, von Kindheit an.«

»Aber wo ist denn die Liebe geblieben, die in jeder Familie eine Stütze ist?«

»Die Liebe? Keine Ahnung, ich fürchte, die hat es noch nie gegeben, ich bin sogar sicher, die gab es nie.«

»Wir kannst du so etwas sagen. Liebe ist das Fundament einer Familie.«

»Du hast überhaupt keine Ahnung, wie hier das Fundament aussah und aussieht, meine liebe Anne.«

»Dann sag es mir, damit ich euch endlich verstehe.«

»Meine Mutter war und ist die Herrin, und das wird und will sie bleiben, so lange sie lebt. In ihrem Leben kam zuerst die Rinderzucht, die sie aufbaute, die sie über alles liebte und die sie zum Erfolg führte. Danach kam das Schloss, sauber, gepflegt und bestens funktionierend, damit Gäste einen guten Eindruck bekamen. Dann erst kam mein Vater, ihr Ehemann, ein schwächlicher Mann, den sie liebte, solange er tat, was sie sagte. Als sie ihm zu mächtig wurde, verunglückte er mit dem Auto. Warum, weiß eigentlich kein Mensch.«

»Aber Dylan«, Anne war erschüttert, »du deutest da etwas an, was kein Mensch denken darf. Du bist ihr Sohn, ihr Kinder dürft nicht an so etwas denken.«

»Wir Kinder spielten jahrelang keine Rolle in Mutters Leben. Es gab genug Gouvernanten, die sich um uns kümmerten, und als wir älter und unbequemer wurden, kamen wir in Internate, jeder in ein anderes und jedes Internat so weit wie möglich vom anderen entfernt. Es waren nicht die teuersten Internate, aber die strengsten. Selbst die Ferien verbrachten wir auf Internatsreisen. Mein Gott, wie habe ich die Zelte, die Lagerfeuer und die Schlafsäcke gehasst.«

»Und dann?«, fragte Anne leise.

»Und dann wuchs die Arbeit Mutter über den Kopf. Sie brauchte Hilfe. Und kostenlose Hilfe fand sie in ihren Söhnen. Wir mussten lernen, was in ihr Zuchtprogramm passte. So ist es bis heute geblieben, dabei weiß unsere kluge Mutter ganz genau, dass wir nur gemeinsam stark sind, dass wir nur zusammen erfolgreich sind, dass wir vollkommen aufeinander und auf sie angewiesen sind.«

Dylan starrte hinaus aufs Meer und seufzte. »Mein Gott, Gordon wird nächstes Jahr fünfzig, Nathan ist fünfundvierzig und ich bin auch kein dummer Junge mehr. Mit fünfunddreißig sollte man sein Leben eigentlich im Griff haben. Und du meinst, in dieser Familie müsse Liebe das Fundament sein? Ach Anne, nicht die Liebe macht uns stark, sondern der Hass.«

Dylan schwieg erschöpft. Noch nie hatte er über seine Familie gesprochen, noch nie in Worte gefasst, was er fühlte. »Entschuldige, ich wollte dich da nicht hineinziehen.«

»Dylan, ich kann nicht glauben, was du sagst, aber es hilft mir, euch und eure Stimmungen besser zu verstehen. Es ist so traurig, wenn Kindern die Liebe entzogen wird, es prägt sie für ihr ganzes Leben, denn irgendwann wird es ihnen unmöglich sein, Liebe, die sie nie kennengelernt haben, weiterzugeben.«

»Noch schlimmer ist es, wenn Liebe in Hass umschlägt, dann bringt irgendwann einer den anderen um.«

Anne drehte sich empört zu ihm hin. »Dylan, sag so etwas nicht. Ihr werdet zueinanderfinden, ihr müsst nur dazu bereit sein.«

»Und wie stellst du dir das vor?«

»Ich denke, zuerst muss Lady Caroline ihren Platz für euch freimachen.«

»Nie, das kann ich garantieren, nie wird sie ihren Platz räumen.«

»Dylan, erstens ist sie eine alte Dame, und zweitens arbeiten wir daran.«

»Wer ist ›wir‹?«

»Andrew W. Möller, der Freund eurer Mutter, und ich. Andrew will sie mit auf eine Weltreise nehmen, und ich unterstütze ihn beim Zureden.«

»Ich glaube nicht, dass euch das gelingt.«

»Abwarten. Und dann, dann müsst ihr drei euch zusammenraufen. Jeder hat seine Aufgaben, seine Verpflichtungen und seine Vorzüge. Es kann doch nicht so schwer sein, gemeinsame Ziele aufzubauen.«

»Du kennst uns nicht.«

»Ich hoffe, ich lerne euch noch kennen. Fangen wir einmal bei dir an. Warum bist du so selten im Schloss? Warum arbeitest du nicht mit deinen Brüdern zusammen?«

»Eben wegen der ständigen Streitereien. Ich bin wahnsinnig gern im Schloss, aber ich meide es, um meine Ruhe zu haben.«

»Du lebst in Edinburgh. Du hast eine Freundin dort, hält sie dich ab, mehr Zeit bei deiner Familie zu verbringen?«

»Rachel? Rachel ist jemand, die nicht nach ihren Gefühlen geht, sondern nur ihre Vorteile sieht.«

»Das ist nicht schön.«

»Sie will hier im Schloss leben, sie will mich heiraten, um in unseren Clan zu kommen. In Schottland spielen diese Stammesverbände noch immer eine große Rolle. Aber ich bin nicht bereit, sie deshalb zu heiraten, das weiß sie sehr genau. Also, vergessen wir Rachel ganz einfach.«

Anne schwieg. Sie war einerseits froh zu erfahren, dass es da keine großen Gefühle zwischen Dylan und Rachel gab, andererseits war sie verblüfft, wie gefühllos und nüchtern er eine Beziehung betrachtete und zur Seite schob.

Dylan beobachtete sie sehr genau. »Bist du enttäuscht? Hältst du mich für gefühllos?«

»Irgendwie schon«, stimmte Anne zu. »Rachel ist eine schöne und, wie ich beobachtet habe, eine recht temperamentvolle Frau, sie wird um dich kämpfen.«

Dylan meinte knapp. »Um mich kämpft man nicht. Wer verliert schon gern?«

»Aber eingebildet bist du gar nicht?«

Dylan lachte, aber es war ein verächtliches Lachen.

»Ich weiß, wer ich bin, ich kenne mich und ich liebe meine

Freiheit.« Er schaute auf die Uhr. »Komm, lass uns fahren, ich möchte vor Einbruch der Dunkelheit im Schloss sein, um das Abendessen und den nächsten Streit nicht zu verpassen.«

Anne sah ihn fassungslos an. Da nahm ein Mann am gemeinsamen Essen teil, um einen Streit nicht zu verpassen. Hatte er denn gar nichts verstanden? Wütend packte sie die Decken, die Kissen und die restlichen Lebensmittel zusammen und brachte alles zum Wagen. Bevor sie einstieg bat sie: »Könntest du nicht ein bisschen diplomatisch sein, damit es zu keinem Streit kommt?«

»Was ist schon Diplomatie? Ein Theaterspielen, den Gegner übertrumpfen, eine Kunst im Lügen.«

Anne war bestürzt. »Du willst es nicht verstehen, oder?«

»Ach Anne, das sind doch alles nur Worte, hinter denen nur leere Fassaden sind.«

»Für mich nicht, Dylan, für mich ist Diplomatie der Versuch einer gegenseitigen Verständigung, der Versuch, langsam das Gegenüber kennenzulernen, für mich bedeutet Diplomatie Klugheit.«

»Siehst du, das ist der Unterschied, bei uns wird sie als Schlauheit und Schlagfertigkeit angewandt, und das hat mit Klugheit nichts zu tun.«

»Könntest du es nicht wenigstens versuchen, beim Abendessen diplomatisch zu sein?«

»Nein, es lohnt sich nicht.«

Dylan kam langsam hinter ihr her. »Jetzt bist du verärgert.«

»Wundert dich das?«

»Nein.« Er stieg ein, und ohne ein weiteres Wort zu wechseln, fuhren sie ab.

34

Anne überlegte während der langen Rückfahrt: Warum mische ich mich eigentlich ein? Diese Familie will den Streit, sie sucht ihn förmlich, und wenn es keinen Grund zum Zanken gibt, wird einer geschaffen. Schrecklich. Wenn es Andrew gelingt, Caroline zu überzeugen, mit ihm tatsächlich eine weite Reise anzutreten, fahre ich zurück nach Deutschland. Eine Reisebegleiterin braucht Caroline nicht, und hier im Schloss bin ich dann höchst überflüssig. Warum also soll ich mich ärgern?

Aber dann sah sie heimlich zu dem Mann hinüber, der neben ihr saß. Er kann so nett sein, dachte sie. Aber er kommt aus seiner Haut nicht heraus. Hat er etwa Angst, sich eine Blöße zu geben? Ist er verwundbar und verschanzt sich deshalb? Man könnte direkt Mitleid mit ihm haben. Blödsinn, rief sie sich zur Ordnung. Mitleid ist das Letzte, was er gebrauchen kann.

Kurz hinter Preston bat Dylan: »Da vorn kommt eine Abzweigung, halte bitte an.«

Anne stoppte den Wagen. »Möchtest du aussteigen?«

»Nein, ich möchte mit dir reden. Es war so ein schöner Tag für uns, ich möchte nicht, dass er schlecht endet.«

»Unsere Meinungen sind in allen Dingen so verschieden, dass ich nicht weiß, wie wir sie auf einen gemeinsamen Nenner bringen sollten«, erwiderte Anne ohne großes Interesse an einer neuen Diskussion.

»Ich habe dir Dinge gesagt, die ich noch nie ausgesprochen habe. Jetzt bist du enttäuscht und verärgert, und dabei wollte ich doch nur, dass du mich besser kennenlernst.«

»Du hast recht, ich kenne dich nun besser, aber ich wünschte, du hättest nichts gesagt. Es war leichter, dich als einen schroffen, übellaunigen Mann zu ertragen, als einen Menschen, der seine Familie hasst.«

»Anne, wir sind alle in diesem Netz von Hass und von Misstrauen verstrickt. Ich weiß einfach nicht, wie ich da herauskommen soll.«

»Versuche die anderen zu verstehen, eure Probleme sind doch die gleichen.«

»Wirst du Mutter begleiten, wenn sie sich zu dieser Weltreise überreden lässt?«

»Nein, die beiden sollen ihre neue Freundschaft und die Zweisamkeit genießen. Ich fliege zurück nach Hamburg.«

»Ich wünschte, ich könnte dich überreden hierzubleiben.«

»Und was soll ich hier? Dylan, ich eigne mich nicht zu einem Stoßdämpfer. Ich liebe Frieden um mich herum und Harmonie und keine Streithähne, die bei jeder Gelegenheit aufeinander losgehen.«

»Du bist feige.«

»Ja, vielleicht, aber warum soll ich mich ärgern, wenn ich mich mit netten Menschen treffen könnte.«

»Warten diese netten Menschen auf dich in Hamburg?«

»Nein, da bin ich allein, aber ich werde welche finden, das weiß ich genau.«

»Warum machst du es mir so schwer, Anne?«

Anne sah ihn verblüfft an. »Was mache ich dir schwer?«

»Merkst du denn nicht, dass ich dich gerne hierbehalten möchte?«

»Du hast eine seltsame Art, deine Wünsche zu äußern.«

»Dann muss ich deutlicher werden.« Er beugte sich zu Anne hinüber, nahm ihren Kopf fest in beide Hände und küsste sie. Behutsam, dann fordernd, und zum Schluss meinte er traurig. »Ich liebe dich, Anne, aber ich weiß einfach nicht, wie ich es dir zeigen soll.«

Anne lächelte. »Ich hab's schon verstanden.«

»Könntest du mich denn ein bisschen mögen, auch wenn ich dir so zuwider bin?«

»Du bist mir nicht zuwider. Ich verstehe dich nur sehr oft nicht und ich habe keine Lust auf ruppiges Benehmen.«

»Ich werde mich bemühen, diplomatisch zu sein.«

Jetzt lachte Anne. »Welche Diplomatie meinst du, deine oder meine?«

»Na ja, es fällt mir wahrscheinlich schwer, aber ich werde es mit deiner versuchen.«

»Gut, damit kann ich umgehen. Aber ich möchte, dass wir unser kleines Geheimnis noch für uns behalten. Du sollst dich nicht meinetwegen ändern, sondern weil du es willst. Deine gute Diplomatie muss von dir kommen, sonst überzeugt sie nicht.«

»Himmel, ich kann das Wort Diplomatie nicht mehr hören!«

»Dann nennen wir es Taktgefühl, und dieses Taktgefühl wird die Überraschung des Abends werden.«

Anne startete, und eine Stunde später waren sie wieder im Schloss. Das Essen verlief wie immer, in der Runde wurde wenig gesprochen. Solange gespeist wurde, gab es keine Differenzen, nur prüfende Blicke flogen hin und her, als könne man den nächsten heftigen Wortwechsel kaum erwarten.

Aber Lady Caroline verhinderte den Ausbruch von Streitigkeiten. Sie stand direkt nach dem Dessert auf und erklärte: »Ich bin müde und gehe zu Bett, Anne, würdest du mich begleiten?«

»Selbstverständlich.« Anne warf einen Blick hinüber zu Dylan, der ihr heimlich zunickte, und verließ mit der alten Dame zusammen das Speisezimmer. Auch Andrew W. Möller folgte ihnen.

In ihrem Salon angekommen, bat Caroline: »Anne, wir haben dir etwas zu sagen.« Sie winkte Andrew zu sich und erklärte:

»Wir beide möchten eine lange Reise unternehmen, Anne, du bist herzlich eingeladen, mit uns zu kommen.«

Anne schaute lächelnd von einem zum anderen. Es hat also geklappt, dachte sie, und als Andrew ihr zuzwinkerte, versicherte sie: »Ich freue mich sehr über euren Entschluss. Aber ich werde nicht mitkommen.«

Einerseits enttäuscht, andererseits erleichtert, fragte Caroline: »Aber warum nicht? Andrew lädt uns beide ein und er hat mir verraten, dass er als Reeder keine Kosten hat, wenn er uns eine Weltreise auf einem seiner Schiffe schenkt.«

Anne nickte, aber sie verriet nicht, dass sie längst wusste, dass Andrew ein bekannter Reeder ist. »Ich freue mich über euren Entschluss, aber ich möchte nicht mitkommen. Caroline, du brauchst meine Hilfe schon lange nicht mehr, und ich habe andere Pläne.«

Überrascht sah die alte Dame ihre junge Freundin an. »Aber eine solche Reise wäre ein einmaliges Angebot, Anne, und ein Dankeschön für deine Hilfe.«

»Du brauchst mir nicht zu danken, Caroline, ich habe dir gern geholfen, und du hast mich, neben meinem Aufenthalt in diesem schönen Schloss, sogar dafür bezahlt.«

»Und was hast du für Pläne?«

Anne, die nicht wusste, ob sie ihre Freundschaft mit Dylan schon bekanntgeben sollte, bevor er es tat, sagte etwas vage: »Ich würde gern noch etwas hierbleiben, vielleicht den Sommer über, wenn ich darf. Ich warte eigentlich auf eine Einberufung von einer ärztlichen Hilfsorganisation und weiß nicht recht, was ich in der Zwischenzeit machen soll.«

»Natürlich kannst du hierbleiben, Anne, so lange du willst. Dann weiß ich wenigstens, dass hier jemand auf meine streitenden Söhne aufpasst, während ich fort bin.«

Anne schüttelte den Kopf. »Aber nein, Caroline, ich werde ganz bestimmt nicht auf deine Söhne achten. Das sind erwachsene Männer, und zwei von ihnen könnten meine Väter sein.«

»Aber wenn ein Fremder mit am Tisch sitzt, halten sie sich zurück, das habe ich in den vergangenen Wochen genau bemerkt.«

»Ach Caroline, deine Söhne tragen ihren Streit ganz woanders aus.«

»Was meinst du damit?«

»Ihre Differenzen werden im Stall, in den Wirtschaftsbüchern, bei den Zuchtprognosen und den Verkaufsverhandlungen ausgetragen. Was sich unten im Speisesaal abspielt, sind doch nur kleine Lappalien, Wichtigtuereien vor den Gattinnen.«

»Und woher weißt du das?«

»Ich bin gern im Stall und auf dem Wirtschaftshof, ich habe Augen und Ohren, und da wird so einiges deutlich.«

»Gibt es Dinge, die ich wissen sollte?«

Anne lächelte, »Nein Caroline, es sind die ganz normalen Differenzen zwischen Männern, die geteilter Meinung sind oder sein wollen.«

»Ich weiß nicht, ob es richtig ist, wenn ich jetzt verreise.«

»Doch, es ist bestimmt richtig. Caroline, die Herren müssen sich einigen, wenn sie erfolgreich arbeiten wollen. Bis jetzt konnten sie Misserfolge und Differenzen auf dich abwälzen, jetzt müssen sie allein damit fertigwerden, und das wird ihnen guttun.«

»Mein Gott, Anne, du bist ein kluges Mädchen.«

Andrew, der sich bei solchen Gesprächen gern zurückhielt, mischte sich nun ein. »Anne hat recht. Ein Außenstehender sieht und hört oft mehr als ein Familienmitglied. Lord Gordon und die Herren Nathan und Dylan müssen nun selbst Verantwortung übernehmen, und das wird ihnen guttun.« Und nach einem kurzen Augenblick: »Gute Nacht ihr beiden, ich bin müde und ziehe mich jetzt zurück.« Er küsste den Damen die Hand und ging.

Anne sah ihm einen Augenblick nach. Wie hat er es geschafft, die Lady zu der Reise zu überreden? Sind die beiden sich endlich nähergekommen?

Sie brauchte nicht lange auf eine Antwort zu warten. Caroline sah sie lächelnd an. »Du kennst meine abendliche Gewohnheit, trinkst du einen Schluck mit?«

»Gern.«

»Der Whisky steht da drüben und die Gläser auch.«

Anne lachte. »Und nur ein kleines Eis und nur einen Hauch von Mineralwasser, ich erinnere mich genau.«

Als die beiden angestoßen und einen ersten Schluck genommen hatten, versicherte Anne der alten Freundin: »Du siehst zufrieden und gelöst aus. Wie hat er es geschafft?«

»Na ja«, lächelte Caroline: »Zuerst haben wir Schach gespielt, dann hat er gesagt, dass er bald wegen irgendwelcher Geschäfte abreisen müsse, und dann hat er sehr traurig erklärt, wie schwer es ihm fallen werde, auf unser Spiel verzichten zu müssen.«

»Das war alles? Nur auf das Spiel?«

»Nein, er hat dann von sich erzählt und wie allein er immer sei und wie er unsere Bekanntschaft genossen habe, und so weiter und so weiter, und zum Schluss bin ich vor Mitleid bald zerflossen.«

»Du und zerflossen?« Anne lachte herzlich und umarmte die alte Dame. »Das glaube ich einfach nicht.«

»Ein Wort ergab das andere, und dann hat er mir von seiner nächsten Reise so vorgeschwärmt, dass ich nicht widerstehen konnte, als er mich ganz herzlich bat, ihn, den armen, alten, einsamen Mann zu begleiten. Nach Alaska, stell dir das vor.«

Anne umarmte die Frau. »Aber das ist doch wunderbar. Du gehst ans Ende der Welt, da kann dich nichts mehr einholen, kein Ärger, kein Problem und kein Sohn.«

»Mir kommt das alles ja etwas gewagt vor.«

»Gewagt? Wie meinst du das?«

»Weißt du, er gebrauchte auch sehr liebevolle Worte. Ich wusste gar nicht, wie ich mich verhalten soll.«

»Caroline, genieße einfach seine Einladung, seine Worte, seine Nähe. Er ist allein, du bist allein, es ist doch sehr schön, wenn ihr beiden noch ein gemeinsames Glück findet.«

»Aber Anne, er ist achtzig, ich bin fünfundsiebzig Jahre alt. Da denkt man doch nicht mehr an Glück, da ist man zufrieden, wenn es mit der Gesundheit stimmt.«

Anne schüttelte den Kopf. »Glück ist in jedem Augenblick des Lebens wichtig, das hängt doch nicht vom Alter ab.«

»Und du? Du bist so jung, wo bleibt dein Glück?«

»Ich warte darauf, irgendwann wird es schon kommen.«

»Ich hatte eigentlich gedacht, dieser Architekt, der hier gewesen ist.«

»Nein, Caroline, mit dem verbindet mich gar nichts, nicht einmal Abneigung.«

»Aber du bist doch so eine gut aussehende, kluge Frau.«

»Irgendwann wird er schon kommen, der Richtige, meine ich.«

»Dann solltest du dich aber nicht hier verkriechen, meine Liebe.«

»Ich verkrieche mich nicht, Caroline, ich warte einfach.«

»Du warst heute mit Dylan in Edinburgh, wie war es denn?«

Anne, die die alte Dame nicht belügen konnte, wollte aber nicht erwähnen, dass sie gar nicht in Edinburgh waren, deshalb sagte sie nur: »Wir haben viel geredet.«

»Ach, Dylan kann sogar reden? Worüber habt ihr denn gesprochen?«

»Er hat mir von seiner Kindheit erzählt und wie gern er hier auf Lammermuir-House ist.«

»Na, davon merkt man nicht viel. Und seine Kindheit? Mein Gott, die ist verflogen, ich habe sie kaum wahrgenommen. Was sagte er denn so?«

»Er hat von den Internaten erzählt und von den Ferienreisen, die ihm nicht besonders gefallen haben.«

Anne war sehr vorsichtig in der Wahl ihrer Worte. Sie wollte die alte Dame nicht mit den negativen Geschichten ihres Sohnes brüskieren, musste aber gleichzeitig die Neugier befriedigen, die sie genau spürte. »Viel Zeit zum Reden hatten wir aber nicht. Ich musste mich auf die Straße konzentrieren, du weißt, der Linksverkehr ist mir fremd, und dein Sohn hatte seine Konferenzen im Kopf.«

»Na ja«, stimmte Caroline zu, »sehr gesprächig war er noch nie.« Und nach einer kleinen Pause: »Ich glaube, ich gehe jetzt ins Bett. Morgen möchte ich nach Edinburgh fahren, ich brauche eine neue Garderobe für die Reise und dich als Beraterin. Würdest du mich begleiten? Aber chauffieren musst du nicht, wir nehmen Charles mit, der ist sowieso froh, wenn ich ihn einmal von der vielen Gartenarbeit befreie.«

»Gern, Caroline, ich komme gern mit.«

35

Anne amüsierte sich köstlich über den Geschmack ihrer Freundin. An liebsten hätte Caroline wieder nur Kleider in Grau und Schwarz gewählt, aber da protestierte Anne sofort und sehr energisch. »Caroline, du willst auf eine Weltreise gehen und nicht auf eine Beerdigung. Denk doch einmal daran, wie farbenfroh eure Queen sich kleidet, und die ist acht Jahre älter als du.«

»Wir Schotten lieben Farben, die etwas gedämpfter sind.«

»Na und? Was ist denn gegen ein fröhliches Grün auszusetzen oder gegen ein saftiges Gelb oder ein schönes Rosarot?«

»Wir Schotten nehmen statt einem saftigen Grün ein dezentes Olivgrün und statt grellem Gelb ein leichtes Ocker, und statt Rosarot würde ich Altrosa vorziehen.«

»Aber das ist doch wunderbar. Du musst nicht wie die Queen bei festlichen und offiziellen Anlässen auftreten, denn privat ist sie sehr gern im Lodenmantel mit Kopftuch und mit Stiefeln unterwegs. Aber du gehst auf eine Weltreise mit vielen festlichen Anlässen an Bord, du musst an der Seite des Reeders auftreten, da kannst du nicht in Schwarz oder Grau erscheinen. Die gedämpften Farben, die ihr Schotten bevorzugt, würden mir auch sehr gefallen.«

»Ich weiß nicht, ich habe noch nie solche Töne bevorzugt.«

»Caroline, jetzt denke doch einmal an Andrew. Er ist ein sehr bekannter Mann, und wenn er sich zu erkennen gibt, ist er der Herr des Schiffes. Der möchte doch mit einer charmanten Dame an seiner Seite glänzen. Kannst du mir einmal verraten, welchen Glanz schwarze und graue Kleider ausstrahlen?«

»Aber auf meiner letzten Reise, da …«

»Da kanntest du Andrew nicht, da bist du als einsame Dame gereist, die sehr zurückgezogen lebte. Wenn du diesmal unterwegs bist, wird Andrew dich von einem Event zum anderen führen, und das solltest du genießen. Schon um seinetwillen, denn ich glaube, mit dir zusammen will er versuchen, seine Einsamkeit zu überwinden.«

»Du bist eine gute Menschenkennerin, Anne.«

»Es ist nicht schwierig, Caroline, euch zu beobachten. Es ist so sichtbar, dass ihr euch gesucht und gefunden habt, dass ich da meiner Sache vollkommen sicher bin. Ihr werdet eine wunderschöne Reise machen und irgendwann gemeinsam zurückkommen. Und mit gemeinsam meine ich zusammengehörend, fest miteinander verbunden.«

»Ach, Kindchen, so eine Zukunft kann ich mir gar nicht vorstellen.«

»Dann träume erst einmal davon, es kommt dann alles ganz von selbst. Aber um die Träume zu verwirklichen, kaufen wir jetzt erst einmal hübsche Kleider in gedämpften Farben.«

Als die beiden Damen am Abend nach Lammermuir-House zurückkehrten, musste Charles zweimal gehen, um die Tüten und Kartons, die Päckchen und Pakete ins Haus zu tragen.

Anne hatte zwar gehofft, die alte Dame überzeugen zu können, eines der neu erstandenen Kleider mit den passenden Accessoires zum Abendessen zu tragen, um der Familie ihre veränderte Lebenseinstellung deutlich zu machen, konnte Caroline aber nicht dazu überreden.

»Nein, nein«, erklärte die Lady ganz energisch, »ich will nicht mit den jungen Frauen konkurrieren, ich bleibe bei meinen Gewohnheiten, bis ich auf dem Schiff bin. Außerdem brauche ich Zeit, um mich selbst daran zu gewöhnen. Anne, ich habe seit vielen Jahren nur graue, erdfarbene oder schwarze Kleider getragen, ich muss das langsam angehen.«

»Aber eines musst du mir versprechen, Caroline, in deinen

Koffern wirst du nicht ein einziges graues oder schwarzes Kleidungsstück verstecken, versprichst du mir das?«

»Himmel, bist du energisch.«

»Versprochen?«

»Na schön, versprochen!«

Die beiden Frauen umarmten sich, dann zogen sie sich zum Abendessen um. Und nicht nur zu Annes Freude, sondern auch zur Überraschung aller anderen hatte Lady Caroline ihr schwarzes Kleid mit einem bunten Seidentuch verziert.

Am nächsten Morgen musste Dylan zum Arzt, und Anne fuhr ihn, weil er es wünschte, in einem alten Jeep zur Farm, wo der Tierarzt auf ihn wartete. Höflich fragte Doktor Tirshhouse: »Wie fühlen Sie sich, Mister Dylan?«

»Schlecht. Der Fuß tut nicht mehr weh, aber der Verband ist eine Tortur.«

»Ich werde das Gelenk noch einmal untersuchen, und vielleicht können wir dann mit einer leichten Bandage auskommen.« Nach einer halben Stunde stand fest, dass der Bänderriss gut verheilt war und ein leichter, elastischer Verband genügen würde. »Trotzdem rate ich Ihnen zur Schonung, Mister Dylan, Sie dürfen den Fuß noch nicht überanstrengen.«

»In Ordnung, ich werde mich bemühen«, versicherte Dylan schroff und ging vorsichtig und ohne Gehhilfen zurück zum Jeep.

»Ich soll mich schonen«, erklärte er. »Anne, fährst du noch ein bisschen?«

»Ja, natürlich. Wohin willst du gebracht werden?«

»Ich sag es dir unterwegs.«

Es war eine schöne Fahrt trotz des wolkenverhangenen Himmels. Sie fuhren über Sand- und Graswege und manchmal quer über Weiden und durch sumpfiges Gelände, und Anne war froh, nicht mit dem niedrigen Cabriolet unterwegs zu sein. An den

Wegrändern blühten Scharfgarbe, Wegwarte, wilde Nelken, und ein paar Mal sah Anne auch Büschel blauer Glockenblumen und an Wasserrändern leuchtend gelbe Sumpfdotterblumen.

Auf vielen Weiden grasten Galloway-Rinder, bewacht von Hirten zu Pferde und schwarz-weißen Border-Collies. Aber auch Schafherden waren unterwegs, und Dylan erklärte ihr: »Wenn die Kühe das lange Gras der Wiesen abgeweidet haben, kommen die Schafe drauf. Die sind auch mit den kurzen Grashalmen zufrieden.«

»Als Rechtsanwalt verstehst du aber viel von der Landwirtschaft«, lobte Anne.

»Ich bin damit groß geworden, das prägt sich ein.«

»Magst du das Landleben oder bist du ein richtiger Stadtmensch?«

»Ich musste in die Stadt, hier draußen gab es keinen Platz mehr für mich.«

»Bist du deshalb Jurist geworden?«

»Nein, meine Mutter bestimmte, dass der Landsitz einen Rechtsvertreter brauchte. Und mir war es recht, die ständigen Kompetenzstreitereien zwischen Rinderzucht und Farmergeschäften hinter mir zu lassen.«

»Aber du bist gern hier.«

»Ja, es ist schließlich mein Zuhause.«

»Ihr gehört einem Clan an.«

»Ja, das sind so alte Überlieferungen, an denen manche Leute noch sehr hängen.«

»Und du?«

»Ich gehöre dazu, aber ich kümmere mich nicht darum. Das ist Gordons Bereich. Er ist der Älteste, er ist der Lord.«

»Fühlt ihr jüngeren Brüder euch nicht manchmal benachteiligt?«

»Ich nicht. So eine Lordschaft bringt viele Verpflichtungen mit sich, auf die ich gern verzichten kann.«

»Und Nathan?«

»Ja, ich glaube, der ist sehr verbittert, nicht den Titel tragen zu dürfen. Der meiste Zank zwischen den beiden hat darin seinen Ursprung. Vor allem, seitdem die beiden geheiratet haben, ist der Krieg noch größer geworden, weil die Frauen so missgünstig sind.«

Die Hügel wurden höher, und Anne hatte Mühe, mit der unbekannten Gangschaltung des Jeeps zurechtzukommen. Dylan half ihr, so gut es ging, und als sie schließlich die höchste Kuppe erreicht hatten, hielten sie an.

»Das ist der Westlammermuir-Hill, unser Hausberg und der höchste hier in der Gegend. Komm, steig aus, ich will dir etwas zeigen.« Anne folgte ihm, und er führte sie zu einem kleinen Hügel aufgetürmter alter Feldsteine. »Das ist die Mitte von unseren Ländereien. Hier sollte das Schloss eigentlich stehen«, er lachte, »aber die schottischen Stürme sind damals über seine Mauern gefegt, sodass es irgendwann baufällig wurde.«

»Wann war das denn?«

»Vor mehr als tausend Jahren. Die Familie ist uralt.«

»Ich finde es wunderbar, so eine lange Geschichte zurückverfolgen zu können.«

»Du glaubst gar nicht, was für Höhen und Tiefen es da gab. Mord und Totschlag, Kindersegen und Epidemien, Kriege, Siege und Niederlagen, Armut und Reichtum, Anne, da sind unsere heutigen Probleme wirklich nur Kindereien.«

»Und trotzdem zerstören sie deine Familie.«

»Was soll ich tun? Ich sehe es mit Schrecken, aber mir fällt keine Lösung ein. Mutter kann nicht loslassen, Gordon und Nathan bekämpfen sich und sind doch aufeinander angewiesen, und ich soll Recht und Gesetz durchsetzen.«

Er setzte sich auf einen Haufen Steine und zog Anne neben sich. »Ich bin so froh, dass du da bist. Mit dir kann ich reden wie mit einem vernünftigen Menschen. Dich kümmern die Streitereien nicht. Du beobachtest und denkst dir deinen Teil und weißt genau, dass du davon nicht betroffen bist.«

Anne sah ihn sehr ernsthaft an. »Du irrst dich, Dylan, ich bin tief betroffen. Ich leide mit euch, denn trotz aller Bosheit leidet ihr gewaltig.«

»Wir sind das von klein auf gewöhnt.«

»Ich weiß, aber man kann es auch ändern.«

»Sag mir wie, und ich versuche es.«

»Ratschläge helfen da nicht. Der Wunsch nach Frieden und Harmonie muss von innen kommen.«

Dylan griff nach Annes Hand und spielte mit ihren Fingern. Dann küsste er sie, jeden einzeln und alle nacheinander. Anne hielt ganz still. Ein intensives Gefühl von Wohlbehagen durchströmte ihren Körper, und ihr Gesicht bekam eine rötliche Färbung. »Magst du mich?«, flüsterte Dylan und küsste dann ihre Handfläche.

»Ja«, flüsterte Anne, »jetzt in diesem Augenblick mag ich dich sehr.«

»Und sonst?«

»Nicht, wenn du stur, schroff, brummig und ungerecht bist.«

»Meine Güte, was für eine Menge von Ungezogenheiten.«

»Habe ich zu viele aufgezählt?«

»Nein, nein, ich weiß, dass ich ein ungehobelter Klotz bin und meine Wut nicht bremsen kann.«

»Auf wen bist du so wütend?«

»Na, vorzugsweise auf mich selbst. Ich kann mich nicht beherrschen.«

»Beherrschung kann man lernen, Dylan.«

»Aber für wen soll ich mich beherrschen, es lohnt sich doch gar nicht, beherrscht unter die Streithähne zu gehen.«

»Du könntest ein Vorbild werden. Du könntest mit einem Lächeln antworten und mit Höflichkeit reagieren.«

»Himmel, was du alles verlangst.«

»Ich verlange gar nichts, ich persönlich würde aber auf diese Weise reagieren, du glaubst gar nicht, wie schnell ein Gegner aufgibt, wenn er merkt, dass sein Gegenüber nicht zu reizen ist.«

»Glaubst du?«

»Ich weiß es.«

Dylan war nicht mehr mit ihren Händen beschäftigt, er hatte die Ärmel ihrer Bluse hochgestrichen und küsste ganz langsam ihre Arme, zuerst die Außenseite, dann die Innenseite, und es fiel Anne schwer, ein Stöhnen zu unterdrücken. Schließlich flüsterte sie: »Hör auf Dylan, ich halte das nicht mehr aus.«

»Du musst, Anne, es ist doch erst der Anfang«, flüsterte Dylan und begann die Knöpfe ihrer Bluse zu öffnen. »Wenn du möchtest, dass ich aufhöre, musst du es mir sagen, Anne.«

Sie sah ihn mit großen Augen fragend an. »Was willst du?«

»Dich, Anne. Für immer und ewig. Ich habe da eine Vision und ich habe die Kraft, sie umzusetzen. Anne, wenn es dir recht ist, gehen wir beide ab heute den gleichen Weg.«

»Du hast es sehr eilig«, seufzte Anne.

»Es kann gar nicht schnell genug gehen.«

Dylan holte eine Decke aus dem Wagen, zog Anne von dem Steinhaufen herunter auf die Wiese und küsste ihren Hals und ihre Wangen. Er strich ihr das vom Wind verwehte Haar aus dem Gesicht und schaute ihr fragend in die Augen. Anne erwiderte seinen Blick und dann sah sie auf seinen Mund, auf die Lippen, die vor Verlangen leise zitterten. Und plötzlich hörte sie die Geräusche um sich herum viel stärker als zuvor. Sie hörte, wie sich das Gras unter dem Wind verbeugte, hörte den Gesang eines fernen Vogels und die Melodie des Windes, und sie hatte das Gefühl, dass eine Ewigkeit verging, bis seine Lippen endlich ihren Mund berührten.

Dylan war ein guter Liebhaber, er war zuerst vorsichtig und dann intensiv und zuletzt wieder, ganz unerwartet, warm und zärtlich.

Anne empfand eine große Ruhe, die sie sanft einhüllte. Sie

genoss den Duft der Wiese und die Lieblichkeit des Windes, der sie umhüllte, und sie genoss die intensive Nähe des Mannes, der sie liebkoste und ganz festhielt.

Dylans Leidenschaft hinderte ihn nicht daran, sich Zeit zu lassen. Sie fühlte seine Hände, die mit unendlicher Behutsamkeit über ihren Körper glitten, und sie gab ihm zurück, was er ihr schenkte, und die Welt um sie herum versank, während sie sich zärtlich liebten.

Lady Caroline und Andrew W. Möller erwarteten sie ungeduldig, als sie gegen Mittag ins Schloss zurückkehrten.

»Mein Gott, ich dachte, wir müssten ohne Abschied hier fortfahren«, empfing Caroline die beiden. Andrews Chauffeur war dabei, die Koffer der Reisenden in das Auto des Reeders zu verladen, und sah dabei bedeutungsvoll auf seine Uhr.

Andrew bemerkte das und nickte ihm zu. »Rufen Sie den Kapitän an und teilen Sie ihm mit, dass wir uns etwas verspäten.«

»Jawohl, Mister Möller.«

Caroline sah Anne und Dylan kritisch an. Dann zupfte sie einen kleinen Grashalm aus Annes Haar. »Ihr wart im Grünen, denke ich?«

»Ich habe Anne den Westlammermuir-Hill gezeigt.«

»Ach ja?«

»Sie muss doch ihr neues Zuhause kennenlernen.«

»Ach ja?«

»Ja, Mutter«, er legte Anne den Arm um die Schulter. »Jawohl, wir sind ab heute zusammen und gedenken, das auch zu bleiben.«

»Na, endlich!« Caroline nahm beide in die Arme. »Ich freue mich so sehr für euch. Jetzt kann ich beruhigt wegfahren.« Caroline nahm einen Umschlag aus ihrer Reisetasche. »Hier Anne, ich freue mich, dass ich dir den Umschlag nun doch noch persönlich geben kann. Der Post hätte ich ihn ungern anvertraut.«

»Was ist das?«, fragte Anne irritiert. Sie hatte ihr Gehalt bekommen und auch sonst alles mit der alten Dame besprochen. Was sollte also dieser Umschlag jetzt?

»Mach ihn auf, wenn ich fort bin. Er soll dir deinen Aufenthalt hier sichern, aber jetzt, an Dylans Seite, ist er fast umsonst geschrieben worden.«

»Danke, Caroline.«

Andrew drängte auf die Abreise. »Tut mir leid, ihr Lieben, aber ich kann den Kapitän nicht endlos warten lassen, er muss sich nach der Tide richten, und der Ozean lässt sich leider nicht von mir zwingen, auf uns zu warten.«

Alle lachten, umarmten sich und wenige Minuten später waren die Reisenden zwischen den Parkbäumen verschwunden.

36

Und dann war Anne doch sehr überrascht, als sie den Umschlag öffnete und den Inhalt zur Kenntnis nahm.

Caroline MacAdleston räumte der jungen Freundin ein unbegrenztes Wohnrecht in ihrer persönlichen Wohnung im Schloss Lammermuir-House ein. Sie forderte ihre Söhne auf, ihre deutsche Freundin respektvoll und gastfreundlich zu behandeln, ihre Wünsche zu akzeptieren, sie zu achten und die Vollmachten, mit denen sie, Caroline MacAdleston, ihre Freundin Anne-Sophie Wedel ausstattete, anzuerkennen.

Zu den Vollmachten gehörte, dass Anne an den abendlichen, geschäftlichen Diskussionen teilnahm und man ihre Ansichten prüfen und achten müsse, dass sie über den Chauffeur und den Wagen der Lady frei verfügen könne, und vor allem, dass sie, Anne-Sophie Wedel, die Lady in allen geschäftlichen wie privaten Bereichen voll vertreten solle.

Anne war sprachlos, vor allem über den Schlusssatz, in dem die Lady mitteilte, dass dieser, ihr vorerst letzter Wille, unter der Aufsicht von ihrem privaten Rechtsanwalt Doktor Jean-Baptiste Morgan in Glasgow, einzuhalten sei. Unter PS folgte der Nachsatz: Kopien dieses Schreibens erhalten meine Söhne Lord Gordon, Nathan und Dylan MacAdleston nach meiner Abreise aus Lammermuir-House.

Lady Caroline hatte den Brief persönlich unterschrieben und mit ihrem Familiensiegel bekräftigt. Unter ihrem Namen standen Name und Anschrift von Doktor Jean-Baptiste Morgan, ebenfalls persönlich unterschrieben und besiegelt.

Anne war fassungslos. Sie starrte aus dem Fenster und fühlte sich vollkommen überfordert von dem Inhalt dieses Schreibens. Auf der einen Seite war ihr Körper noch erfüllt von der Glückseligkeit der vergangenen Stunden, auf der anderen Seite setzte dieses Schreiben alle Gefühle außer Kraft. Was wird Dylan sagen, wenn er erfährt, dass seine Mutter mich, eine junge Fremde, zur Herrin von Lammermuir-House machte. Nein, korrigierte sich Anne, nicht zur Herrin, das ist übertrieben, aber zu einer Frau, die in allen geschäftlichen wie privaten Bereichen der Familie mitreden darf? Etwas, was ich vom ersten Tage an immer abgelehnt habe. Das kann ja ein heiteres Abendessen geben, dachte sie. Endlich ist Caroline fort, und die Söhne können selbst schalten und walten, und nun verlangt sie von mir, dass ich diese kompetenten Männer in allen geschäftlichen Fragen berate oder kritisiere. Nein, das kann und das will ich nicht, überlegte sie, als es an die Tür klopfte.

Sie öffnete und stand Dylan gegenüber. Ohne sie zu begrüßen, stürmte er in ihr Zimmer und hielt ihr das Schreiben hin. »Kannst du mir erklären, was dieser Wisch bedeutet?«

»Nein, kann ich nicht«, antwortete sie leise.

»Da hast du dich ja fein in die Familie eingeschlichen. So eine Berechnung, so ein Komplott, das habt ihr euch großartig ausgedacht.«

»Wir haben uns gar nichts ausgedacht«, Anne ärgerte sich, dass dieser Mann, der sie vor weniger als zwei Stunden so zärtlich geliebt hatte, ihr nun Intrigen und Berechnungen unterstellte. »Ich habe mit diesem Schreiben nichts zu tun.«

»Nein, oh nein, du hast damit nichts zu tun, sonderbar ist nur, dass dieser Wisch sich von oben bis unten mit dir befasst, dir Rechte einräumt, die dir nicht zustehen und dich zur Vertretung einer Lady machen, die von geschäftlichen Dingen in dieser Familie keine Ahnung mehr hat. Und das Ganze auch noch mit einem Rechtsschutz, der hier überhaupt nichts zu sagen hat.«

»Dylan, hör auf, hier so herumzuschreien. Ich habe diesen

Brief nicht geschrieben, ich hatte keine Ahnung von seiner Existenz und von seinem Inhalt und ich habe nicht vor, mich nach den Forderungen in diesem Schriftstück zu verhalten. Ich reise morgen ab.«

»Das wirst du nicht, denn das wäre ein Grund für die Lady, sofort zurückzukehren.«

»Du kannst mich nicht zwingen zu bleiben.«

»Oh doch, es ist ein weiter Fußweg bis nach Edinburgh.«

Fassungslos sah Anne den Mann an, der, hochrot im Gesicht, sie bedrohte. Wie kann ein Mensch sich so schnell verändern, wie kann er Worte der Liebe vergessen, die er gerade noch gersprochen hat, wie kann er Gefühle mit den Füßen treten, die uns eben noch auf eine so herzliche Art vereint haben? Wie kann ein Mann sich selbst so vergessen?

Tief enttäuscht wandte sie sich von ihm ab, nahm die beiden Blätter des Briefes, riss sie mitten durch und warf sie in den Papierkorb. »Ich bin nicht auf eure Gastfreundschaft angewiesen, ich habe nicht vor, mich in eure kläglichen Streitereien zu mischen und eure albernen Sticheleien anzuhören. Ich habe die Nase ganz einfach voll, und bis nach Longformacus ist es der reinste Spaziergang. Und dort gibt es Mietwagen.«

»Ich verlange, dass du bleibst.«

»Und ich verlange, dass du endlich deinen Hochmut aufgibst und mich allein lässt.«

In der Halle rief der Gong zum Abendessen. Anne hätte am liebsten dieses Treffen vermieden. Sie musste mit der Ablehnung der Familienmitglieder rechnen. Sie fühlte sich in ihrer Haut alles andere als wohl. Aber Dylan drängte sie aus dem Zimmer. »Na los, worauf wartest du noch? Hast du etwa Angst vor einem unerfreulichen Empfang im Speisesaal?«

»Ich habe keine Angst, ich kenne euer unerfreuliches Benehmen, ich weiß damit umzugehen, das solltest du inzwischen wissen.« Sie ging mit erhobenem Kopf und einem Lächeln die breite Treppe hinunter in den Speisesaal. Aber der Raum war leer.

Kein Licht, kein Mensch, kein Essen. Anne ging um den Tisch herum, durch die Anrichte und zur Treppe, die in die Wirtschaftsräume führte. In der Küche angekommen, stand sie dem ganzen Hauspersonal gegenüber. »He, Leute, was ist los? Gibt es nichts zu essen?«

»Die Lady ist fort, und Lord Gordon hat uns befohlen, die Speisen in den Apartments der einzelnen Familien zu servieren. Man möchte das Abendessen nicht mehr zusammen einnehmen, hat er gesagt.«

»Habt Ihr schon serviert?«

»Nein, noch nicht, aber es steht alles bereit.«

»Dann bringt das Essen in den Speisesaal wie immer. Wir essen dort. Und Sie, Miss Emma, gehen bitte in die Apartments der Familien und sagen ihnen: Der Tisch ist gedeckt. Nichts weiter. Keine Wortgefechte, keine Diskussionen. Nur: Der Tisch ist gedeckt.«

»Ach, du meine Güte« stöhnte die Haushälterin.

»Bitte, Miss Emma, heute Abend muss etwas geregelt werden, was für die Zukunft von Lammermuir-House sehr wichtig ist.«

»Na ja, das glaube ich schon, aber dass ich das ausbaden muss.«

»Sie müssen nichts ausbaden, Emma, das muss ich, aber diese kleine Unterstützung werden Sie mir doch gewähren.«

»Ja, Ihnen schon, Miss Anne, aber das ganze Drumherum ängstigt mich.«

»Ich werde mich um Ruhe und Frieden in diesem Haus bemühen, das verspreche ich Ihnen allen.«

»Ach Gott, wie wollen Sie das denn schaffen«, mischte sich Betty ein. »Nicht einmal die Lady hat das geschafft.«

»Vielleicht hat sie nicht die richtige Art gefunden. Ich werde mich sehr um einen guten Hausfrieden bemühen.«

»Die Lady hat gesagt, als sie sich von uns verabschiedet hat, dass Sie jetzt hier den Ton angeben.«

»Ich will und ich werde keinen Ton angeben. Ich werde mit Freundlichkeit für Frieden sorgen. Ich hoffe jedenfalls, dass ich das schaffe«, fügte sie leise hinzu. »Und jetzt bitte an die Arbeit, damit wir in zehn Minuten essen können.«

Und sie kamen alle: Lord Gordon mit seiner Lucy, fein gekleidet wie immer und mit einem vernichtenden Blick für Anne. Mister Nathan mit seiner Emily, die Anne keines Blickes würdigte, und Dylan mit Rachel, die unerwartet am späten Nachmittag in Lammermuir-House eingetroffen war.

Die Missachtung, mit der man Anne strafte, war nicht zu übersehen. Man unterhielt sich allein, richtete kein Wort an sie und gab sich die größte Mühe, so freundlich wie schon lange nicht mehr miteinander umzugehen.

Anne amüsierte sich heimlich, obwohl es wehtat, so missachtet zu werden. Wenn der Ärger über mich für ein harmonisches Dinner sorgt, dann soll es mir recht sein, aber gefallen lass ich mir das nicht, das werde ich auf alle Fälle sagen.

Als das Dessert serviert wurde, stand sie auf, klopfte mit dem Löffel an ihr Glas und bat damit um Gehör. »Meine Damen, meine Herren, ich möchte Ihnen etwas mitteilen.«

»Hört, hört«, rief Nathan dazwischen.

Anne ließ sich nicht beirren und fuhr fort: »Da ich es hier mit sogenannten Gentlemen zu tun habe, bin ich sicher, dass mich niemand mehr unterbricht, bis ich fertig bin.«

Sie sah lächelnd von einem zu anderen. »Ich weiß, dass Sie zutiefst enttäuscht sind von dem Schreiben Lady MacAdlestons, das mich genauso überrascht hat wie Sie. Ich möchte Ihnen sagen, dass ich dieses mich betreffende Schreiben in den Papierkorb geworfen habe, nicht, weil ich den Wunsch der Lady, die meine Freundin geworden ist, missachte, sondern weil ich nicht daran interessiert bin, hier ihre Nachfolge anzutreten. Ich achte Sie und ich bewundere Sie, denn Sie haben hier eine Zucht von weißen Galloway-Rindern aufgebaut, die einmalig ist auf der ganzen

Welt. Die Tiere, die Sie hier aufgezogen haben, waren vom Aussterben bedroht, und Sie haben sie gerettet. Gut, den Anfang haben Lord und Lady MacAdleston gemacht, aber jetzt sind Sie an der Reihe. Sie haben bereits aus den Anfängen etwas Großartiges geschaffen. Ich verstehe nichts von Rinderzucht, aber ich bewundere Sie. Und ich darf Ihnen versichern, dass ich in keiner Weise vorhabe, mich auch nur mit einem Wort in Ihre Arbeit, in Ihre Geschäfte und in Ihre Planungen einzumischen. Ich würde mich nur sehr herzlich freuen, wenn Sie miteinander und nicht gegeneinander an Ihrer Zukunft arbeiten würden. Ich danke Ihnen für Ihre Aufmerksamkeit. Ich verlasse morgen Lammermuir-House und wünsche Ihnen und der gesamten Familie alles Gute für die Zukunft.«

Anne setzte sich und begann ihr Dessert zu essen. Im Speisesaal war es so still, dass ihr das Klirren des Dessertlöffels beinahe peinlich war.

Lord Gordon sprach als Erster. Er räusperte sich, sah sich in der Runde um und bat: »Miss Anne, bitte bleiben Sie. Wir sind wie Sie von diesem Schreiben unserer Mutter sehr überrascht. Wir sind verärgert und wir sind entsetzt. Wie kann sie es wagen, uns einen beinahe fremden Menschen vorzusetzen. Einen Menschen, der weder von der Arbeit noch von der Zucht noch von den Geschäften und Gesetzen unserer Arbeit auch nur die geringste Ahnung hat.« Er räusperte sich erneut. »Es fällt mir schwer, Ihnen das alles sagen zu müssen, denn Sie sind ein sympathischer Mensch, ein Mensch, den wir durchaus tolerieren würden, wenn er nicht auf der Seite unserer Mutter stehen würde. Wir ehren unsere Mutter, denn sie hat viele Jahre lang gute Arbeit geleistet, aber sie ist nicht mit den Aufgaben gewachsen, sondern sie verharrt in der Vergangenheit. Wir können nicht mehr nach ihren Maßstäben arbeiten und wir wollen das auch nicht.« Er sah sich Beifall heischend in der Runde um. Als alle ihm zunickten, fuhr er fort: »Nun sind wir überrascht von Ihrer Einstellung. Wir haben befürchtet, dass Sie im Namen von Lady Caroline hier weiterarbeiten wollen, und das können wir nicht dulden. Da Sie uns nun aber Toleranz zugesichert haben, möchte ich Sie persönlich darum bitten zu bleiben, denn solange unsere verehrte Mutter der Meinung ist, Sie vertreten hier ihre Wünsche und Pläne, kann sie ihre Weltreise genießen, und wir können in Ruhe arbeiten.«

Er sah sich in der Runde um. Nathan nickte ihm zu, die Frauen hielten sich zurück, und Dylan zuckte nur mit den Schultern. »Ich sehe, die Familie akzeptiert meinen Wunsch. Also, Miss Anne, bitte bleiben Sie, damit hier Ruhe herrscht.«

Anne sah sich um. »Wenn Sie alle die Meinung von Lord Gordon vertreten, werde ich bleiben, denn ich möchte viel mehr erreichen als eine erfolgreiche Rinderzucht.«

»Hört, hört«, mischte sich Nathan noch einmal ein. »Und was soll das sein?«

»Ich möchte gern, dass in dieser Familie Frieden herrscht.«

»Na, darauf können Sie lange warten«, konterte Nathan. »In dieser Familie hat es noch nie Frieden gegeben. Das ist auch gar nicht möglich, denn hier macht jeder seinen Kram, und den macht er gut. Aber wehe, wenn sich ein anderer einmischt …«

Anne stand auf. »Meine Herren, bevor es wieder zu einem Streit kommt, möchte ich das Abendessen lieber beenden. Aber ich versichere Ihnen, ich bin genauso starrköpfig wie Sie, Mister Nathan.« Freundlich lächelnd ging sie von einem zum anderen, gab jedem die Hand und wünschte eine gute Nacht. Nur bei Dylan zögerte sie einen Moment. Die Anwesenheit von Rachel hatte sie zutiefst verletzt, und sie musste sich überwinden, diesem Mann und seiner Freundin die Hand zu reichen. Diese Nacht, auf die sie sich erwartungsvoll gefreut hatte, würde er also mit seiner Rachel verbringen.

37

Als Anne in die Halle kam, erwartete sie die Haushälterin.

»Miss Anne, wir haben die Mitteilung bekommen, dass Sie in die Suite von Lady MacAdleston umziehen werden. Möchten Sie das heute Abend noch oder genügt es, wenn wir den Umzug morgen früh erledigen?«

Anne schaute Miss Emma verblüfft an. »Woher wissen Sie, dass ich umziehe?«

»Wir haben von Lady MacAdleston eine Mitteilung bekommen, bevor sie abreiste. Möchten Sie auch die Möbel umstellen oder andere Veränderungen vornehmen? Dann wäre es vielleicht besser, es bei Tag zu machen.«

Anne schüttelte lächelnd den Kopf. »Danke, Miss Emma, aber ich habe nicht vor, in die Räumlichkeiten von Lady MacAdleston umzuziehen. Ich habe hier zwei sehr hübsche Zimmer, und in denen werde ich bleiben. Sie könnten vielleicht die Suite der Lady reinigen lassen, die Möbel mit Tüchern abdecken und die Wohnung dann verschließen, so bleibt alles frisch und sauber, bis die Lady zurückkommt.«

»Ach so. Wissen Sie denn, wann die Lady zurückkommt?«

»Nein, Miss Emma, das weiß ich nicht. Ich denke aber, dass sie längere Zeit fortbleiben wird.«

»Wir vom Personal sind sehr überrascht von der Reise, Miss Anne. Die Lady machte in letzter Zeit einen recht glücklichen Eindruck, wenn Sie mit Mister Möller zusammen war.«

»Ja, ich denke, diese Bekanntschaft wird ihr guttun. Lady MacAdleston hat eine Erholung dringend nötig. Gute Nacht, Miss Emma.« Damit verabschiedete sich Anne höflich, aber konsequent, denn sie hatte nicht vor, dem Gerede im Dienstbotentrakt Nahrung zu liefern.

Nach dem Frühstück am nächsten Morgen machte sich Anne, wie schon öfter in letzter Zeit, zu Fuß auf den Weg zur Farm. Sie genoss die Stille des friedlichen Morgens, freute sich an dem sonnigen Wetter und der langsam steigenden Temperatur und beobachtete mit Vergnügen die jungen Kälber auf einer der Weiden, die vor Übermut nicht wussten, wohin mit ihrer Kraft.

Anne hatte sich vorgenommen, heute mit Lord Gordon zu sprechen. Ich glaube, dass er der einsichtigste der Brüder ist. Ein Mensch, der Tiere liebt, und davon gehe ich einmal aus, sonst würde er nicht mit solcher Begeisterung an seiner Zucht hängen, wird auch für menschliche Beziehungen ansprechbar sein, überlegte sie.

Gordon beobachtete eine kleine Herde von Rindern, die in eine Koppel getrieben worden waren, in der die Hufschmiede ihnen die Klauen beschnitten. Anne stellte sich neben ihn und fragte: »Warum müssen die Klauen denn beschnitten werden?«

»Wenn sie durch den weichen Boden nicht auf natürliche Weise abgenutzt werden, muss man sie hin und wieder kürzen.«

»Ihre Tiere sind das ganze Jahr über im Freien, frieren die nicht an den Hufen?«

»Nein«, Gordon lächelte, und es war das erste Mal, dass Anne ihn lächeln sah. »Die Rinder bekommen keine kalten Füße.«

»Bei uns sind die Herden im Winter im Stall.«

»Ihre Bauern halten die Kühe zur Milchproduktion, das ist etwas anderes. Unsere Galloways produzieren Fleisch, das ist ein Unterschied. Und die Größe der Herden erlaubt auch keine Stallunterbringung.«

»Ja, natürlich«, pflichtete Anne ihm bei. »Dass sie keine Hörner haben, daran musste ich mich aber erst einmal gewöhnen. Dadurch sehen sie viel friedlicher aus als unsere Rinder in Norddeutschland.«

»Na ja«, grinste Gordon, »mit unseren Bullen würde ich in der Paarungszeit aber nicht zusammentreffen wollen.«

»Sie mögen Ihre Tiere, nicht wahr, Lord Gordon?«

»Lassen Sie mal den Lord fort, Miss Anne, und natürlich liebe ich mein Vieh.«

»Dann müssen Sie aber auch auf die Miss verzichten, Gordon, kennen Sie die einzelnen Tiere mit ihren Namen?«

Jetzt lachte er schallend. »Ich glaube, wir haben um die zweitausend davon, ich weiß nicht einmal die genaue Zahl, aber Namen, da gibt es nur ganz wenige, die ich kenne, obwohl sie natürlich alle namentlich und mit Nummern versehen in die Zuchtbücher eingetragen sind, das ist Vorschrift.«

»Dann haben Sie aber auch eine Menge Büroarbeit, wenn jedes Rind registriert werden muss.«

»Ja leider, ich würde lieber mit einem Hirten tauschen und mein Leben auf den Weiden verbringen.«

Verblüfft sah Anne ihn an. »Das hätte ich jetzt aber nicht gedacht, Gordon, auf mich wirken Sie eher wie ein Stadtmensch, der versehentlich auf das Land geraten ist.«

Fast traurig versicherte der Lord: »Ein Stadtmensch bin ich ganz und gar nicht. Ich liebe dieses Land mit allem, was dazu gehört, vor allem mit meinen Rindern um mich herum.«

»Was man von Ihren Brüdern aber nicht behaupten kann.«

Gordon zuckte resigniert mit den Schultern. »Nathan will immer etwas Besseres sein, und weil er gezwungen wurde, sich um die Geschäfte der Farm zu kümmern, lässt er seine Wut an den Tieren aus. Er schert alle über einen Kamm, und das kann ich, verdammt noch mal, überhaupt nicht vertragen.«

»Gibt es deshalb immer Ärger?«

»Natürlich. Könnten Sie mit einem Menschen, der in den von Ihnen großgezogenen und geliebten Tieren nur Geld, Gewicht und Gewinn oder Verlust sieht, freundschaftlich umgehen?«

»Haben Sie ihm das denn einmal ganz in Ruhe so erklärt?«

»Ach was, der hört doch gar nicht erst zu. Für den ist ein Rind nur eine Ware, die man so teuer wie möglich verkaufen muss.«

Anne spürte den Zorn des Mannes neben ihr in seinen Worten

und wechselte schnell das Thema. »In vier Wochen beginnen die Schulferien. Freuen Sie sich auf Ihre Kinder?«

»Die werde ich kaum zu Gesicht bekommen.«

»Aber wieso denn nicht?«

»Sie verbringen die Ferien in Ferienlagern und später bei den Eltern meiner Frau.«

»Aber warum denn? Für Kinder gibt es doch nichts Schöneres als Ferien auf dem Lande.«

Erstaunt sah Gordon sie an. »Sie meinen, es würde ihnen hier gefallen?«

»Aber natürlich. Pferde, Hunde, Kühe, Kälber. Gerade nach dem Leben im Internat wird ihnen das Leben auf dem Lande wie eine grenzenlose Freiheit vorkommen.«

»Daran habe ich noch gar nicht gedacht. Wir waren als Kinder auch immer in irgendwelchen Lagern. Und so schlecht war das gar nicht. Wir hatten Lagerfeuer, Kanufahrten und Nachtwanderungen, das hat auch Spaß gemacht.«

»Und Sie wären niemals gern hierhergekommen?«

»Das stand nie zur Debatte. Und außerdem, wer soll sich hier um die Kinder kümmern? Meine Frau ist froh, wenn sie ihre Ruhe hat und hinterm Schloss an unserem neuen Swimmingpool in der Sonne liegen kann.«

»Ich könnte mich um die Kinder kümmern. Ich habe Zeit und mit Lagerfeuer und Nachtwanderungen kenne ich mich auch aus.«

Sprachlos starrte Gordon die Frau an seiner Seite an. »Das würden Sie tun?«

»Ja, warum denn nicht? Wir könnten ausreiten und Hunde dressieren – nur Kanufahrten kann ich nicht anbieten, ich habe hier noch kein entsprechendes Wasser gesehen.«

Jetzt lachte Gordon laut und herzlich. »Aber wir haben den Whiteadder und den Blackadder hier in der Nähe, da kann man wunderbare Flusswanderungen machen. Das würde ich übernehmen. Und ich könnte ihnen das Bogenschießen beibringen. Mein Lieblingssport als Junge.«

Plötzlich war alle Fremdheit zwischen ihnen verschwunden, sie waren ein Team, machten Pläne und zum Schluss stand fest, Amy, Lewis und Callum würden die Ferien auf Lammermuir-House verbringen, und nichts, aber auch gar nichts, würde Gordon von seinem Plan, die Kinder hier im Schloss zu haben, abbringen.

Den Nachmittag verbrachte Anne im Büro von Nathan. Nachdem sie mit Lord Gordon Frieden geschlossen hatte, hoffte sie nun, auch Mister Nathan von einem friedlichen Miteinander hier im Schloss überzeugen zu können. Das wird nicht leicht werden, dachte sie, als sie heimlich unterwegs war, um herauszufinden, wo er sich aufhielt. Der Mann ist nicht nur machthungrig, er ist auch zutiefst enttäuscht, nicht das Oberhaupt der Familie zu sein. Und vermutlich macht ihm seine eitle Frau auch noch dauernd die entsprechenden Vorwürfe. Außerdem ist er ein Geschäftsmann, dem geht es nicht um Gefühle und Empfindungen wie dem Tierfreund Gordon, dem geht es nur ums Geld. Als sie schließlich von Miss Emma erfuhr, dass er soeben in sein Büro neben der Halle gegangen sei, ging sie einfach hinüber, klopfte höflich an und betrat nach seinem »Herein« den dunklen, kühlen Raum, in dem die bevorzugte Farbe Schwarz war. »Darf ich Sie einen Augenblick stören, Mister Nathan?«

»Ich wüsste nicht, was wir zu besprechen hätten«, erwiderte er schroff und vertiefte sich in die Anzeigen seines Computers. Anne wartete geduldig, bis er nach diversen Eingaben schließlich aufsah. »Um was geht es, Miss?«

»Darf ich mich setzen?«

»Bitte«, entgegnete er unhöflich, um gleich darauf zu schimpfen: »Verdammt noch mal, diese blöde Technik.«

Anne sah ihn ganz ruhig an. »Was ist passiert?«

»Ach, Blödsinn, eine falsche Taste und der ganze Text zerrinnt in fragwürdige Zeichen.«

»Kann ich Ihnen vielleicht helfen? Ich kenne mich mit Computern sehr gut aus.«

»Ich denke, Sie sind eine Krankenpflegerin, was haben Sie mit Computern zu tun?«

»Ich habe die Bedienung von Rechnern schon in der Schule gelernt, und weil mir diese verführerischen Apparate Spaß gemacht haben, bin ich dabei geblieben und habe immer wieder Kurse besucht, um ihren Geheimnissen auf die Spur zu kommen.«

»Und? Sind Sie ihnen auf die Spur gekommen?«

»Aber ja, soll ich Ihnen helfen?«

»Ich bitte darum. Schließlich waren Sie es, die mich gestört hat.«

Anne war wütend, so viel Arroganz war ihr in ihrem Leben nur selten begegnet. Aber sie hielt sich zurück, ging um den Schreibtisch herum und besah sich den Bildschirm, der nur ein weißes Bild zeigte. »Was wollten Sie denn eingeben?«

»Ich brauche aus dem Internet die letzten Börsenberichte.«

»Warten Sie, die haben wir gleich.« Und als die Zahlenreihen auf dem Bildschirm auftauchten, fragte sie: »Und in welchen Bereich müssen Sie hinein?«

»In die Rinderpreise natürlich. Was anderes haben wir ja hier nicht zum Anbieten.«

Mit zwei, drei Schaltungen hatte Anne die gewünschten Listen auf dem Bildschirm. »Bitte sehr, Mister Nathan.«

»Danke«, kam es unwirsch über seine Lippen, und Anne ging zurück zu ihrem Stuhl. Nachdem er sich ein paar Notizen gemacht hatte, sah er auf. »Sie sind ja immer noch da.«

»Ja, ich wollte Sie eigentlich etwas fragen.«

»Was denn, Sie sehen doch, dass ich zu tun habe.«

»Ich wollte Sie einfach nur fragen, ob Sie immer so schlecht gelaunt sind, Mister Nathan, oder ob es auch entspannte Momente in Ihrem Leben gibt. Dann komme ich lieber ein anderes Mal wieder.«

Verblüfft sah der Mann die junge Frau an, die seine Tochter hätte sein können. »Was haben Sie da gesagt?«

»Ich habe gefragt, ob es in Ihrem Leben auch liebenswürdige Momente gibt.«

»Was fällt Ihnen ein«, flüsterte der Mann fassungslos.

»Bitte, Mister Nathan, ich möchte nur ganz höflich anfragen, wo Ihre Kinder die Sommerferien verbringen.«

»Was? Und deshalb kommen Sie hier herein und stören mich?«

»Ich habe höflich angeklopft und habe bei Ihrem Computer geholfen. Muss ich meine Frage wiederholen?«

»Meine Kinder sind in den Ferien bei ihren Großeltern in Glasgow.«

»Sind das schöne Ferien für sie?«

»Natürlich, sie gehen in Museen, besuchen Ausstellungen, nehmen an Konzerten teil und genießen die Parkanlagen.«

»Und weshalb kommen sie nicht hierher, hier ins Schloss, in ihr Zuhause?«

»Was sollen sie hier. Meine Frau und ich verreisen in der Zeit, und hier ist es doch stinklangweilig.«

»Aber nein, hier ist unheimlich viel los. Die Kinder von Lord Gordon werden auch hier sein.«

»Und wer kümmert sich um fünf Halbwüchsige, die pubertieren und nichts als Blödsinn im Kopf haben?«

»Ich kümmere mich um sie.«

Erstaunt schaute Mister Nathan Anne an. »Sie? Ich denke, Sie sind Krankenpflegerin.«

»Ich bin jung und kann mit jungen Menschen umgehen.«

»Und deshalb sind Sie hier in mein Büro gekommen?«

»Ja. Ihre Kinder haben ein einmalig schönes Zuhause, aber Sie schicken sie fort. Warum?«

»Meine Frau will ihre Ruhe haben, und ich brauche eine Luftveränderung. Ich muss einfach mal raus aus dem Ganzen, ich brauche eine Abwechslung von der Eintönigkeit hier.«

»Macht Ihnen die Arbeit denn gar keinen Spaß?«

»Spaß, so ein Blödsinn! Wenn ich könnte, wie ich wollte, hätte ich den ganzen Betrieb schon längst hingeschmissen, verkauft, versteigert, an den Nagel gehängt oder wie immer Sie das nennen wollen. Wie kann einem denn so ein Viehhandel Spaß machen?«

»Ich dachte, einem versierten, sachkundigen und klugen Geschäftsmann macht jeder Handel Spaß?«

Irritiert sah Nathan die junge Frau an. »Wofür halten Sie mich eigentlich, Miss?«

»Für einen sehr, sehr klugen Mann, Mister Nathan. Einen Mann, der hier eine wichtige Rolle spielt, der aber mehr erreichen würde, wenn er die Dinge anders anpacken würde.«

»Ach, und wie wäre das?«

»Sie möchten Erfolge haben, Sie möchten der Herr im Hause sein, sie möchten alle von Ihrem Können überzeugen und einmalige Ergebnisse produzieren. Aber ich sage Ihnen, Mister Nathan, Sie werden diese Erfolge nur gemeinsam mit Ihren Brüdern haben, und je eher Sie das begreifen, umso mehr werden Sie mit Ihrer Klugheit erreichen.«

»Donnerwetter«, entfuhr es dem Mann, der wie gebannt zugehört hatte.

»Trainieren Sie einmal Ihr Einfühlungsvermögen, hören Sie mit dem Streit auf und Sie werden Wunder erleben.« Anne stand auf. »Kann ich damit rechnen, dass Ihre Kinder die Sommerferien hier verbringen? Das war ja eigentlich die Frage, die ich stellen wollte.«

»Ja, ja, meinetwegen.«

Das Abendessen verlief erstaunlich harmonisch. Es gab keine Meinungsverschiedenheiten und keine bissigen Wortwechsel, und Dylan saß am Tisch und wunderte sich, dass sich seine Brüder plötzlich über den gemeinsamen Ferienaufenthalt ihrer Kinder im Lammermuir-House unterhielten.

38

Anne begann sich langsam auf Lammermuir-House wohlzufühlen. Die abendlichen Streitereien hatten ein Ende gefunden, es fanden ganz normale Gespräche statt. Man redete über Politik und Klimawandel, über Erziehungsmethoden, die Weltwirtschaftskrise und Umweltprobleme, und Anne wurde endlich akzeptiert. Die Ankunft der Kinder stand bevor, Lucy und Emily berieten gemeinsam mit Anne die Renovierung der kaum benutzten Kinderzimmer, Gordon und Nathan suchten gemeinsam nach geeigneten Reitpferden für ihren Nachwuchs, und Anne besprach mit der Köchin und der Haushälterin die künftigen Mahlzeiten, denn man wollte die Familiengemeinschaft nicht mehr nur auf ein gemeinsames Abendessen reduzieren, sondern alle Mahlzeiten sollten zusammen eingenommen werden.

Erleichtert wurden diese Pläne durch die Abwesenheit der gestrengen alten Dame, die sich durch Kinder am Tisch gestört gefühlt hatte, und durch die Abwesenheit von Dylan, von dem man nicht wusste, wie er auf eine große gemeinsame Tafel reagieren würde.

Anne war sehr enttäuscht von seiner Abwesenheit, aber die vielen neuen Aufgaben, die plötzlich auf sie zukamen, verhinderten lange Überlegungen und unnütze Gedanken. Er war am Tag nach dem letzten großen Streit über den Brief der Lady zusammen mit Rachel fortgefahren und seitdem nicht wieder auf Lammermuir-House erschienen. Manchmal dachte Anne an die wenigen, schönen Stunden, die sie mit Dylan an der Küste und auf dem Hügel verbracht hatte, an seine zärtlichen Worte und an seine Umarmungen. Dann wieder fielen ihr seine schroffe Art und seine Undankbarkeit ein, und sie war froh, diesen Launen entgehen zu können. Wenigstens für eine kurze Zeit.

Nur so lange, bis eines Tages ein Möbelwagen vor dem Schloss eintraf und ein paar Männer damit begannen, Möbel in den Mitteltrakt des Schlosses zu tragen. Sehr aufgeregt unterbrach die Haushälterin das Frühstück und bat die Familie um Hilfe. »Ich weiß gar nicht, was ich machen soll«, stotterte sie aufgeregt. »Diese Männer bringen Möbel von Mister Dylan, die hier aufgestellt werden sollen, und sie haben einen Plan aller Räume im Mittelteil des Schlosses dabei, und da hat Mister Dylan rot eingezeichnet, wohin die Möbel gebracht werden sollen.«

»Er hat das Wohnrecht für den Mitteltrakt«, beruhigte Lord Gordon die aufgeregte Frau, »er kann sich dort einrichten, wo er will.«

»Ja, aber auch die beiden Zimmer von Miss Anne sind da eingezeichnet, er kann doch nicht über ihre Räume verfügen.«

»Nein«, erklärte Nathan, »das geht zu weit. Nachher will er auch noch Mutters Suite benutzen. Ich kümmere mich darum.« Er stand auf und folgte der Haushälterin, die verärgert nach den Möbelträgern suchte.

Anne war entsetzt. Ging der Zorn dieses Mannes so weit, dass er sie aus dem Haus vertreiben wollte? Was hatte sie ihm getan, warum war er so launenhaft, so uneinsichtig?

Und überhaupt, ging es ihr durch den Kopf, warum brachte er Möbel aus Edinburgh hierher? Wollte er hier ständig leben? Dann, fügte sie in Gedanken hinzu, dann ist es wieder vorbei mit dem Frieden in dieser Familie.

Nathan fand die Möbelpacker draußen neben ihrem Wagen, wo sie ihr Frühstück einnahmen. Er ließ sich die Pläne zeigen, nahm seinen Kugelschreiber und zeichnete dicke Striche um Annes Zimmer und die Suite der Lady. »Hier wird nichts abgestellt, diese Zimmer sind tabu«, erklärte er konsequent.

»Aber Sir«, stotterte der Chauffeur, der anscheinend das Kommando hatte, »Mister MacAdleston hat gesagt, so wie es eingetragen ist, wird es gemacht, und keiner darf reinreden.«

»Mister, hier habe ich das Sagen, und ich sage Ihnen, diese

Zimmer sind tabu. Verstanden?« Und an Emma gewandt. »Schließen Sie die Zimmer ab und bringen Sie mir die Schlüssel. Und wenn einer sie mit Gewalt zu öffnen versucht, dann ist das Hausfriedensbruch, und Sie rufen die Polizei. Verstanden?« Emma nickte kleinlaut und ging zurück ins Haus.

»Und Sie, Mister, haben Sie mich verstanden?«

»Ja, ja, schon gut. Aber wir bekommen Ärger.«

»Den können Sie dann an uns weiterleiten.«

Wütend kam Nathan an den Frühstückstisch zurück. »Er ist nicht einmal persönlich da, und schon fängt der Streit wieder an.«

»Es sieht aus, als wolle er seine Wohnung in Edinburgh aufgeben.« Fragend sah Gordon sich in der Runde um. »Bröckelt die Fassade des gewieften Rechtsanwaltes? Des frauenbetörenden Gentlemans?«

»Keine Ahnung. Aber mit uns kann er nicht mehr machen, was er will. Er wird uns nicht manipulieren und gegeneinander aufbringen. Jetzt nicht mehr. Und wenn er streiten will, dann soll er sich andere Streithähne suchen.«

»Warten wir es ab«, beruhigte Gordon den aufgebrachten Nathan. »Lass ihn erst einmal herkommen, dann sehen wir weiter.«

»Aber ich stelle gern meine Zimmer zur Verfügung. Ich möchte vor allem einen neuen Streit vermeiden«, mischte sich Anne ein.

»Kommt nicht infrage. Hier bestimme ich, wer wo und wie wohnt, und wenn Sie gern dort wohnen möchten, dann bleiben Sie auch dort. Warten wir ab, bis er hier ist.«

Sie brauchten nicht lange zu warten. Kaum war der Möbelwagen fort, quietschten die Bremsen des Cabriolets vor dem Schloss.

Gordon und Nathan waren zur Farm hinübergefahren, Lucy und Emily suchten in einem Katalog neue Betten für ihre Kinder aus, und Anne besprach mit der Köchin das Mittagessen, als Emma in die Küche kam und flüsternd verriet. »Er ist angekommen.«

Anne nickte ihr zu. »Ich geh schon. Geben Sie mir die Schlüssel. Ich werde alle Türen weit öffnen, und dann werden wir sehen, ob er es wagt, meine Zimmer oder die Suite seiner Mutter einfach zu besetzen.«

»Mein Gott, wie sich das anhört«, flüsterte Emma, »wie als hätten wir Krieg.«

»Was anderes hat es doch hier noch nie gegeben«, mischte sich die Köchin leise ein.

»Trotzdem«, erklärte Anne, »legen Sie bitte heute Mittag ein Gedeck mehr auf.« Sie verließ die Küche und ging nach oben. In der Halle war alles still. Sie ging weiter, schloss ihre Zimmertür auf, ließ sie weit offen und setzte sich auf einen Stuhl am Fenster. Hin und wieder hörte sie Geräusche aus dem Teil des Hauses, in dem Dylans Apartment lag. Dann kamen Schritte näher, gingen vorbei, kamen zurück. In der Türöffnung stand Dylan. »Was machst du denn hier?«, fragte er verblüfft und starrte Anne an.

»Ich wohne hier.«

»Immer noch? Haben sie dich nicht entlassen?«

»Wer?«

»Na, Gordon und Nathan natürlich. Die lassen sich doch von dir nicht auf der Nase herumtanzen.«

»Ich tanze niemandem auf der Nase herum. Aber wenn du meinst, du brauchst diese Zimmer, dann ziehe ich in den Dienstbotentrakt, dahin gehöre ich ja deiner Meinung nach sowieso.«

»Blödsinn.« Er sah sich in den Zimmern um. »Ganz schön hast du's dir hier gemacht. Bei mir ist's nicht so gemütlich, dabei habe ich ja genügend Räume zur Verfügung.«

»Es kommt nicht auf die Vielzahl an, sondern auf den Geschmack.«

»Und den sprichst du mir ab.«

»Das habe ich nicht gesagt.«

»Du sagst überhaupt nichts, warum redest du nicht mit mir?«

»Worüber?«

Dylan sah sie verblüfft an. »Na, über uns natürlich.«

»Da gibt es nichts zu reden, das Thema ist beendet.«

Er starrte eine Weile aus dem Fenster. »Ich habe alles falsch gemacht, was?«

»Es interessiert mich nicht.«

»Kannst du mir verzeihen?«

»Was soll ich verzeihen? Da hat sich zu viel angehäuft, Dylan.«

»Na, dass ich mit Rachel zusammen nach Edinburgh abgehauen bin.«

»Du kannst machen, was du willst.«

»Ich habe mich von ihr getrennt.«

»Das hattest du schon einmal.«

»Aber jetzt ist es endgültig. Ich habe ihr meine Wohnung überlassen und sie mit einem Earl bekannt gemacht.«

»Wie schön für sie.«

»Sei nicht so zynisch. Und dann habe ich dir vorgeworfen, dich hier eingeschlichen zu haben. Es tut mir leid.«

»Worte, nichts als Worte. Auf die Gesinnung kommt es an, auf Verständnis und Toleranz. Beides scheint es bei dir nicht zu geben.«

»Aber mit diesem Schriftstück von Mutter, was sollte ich sonst von dir denken?«

»Ich habe gesagt, ich verlasse Lammermuir-House.«

»Na und? Du bist immer noch hier.«

»Weil ich darum gebeten wurde.«

»Natürlich, meinen zerstrittenen Brüdern ist wohl sonst nichts eingefallen?«

»In diesem Hause gibt es keinen Streit mehr.«

»Was?«

»Es ist besser, du richtest dich darauf ein, dass du Mitglied einer intakten, groß gewordenen Familiengemeinschaft bist.«

»Was soll das denn heißen?«

»In zwei Tagen kommen die Kinder deiner Brüder, um hier ihre Sommerferien zu verbringen.«

»Unmöglich. Das gab es noch nie.«

»Wir nehmen alle Mahlzeiten gemeinsam ein, und Streit bei Tisch ist verboten.«

»Ich fasse es nicht.«

»Du wirst dich daran gewöhnen müssen, sonst gehörst du nicht dazu.«

»Frühstück, Mittagessen und Abendessen, ich kann es kaum glauben. Das eine war schon zu viel, und jetzt soll ich diese Familie dreimal am Tag ertragen?«

»Diese Familie ist deine Familie.«

»Ohne die ich bis jetzt sehr gut ausgekommen bin.«

»Ja, das sieht man. Warum hast du Edinburgh mit Sack und Pack verlassen?«

»Das hier ist mein Zuhause.«

»Dann nimm es so, wie es sich dir anbietet.«

Sprachlos sah er Anne an. Erst nach einer Weile fragte er: »Du meinst das wirklich ernsthaft?«

»Witze halte ich für unangebracht.«

In der Halle rief der Gong zum Mittagessen. Anne stand auf. »Kommst du mit? Der Tisch ist auch für dich gedeckt.«

Dylan zögerte. »Ich weiß nicht, wie Gordon und Nathan reagieren, ich bin im Streit von ihnen weggefahren. Verzeihst du mir wenigstens?«

Anne lächelte und reichte ihm die Hand. »Nun komm schon, wir sind zu zweit und zusammen sind wir stark.«

Und so gingen sie Hand in Hand in das Speisezimmer, und Dylan sagte laut und deutlich: »Ich bitte euch alle um Verzeihung.«

Verblüfft betrachteten Gordon und Lucy, Nathan und Emily und die Küchenmädchen, die das Essen servieren wollten, wie Dylan und Anne sich an den Tisch setzten, als hätte es nie böse Worte, schlechte Launen und üble Streitereien gegeben.

Während der gesamten Mahlzeit sagte Dylan kein einziges Wort. Nicht einmal ein Bitte oder Danke kam über seine Lippen, wenn die Schüsseln und Platten hin und her gereicht wurden. Anne spürte, wie unsicher sich dieser starke Mann an ihrer Seite fühlte und war dankbar für die Rücksicht, die die anderen nahmen.

Als sie nach dem Essen in ihre Zimmer gingen, bat Dylan: »Würdest du mich noch einmal auf unseren Hausberg begleiten?«

Überrascht sah Anne ihn an. »Jetzt? Es ist ziemlich stürmisch draußen, und oben auf dem Berg könnten wir fortgeweht werden.«

»Stürme reinigen die Luft und machen die Sicht klarer. Ich werde dich festhalten. Bitte.«

Anne lächelte erfreut. »Na gut, ich ziehe mich nur um.«

»Dann bis gleich vor dem Haus.«

Als Anne herauskam, war Dylan mit dem Jeep vorgefahren. Er öffnete ihr die Tür, was noch nie vorgekommen, war und startete dann in Richtung Westlammermuir-Hill.

Diesmal konnte Anne die Fahrt genießen, denn sie musste sich nicht, wie beim letzten Mal, mit einem für sie fremden Fahrzeug abmühen. Der Frühling war in den Sommer übergegangen, und die Hügel entfalteten eine grüne Pracht, die in vielfachen Nuancen leuchtete. Der Sturm hatte die letzten Wolken vertrieben und den Himmel blank gefegt. Ja, dachte Anne, Dylan hat recht, die Luft ist viel klarer geworden und alles erscheint in einem anderen Licht. Heimlich beobachtete sie den Mann neben sich. Die Hände, die das Lenkrad und die Gangschaltung bedienten, wirkten kraftvoll und energisch, und Anne fühlte sich sicher und geborgen.

Dylan beendete die Fahrt kurz vor der Hügelkuppe. Die letzten Meter bis zu den Mauerresten mussten sie laufen. Gänseblümchen und wilde Veilchen bedeckten den Boden mit dem kurzen Gras, über das der Wind immer noch hinwegfegte. Dylan hatte Annes Hand fest in die seine genommen, und gemeinsam gingen sie die letzten Meter, bis sie hinter dem kleinen Mauerrest Schutz fanden. Schweigsam betrachteten sie die Welt zu ihren Füßen. Grüne Hügelketten, sumpfige Flächen, heidebedeckter Boden und niedrige Waldgebiete, denen der Sturm eine angemessene Höhe verwehrte, dehnten sich zu ihren Füßen aus.

»Meine Heimat«, sagte Dylan leise. Anne schwieg. Sie fühlte sich wieder wohl in der Nähe des Mannes, der noch immer ihre Hand hielt, und sie wollte dieses Wohlgefühl in keiner Weise unterbrechen.

Nach einer Weile drehte Dylan sich zu ihr um, stellte sich vor sie, nahm auch ihre andere Hand und fragte leise: »Würdest du das Leben und alles, was kommt, mit mir teilen, für immer und ewig?«

Anne sah ihm in die Augen und sie sah die Sehnsucht darin und das Verlangen und das Versprechen. Und sie antwortete mit fester Stimme: »Ja, das will ich gern.«

39

Dieser wunderschöne, friedliche Nachmittag fand ein jähes Ende, als Dylan und Anne Lammermuir-House erreichten. Vor dem Eingangsportal parkte ein großer, unbekannter Geländewagen, den zwei französische Bulldoggen bewachten. Die Hunde, zum Glück hinter nur wenig geöffneten Fensterscheiben eingesperrt, knurrten mit gefletschten Zähnen, als Dylan und Anne an ihnen vorbeigingen, und Dylan schüttelte verärgert den Kopf. »Wer erlaubt sich, hier unsere Einfahrt zu blockieren?« Er schaute auf das Nummernschild und stellte fest: »Ein Wagen aus Edinburgh, ich wusste gar nicht, dass meine Brüder Besuch erwarten.«

»Vielleicht ist der Besuch für dich?« Anne lächelte und nahm seinen Arm. »Komm, da drinnen sind wir in Sicherheit.« Angst vor Hunden hatte sie noch nie gehabt und sie dachte mit leiser Wehmut an das Entsetzen ihrer Eltern, die sie eines Tages in Rom vor der deutschen Botschaft mit einem riesigen Bernhardiner am Halsband getroffen hatten, der ihr damals, sie war gerade vier Jahre alt geworden und dem Kindermädchen ausgerissen, einfach gefolgt war.

Als sie die Halle betraten, kam ihnen Ben entgegen. »Sie haben Besuch bekommen, Sir, die Herrschaften warten im kleinen Salon auf Sie.«

»Ich erwarte keinen Besuch. Warum haben Sie die Leute nicht fortgeschickt?«

»Die Dame kam mir bekannt vor, und der Herr erklärte, er setze keinen Fuß vor die Tür, bevor er nicht mit Ihnen geredet habe, Sir.«

»Na, gut. Ich gehe in mein Büro, und in zehn Minuten kannst du sie herüberbringen.« Dylan küsste Anne liebevoll die Hand und versicherte: »Ich hole dich anschließend ab.« Und in ihr

Ohr flüsterte er: »Nichts verraten, wir sagen es der Familie heute Abend nach dem Essen.«

Anne nickte glücklich und ging nach oben. Sie freute sich, dass es ihr gelungen war, die Familie zu versöhnen. Vor ein paar Tagen wäre es unmöglich gewesen, einen schönen Abend zu planen, heute war das bereits eine Selbstverständlichkeit.

Dass aus dieser fröhlichen Runde nichts werden würde, ahnten sie beide in diesem Augenblick noch nicht.

Dylan zog sich in sein Büro zurück, machte sich im angrenzenden Toilettenraum frisch und vertauschte den Anorak gegen eine Anzugjacke. Wer immer da kommen mochte, er wollte ihm als Herr des Hauses gegenübertreten.

Wenige Minuten später klopfte Ben an die Tür und meldete: »Sir, hier kommen Miss und Mister Bormington.«

Dylan stutzte, Bormington? Das war der Name von Rachel, was wollten die denn noch? Und Mister? Wer war das?

Aber er brauchte nicht lange zu überlegen. Rachel stürzte in das Zimmer und direkt in seine Arme. »Hallo, mein Liebster, ich wusste ja, du würdest dich freuen, mich endlich wieder in die Arme nehmen zu können.« Sie drehte sich zu dem Mann um, der ihr gefolgt war, »und hier ist mein Vater, er wollte dich endlich kennenlernen und dann will er natürlich alle rechtlichen Schritte mit dir besprechen.«

Dylan hatte Mühe, sich aus der Umarmung zu befreien und Luft zu schöpfen. Er nickte dem bulligen Mann, der in der Mitte des Büros stehen geblieben war, höflich zu, löste Rachels Hände von seinem Arm, den sie immer noch umklammerte, und sagte höflich, aber sehr reserviert: »Darf ich fragen, was Sie hierherführt, Mister Bormington?«

»Na, die Verlobung meiner Tochter mit Ihnen, natürlich.«

Dylan schüttelte den Kopf. »Ich fürchte, da besteht ein Missverständnis. Ich habe nicht vor, mich mit Ihrer Tochter zu verloben, Mister Bormington.«

Der Mann kam näher und blieb vor dem Schreibtisch stehen. »Aber selbstverständlich werden Sie meine Tochter ehelichen, Mister MacAdleston.«

»Und was macht Sie da so sicher, Mister?«

»Das Kind, das meine Tochter von Ihnen erwartet, Sir.«

Sprachlos starrte Dylan die junge Frau an seiner Seite an, die sich nun wieder an ihn schmiegte und mit Freudentränen in den Augen erklärte: »Liebster, du wirst Vater, ist das nicht wunderbar?«

Dylan war eher verblüfft als erbost. Er war Jurist und mit den Taktiken vieler Betrüger vertraut. Eine Erpressung mit einem Kind war ihm keinesfalls fremd, aber dass es ihn nun persönlich betraf, war geradezu lächerlich.

Rigoros schob er die Frau von sich. »Rachel, höre mit dem Blödsinn auf. Erpressungen mit einem Kind sind keine Seltenheit und du weißt sehr genau, dass ich für solche Geschmacklosigkeiten kein Verständnis habe. Also, erkläre deinem Vater, von wem dein Kind, sofern du überhaupt eines erwartest, wirklich ist, und verschwinde ganz schnell aus Lammermuir-House.«

»Moment mal, Sir«, mischte sich jetzt der Vater ein, »Sie wollen meiner Tochter eine Erpressung unterstellen, Mister Mac Adleston? Da habe ich auch noch ein Wörtchen mitzureden. Meine Tochter hat mir unter Tränen gestanden, dass sie mit Ihnen ein intimes Verhältnis hat, und nun wollen Sie das gemeinsame Kind infrage stellen? Nicht mit mir, Mister, nicht mit mir«, und drohend versuchte er, um den großen Schreibtisch herum zu gehen und sich vor Dylan aufzubauen. Aber Dylan, ebenso groß und ebenso stark, aber sportlich trainiert, wich keinen Schritt zurück. »Mister, ich warne Sie. Verlassen Sie mein Schloss und wenden Sie sich an den zuständigen Liebhaber Ihrer Tochter, sofern Ihre Tochter tatsächlich schwanger sein sollte.«

»Aber Dylan, wie kannst du meine Schwangerschaft anzweifeln. Das ist unerträglich hinterhältig von dir. Hier, ich habe sogar ein Ultraschallfoto von unserem Kind bei mir.« Eifrig kramte sie in ihrer Handtasche und zog schließlich ein kleines Bild aus dem Durcheinander von Papieren, Kosmetika und anderen Utensilien aus ihrer Tasche.

Verärgert schüttelte Dylan den Kopf. »Pack dein Bild ein. Du bist nicht die Erste, die mit irgendeinem Foto einen Mann zu erpressen versucht.«

»Aber Dylan, warum bist du so misstrauisch? Hast du denn all die wunderschönen Stunden vergessen, in denen wir uns so innig liebten und ewige Treue schworen? Wie kannst du jetzt so böse und so argwöhnisch sein.«

»Weil du längst einen anderen Liebhaber hast, Rachel, wende dich an den Earl of Dronstream, vielleicht fällt er auf deinen Erpressungsversuch herein.«

»Aber Dylan, der Earl ist zwar ein liebenswerter, reicher und berühmter Mann, aber im Bett ist er alt und schwach, sehr alt und sehr schwach, wenn du verstehst, was ich sagen will.«

Dylan lachte verächtlich. »Dann kann er von Glück sagen, dass er als Papa nicht infrage kommt. Und jetzt nimm deinen Vater an die Hand und verlass das Schloss.«

»Was fällt Ihnen ein«, brüllte Mister Bormington dawischen. »Mich nimmt niemand an die Hand, und ich gehe, wann ich will. Und ich gehe, wenn das Eheversprechen hier eine beschlossene Sache ist. Zeig ihm das Foto, Rachel und erkläre ihm, was deine Ärztin gesagt hat.«

Rachel schaute verlegen von einem zum anderen und reichte Dylan schließlich das Foto. »Doktor Miller hat gesagt, das Foto ist ein beweiskräftiges Dokument, und das Baby ist drei Monate alt, und du weißt ganz genau, dass ich damals doch noch gar kein Verhältnis mit dem Earl hatte, Dylan.«

»Dafür hattest du jede Menge anderer Freunde in Edinburgh. Wenn ich ein Ultraschallfoto akzeptiere, dann nur, wenn es von einem Arzt meines Vertrauens aufgenommen wurde. Und wenn ich ein Kind akzeptiere, dann nur, wenn ein Vaterschaftstest in einem Labor meines Vertrauens durchgeführt wurde. Ist das klar?«

»Oh Gott«, Rachel brach in Tränen aus. »Wie kann ein Mann, den ich so liebe, so misstrauisch sein. Ich habe mich dir hingegeben im Vertrauen auf deine Toleranz und deine Treue, und nun verweigerst du mir die Anerkennung unseres gemeinsamen Kindes. Wie kannst du so grausam und so gemein sein. Wo ich dich doch so sehr liebe.«

Jetzt mischte sich der Vater wieder ein, dem die Bettelei seiner Tochter schon längst zu viel war. »Hör auf mit der Heulerei. Der Mister ist der Erzeuger und als solcher wird er sich zu verantworten haben. Und wenn er sich weigert, werden wir alles in der schottischen Presse bekannt geben, und zwar so, dass sich kein Mensch mehr um juristische Hilfe an ihn wendet und jeder mit dem Finger auf ihn zeigt, wenn er in der Öffentlichkeit auftritt. Haben Sie mich verstanden, Mister MacAdleston?«

Für Dylan wurde die Vorgehensweise bedrohlich. Wenn der Vater sich an die Presse wandte, war sein Ruf von einem Tag zum anderen ruiniert. Ganz gleich, ob die Beschuldigungen der Wahrheit entsprachen oder nicht, das wusste er als Jurist nur zu gut.

Bormington, der sofort spürte, dass er den Mann in die Enge getrieben hatte, sah noch einmal seine Chance. »Und damit Sie mich richtig verstehen, Mister MacAdleston, der Ruin Ihres Namens betriff nicht nur Sie selbst, es wird mir ein Vergnügen sein, Ihre ganze Familie in diese Situation hineinzuziehen. Ihr Bruder, der Lord, wird Sie ein Leben lang dafür lieben, das verspreche ich Ihnen.«

Aber Dylan war stark und er war ein guter Jurist. Er nickte.

»Einen Ruf zu ruinieren, dürfte eine Kleinigkeit sein, einen Menschen aber anzuerkennen, ihm ein Dasein zu ermöglichen und zu garantieren, ist eine Lebensaufgabe. Ich habe nicht vor, mich vor dieser Aufgabe zu drücken, ich verlange aber eine absolute Gewissheit der Vaterschaft. Und die habe ich nur, wenn Ärzte meines Vertrauens die Untersuchungen durchführen.«

»Was? Nein«, rief Rachel dazwischen. »Ich gehe nicht zu fremden Ärzten. Kein Mensch kann von mir verlangen, dass ich mich von einem mir Unbekannten untersuchen lasse. Nein, auf keinen Fall, das mache ich niemals.«

»Es gibt auch Ärztinnen, die von Amts wegen für solche Untersuchungen zuständig sind. Ich bin Jurist und ich weiß, was ich sage. Solche Untersuchungen der Schwangerschaft und der Vaterschaft sind die reinste Routine, Rachel, und wenn du dich weigerst, muss ich annehmen, dass es sich im Augenblick nur um eine ganz infame Erpressung und um nichts anderes handelt. Also, du hast die Wahl, entscheide dich jetzt und hier, und ich sorge telefonisch dafür, dass morgen bereits die entsprechenden Untersuchungen durchgeführt werden.«

»Morgen schon?«, flüsterte Rachel fassungslos. Entsetzt sah sie ihren Vater an. »Und ich dachte, er liebt mich, er freut sich auf unser Kind. Stattdessen treibt er mich zu fremden Ärzten, hält mich für eine Betrügerin und redet von Erpressung statt von einer glücklichen Familie. Nein Vater, da mache ich nicht mit«, sie weinte ein wenig und fuhr fort: »Das kann niemand von mir erwarten, das ist ein Eingriff in meine Persönlichkeitsrechte, das muss ich mir nicht gefallen lassen. Lieber ziehe ich mein Kind allein groß, als dass ich mich so demütigen lasse. Papa, wir haben auch unseren Stolz. Wir sind doch nicht auf die Gnade dieser sogenannten High Society angewiesen. Komm, Vater, lass uns gehen. Ich habe genug. Und ich denke, ich werde meinem Kind niemals verraten, wer sein Vater ist. Es soll in Frieden groß werden und niemals erfahren, dass sein Vater ein treuloser Versager ist.«

»Moment mal«, unterbrach Dylan diesen von Schluchzern unterbrochenen Redefluss, »wenn es ein Kind gibt, und wenn das Kind wirklich von mir ist, dann habe ich ein Recht darauf, sein Vater zu sein. Wenn du dich den Untersuchungen unterziehst, glaube ich, dass du im Recht bist. Weigerst du dich, dann weiß ich, dass du mich erpressen wolltest, und dann habe ich damit nichts zu tun. Also, was ist? Soll ich telefonieren?«

»Nein, Schluss jetzt«, bestimmte Mister Bormington, »entweder ihr liebt euch, dann ist das Thema von der Familiengründung kein Problem von Untersuchungen, oder ihr liebt euch nicht, dann helfen auch keine Laborberichte. Du hast versucht, diesen Mann von der Vaterschaft zu überzeugen, ich habe dir gleich gesagt, so ein Ultraschallfoto genügt nicht, also komm und gib den Versuch, eine Heirat mit diesem Typen von der High Society zu erzwingen, auf. Es gibt andere Männer, und ich weiß auch schon einen, der zu dir passt und meine Fleischerei übernehmen würde. Ob da nun ein Baby unterwegs ist oder nicht.«

Er warf Dylan einen wütenden Blick zu, ergriff die Hand seiner schluchzenden Tochter und verließ das Büro.

Gleich darauf sprang draußen ein Motor an, aufgebrachte Hunde bellten hinter geschlossenen Scheiben, und der Geländewagen verließ mit knirschenden Reifen auf sandigen Steinen den Schlossplatz.

40

Noch immer wütend über Rachel und ihren Vater ging Dylan die Treppe hinauf, um sich in seiner Suite für das Abendessen umzuziehen. Am meisten ärgerte ihn die Tatsache, dass diese Menschen ihn hereinlegen wollten. Haben die sich wirklich eingebildet, ich falle auf so einen albernen Streich herein, halten die mich tatsächlich für so dumm, diesen Trick nicht sofort zu durchschauen? Er stürmte an Annes Zimmer vorbei. Dann zögerte er. Es ist besser, ich spreche mit Anne darüber, überlegte er, sie hat vielleicht etwas von dem Streit mitgehört, dann soll sie auch wissen, um was es geht. Sehr große Lust zum Feiern habe ich nach diesem Ärger allerdings nicht mehr. Er klopfte an ihre Tür und trat nach ihrem »Herein« in das Zimmer. Ein großer Wildblumenstrauß mit violettem Wiesenschaumkraut, weißen Margeriten, gelben Sumpfdotterblumen und dunkelblauer Wegwarte auf ihrem Tisch war das Erste, was er sah. Dann kam Anne aus dem Bad. Sie hatte geduscht und duftete nach Jasmin, ihr Badetuch hatte sie um den Körper geschlungen, sodass ihre Figur sich abzeichnete.

»Dylan, was gibt es? Ist dein Besuch wieder fort?«

»Ja, Gott sei Dank. Aber ich muss mit dir darüber sprechen.«

»Kenn ich die Leute?«

»Rachel hast du schon ein paar Mal hier erlebt. Ihren Vater habe ich heute zum ersten Mal gesehen.«

»Gibt es Probleme?«

»Ja, das kannst du wohl sagen. Ich könnte jetzt meinen Mund halten und die Angelegenheit vertuschen, sie ist nämlich zu dumm, um ernsthaft darüber zu reden, aber ich möchte offen sein und ich möchte keine Geheimnisse vor dir haben.«

Anne nickte. »Vertrauen ist das Allerwichtigste in einer Beziehung. Komm und setz dich zu mir auf die Couch und erzähle mir, was die beiden wollten.«

»Sie wollten mich erpressen.«

»Dylan, das ist doch nicht dein Ernst.«

»Aber ja. Sie hielten mir ein Ultraschallfoto vor die Nase und behaupteten, das sei mein ungeborenes Kind.«

»Was?«

»Ja, ich dachte auch, ich hätte mich verhört. Aber Rachel behauptete allen Ernstes, sie sei schwanger mit meinem Kind.«

Anne schwieg bestürzt. Was ist Wahrheit und was ist Lüge, dachte sie? Dylan hatte ein langes Verhältnis mit diesem Mädchen, konnte es nicht tatsächlich sein Kind sein, dass sie erwartete? »Und du glaubst ihr nicht?«

»Anne, zu so einem Foto kann man jederzeit kommen. Rachel kann gar nicht von mir schwanger sein, ich habe immer verhütet. Eine Heirat mit ihr habe ich nie erwogen, auch wenn sie mehr erhofft hatte. Aber ich kenne meine Grenzen, und weiß, wo ich hingehöre.«

»Und wenn sie wirklich recht hat? Sie kann sich so eine Schwangerschaft doch nicht ausdenken. Sie muss doch wissen, dass du diese Mitteilung überprüfen wirst.«

»Darüber ärgere ich mich am meisten.«

Worüber?«

»Dass man mich für so dumm hält. Anne, ich habe mindestens einmal im Monat einen solchen Fall auf meinem Schreibtisch. Du glaubst gar nicht, auf welche Gedanken Frauen kommen, wenn sie einen reichen Mann angeln wollen, oder in die bessere Gesellschaft aufsteigen wollen, oder sich einen adligen Namen wünschen. Die Tricks sind sensationell, aber ich kenne sie alle.«

»Und es gibt keine Ausnahmen? Ich meine, keine angehenden Mütter, die tatsächlich die Wahrheit sagen?«

»So gut wie nie.«

»Und wenn Rachel nun so eine Ausnahme wäre? Musst du ihr

nicht wenigstens die Chance geben, ihre Angaben überprüfen zu lassen?«

»Das habe ich natürlich getan. Ich habe ihr angeboten, gleich morgen eine Untersuchung bei einem Arzt meines Vertrauens zu arrangieren und in einem mir bekannten Labor einen Vaterschaftstest durchführen zu lassen. Beides hat sie empört abgelehnt.«

»Sie fühlte sich gekränkt, oder sie war schockiert, dass du ihr nicht glaubst.«

»Sie hätte damit rechnen müssen, dass ich die Wahrheit überprüfen würde.«

»Ach Dylan, Frauen in einem solchen Zustand sind oft unberechenbar, überreizt und sehr empfindlich.«

»Du nimmst sie in Schutz?«

»Nein, ich versuche nur, mich in ihre Lage hineinzuversetzen. Und dann der Vater im Hintergrund, vielleicht fühlte sie sich zu diesem Geständnis gezwungen?«

»Oder der Vater hat sie gezwungen, mich mit einer Schwangerschaft zu erpressen.«

»Erpressung ist ein schreckliches Wort, noch dazu, wenn es in Verbindung mit einem Kind ausgesprochen wird.«

»Es gibt Menschen, die vor nichts zurückschrecken. Glaub mir, Anne, Habgier, Ehrgeiz, Eitelkeit und Egoismus sprengen alle Grenzen menschlicher Etikette, und ich versichere dir, ich spreche aus Erfahrung.«

»Und nun, wie seid ihr verblieben?«

»Der Vater hat schon einen neuen Schwiegersohn im Auge, einen, der später einmal seine Fleischerei übernimmt.«

Anne sah nachdenklich aus dem Fenster.

»Was ist los, Anne, der Besuch ist abgereist.«

»Ein gutes Gefühl habe ich nicht dabei. Wir tun dem Mädchen vielleicht unrecht, und der Gedanke gefällt mir nicht. Dylan, ich denke, wir sollten heute Abend vor deiner Familie nicht über unsere Verbindung sprechen.«

»Ja, da hast du recht. Aber, Anne, das Thema Rachel ist für mich Vergangenheit, es ist vorbei. Sie hat mir nie etwas Besonderes bedeutet, sie war ein lustiges hübsches Wesen und manchmal ein bisschen mehr, das war aber schon alles. Sie hatte ihre Freiheiten, ich hatte meine Freiheiten, darüber waren wir uns von Anfang an im Klaren. Nun mach du nicht eine ernsthafte Affäre aus den paar vergnüglichen Stunden.«

Anne war im Stillen entsetzt. Wie einfach sich die Männer ihre Beziehungen machen, dachte sie. Da genießt er die Annehmlichkeiten einer verliebten Frau, und hinterher ist sie nur ein Spielzeug, ein Zeitvertreib. Spricht er eines Tages, irgendwann, wenn es ihm gerade behagt, genauso über mich?

Anne war nicht nur tief betroffen, sie war traurig und stellte ihre Beziehung zu Dylan ernsthaft in Frage. Das änderte nichts an der Tatsache, dass sie diesen Mann liebte, aber sie zweifelte nun an der Glaubhaftigkeit seiner Beteuerungen.

Dylan, der genau spürte, dass Anne über ihre Beziehung nicht mehr sicher war, wollte den Arm um sie legen und sie an sich ziehen, aber sie stand auf. »Ich möchte mich jetzt anziehen und fertigmachen. Wir sehen uns dann unten beim Essen. Und unser kleines Geheimnis behalten wir vorerst noch für uns, es wäre mir lieber«, bat sie.

»Nach einer fröhlichen Party ist mir auch nicht zumute, aber dass wir ab heute zusammengehören, das sollte die Familie schon wissen. Anne, wir gehören doch zusammen?«

»Dylan, bitte versteh mich, ich muss die Angelegenheit mit Rachel erst einmal verarbeiten. So einfach, wie du dir das machst, ist die Angelegenheit nämlich nicht. Wenn Rachel tatsächlich ein Kind von dir erwartet, wird sich unser Leben total verändern, das weißt du doch auch, oder würdest du dich der Verantwortung entziehen?«

»Darüber brauche ich gar nicht nachzudenken, es wird kein Kind von mir geben.«

Anne spürte, dass er jetzt verärgert war und das Thema abschließen wollte. Für sie war das Problem zwar noch lange nicht beendet, sie wollte aber den lange herbeigesehnten Frieden in dieser Familie nicht durch ihre Beharrlichkeit aufs Spiel setzen, sie wollte eine allgemeine Diskussion, die ganz bestimmt wieder in Streitereien enden würde, vermeiden und nickte Dylan zu. »Ich glaube dir. Ich möchte aber die eventuellen Untersuchungsergebnisse abwarten, bevor wie unsere Beziehung bekanntgeben. Bitte, Dylan.«

Er schien erleichtert. »Ist schon recht, Anne. Ich hole dich in einer Stunde zum Abendessen ab.«

41

Als Dylan Anne später abholte, vermieden beide das Thema Rachel. Sie hatten sich, wie es üblich war, umgezogen und betraten mit einem Lächeln im Gesicht den Salon, wo der Aperitif vor dem Essen eingenommen wurde. Eines allerdings war anders als sonst. Als sie den Raum betraten, nahm Dylan Annes Hand und hielt sie fest, bis ihnen die Gläser gereicht wurden. Und auch als sie später nach nebenan in den Speiseraum gingen, fasste er wieder nach ihrer Hand und hielt sie fest, bis sie nebeneinander Platz genommen hatten. Er wollte sich an das Versprechen des Schweigens halten, er wollte aber auch, dass die Familie die Verbundenheit erkannte.

Man unterhielt sich, besprach die Ferienplanung der Kinder, die in den nächsten Tagen eintreffen würden, und amüsierte sich über einen Brief, den Caroline aus Alaska geschickt hatte, wo sie zusammen mit Andrew Möller und anderen Passagieren an einer Expedition zu den Goldminen am Yukon-River teilgenommen und tatsächlich ein paar Gramm Gold aus dem Wasser gewaschen hatte.

Dann wurde das Dessert serviert, und gleichzeitig klopfte Ben an die Tür und betrat, ohne ein »Herein« abzuwarten, sehr aufgeregt das Speisezimmer. »Verzeihen Sie bitte die Störung, aber hier …«

Und herein stürzte eine weinende Rachel mit schmutzigen Händen, einer Schramme im Gesicht und teilweise zerrissener Kleidung. Alle sprangen auf.

»Was ist los, was ist passiert?«

»Wo kommen Sie denn jetzt her?« waren Fragen, die jeder im Raum hatte. Schließlich hatte diese junge Frau oft genug mit am Tisch gesessen und das Essen mit ihnen geteilt.

»Wir sind verunglückt«, schluchzte sie, »wir hatten einen Unfall, mein Vater ist im Wagen eingeklemmt, ich konnte ihn nicht herausziehen. Er ist schwer verletzt.«

»Was? Wann? Wo?« stürmten weitere Fragen auf sie ein. Alle waren aufgestanden und zeigten sich betroffen.

»Er hatte das Navigationsgerät eingeschaltet«, schluchzte sie, »und dann dachte er, er könne eine Abkürzung benutzen, und schon sind wir verunglückt. Erst war die Straße gepflastert, dann wurde ein Sandweg daraus, und plötzlich gab es einen steilen Abhang, und mein Vater konnte den Wagen nicht mehr halten. Er prallte gegen einen Baum, ich konnte mich aus dem Fenster befreien, die Türen gingen nicht mehr auf. Mein Vater ist eingeklemmt. Und die Hunde sind davongerannt.«

»Auch das noch«, stöhnte Dylan, »die Tiere sind überaus gefährlich und aggressiv.«

Gordon hatte zum Handy gegriffen und alarmierte die Arbeiter. Nathan rief Doktor Tirshhouse an und befahl ihm, mit dem Narkosegewehr und entsprechender Munition zum Schloss zu kommen. Dann befahl er Charles, alle Geländewagen vor das Schloss zu fahren, während Dylan mit Rachel und Anne zusammen auf der Landkarte den Ort suchte, an dem der Unfall passiert war. »Es handelt sich um den Lipland-Creek östlich von Lammer Law, los beeilt euch, damit wir möglichst schnell dort sind.«

Die drei Brüder zogen sich um, auch Anne vertauschte das Abendkleid mit einem Jeansanzug, während Lucy und Emily die verstörte und weinende Rachel mit frischer Kleidung versorgten.

Eine halbe Stunde später war die Rettungskolonne mit drei Geländewagen, zehn Arbeitern, Seilen, Winden, einer Krankentrage, Äxten und Sägen unterwegs zum Lipland-Creek.

Die Männer fanden die Absturzstelle sehr schnell, aber sie konnten sich dem verunglückten Wagen nicht nähern, weil die beiden französischen Bulldoggen knurrend und zähnefletschend vor dem Auto lagen. Nicht einmal Rachel traute sich in ihre

Nähe. »Es sind Vaters Hunde, sie gehorchen nur ihm«, erklärte sie schluchzend und blieb im Schutz der Geländewagen hinter Anne stehen. Doktor Tirshhouse versuchte, mit dem Narkosegewehr auf sie zu zielen, hatte aber Mühe, die im Gestrüpp hockenden Hunde so zu treffen, dass sie wirklich betäubt und nicht durch einen Fehlschuss noch aggressiver wurden.

Die Sonne ging hinter den Hügeln im Westen unter, das Licht wurde schwächer, und es bestand die Gefahr, die Hunde gar nicht mehr betäuben zu können. »So geht das nicht«, erklärte Anne, »wenn wir noch länger warten, kommen wir heute Abend nicht mehr an den schwerverletzten Mann heran, und bis morgen früh zu warten, wäre lebensgefährlich, dann kommt vielleicht jede Hilfe zu spät.«

»Aber was soll man machen?« Gordon sah in die Runde. »Geht jemand freiwillig hinunter und vertreibt die Bestien?« Betretene Stille folgte seinen Worten, bis Anne erklärte: »Ich werde gehen. Ich kann gut mit Hunden umgehen, vielleicht kann ich sie aus der Deckung locken, sodass sie wenigstens betäubt werden können.«

»Das kommt gar nicht infrage«, erklärte Dylan entschlossen. »Ich werde gehen, und du rührst dich keinen Schritt hier fort.« Er bat Doktor Tirshhouse, ihn noch einen Teil des Abhangs hinunter zu begleiten und dann sofort zu schießen, wenn die Hunde aufsprangen.

»Aber so schnell kann ich höchstens einen erwischen«, entschuldigte sich der Tierarzt. »Kann nicht noch jemand mit dem zweiten Gewehr mitkommen?«

Gordon meldete sich sofort. »Ich begleite euch. Wo ist das zweite Gewehr?« Tirshhouse holte das zweite Gewehr aus dem Wagen, legte den Pfeil mit dem Narkosemittel in den Lauf und reichte Gordon die Waffe. »Genau so bedienen wie ein Jagdgewehr, aber Vorsicht, die Zündung dauert einen Augenblick länger, also nicht wackeln.«

»Ich werde es versuchen«, versicherte Gordon, und dann gingen die drei Männer vorsichtig den Abhang hinunter.

Die Tiere begannen sofort zu knurren, als sie eine Bewegung im Gesträuch bemerkten, und sprangen bellend auf, als die Männer näher kamen. Und dann hatten sie die Hunde vor sich, drohend aufgerichtet mit fletschenden Zähnen und sprungbereitem Körper. Die Schüsse fielen sofort, und die Hunde, vom Pfeil getroffen, drehten sich um sich selbst und sanken dann in sich zusammen. Gordon rief den Arbeitern oben am Abhang zu. »Los. Leinen her und fesseln.« Doktor Tirshhouse lief hinunter, stellte fest, dass beide Hunde betäubt waren, und winkte die Männer heran. »Die Beine fesseln und jedem Hund einen Sack über den Kopf stülpen und dann rauf damit, in der Nähe ablegen und beobachten. Sobald sich einer bewegt, bekommt er eine Spritze.«

Alle Männer mit Seilen und Werkzeugen und auch Anne mit Rachel waren jetzt den Abhang hinuntergeklettert und hatten sich um den Geländewagen versammelt. Mister Bormington lag wie leblos hinter dem Steuerrad, den blutenden Kopf auf die Brust gesenkt und die Beine verdreht und fest im Motorraum eingeklemmt.

Anne, die Einzige, die neben dem Tierarzt etwas von Medizin verstand, erklärte sich bereit, in den Wagen zu klettern, denn für Doktor Tirshhouse war der Einstieg, durch den Rachel entkommen war, zu eng, und Gordon verbot den Arbeitern, irgendetwas am Wagen zu verändern, bevor man den Verletzten nicht untersucht hatte. »Wir schaden ihm mehr, als wir ihm nützen, wenn wir den Wagen bewegen oder zu öffnen versuchen«, erklärte er und winkte Anne zu, sich hineinzuzwängen.

Anne stellte als Erstes fest, dass der Mann noch schwach atmete. Dann sah sie, dass die rechte Hälfte das Hinterkopfes verletzt war und stark blutete. Und dann stellte sie fest, dass das Lenkrad das Brustbein und die unteren Rippenbögen verletzt hatte. Das ist lebensgefährlich, dachte sie, wenn wir da eine falsche Bewegung machen, zerquetscht man die Lunge und das Herz. Wie schlimm die Verletzungen an den im Motorraum steckenden Beine waren, konnte sie in der hereinbrechenden Dunkelheit nicht mehr erkennen. Vorsichtig richtete sie sich auf und zwängte sich durch das Fenster wieder ins Freie. Die drei Brüder, Rachel und der Tierarzt umringten sie. »Der Mann ist lebensgefährlich verletzt«, erklärte sie und berichtete von dem Zustand Mister Bormingtons.

»Das Lenkrad hat den Brustkorb eingedrückt und Rippen gequetscht, die Verletzung am Kopf blutet stark, da konnte ich nicht erkennen, ob die Schädeldecke verletzt ist. Der Mann muss so schnell wie möglich ins Krankenhaus, bestellt bitte einen Krankenwagen hierher. Aber wie wir ihn aus dem Autowrack herausholen können, weiß ich nicht.«

»Wir haben Schneidbrenner dabei«, versicherte einer der Arbeiter.

»Die können wir nicht einsetzen, wir wissen doch gar nicht, wie viel Sprit noch im Tank ist«, protestierte Dylan.

»Wir sollten die Feuerwehr von Gifford holen.«

»Das dauert viel zu lange«, versicherte Anne, »der Mann stirbt, wenn wir ihn dort nicht bald herausholen.«

Rachel brach wieder in Tränen aus und von oben, dort wo die betäubten Hunde lagen, kam die Stimme des Arbeiters und rief nach dem Tierarzt. »Kommen Sie, Doktor. Die Hunde bewegen sich.«

Gordon und Nathan wollten den Wagen von dem Baum, gegen den er geprallt war, wegziehen und den Abhang hinauf nach oben schleppen lassen, aber Anne winkte ab. »Ausgeschlossen, keine Bewegung. Gar keine, bevor die Steuersäule mit dem Lenkrad vorsichtig aus der Brust entfernt ist.«

»Dann müssen wir sie vom Motorraum trennen, aber wer kann das?«

»Der Schmied ist mit Zangen und Brecheisen hier, dann muss der es versuchen.«

»Aber der kann doch nicht in den Wagen kriechen.«

»Das muss von außen geschehen. Vielleicht kriegen wir die Motorhaube auf«, meldete sich Dylan zu Wort. Vor allem aber brauchen wir Licht. Fahrt die Wagen oben so dicht an den Rand, wie es geht, damit die Schweinwerfer wenigstens etwas Licht nach unten abgeben. Und dann sammelt alle Taschenlampen ein, wir brauchen sie hier unten.«

»Ich werde wieder in den Wagen kriechen«, meldete sich Anne. »Es ist besser, jemand ist bei ihm, falls er wieder zu sich kommt. Bitte bringt mir die Verbandskästen aus den Wagen, ich weiß noch nicht, was ich alles brauche, aber ich will als Erstes die Kopfwunde versorgen. Und es wäre schön, wenn Doktor Tirshhouse in der Nähe bliebe, falls ich ihn brauche.«

»Selbstverständlich, ich bin hier neben dem Wagen und reiche Ihnen alles, was Sie benötigen. Hauptsache, wir haben genügend Licht.«

Die Arbeiter begannen die zerbeulte Motorhaube aufzubrechen und den Motor auszubauen, um an die Lenkradstange heranzukommen, eine mühsame Arbeit, die trotz aller Vorsicht mit viel Lärm und noch mehr Erschütterungen des Wagens verbunden war.

Nathan schickte zwei Arbeiter mit einem der Geländewagen an die große Kreuzung der offiziellen Landstraße, damit sie den Krankenwagen, der nach dem Anruf sofort aufgebrochen war, zur Unfallstelle führen konnten. Dylan vertrat den Tierarzt, der noch einmal zu den unruhiger werdenden Hunden gerufen worden war. Gordon befahl, die Tiere zusätzlich an Bäumen anzubinden, damit sie auf keinen Fall die Rettungsarbeiten störten.

Es war fast Mitternacht, als die Arbeiter die Motorhaube so weit auseinandergenommen hatten, dass die Lenkradstange herausgelöst werden konnte. Damit war auch der Druck des Lenkrades beseitigt. Andere Arbeiter hatten inzwischen die Beifahrertür auseinandergenommen, und als jetzt der Krankenwagen mit einem Arzt eintraf, konnte er zu dem Verletzten kommen und Anne ablösen. Er verabreichte ihm schmerzlindernde und herzstärkende Mittel und beschloss, den verletzten Brustkorb nicht unnötig zu berühren. Es gelang den Arbeitern, den Schwerverletzten ganz behutsam aus seiner Lage zu befreien und so den Transport des Kranken zu ermöglichen. Fast eine Stunde dauerte es, bis Mister Bormington aus dem schrottreifen Auto endlich gerettet war.

Diese Zeit nutzte Dylan, um noch einmal mit Rachel zu sprechen. Er bat Anne zu dem Gespräch hinzu und fragte Rachel sehr energisch nach dem wirklichen Grund ihres Besuchs mit dem Vater in Lammermuir-House. Die junge Frau schluchzte und weigerte sich zunächst, auf seine drängenden Fragen zu antworten. »Ich habe jetzt doch andere Sorgen, siehst du das nicht? Ich habe keine Zeit für Gespräche und Geständnisse, ich muss mich um meinen Vater kümmern, ich muss in seiner Nähe sein, wenn er das Bewusstsein wiedererlangt. Ich kann doch jetzt nicht irgendwelche Fragen beantworten.«

Aber Dylan ließ nicht locker. »Rachel, wir und die Männer hier tun alles, um deinem Vater zu helfen. Ich möchte jetzt den wahren Grund eures plötzlichen Besuchs erfahren. Dass du kein Kind von mir erwartest, weißt du so gut wie ich, wir haben uns immer geschützt und waren uns immer einig, dass aus den gemeinsamen Stunden niemals eine feste Bindung werden sollte. Das habe ich dir nie versprochen.«

Rachel schluchzte heftiger, und Anne hatte beinahe Angst um sie, denn es war wirklich hart, was Rachel an diesem Nachmittag erleben musste. Schließlich gestand sie: »Aber ich bin wirklich schwanger. Es gab ein paar Feste in Edinburgh. Man hat Spaß, man trinkt, und plötzlich ist es dann passiert.«

»Du kennst den Mann? Du weißt, wer der Vater deines Kindes ist?«

»Ja«, schluchzte sie. »Ein Freund von Freunden, und ich habe mich einfach gehen lassen bei einer ausgelassenen Geburtstagsfeier.«

»Und nun wolltest du mich mit diesem Kind beglücken. Rachel, du bist verlogener, als ich je gedacht habe.«

»Es war ja gar nicht meine Idee. Als Vater durch meinen Arzt von der Schwangerschaft erfuhr – was ein ungeheurer Vertrauensbruch ist –, war er erst so wütend, dass er mir mit Schlägen gedroht hat, dann kam er auf die Idee, dir das Kind anzuhängen. Er meinte, durch mich und dich dann selbst in adelige Kreise aufsteigen zu können, und hoffte außerdem, mit deinen Brüdern einen jahrelangen Handel mit Galloway-Fleisch abzuschließen.« Ihre Stimme versagte und Anne nahm sie in die Arme. »Hör auf, Dylan, wir wissen jetzt Bescheid«, und an Rachel gewandt: »Gehen Sie zu Ihrem Vater und begleiten Sie ihn ins Krankenhaus, er braucht Sie jetzt.«

Mister Bormington wurde, von seiner Tochter begleitet, in das Krankenhaus nach Haddington, und von dort, nach einer Erstversorgung, weiter in eine Spezialklink nach Edinburgh überführt. Doktor Tirshhouse nahm die beiden Hunde mit zu sich, wo sie in einem stabilen Zwinger auf die Genesung ihres Herrn warten sollten.

Gordon lud die Arbeiter zu einem Umtrunk im Schloss ein, und die Familie verabschiedete sich schließlich, als im Osten die ersten Sonnenstrahlen über die Hügel drangen.

42

Das Klopfen an der Tür riss Anne aus tiefstem Schlaf. Erschrocken stellte sie fest, dass die Sonne schon hoch am Himmel stand. Sie zog den Morgenmantel an und lief barfuß zur Tür. Draußen stand Miss Emma, die sich verlegen verbeugte. »Tut mir leid, Miss Anne, dass ich Sie stören muss. Aber Sie haben Besuch.«

»Ich habe Besuch? Aber hier kennt mich doch keiner, wer besucht mich denn?«

»Es ist Besuch aus Deutschland, Miss Anne, ich habe die Herrschaften in den Salon geführt. Hier ist die Karte, die ich Ihnen übergeben soll.«

Anne sah die Karte an. ›Florian Wedel‹, las sie. »Florian? Aber das ist mein Bruder, wo kommt der denn her?«, rief sie erfreut. »Ich bin in fünf Minuten unten. Ist er allein?«

»Nein, eine Dame begleitet ihn.«

»Das wird Lisa, seine Frau, sein. Ich bin in fünf Minuten unten. Bieten Sie ihnen doch bitte eine Erfrischung an. Und danke, Emma.«

Anne schloss die Tür, streifte Morgenmantel und Pyjama ab und stellte sich schnell unter die Dusche. Das kalte Wasser tat gut und machte sie munter. Meine Güte, Florian, dachte sie. Wie kommt der denn nach Schottland. Der sparsame Florian, dem eine Reise über die Alpen bis ans Mittelmeer schon zu kostspielig ist, und jetzt kommt er nach Schottland, um mich zu besuchen? Und Lisa, die sich nicht einmal für ein Wochenende vom Breisgau zu trennen vermag, ist auch dabei?

Anne war fertig, bürstete rasch das Haar und lief aus der Tür. Im Salon warteten tatsächlich Lisa und Florian. Anne umarmte beide mit großer Freude. »Hallo, ihr beiden, wo kommt ihr denn her! Wie schön, euch zu sehen.«

Florian schüttelte den Kopf. »Dass du bis in die Mittagsstunden hinein schläfst, haben wir natürlich nicht gewusst. Wir sind auf der Durchreise und müssen gleich weiter.«

»Was? Aber das kommt überhaupt nicht infrage. Ihr seid hier willkommen. Ihr könnt hier wohnen, es wird keine Schwierigkeiten mit der Familie MacAdleston geben. Wir haben genug Betten.«

»Na ja,« bestätigte Florian, »an Platz scheint es nicht zu fehlen. Aber trotzdem, wir sind auf einer Rundreise und müssen pünktlich heute Abend im Hotel sein.«

Miss Emma servierte kühle Zitronenlimonade, Kaffee und Gebäck und fragte, ob Tee gewünscht würde und ob die Köchin ein kleines Menü für die Gäste zusammenstellen dürfe. Aber Florian winkte ab. »Ein Glas Limonade ist genau richtig.«

Anne nahm die Kanne mit dem gekühlten Getränk, die drei Gläser und ging damit hinaus auf die Terrasse. Lisa mit dem Gebäck und Florian mit sichtlicher Neugier folgten ihr. »Meine Güte, du hast es hier aber feudal getroffen«, versicherte er mit einem Blick auf die Fassade des Schlosses, den angrenzenden Park und die eleganten Terrassenmöbel. Erzähl mal, wie es dir hier so geht.«

Aber Anne schüttelte den Kopf. »Zuerst seid ihr dran. Wo kommt ihr her, wo geht ihr hin?«

Lisa ergriff das Wort. »Das ist leicht erklärt. Wir haben bei einem Reiserätsel mitgemacht und eine Gruppenreise durch Schottland gewonnen. Heute Vormittag sind wir in Edinburgh angekommen, und morgen früh geht es weiter nach Norden, dann die Westküste entlang bis Glasgow und von dort in vierzehn Tagen wieder zurück nach Karlsruhe.«

»Und wir haben gedacht, ein Abstecher zu dir muss da drin sein. Dass du natürlich bis mittags schläfst, konnten wir ja nicht wissen.«

»Ach Florian, das war nun wirklich eine Ausnahme. Aber wir hatten hier in der Nähe einen schweren Unfall, und die ganze

Familie hat die Nacht hindurch bei den Rettungsarbeiten geholfen.«

»Gut«, lachte der Bruder, »Entschuldigung angenommen. Und was machst du hier? Wann kommst du zurück?«

»Zurück? Wohin?« Anne sah ihn nachdenklich an.

»Nach Deutschland, nach Hamburg, zu uns nach Freiburg, wenn du willst? Pflegerinnen werden überall gebraucht. Wolltest du nicht zusammen mit Ärzten in der Dritten Welt arbeiten?«

Anne schüttelte den Kopf. »Das hat sich zerschlagen, weil ich hier neue Aufgaben hatte.«

»Hatte? Das hört sich nach Vergangenheit an.«

»Meine Patientin ist inzwischen gesund und zur Zeit auf Weltreise mit einem sehr charmanten Mann.«

»Donnerwetter, und da hat sie dich nicht mehr gebraucht?«

»Du sagst es.«

»Also Florian«, mischte sich Lisa ein, »sei doch nicht so neugierig.«

»Ich muss schließlich wissen, was aus meiner kleinen Schwester wird.«

»Sie hat hier ihr neues Zuhause gefunden«, kam eine Stimme von der Terrassentür herüber.

Die drei drehten sich um. Dylan stand in der Tür und winkte ihnen zu. »Darf ich näher kommen oder störe ich?«

Anne stand auf, und die anderen folgten ihr. »Komm her, Dylan, das sind mein Bruder Florian und meine Schwägerin Lisa aus Freiburg, sie sind auf der Durchreise und haben einen kleinen Abstecher hierher gemacht.« Und zu Florian gewandt: »Das ist Mister Dylan MacAdleston, einer der drei Herren von Lammermuir-House.«

Die drei begrüßten sich, und Dylan bot ihnen an, auf die Rundreise zu verzichten und stattdessen im Schloss Urlaub zu machen.

Aber Florian schüttelte den Kopf. »Danke, das ist sehr nett, aber wir möchten die Reisegesellschaft nicht vor den Kopf stoßen, die Organisatoren geben sich sehr viel Mühe, und wir freuen uns auch darauf, Schottland kennenzulernen.«

»Gut, das kann ich verstehen. Aber dann kommen Sie nach der Rundreise zu uns, wir lassen Sie in Glasgow abholen, und hier gäbe es dann vielleicht einen überraschenden Grund zum Feiern.« Dylan stellte sich sehr selbstbewusst hinter den Stuhl von Anne und legte ihr besitzergreifend beide Hände auf die Schultern. »Nicht wahr, Anne?«

Anne schüttelte lächelnd den Kopf. »Ich fürchte, dieser Mister MacAdleston weiß mehr als ich«, versicherte sie.

Dylan lächelte, beugte sich vor und küsste Annes Haar, dann erklärte er sehr ernsthaft: »Ich habe das unerwartete Glück, hier mit dem Oberhaupt der Familie Wedel zusammenzutreffen und ich werde die Gelegenheit nicht vorübergehen lassen, Sie, Herrn Florian Wedel, in aller Form um die Hand Ihrer Schwester Anne-Sophie zu bitten.«

Dann trat er neben Annes Stuhl, nahm ihre Hand, küsste sie und bat: »Willst du meine Frau werden, Anne-Sophie Wedel? Ich liebe dich und ich möchte keinen Tag meines Lebens ohne dich verbringen müssen.«

Florian war so verdutzt, dass er erst einmal nichts sagen konnte. Noch niemals war er als das Oberhaupt der Familie Wedel angesprochen worden. Aber hier in Schottland und in diesen Kreisen legte man anscheinend Wert auf solche Nuancen, und er räusperte sich und sagte sehr formell. »Es ist mir eine Ehre, Ihnen, Mister MacAdleston, meine Schwester anzuvertrauen, vorausgesetzt«, und dabei sah er Anne fragend an, »meine Schwester ist damit einverstanden.«

Anne war entrüstet. Was fiel Dylan ein, sie so vor vollendete Tatsachen zu stellen. Sie wollte seine Affäre mit Rachel klären, sie wollte seine Ernsthaftigkeit prüfen, sie wollte, sie wollte – ach, Himmel, was will ich noch alles, dachte sie, um sicher zu sein, dass er es ehrlich meint und mich nicht eines Tages auch als Spielzeug ablegt.

Dann wischte sie die Zweifel beiseite und lachte laut, und erklärte fröhlich: »Was soll's, lass es uns versuchen«, und dann stand sie auf und küsste Dylan lang und innig und von ganzem Herzen. Dylan reichte erst Florian und dann Lisa die Hand und bat: »Ich bitte Sie sehr herzlich, zu unserer Hochzeit zu kommen. Wir werden sie terminlich so legen, dass sie das Ende und der Höhepunkt Ihrer Schottlandreise wird.«

Als Dylan und Anne an diesem Abend Hand in Hand den Salon betraten, ließ Gordon die Champagnerflaschen öffnen. Es hatte sich in Windeseile im Schloss herumgesprochen, was da am Nachmittag auf der Terrasse geschehen war. Alle waren festlich gekleidet, und die Familie gratulierte Dylan zu seiner vortrefflichen Wahl und Anne zu einem bewegten Leben an der Seite eines Draufgängers und Teufelskerls. Alle lachten, freuten sich und feierten die Verlobung bis in die nächtlichen Stunden.
Dann verabschiedete sich Gordon mit den Worten: »Und morgen benachrichtigen wir Mutter und Mister Möller, damit sie pünktlich zur Hochzeit hier sind. Wer weiß, vielleicht gibt es sogar eine Doppelhochzeit.«

Als Dylan Anne an diesem Abend zu ihrer Suite brachte, bat sie: »Komm herein, wir haben noch kein einziges persönliches Wort heute miteinander gesprochen. Du hast mich am Nachmittag überrascht.«

»Aber du wusstest doch, was ich will. Ein Leben mit dir an meiner Seite.«

»Geht es immer nur nach deinem Kopf, Dylan?«

»Verzeih, Anne, ich fühle, was du fühlst, und ich will nur, was du auch willst, und ich weiß, dass wir zusammengehören und dass du genau so denkst. Bitte Anne, glaub mir, ich möchte nur an deiner Seite leben, mit dir alt werden und mit dir jeden Tag des Lebens genießen, selbst wenn so ein Tag einmal traurig oder trostlos aussieht. Wir zwei zusammen werden dieses Leben gemeinsam meistern.«

Anne war fasziniert. So ernsthaft, so gefühlvoll, so zuversichtlich und so aufrichtig hatte sie Dylan noch nie erlebt, und als er seine Arme ausbreitete, ließ sie sich mit dem Gefühl bedingungsloser Geborgenheit hineinfallen.

Leseprobe aus dem Roman von
Brigitta D'Orazio *Die Herrin des Gestüts*

Hugo Brosin knallte seinen Stock laut und heftig auf den Steinfußboden der großen Diele. Es klang wie Gewehrschüsse, und Franziska zuckte unwillkürlich zusammen. Wie hatte sie als Kind diese Wutausbrüche gefürchtet! Dann war sie aus dem Haus in den Stall geflüchtet, hatte sich hinter einem warmen, riesigen Pferdekörper versteckt und abgewartet, bis das Gewitter vorüberzog. Doch sie war schon lange kein Kind mehr, und Flucht war keine Lösung. Also straffte sie die Schultern und wappnete sich für die Auseinandersetzung.

»Das kommt überhaupt nicht infrage!«, donnerte ihr Großvater. »Die gesamte Familie ist eingeladen, und die gesamte Familie wird erscheinen!«

»Ich habe dir aber eben erklärt, dass …«

»Interessiert mich nicht. Du findest neuerdings immer gute Gründe, um dich vor deinen Verpflichtungen zu drücken.«

Franziska hasste es, wenn ihr jemand ins Wort fiel, aber sie zwang sich zur Ruhe.

»Meine Verpflichtungen«, sagte sie, und betonte jede Silbe einzeln, »gelten einzig und allein den Pferden. Das ist so üblich, wenn jemand ein Zuchtgestüt leitet.«

Hugo Brosin verlor unmerklich ein wenig von seinem Schwung. Sein Stock kam zur Ruhe, seine Hände schlossen sich Halt suchend um den Griff. Es trifft ihn immer noch, dachte Franziska überrascht. Nach all diesen Jahren hat er es immer noch nicht verkraftet, dass er nicht mehr der Chef ist.

»Da irrst du dich«, erwiderte er jetzt, und für einen Moment verriet ihn auch seine Stimme. Die gehörte plötzlich nicht mehr dem gefürchteten ehemaligen Herr des Hauses, sondern einem fast neunzig Jahre alten, müden Mann.

»Für die Pferde gibt es schließlich auch die Stallburschen, aber eine Einladung des Grafen von Calsin kann nur die Familie annehmen.«

Die Familie. Es gab Tage, da wünschte sich Franziska, zu keinerlei Familie zu gehören, sondern ganz allein auf der Welt zu sein. Tage wie diesen. Nervös trat sie von einem Fuß auf den anderen. Draußen tobte ein Wintersturm um das große niederdeutsche Hallenhaus. Die Pferdetränken in den Ställen mussten dringend enteist werden, und der Hufschmied hatte sich für vier Uhr Nachmittags angekündigt. Und was tat sie, anstatt sich um diese Probleme zu kümmern? Sie ließ sich nach einem schnellen Kaffee von ihrem Großvater in der Diele abfangen und zur Rede stellen. Als hätte sie nichts Wichtigeres zu tun!

Hugo Brosin deutete ihr Schweigen falsch. Seine einst klaren, vom grauen Star inzwischen eingetrübten Augen, leuchteten auf. »Siehst du«, sagte er und nickte heftig. »Ich wusste doch, dass du ein vernünftiges Mädchen bist.«

»Großvater, ich ...«

»Franziska!« Seine Stimme klang jetzt wieder schneidend. »Muss ich dich wirklich daran erinnern, wie viel Mühe es mich gekostet hat, hier in der Gegend eine neue Existenz aufzubauen? Hast du eine Ahnung, wie schwer es war, auch in der Gesellschaft anerkannt zu werden?«

Oh nein!, dachte sie. Nicht diesen Vortrag! Nicht jetzt! Wie oft hatte sie sich den schon anhören müssen.

Als kleines Mädchen hatte sie an Opas Lippen gehangen, wenn er vom großen Treck, damals nach Kriegsende, erzählt hatte. Wie er mit den wertvollsten Pferden aus der familieneigenen Trakehnerzucht von Gumbinnen in Ostpreußen nach Westen gezogen war. Wie er gehungert und gefroren hatte. Wie seine junge Frau auf halber Strecke an Entkräftung gestorben war. Wie er um das Leben seines erst zweijährigen Sohnes gebangt hatte. Wie er schließlich mit dem abgemagerten Kind und neun Trakehnern auf einem Bauernhof in der Lüneburger Heide Unterschlupf fand.

Als Heranwachsende hatte Franziska die Leistung ihres Großvaters bewundert. Ganz auf sich allein gestellt, hatte er seinen Sohn und die Pferde durchgebracht, indem er jede Art von Arbeit annahm. Auch die wertvollen Tiere wurden auf den Feldern der umliegenden Höfe zur Arbeit eingesetzt. Erst als sein Sohn Herbert älter wurde und mit anpacken konnte, ging es langsam aufwärts. Gemeinsam bauten sie die Zucht wieder auf, und es folgten gute, ja, sogar goldene Jahre. Mit dem Wirtschaftswunder ging es in der Bundesrepublik auch mit der Reiterei bergauf. Viele Pferdefreunde begeisterten sich für die temperamentvollen und ausdauernden Trakehner. Sogar in Niedersachen, wo die Konkurrenz durch die Hannoveranerzucht beinahe übermächtig war.

Als junge Frau schließlich war es Franziska leid geworden, sich immer wieder dieselbe heldenhafte Geschichte anzuhören. Sie selbst war bereits auf dem Gestüt Brosin geboren worden. Ihr Großvater und ihr Vater hatten das große Gehöft unweit von Walsrode in halb verfallenem Zustand gekauft und zu einem ansehnlichen Gutshof umgebaut. Sie konnte sich nicht vorstellen, wie schwer die Anfänge gewesen waren. Wie jeder junge Mensch hasste sie es, von den Alten Sätze zu hören wie: »Du weißt ja gar nicht, wie gut du es hast. Du bist undankbar.«

Inzwischen war Franziska zweiunddreißig Jahre alt, und

die goldenen Jahre waren schon längst vorbei. Schlimmer noch: Im Augenblick lasteten auf dem Gut große Geldsorgen, und Franziska würde bald eine schwierige Entscheidung treffen müssen.

Einzig ihr Großvater schien all das nicht zu bemerken. Er war mit seinen Gedanken offenbar vor ungefähr zehn Jahren stehen geblieben, und ein gesellschaftliches Ereignis bei ihren Nachbarn gehörte für ihn zu den wichtigsten Dingen im Leben.

Franziska warf einen Blick auf die Uhr. Viertel vor vier. Sie musste wählen: Entweder ein Vortrag, der sie für mindestens eine weitere halbe Stunde von der Arbeit abhalten würde, oder ihre Zustimmung.

»Also gut«, murmelte sie. »Ich komme heute Abend mit. Worum geht es noch mal?«

»Graf Olaf von Calsin lädt zur Verlobungsfeier seiner Tochter Annette ein. Das habe ich dir doch schon vor Tagen gesagt.«

»Ach ja«, erwiderte sie und wünschte sich plötzlich, sie hätte nicht nachgegeben. Bestimmt würde auch Ferdinand Sommerkamp zu diesem Fest erscheinen. Er war so ungefähr der letzte Mensch, den sie sehen wollte.

»Wann müssen wir losfahren?«

»Um punkt acht. Und zieh dir was Hübsches an.«

Auch das noch!, dachte sie. Laut sagte sie aber: »In Ordnung!« Schließlich konnte sie schlecht in alten Jeans und Männerhemd auf einer gräflichen Verlobungsfeier erscheinen. Eilig verließ Franziska die Diele, schlüpfte an der Tür wieder in ihre alten Gummistiefel und die wattierte Jacke. Dann stapfte sie hinaus in den eisigen Winternachmittag.

Ein Jammer, dachte Hugo Brosin, während er durch ein schmales Fenster zusah, wie seine Enkelin auf das Stallgebäude zuging. So ein bildschönes Mädchen, aber alles, was sie im Kopf hat, sind die Pferde.

Er selbst kannte zwar auch nichts anderes, wenn man mal von seinen Bemühungen um gesellschaftliche Anerkennung absah. Aber er war ja auch ein alter Mann, während Franziska in der Blüte ihrer Jugend stand. Kopfschüttelnd wandte sich er ab. Was sollte aus der Kleinen bloß werden? Für ihn war sie immer noch die Kleine, obwohl sie ihm schon vor vielen Jahren über den Kopf gewachsen war. Würde sie sich für den Rest ihres Lebens hier auf dem Hof verkriechen und sich wie ein Kerl kleiden? Sie hatte wundervolle Haare, doch sie versteckte sie unter einer hässlichen Mütze. Ihre grünen Augen schauten viel zu ernst in die Welt. Ihr hübscher Mund, wie bei ihrer Großmutter einen Hauch zu groß, lachte viel zu selten. Während er dem warmen Ofen in der Küche zustrebte, schüttelte Hugo ratlos den Kopf. Er wünschte, Franziska würde endlich einen guten Mann kennenlernen, heiraten und glücklich werden. Gleichzeitig fragte er sich, wie er ohne sie zurechtkommen sollte, wenn sie fortziehen würde. Es war eine vertrackte Situation, und weder seine weltfremde Schwiegertochter noch sein nichtsnutziger Enkel waren ihm da eine Hilfe.

»Was machst du denn hier?« Misstrauisch beäugte Franziska ihren Bruder Frido. Er war nur zwei Jahre jünger als sie, aber manchmal hatte sie den Eindruck, eine ganze Generation läge zwischen ihnen. So pflichtbewusst und ernsthaft, wie sie selbst war, so leichtfertig und gedankenlos war er.

Frido grinste seine Schwester an. »Och, nichts Besonderes, Schwesterherz. Wollte nur mal nach Abendsonne sehen.«

»Seit wann interessierst du dich für ein krankes Pferd?«

Sie trat näher und strich der Stute liebevoll über die Nüstern. Abendsonne fühlte sich heiß an. Ihr beinahe schwarzes Fell glänzte unnatürlich, und tief aus ihrer Kehle kam ein trockener Husten. Franziska wurde das Herz schwer. Die Abstammung der Stute ließ sich lückenlos auf den berühmten Trakehnerhengst Abglanz zurückverfolgen. Sie war schon fünfundzwanzig, ein Greisenalter für Pferde, und als Zuchtstute seit Jahren nicht mehr zu gebrauchen. Dennoch wäre es Franziska nie in den Sinn gekommen, das Tier wegzugeben. Abendsonne hatte dem Gestüt im Laufe ihres Lebens zwölf Fohlen geboren, eines prächtiger und wertvoller als das andere.

»Ich lasse noch mal den Tierarzt kommen«, meinte Franziska.

»Das kostet doch gleich wieder einen Haufen Geld«, meinte Frido. »Warte lieber bis morgen.«

Franziska strich noch einmal sanft über die Nüstern der Stute, wandte sich dann um und ließ den Blick über ihren Bruder gleiten. Bewusst starrte sie eine halbe Minute lang auf sein linkes Bein, bevor sie antwortete: »Wenn du das nächste Mal mit zerschmetterten Knochen im Graben liegst, warten wir besser auch mit dem Rettungswagen. Es könnte ja ziemlich ins Geld gehen, oder?«

»Lass mich in Ruhe«, brummte Frido. Endlich zog er ab, und Franziska sah ihm mit gemischten Gefühlen nach. Sie liebte ihren Bruder, aber sie empfand nicht besonders viel Achtung für ihn. Seit einiger Zeit hatte sie außerdem das sichere Gefühl, dass er etwas im Schilde führte. So wie sie Frido kannte, konnte das nichts Gutes sein.

Mutig, eigenwillig und unbeirrt geht eine junge Frau ihren Weg

Die selbstbewusste Anne-Sophie tritt eine Stelle als Gesellschafterin bei Lady MacAdleston an. Doch die Erben dieser zerstrittenen Familie lehnen sie ab. Welche Pläne verfolgt Dylan, der jüngste Sohn, zu dem sie sich hingezogen fühlt?

Christa Canetta
SCHOTTISCHE STÜRME
352 Seiten
ISBN 978-3-7844-3223-6

Maries wildromantischer Weg zum Glück

Die Hamburger Angestellte Marie erbt zu ihrer Überraschung in Schottland ein Cottage. Dort angekommen, stellt sich die Erbschaft als großes Anwesen heraus. Marie nimmt die Herausforderung an und findet dort ihre Bestimmung.

Christa Canetta
EIN HAUS IN SCHOTTLAND
336 Seiten
ISBN 978-3-7844-3182-6

Zum Weinen schön – ein Liebesroman mit italienischem Flair

Die junge Witwe Marlene muss wieder ins Leben zurückfinden. Ausgerechnet in der Frau, die den tragischen Tod ihres Mannes verschuldete, findet sie eine echte Freundin. Dann tritt ein neuer Mann in ihr Leben.

Brigitta D'Orazio
DIE TRÄNEN DES MEERES
320 Seiten
ISBN 978-3-7844-3181-9

Auf der Suche nach einem dunklen Familiengeheimnis und der wahren Liebe

Pferdezüchterin Franziska muss um das Fortbestehen ihres Gestüts in der Lüneburger Heide kämpfen, denn ein Mann mit geheimnisvollen Absichten will ihr alles streitig machen. Doch es kommt alles ganz anders.

Brigitta D'Orazio
DIE HERRIN DES GESTÜTS
352 Seiten
ISBN 978-3-7844-3222-9